HEYNE BÜCHER

Fantasy

Herausgegeben von Friedel Wahren

Ein Verzeichnis weiterer Bände dieser Serie finden Sie am Schluß des Bandes.

SEAN A. MOORE

CONAN

DER JÄGER

Achtundvierzigster Roman der Conan-Saga

Deutsche Erstausgabe

WILHELM HEYNE VERLAG
MÜNCHEN

HEYNE SCIENCE FICTION & FANTASY
Band 06/5657

Titel der Originalausgabe
CONAN THE HUNTER
Aus dem Amerikanischen übersetzt von Edda Petri
Das Umschlagbild malte Thomas Thiemeyer

Umwelthinweis:
Dieses Buch wurde auf
chlor- und säurefreiem Papier gedruckt.

Redaktion: F. Stanya

Die Erstausgabe erschien bei
Tom Dohery Associates, Inc., New York
(›A TOR Book‹)

Printed in Germany 1997
Umschlaggestaltung: Atelier Ingrid Schütz, München
Technische Betreuung: M. Spinola
Satz: Schaber Satz- und Datentechnik, Wels
Druck und Bindung: Presse-Druck, Augsburg

ISBN 3-453-11948-7

Die Hyborische Welt Conans

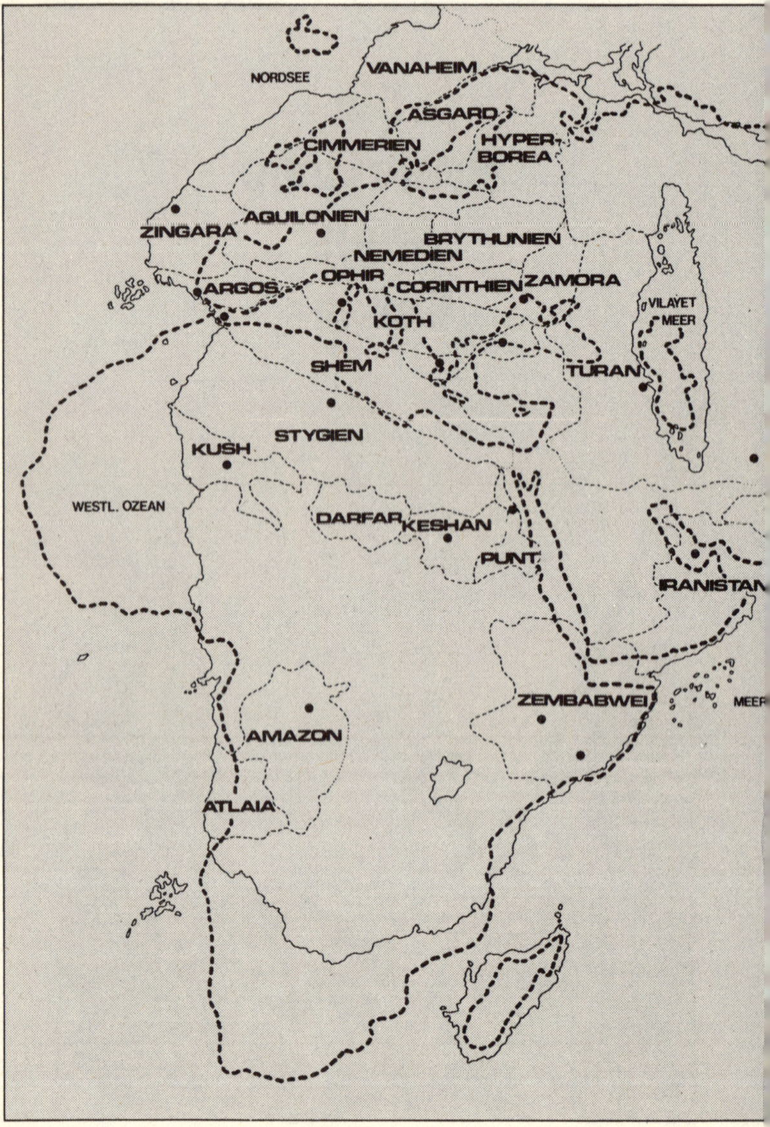
NORDSEE
VANAHEIM
ASGARD
CIMMERIEN
HYPER-
BOREA
AQUILONIEN
ZINGARA
BRYTHUNIEN
NEMEDIEN
OPHIR
ARGOS
CORINTHIEN
ZAMORA
VILAYET
MEER
KOTH
SHEM
TURAN
STYGIEN
KUSH
WESTL. OZEAN
DARFAR
KESHAN
PUNT
IRANISTAN
ZEMBABWEI
MEER
AMAZON
ATLAIA

KHITAI
KUSAN
MEER VON KHITAI
ÖSTLICHER OZEAN
MERU
UTTARA KURU
MEER VON LEMURIA
VENDHYEN
KAMBUJA
NDHYA
MEER VON MU
MU
SÜDLICHER OZEAN

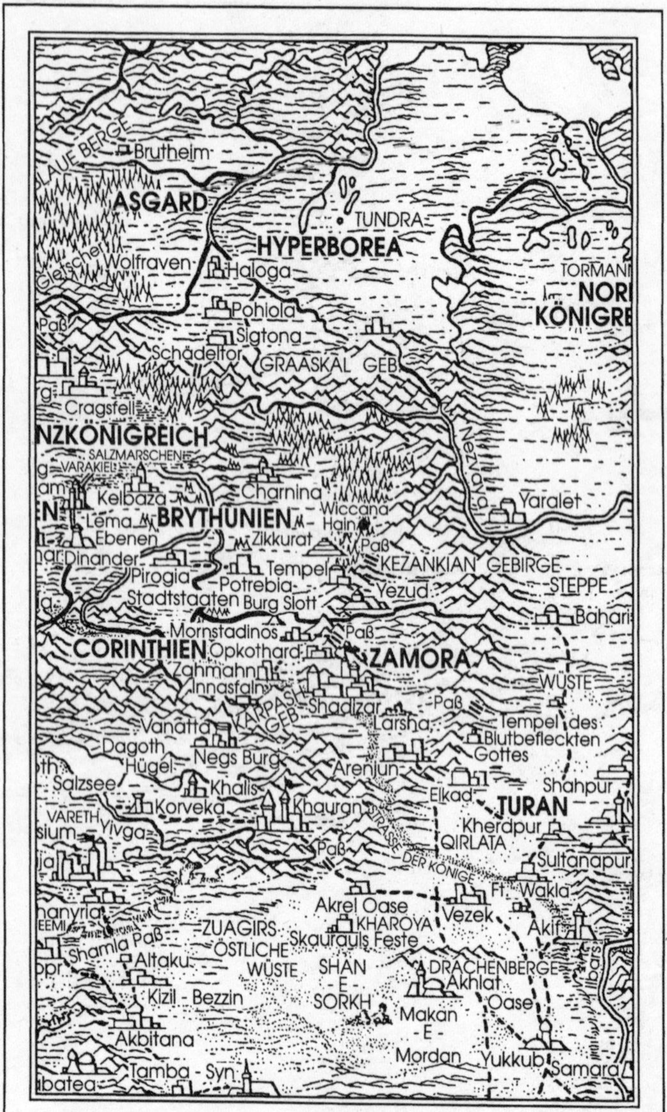
ASGARD
HYPERBOREA
TUNDRA
Brutheim
Gletscher
Wolfraven
Haloga
Pohiola
Sigtona
Schädeltor
GRAASKAL GEB
Cragsfell
NZKÖNIGREICH
SALZMARSCHEN
VARAKIEL
Kelbaza
Charnina
Wiccana Hain
BRYTHUNIEN
Lema
Ebenen
Zikkurat
Dinander
Pirogia
Tempel
Potrebia
Stadtstaaten
Burg Slott
Paß
KEZANKIAN GEBIRGE
Yezud
STEPPE
Baharis
Nezvaya
Yaralet
TORMANI
NORI
KÖNIGRE
Mornstadinos
CORINTHIEN
Opkothard
ZAMORA
Zahmahn
Innasfaln
KARPASH GEB
Shadizar
Larsha
WÜSTE
Tempel des Blutbefleckten Gottes
Vanatta
Dagoth Hügel
Negs Burg
Arenjun
Salzsee
Khalis
Shahpur
Elkad
TURAN
Korveka
Khauran
VARETH
Yivga
Kherdpur
QIRLATA
STRASSE DER KÖNIGE
Sultanapur
Ft. Wakla
Akrel Oase
KHAROYA
Vezek
Akif
ZUAGIRS
ÖSTLICHE WÜSTE
Skaurauls Feste
Shamla Paß
Altaku
SHAN E SORKH
DRACHENBERGE
Akhlat
Oase
Kizil - Bezzin
Makan - E - Mordan
Akbitana
Yukkub
Samara
Tamba - Syn
Ilbars
Shanyria

Inhalt

Für Raven,
Herz und Seele

Prolog

Gespenstische Stille erfüllte den düsteren Raum, wie dichter Nebel in einer dunklen, mondlosen Nacht. Flackernde Kerzen warfen ihr Licht auf einen Altar, der so schwarz wie Ebenholz war und der den Raum beherrschte. Vor dem Altar kniete eine Frau auf dem Boden. Ihre blasse, alabasterfarbene Haut bildete einen starken Gegensatz zum rabenschwarzen Haar und dem leuchtend karmesinroten Gewand. Ihre Augen leuchteten so rot wie Glut in einem Kohlebecken, aber die Pupillen waren schwarz und glänzend wie bei einer Schlange. Mit schlanken Fingern, deren Nägel schwarz lackiert waren, schob sie die Kapuze zurück, so daß man ihr Gesicht sah. Es war zugleich faszinierend und unvorstellbar böse. Es war das Gesicht einer Frau von exotischer Schönheit, gepaart mit überwältigender Macht und kaltblütiger Entschlossenheit.

Auf dem Altar waren unheimliche Flecken zu sehen, die am stärksten auf dem flachen, runden Oberteil waren. Von einem Fleck waren dünne Rinnsale über den Altar auf den Boden geflossen und hatten Pfützen gebildet. Der gesamte Raum roch nach Tod.

Eine große Bronzetür stand offen. Dahinter befand sich ein dunkler Korridor, auf dem ein dicker Teppich lag. In der Tür stand ein hochgewachsener, schlanker Mann. Abgesehen von einem kaum sichtbaren, kümmerlichen weißen Bart hatte er keine Haare. Seine helle Haut war von Runzeln überzogen. In der linken Hand hielt er einen Schlüsselbund, seine rechte war um den kunstvoll geschnitzten hölzernen Türgriff gelegt. Gleich darauf kniete er auf der Schwelle nieder und senkte den Kopf.

Er sprach mit sehr heller Stimme, die weicher klang als seine blaßblauen Seidengewänder waren.

»Azora, anbetungswürdigste Priesterin, du hast mich rufen lassen. Hier bin ich.«

Die Priesterin erhob sich langsam und blickte den Mann in der Tür mit schlecht verhohlener Verachtung an.

»Ah, Lamici, lange wird es nicht mehr dauern, bis die endgültigen Riten stattgefunden haben. Du wirst gut entlohnt werden, Eunuch.«

Das letzte Wort sprach sie mit besonderem Nachdruck aus, als wolle sie ihn an seine Stellung erinnern. Azoras Stimme war voll und tief und ihre Worte hallten in dem Raum nach. Sie wies mit dem Kopf zum Altar.

»Du kannst diesen Kadaver fortschaffen.«

»Sofort, Prinzessin.«

Er verschwand kurz auf dem Gang. Als er wiederkam, trug er einen großen Ledersack. Angewidert warf er einen Blick auf den Altar. Azora betrachtete ihn amüsiert. Was für ein schwacher, feiger Narr, dachte sie. Als würde er ihre Gedanken lesen, trat der Eunuch entschlossenen Schritts zum Altar.

Von der Decke hing eine einst sehr schöne junge Frau herab. Sie war nackt. Verrostete, eiserne Fußfesseln umschlossen ihre Knöchel und schwere Ketten, die durch Eisenringe in der Decke gezogen waren, hielten sie in der Luft. Ihr langes blondes Haar fiel beinahe bis auf die mit Blut verschmierte Altarplatte. An ihren schlanken Handgelenken glänzten mit Juwelen besetzte Silberarmreifen. Sie trug eine wunderschöne Silberkette um den Hals. Trotz der zahlreichen Blutlachen auf dem Altar war ihr Körper unversehrt, doch ihre

Haut war gespenstisch bleich. Augen und Mund hatte sie in ihrem Entsetzen weit aufgerissen.

Lamici schob vorsichtig den Sack über den Leichnam und zog die Schnur dicht unter den schlanken Fesseln zu. Dann schloß er die Fußschellen auf. Erstaunlich kraftvoll schwang er den Sack über die Schulter und trug ihn auf den Gang. Die schwere Bronzetür zog er hinter sich ins Schloß.

Azora wendete ihre Aufmerksamkeit wieder dem Altar zu. Mit geschlossenen Augen und ausgestreckten Armen stimmte sie einen langsamen, rhythmischen Gesang an. Ihre Lippen formten Worte in einer Sprache, die schon uralt gewesen war, als Atlantis im Meer versank. Die Kerzen loderten hoch und verbreiteten einen scharlachroten Feuerschein. Blut strömte auf sie zu, und sie hielt es mit ihren Händen auf. Ihr Gesang endete abrupt, als kein Blut mehr floß. Die Kerzen verbreiteten wieder das gewohnte gelbliche Licht.

Azora öffnete die Augen und trat vom Altar zurück. Sie spürte, wie die Energie durch ihren Körper brauste. Kein menschliches Wesen kam ihr an Schnelligkeit der Gedanken und Bewegungen gleich. Bald würde sie genügend Energie haben, um den uralten Zauber heraufzubeschwören. Mit dem nächsten zunehmenden Mond würde sie das Ritual beenden. Seit frühester Jugend hatte sie die uralten Schriften der Hohen Priester der thurischen Schlangenmenschen gelesen. Diese Schriften waren angeblich längst zerstört oder verloren gegangen. Sie enthielten eine mächtige Magie, mit deren Hilfe man das Leben verlängern und alle Sterblichen – Männer und Frauen – absolut beherrschen konnte.

Azora hungerte nach Macht – nach der Macht, auch die mächtigsten Könige dieser Welt zu beherrschen. Schon bald würden alle Mächtigen wie geprügelte

Hunde zu ihren Füßen liegen. Das war ihre Bestimmung als Hohe Priesterin der alten thurischen Religion. Sie war nämlich eine Mutare: ein übermenschliches Wesen. Sie lächelte boshaft und enthüllte dabei rasiermesserscharfe, schwarze Zähne.

1. Kapitel

DER SCHWERTKNAUF

In der von einer hohen Mauer eingeschlossenen Stadt Pirogia herrschte das übliche brythunische Nachtleben. Die Brythunier, hellhäutig und blond, bevölkerten die Straßen und Plazas, teils um ihren Geschäften nachzugehen, teils zum Vergnügen. Lachend taumelten einige Kezanker, die aus den Bergen in die Stadt gekommen waren, aus den Schenken der gewundenen Gassen. Die Stadtwache beäugte diese Trunkenbolde mit strengen Blicken und machte einen weiten Bogen um sie. Ihr König, Eldran, entstammte einem kezankischen Geschlecht und würde es übel vermerken, wenn die Wachen seine Landsleute hart angefaßt hätten.

Das Gewirr der mit Kopfstein gepflasterten Gassen war spärlich beleuchtet. Überall lag Abfall umher und stank. Bettler und Betrunkene schoben sich durch diese dunklen, lauten, von Ratten befallenen Gassen und lallten mit heiserer Stimme vor sich hin. Später würde der billige, saure Wein, den sie getrunken hatten, seinen Zoll verlangen, und sie würden irgendwo auf diesen Gassen zusammenbrechen und dort die Nacht verbringen. Manche von ihnen würden niemals mehr erwachen. Doch mußte man der Stadtwache zubilligen, daß die verkommenen Gassen Pirogias sicherer waren als die Prachtstraßen vieler großer Städte. Ein kluger Mann jedoch hielt dennoch stets eine Hand am Schwertgriff und eine auf seiner Geldbörse, wenn er sich allein hinauswagte.

Am Ende einer dieser Gassen, die seltsamerweise menschenleer war, schlenderte ein nicht sehr großer dunkelhäutiger Mann dahin. Sein schulterlanges Haar war pechschwarz und seine Augen noch schwärzer. Auf dem schmalen, grausamen Gesicht lag ein Lächeln. Er bewegte sich mit katzenartiger Geschmeidigkeit durch die dunkle Gasse. Mühelos schritt er über einen schnarchenden Bettler hinweg und blieb dann vor einer schweren Eichentür eines aus Ziegeln erbauten Hauses stehen. Eine riesiges, beidhändiges Schwert steckte über der Tür so zwischen den Ziegeln, daß nur das Heft herausragte.

Der Mann zückte seinen Dolch und schlug damit kräftig gegen die Tür. Eine gedämpfte Stimme rief in gebrochenem Brythunisch heraus: »Dreckiger Bettler! Nimm deine stinkenden, von Maden zerfressenen Pfoten von meiner Tür! Von mir bekommst du keinen Schluck Wein, bis du mir die Farbe deiner Münze zeigst!«

Der dunkeläugige Fremde grinste und antwortete mit tiefer Stimme in klarem Zamorisch: »Immanus, alter Hund! Ich bin's, Hassem. Bewege deinen Hintern zur Tür und mach sofort auf!«

Der schwere Riegel wurde zurückgeschoben und Immanus zog die Tür nach innen auf.

Hassem steckte den Dolch in die Scheide, ohne hinzuschauen. Offensichtlich hatte er diese Bewegung bereits unzählige Male ausgeführt. Er warf einen Blick ins Innere.

Die Schenke, bekannt als der *Schwertknauf,* war kaum besser erleuchtet als die Gasse. Dicker, öliger Rauch stieg von den wenigen Lampen auf, die in den Ecken standen, und machte den Raum noch düsterer. Zahlreiche, von Flecken übersäte Tische und Bänke standen umher. Am Ende des Raums befand sich die Theke. Daneben führte eine alte gemauerte Treppe nach oben.

An den Tischen saß wahrlich eine Galerie aller möglichen Schurken und Halsabschneider. Ein berüchtigter nemedischer Sklavenhändler prostete mit einem riesigen Tonkrug seinen Schergen zu. Braunes Ale floß auf seine bereits fleckige Tunika, aber er scherte sich nicht darum, sondern brüllte nach Nachschub.

Neben ihm saßen zwei Kother mit verschlagenen Augen und besprachen leise irgendwelche finsteren Pläne, dabei nippten sie an ihren Weingläsern. In der Mitte des Raums begrapschte ein Haufen kezanischer Gesetzloser die Huren und sang ein ordinäres Lied. Ein paar Tische weiter kicherte eine spärlich bekleidete, üppige brythunische Schöne über etwas, das ihr junger, blonder Begleiter ihr ins Ohr geflüstert hatte. Er war gut gekleidet – vielleicht der Sohn eines Adligen, der sich eine Nacht mit einer billigen Kurtisane gönnte. Er strich über ihre nackte Hüfte und flüsterte ihr wieder etwas zu.

Neben der Tür stand der tiefgebräunte Hüne Immanus. Er trug eine braune Lederweste und Hosen und ein riesiger Goldreif baumelte an seinem linken Ohr. Sein kahler Schädel glänzte im düsteren Schein der Lampen. Die breite Brust war von Narben übersät. An seinem breiten schwarzen Ledergürtel hing ein drei Fuß langer Säbel. Er winkte Hassem einzutreten und schloß die schwere Tür mit einer Hand. Er war wahrlich ein Muskelberg. Die einzig sichtbare weiche Stelle war sein großer runder Bauch. Immanus beugte sich zu Hassem und fragte den Zamorer leise:

»Ist dir jemand gefolgt?«

»Wenn ja, müßte ich jetzt meinen Dolch reinigen«, antwortete Hassem beleidigt. Immanus schenkte dem jedoch keine Beachtung, sondern tippte sich mit dem fleischigen Zeigefinger auf den kahlen Schädel.

»Das ist mein alter Freund, Hassem. Solange ich auf ihn höre, bleibt er bei mir. Wenn ich ihn mißachte …«

Er fuhr sich mit der Handkante über die Kehle und lachte über den schwarzen Scherz.

Hassem zog ein finsteres Gesicht und fand die Bemerkung offenbar keineswegs lustig. Er griff nach einem kleinen, in ein Tuch eingewickelten Gegenstand, der sicher in seinem Gürtel verstaut war. »Ist der Barbar da? Ich habe das Treffen gestern abend ausgemacht, doch der ohnehin schwache Verstand des Barbaren war so von Wein umnebelt, daß ich nicht sicher bin, ob er sich an unser Stelldichein erinnert.«

»He, kein vorschnelles Urteil! Er mag ein Barbar sein, aber ich habe schon so einige Cimmerier kennengelernt. Das ist ein zähes und verschlagenes Volk, mit seltsamen Sitten und Gebräuchen, doch lassen sie nicht mit sich spaßen. Viele Narren sind in den Tod gegangen, nachdem sie mich herausgefordert hatten, aber bei einem Kampf mit einem Cimmerier wäre ich mir wegen des Ausgangs nicht so sicher.«

Immanus blickte Hassem gespannt an, als warte er auf Einspruch. Gleich darauf schlug er dem Zamorer lachend auf den Rücken. Jeder weniger kräftige Mann wäre bei diesem Schlag in die Knie gegangen, doch nicht Hassem. Er steckte dem Hünen einen kleinen Beutel zu, in dem es leise klingelte, als Immanus ihn in seiner Weste verstaute.

»Du findest ihn oben. Er hat gerade die erste Karaffe Wein geleert und scheint Glück beim Würfeln zu haben. Allerdings habe ich das Gefühl, als würde sich sein Glück bald ändern.«

Hassem bahnte sich einen Weg durch die Gäste bis zur Theke. Dort ließ er sich ein Glas billigen Wein geben. Er nahm einen Schluck, spülte sich damit den Mund und spuckte alles auf den Steinboden. Ekelhaftes Zeug, dachte er. Diese brythunischen Ziegenhirten könnten eine oder zwei Lektionen über die Herstellung guter Weine lernen. Doch er würde diesen Schweinestall Pirogia heute nacht noch verlassen und nach Zamora zurückkehren. Sein letztes Stück würde er jetzt diesem Barbaren verkaufen. Er hatte es besonders eilig, dieses Stück loszuwerden; deshalb hatte er nur zum Schein über den Preis gefeilscht.

Er stellte das Glas auf die Theke und befingerte den silbernen, mit Juwelen besetzten Armreif, der sich im Gürtel befand. Die Belohnung dafür, daß er die Stadtwache dann zu diesem Schmuckstück führte, betrug das Hundertfache von dem, was er diesem schwachsinnigen Barbaren abnehmen würde. Ganz gleich, wie listig der Cimmerier auch sein mochte, mit Sicherheit konnte er nicht der Axt des Henkers entgehen. Hassem hob noch einmal das Glas und lächelte bei diesem Gedanken. Dann stieg er die Steinstufen hinauf.

Das obere Stockwerk des *Schwertknaufs* war kleiner als das Erdgeschoß, doch besser beleuchtet. Hier standen nur wenige rohe Holztische und Bänke. Den größten Raum nahm ein riesiger Würfeltisch ein. Ellbogen an Ellbogen drängten sich die Spieler darum. Laute Rufe begleiteten jeden Wurf. Danach folgte, je nachdem, das Stöhnen der Verlierer oder der Jubelschrei der Gewinner. Das Stimmengewirr und die Flüche in allen möglichen Sprachen verliehen dem Raum eine eigene Atmosphäre. Man fühlte sich eher wie auf einem Basar als in einer Schenke.

Hassem nahm gerade die letzte Stufe, als ein auffällig großer und muskulöser Spieler vom Würfeltisch zurücktrat. In der Faust hielt er Münzen. Er ging zum nächsten Tisch und stopfte die Münzen in einen Beutel, der am Gürtel hing. Seine rabenschwarze Mähne umrahmte ein bronzefarbenes Gesicht, das jugendlich und erfahren zugleich wirkte. Selbst bei diesem schwachen Licht sah man seine strahlenden Augen, aus denen ein eisblaues Feuer leuchtete. Die muskelbepackten Arme waren von vielen schmalen, langen Narben bedeckt.

Eine schwarze Lederweste verhüllte die mächtige breite Brust nur teilweise. Er trug einen breiten Gürtel und dunkelblaue Beinkleider, dazu kräftige, doch abgetragene Sandalen. Am Gürtel hing ein Breitschwert, dessen scharfe, silberblaue Klinge blank im Lampenlicht schimmerte. Er war eindeutig ein Krieger und schien zwischen den Schurken in dieser Schenke so fehl am Platz zu sein wie ein Wolf inmitten von Ratten.

In der Tat war Conan der Cimmerier hier fehl am Platz. Geboren auf einem Schlachtfeld und aufgewachsen in den eisigen, einsamen Gefilden im Norden, in Cimmerien, hatte er wenig Erfahrung mit den Gepflogenheiten sogenannter zivilisierter Menschen in ihren von dicken Mauern aus Stein oder Holz umgebenen Städten. Bereits nach seiner ersten Begegnung mit ihnen hatte man ihn in Ketten gelegt. Hyperborer hatten ihn als Sklaven gefangen genommen. Bei der Erinnerung an jene Gefangenschaft und die Flucht aus der Sklaverei – vor weniger als einem Jahrzehnt – stieg jetzt noch die kalte Wut in ihm auf.

Der Cimmerier hatte wenig Bedenken, diesen Kerlen hier ihren zu Unrecht erworbenen Reichtum abzuknöpfen. Aus Erfahrung wußte er, daß in Zamora viel zu holen war, und hatte daher beschlossen, dorthin zurückzukehren. In der zamorischen Stadt Shadizar würde er sich den Reichtum verschaffen, um das Leben mit schönen Frauen und exotischen Weinen zu genießen. Eigentlich brauche ich nicht viel, dachte er. Er verfügte über sämtliche Voraussetzungen zum Erfolg: Von seinem Vater, einem Hufschmied, hatte er eine eisenharte, kräftige Statur geerbt. Sein Verstand arbeitete schnell und scharf, sein Breitschwert noch schärfer. Mit diesem Handwerkszeug und seinen Kenntnissen als Dieb, würde er seine Börse ganz sicher füllen können.

Eine Schankmaid stellte eine Karaffe mit Wein vor ihn hin. Er goß sich ein Glas ein und tat einen tiefen

Zug. Dann warf er eine Silbermünze auf den Tisch. Es war ihm nicht entgangen, daß Hassem eingetreten war. Ruhig blickte er dem Zamorer entgegen. Von diesem Wiesel hatte er schon viel gelernt. Ihm war bewußt geworden, daß er Hassem nicht trauen durfte, aber er wußte auch, daß er bei dem Handel zwischen ihnen weitaus besser als der andere abgeschnitten hatte. Er hätte auch das Dreifache des verlangten Preises bezahlt.

Als Hassem ihm das mit Juwelen besetzte Armband gezeigt hatte, war er sicher gewesen, daß es gestohlen war. Doch es scherte ihn wenig, wem man es gestohlen hatte. Es war ein ideales Geschenk für Yvanna, die brythunische Schöne, bei der er während seines Aufenthalts in Pirogia wohnte. Die Würfel waren ihm heute abend gewogen gewesen, so daß er das Schmuckstück bezahlen konnte, ohne seine Börse zu leeren. Yvanna war ein Vollweib. Der Gedanke an ihre üppigen Körperrundungen und das duftende blonde Haar – zusammen mit dem Wein, den er getrunken hatte – weckten seine Wollust. Morgen – nach einer weiteren leidenschaftlichen Nacht – würde er ihr den Armreif schenken und dann nach Shadizar weiterreiten.

Hassem setzte sich Conan gegenüber an den Tisch und holte das sorgfältig eingewickelte Päckchen aus dem Gürtel. Er strich sich fahrig über den spärlichen Schnurrbart und musterte den jungen Riesen mit der Bronzehaut und der blauschwarzen Mähne.

»Nun, Conan, Glück im Spiel heute abend?«

»Ist nicht übel gelaufen.« Der Cimmerier deutete zum Würfeltisch. »Besser als bei vielen dort drüben.« Er sprach Zamorisch mit hartem Akzent. Obgleich er die Sprache erst vor kurzem erlernt hatte, konnte er sich fließend unterhalten.

»Dann ist die Bezahlung ja kein Problem. Vierzig Silbernobel oder zwei Goldkronen, wie abgesprochen.«

»Einverstanden, Hassem. Doch zuvor möchte ich die Ware sehen.«

Conan schirmte das Päckchen mit der Hand gegen neugierige Blicke ab, entfernte das Tuch und untersuchte den Armreif sorgfältig, um sich zu vergewissern, daß der diebische Zamorer ihm nicht eine wertlose Kopie andrehte. Er kratzte einige Juwelen mit dem Daumennagel an, um sicher zu sein, daß sie nicht bunte Paste waren.

Hassem fühlte sich von Conans Prüfung beleidigt. »Es ist echt, das schwöre ich. Mein guter Ruf würde leiden, würde ich meine Kunden betrügen. Außerdem würde ein Krieger von deiner Statur mit mir kurzen Prozeß machen. Hassem hat keine Lust, für den Rest des Lebens ängstlich über die Schulter zu blicken.«

»Du würdest deine Mutter an nemedische Sklavenhändler verkaufen, wenn der Preis stimmt. Ich kenne die Art zamorischer Diebe. Hier ist dein Geld.«

Hassem war über die hochmütige Bemerkung des Barbaren empört. Wie konnte dieser Wilde es wagen, so mit ihm zu sprechen! Du bekommst gleich deinen gerechten Lohn, du Hund aus dem Norden, dachte er. Er stand auf, verbeugte sich spöttisch, ging zum Würfeltisch und überließ es Conan, die Karaffe Wein allein zu leeren.

Conan dachte an Yvanna und lächelte, als er den Armreif in der Innentasche der Weste verstaute. Wo in Croms Namen war das Weib? Sie sollte ihn hier ein paar Stunden nach Sonnenuntergang treffen, nachdem sie den letzten Tanz in der Schenke zum *Goldenen Löwen* beendet hätte. Er leerte das Glas schnell und schenkte sich nochmals ein. Er war zu sehr in Gedanken verloren, um zu bemerken, daß Hassem den Raum schnell verließ.

Nach einer halben Stunde schenkte der Cimmerier den Rest der Karaffe ins Glas. Er war nicht betrunken, aber der Wein zeigte deutlich Wirkung. Yvanna war noch nicht aufgetaucht. Er verlor langsam die Geduld. Vielleicht sollte er noch ein bißchen würfeln, ehe er sie ganz aufgab. Während er darüber nachdachte, entstand unten Lärm. Er hörte Holz splittern, dann das vertraute Klirren, wenn Schwerter aufeinander trafen. Sein Kopf war sofort klar, als seine Instinkte ihn blitzschnell vor einer möglichen Gefahr warnten. Seine Rechte glitt zum Schwertknauf. Die anderen Gäste, die betrunkener waren als er, überhörten den Lärm. Offensichtlich waren im *Schwertknauf* Schlägereien und plötzliche Zweikämpfe im Laufe eines Abends nicht ungewöhnlich. Conan entspannte sich etwas, blieb jedoch auf der Hut.

Gleich darauf hörte er schwere Stiefel die Treppe heraufstampfen. Eine Abteilung der Stadtwache erschien, unter der Führung eines Offiziers. Der Mann unterschied sich von den verweichlichten Typen, die Conan bisher auf den höheren Posten gesehen hatte. Sein gemeißeltes Gesicht wurde durch kurzgeschnittenes pechschwarzes Haar und einen gepflegten Bart betont. Offensichtlich war der Mann kein Brythunier. Er war fast so groß wie der Cimmerier, hatte noch breitere Schultern als er und einen kräftigen, gestählt wirkenden Körper. Er trug ein Kettenhemd und hielt in der Rechten ein Krummschwert. Seine dunkelbraunen Augen musterten den Raum. Offenbar suchte er mit seinen Männern nach jemandem.

Jetzt brach die Hölle los. Zweifellos glaubte die Hälfte der Gäste, sie würden gleich festgenommen. Einige versuchten vergeblich, ihre Gesichter zu verbergen. Andere musterten unruhig das große schmutzverkrustete Fenster, das zur Straße hin lag. Wieder andere krochen in ihrer Verzweiflung unter den Tisch in der Ecke, um den scharfen Augen des schwarzbärtigen Riesen zu entgehen.

Von unten drang ein lauter Wutschrei herauf. Der kahlköpfige Immanus stürmte die Treppe herauf und schob drei Soldaten wie Strohhalme aus dem Weg. Dann stand er Nase an Nase vor dem Offizier im Kettenhemd, eine Hand am Griff des Säbels, die andere zu einer mächtigen Faust geballt. Sein dunkles Gesicht war tiefrot, entweder von der Anstrengung, die Treppe hinaufgelaufen zu sein, oder aus Wut über das plötzliche Eindringen der Stadtwache.

»Was soll das heißen, Salvorus? Wir haben unsere Abgaben entrichtet, um keine Probleme mit der Wache zu haben. Du als Hauptmann solltest gescheiter sein, als Ärger mit deinen Vorgesetzten zu riskieren.«

»Wenn du den General bestochen hast, hat er mir bestimmt nichts davon erzählt, Immanus. Wie auch immer – ich schulde dir keinen Gefallen. Mich kümmert diese Jauchegrube nicht, die du fälschlicherweise als Schenke bezeichnest, auch nicht der Abschaum, der darauf schwimmt. Am wenigsten kümmerst du mich. Ich bin hier in einer Angelegenheit des Königs und suche nur nach einem einzigen Mann. Tritt beiseite, es sei denn, du wärst so töricht und wolltest es mit mir und meinen Männern aufnehmen. Was sagst du?«

Immanus verzog das Gesicht, entrollte die Faust und stieß den Zeigefinger gegen Salvorus' Kettenhemd. »Du wagst es, mich zu beleidigen? Der *Schwertknauf* ist zwar mitnichten ein königlicher Palast, aber Unfälle sind in diesen Seitengassen an der Tagesordnung. Verlaß sofort meine Schenke, sonst – bei Ishtar – ist der einzige Dienst, den du deinem König noch erweisen wirst, der, daß du seine Ratten mit deinem verwesenden Körper fütterst.«

Salvorus Züge verhärteten sich. Vorsichtig, doch kraftvoll, sprang er mit einer für einen so großen Mann erstaunlichen Geschwindigkeit einen Schritt vor, schlang den linken Arm um Immanus' Kehle und drückte ihn gegen die Wand. Immanus würgte, stieß jedoch Salvorus mit beiden Händen zurück. Dann zückte er den Säbel. Die geschwungene Klinge glänzte bösartig im Licht der Öllampen. Alle im Raum verstummten und blickten wie gebannt auf die beiden Männer, die sich auf einen Zweikampf vorbereiteten, dessen Ausgang mehr als ungewiß war. Die Burschen am Würfeltisch schlossen flüsternd einige Wetten ab.

Salvorus trat zurück, hob seine Klinge und schlug so gegen den Säbel, daß blaue Funken aufstoben. Immanus parierte den Hieb und stieß zu. Doch seine Klinge prallte am Kettenhemd des Gegners ab. Ehe Immanus sich wieder gefaßt hatte, schoß Salvorus vor und führte einen kräftigen Schlag nach unten. Immanus' Säbel fiel klirrend zu Boden, mitsamt einigen seiner Finger. Salvorus holte aus und versetzte Immanus mit der Linken einen Faustschlag gegen das Kinn. Das gräßliche Knacken und Knirschen des gebrochenen Kinns war beinahe so laut wie der Schmerzensschrei. Immanus sank zu Boden und umklammerte die blutende verstümmelte rechte Hand. Am Würfeltisch wechselten Münzen den Besitzer, während die Spieler Salvorus anstarrten. Sie waren über den Schaden, den er angerichtet hatte, sprachlos und verblüfft.

Conans Augen hatten sich verengt, während er den Kampf beobachtete. Sein erster Eindruck hatte sich bestätigt: Der Hauptmann war kein Lackaffe mit Titel, sondern ein erfahrener Kämpe. Da der Cimmerier jedoch keinerlei Verbrechen begangen hatte, konnte der Hauptmann nicht ihn suchen. Vielleicht hatte das Wiesel Hassem, der Zamorer, etwas getan, was dem König mißfiel. Conan blickte zum Würfeltisch, Hassem war verschwunden. Zweifellos hatte sich der feige Dieb während des Kampfes davongestohlen.

Salvorus wischte die Klinge an der Hose des am Boden liegenden Gegners ab und ging entschlossenen

Schritts auf den Cimmerier zu. Conans linker Arm lag auf dem Tisch, die Rechte ruhte auf dem Schwertknauf. Salvorus atmete noch schwer nach dem Kampf, als er den Barbaren ansprach:

»Du bist Conan aus Cimmerien?« fragte er, obgleich er die Antwort kannte.

»Ich habe nichts verbrochen. Was willst du von mir?«

»Du kommst mit mir in den Palast, wo man dich verhören wird. Wenn du nichts Unrechtes getan hast – wie du behauptest –, wird man dich laufen lassen.«

»Warum sucht ihr nach mir? Ich bin weniger als eine Woche in Pirogia, und nur auf der Durchreise. Laß mich in Ruhe!«

»Meine Geduld ist beinahe erschöpft, Cimmerier. Wenn du nicht friedlich mitkommst, werde ich dich zwingen. Du hast gesehen, wie es Immanus ergangen ist. Ich möchte dir nicht weh tun, sondern nur einige Fragen stellen.«

In Conan stieg langsam Wut auf. In seiner Heimat hätte er diesen Fremden auf der Stelle getötet, der ihn ohne Grund so behandelte. Doch er hatte gelernt, daß die zivilisierten Menschen seltsame Sitten und Gebräuche hatten; deshalb würde er den Mann nicht angreifen, wenn er ihn nicht weiterhin provozierte. Er verspürte keine Lust, monatelang – oder vielleicht jahrelang – in einem stinkenden brythunischen Verlies zu verbringen.

»Sage mir, welchen Verbrechens du mich beschuldigst. Dann werde ich entscheiden, ob ich mitkomme oder nicht.«

»Ich habe dieses Spiel satt, du Hund! In deinem Gürtel steckt ein Armreif, den du gestohlen hast. Es ist mit Juwelen besetzt und gehörte der Tochter des Königs, die du gestern abend so schurkisch ermordet hast. Welch Teufel bist du, Barbar, daß du ihren Körper zu grausig verstümmelt hast? Wäre es mir gestattet, ließe ich auf der Stelle deinem Leib Gerechtigkeit zukommen.«

Conan war entsetzt. Er hätte wissen müssen, daß Hassems Preis zu niedrig war. Der schleimige zamorische Schurke hatte ihn an die Stadtwache verraten, vielleicht aus Bosheit, vielleicht um eine Belohnung zu kassieren. Doch es spielte jetzt keine Rolle, welcher Grund ausschlaggebend gewesen war. Niemand würde dem Wort eines herumziehenden Cimmeriers Glauben schenken. Ihm blieb keine Wahl. Er mußte den Hauptmann kampfunfähig machen und aus der Stadt fliehen.

Salvorus nützte die Überraschung Conans aus und packte das kräftige rechte Handgelenk des Cimmeriers. Sein Griff glich einem Schraubstock. Conan versuchte ihn abzuschütteln, doch unter Salvorus' Fingern gab der Knochen nach und brach mit häßlichem Knacken.

Jetzt schäumte Conan vor Wut. Er packte die leere Karaffe mit der Linken, schlug sie Salvorus ins Gesicht und brach dem Hauptmann die Nase. Blut spritzte wie eine Fontäne aus den Nasenlöchern. Er ließ Conans Arm los. Der Cimmerier schwang die Karaffe wie eine Keule und schlug sie dem Gegner gegen die Schläfe. Das Glas zersprang. Splitter übersäten den Boden. Aus Salvorus' Schläfe schoß ein Blutstrom.

Das Gesicht des Hauptmanns war eine Maske aus Blut und Wut. Brüllend und fluchend schüttelte er den Kopf, um klar sehen zu können, und führte einen tödlichen Streich gegen Conans Hals. Der Cimmerier wich dem Hieb aus und rollte von der Bank. Er schnitt sich an den Glasscherben, zückte jedoch mit dem unversehrten Arm das Breitschwert. Er parierte Salvorus' Schlag, sprang auf und schlug erbarmungslos auf den ungeschützten Kopf des Gegners ein. Der verwundete Salvorus wehrte etwas zu spät ab. Der nächste Schlag

Conans traf ihn mit der flachen Klinge direkt auf dem Schädel. Besinnungslos stürzte er zu Boden.

Conan sprang über ihn und rannte zur Treppe. Die Wachen erschraken so über diese anstürmende Kampfmaschine, daß sie ihm eilends Platz machten. Der Cimmerier stieß einige beiseite und nahm die Steinstufen mit großen Sätzen. Die schwere Eichentür der Schenke war von Salvorus und seinen Männern aus den Angeln gebrochen worden. Conan rannte an den verblüfften Gästen vorbei hinaus auf die dunkle Gasse – und prallte um ein Haar mit Yvanna zusammen. Obgleich er verblüfft war, sie zu sehen, und er es eilig hatte, wanderten seine Augen von oben bis unten über ihren üppigen Körper.

Das Mondlicht hüllte Yvannas schlanke Taille und die vollen Brüste in silbrigen Schein. Ihre Lippen, so rot wie Burgunder, waren leicht geöffnet. Das blonde Haar fiel ihr wie eine Kaskade auf die schlanken Schultern. Sie trug ein seidenes Gewand, das der Phantasie nur wenig Raum ließ. Am goldenen Gürtel hing ein Stilett in einer Scheide. Ein weiterer Dolch ragte aus dem rechten hohen Stiefelschaft.

»Crom! Wo hast du gesteckt, Weib? Ich habe stundenlang auf dich gewartet!«

Yvannas Augen waren bei Conans Anblick groß geworden. Er war von oben bis unten mit Blut bespritzt. Glassplitter ragten aus den immer noch blutenden Wunden an Armen und Gesicht. Seine breite Klinge war gerötet. Er hielt sie fest in der Linken. Das gebrochene rechte Handgelenk schwoll ständig an. Ein häßlicher Bluterguß umgab den unnatürlich abgewinkelten Arm. Jeder schwächere Mann hätte längst das Bewußtsein verloren, doch Conan schenkte den Verwundungen und den grauenvollen Schmerzen keinerlei Beachtung.

»Conan ... dein Handgelenk! Was ist geschehen? Mit wem hast du gekämpft?«

»Ich hatte eine Meinungsverschiedenheit mit einem Hauptmann der Wache. Er beschuldigte mich einer Schurkerei, mit der ich nichts zu tun habe. Ich habe versucht ihm zu erklären, daß Hassem es gewesen sein mußte, der die Tochter des Königs ermordet und ihren Körper verstümmelt hat. Doch Hauptmann Salvorus wollte mir nicht zuhören, sondern mich mit Gewalt abführen. Ich muß sofort von hier weg, ehe seine Schergen Hilfe herbeirufen. Wenn ich die Lage richtig sehe, wird die gesamte Wache mich sehr bald wie ein Rudel Bluthunde verfolgen.«

»Aber … dein Handgelenk! Wie willst du damit fliehen? Ich werde dich verstecken, bis es verheilt ist. Ich kenne einen Ort, den die Wachen nie durchsuchen werden. Ich hole einen Heiler. Er wird sich um den Bruch kümmern. In ein paar Tagen werden sie die Suche abbrechen. Dann kannst du unbemerkt fliehen.«

Conan schüttelte den Kopf. »Nein, jeder in der Stadt sieht sofort, daß ich Cimmerier bin, und davon gibt es nicht viele. Keine Tarnung kann meine Größe und meinen Körperbau verändern. Ich muß diese Schlange Hassem finden und die Wahrheit aus ihm herausprügeln und ihn eigenhändig zur Wache bringen. Ansonsten habe ich keine Ruhe. Männer meines Volks gehen keinem Ärger aus dem Weg. Wir verstecken uns nicht feige. Außerdem muß ich Hassem *das* noch heimzahlen!«

Er hob den verletzten Arm. Seine Augen glühten vor Wut. Er blickte sich auf der Gasse um. Wenige Schritte neben dem Eingang zur Schenke lag ein Bettler mit dem Gesicht nach unten und schlief. Schnell entriß er ihm den schmutzigen und stinkenden Umhang und warf ihn sich über die Schultern.

»Das reicht fürs erste. Wir gehen jetzt wie ein vom Wein trunkenes Paar, das auf dem Weg zu einem Liebesnest ist.«

Yvanna rümpfte die Nase, weil der Umhang nach Erbrochenem roch. »Du stinkst so, daß keiner deine Nähe suchen wird.«

Conan legte den linken Arm um sie, und die beiden marschierten los. Vorsichtig liefen sie durch das Labyrinth der Gassen zur westlichen Stadtmauer Pirogias, wo Yvanna wohnte. Unterwegs dachte Conan über seine schlimme Lage nach. Er hätte es wissen müssen, daß sein Glück am Würfeltisch nicht von Dauer sein würde. Doch pflegte der Cimmerier nicht in Selbstmitleid zu baden. Er stellte sich auf die neue Situation ein und wendete seine Energie für die Lösung des Problems auf, vor dem er stand. Augenscheinlich hatte ihn sein Glück doch noch nicht ganz verlassen. Keine Wache hielt sie auf. So erreichten sie sicher Yvannas Wohnung.

Sie lebte in einem großen, aus Lehmziegeln errichteten Gebäude, mit einem Dach aus Rundbalken, die mit Pech verschmiert waren. Mehrere Familien wohnten darin. Yvanna vergewisserte sich, daß niemand am Eingang war, ehe sie Conan das Zeichen gab, hereinzukommen. Yvannas Wohnung bestand aus zwei Zimmern, mit wenigen Möbeln aus Holz. Alles war sehr sauber. Mit dem Tanzen im *Goldenen Löwen* verdiente Yvanna recht gut. Sie liebte ihre Arbeit. Es bereitete ihr Genugtuung, daß die Gäste dort ihre Kunst zu schätzen wußten. Als Conan vor wenigen Tagen dort aufgetaucht war, hatten seine eisblauen Augen sie in ihren Bann geschlagen. Er war nicht wie die anderen Männer, für die sie tanzte. Er war jünger, zugleich jedoch ernster, aber auch naiver als die anderen. Nach dem Tanz konnte sie sehen, daß ihr Körper und ihre aufreizenden Bewegungen in ihm Leidenschaft erweckt hatten. Er hatte sie ruhig und aufmerksam beobachtet und nicht so wie die anderen sie lachend angefeuert.

Später hatte sie sich mit ihm im Schankraum des *Gol-*

denen Löwen getroffen, weil sie mehr über diesen stillen Riesen erfahren wollte. Nach der ersten Flasche Wein hatten sie beschlossen, einen Abend gemeinsam das Nachtleben der Stadt zu genießen. Danach waren sie bei Yvanna gelandet. Conans tierhafte Stärke und Leidenschaft hatten sie erstaunt. Kein Mann hatte sie je so gereizt und zugleich befriedigt wie dieser seltsame Cimmerier.

Sie entfernte vorsichtig die Glasscherben aus seinen Wunden, während er ihr die Ereignisse des Abends schilderte. Nachdem sie das Blut abgewaschen hatte, betrachtete sie besorgt die blaurote Schwellung an seinem gebrochenen Handgelenk. Wenn sie keinen Heiler holte, bestand die Gefahr, daß er die Rechte nie wieder benutzen konnte. Wieder war sie tief beeindruckt von seiner tapferen Haltung angesichts der Schmerzen, die unerträglich sein mußten. Nicht ein einziges Mal hatte er gestöhnt. Jetzt war Conan mit seinem Bericht am Ende und schwieg. Seine Gedanken behielt er für sich.

Als Yvanna fertig war, nahm Conan sein Schwert und legte es zu sich auf die weichen Pelze, die ihr als Bett dienten. Er verfiel in einen leichten Schlaf – doch ruhte die linke Hand stets am Schwertgriff. Yvanna wußte, daß er nicht tief schlief. Doch gelang es ihr, mit der lautlosen Anmut einer Tänzerin die Wohnung zu verlassen, ohne ihn zu wecken, und sich auf die Suche nach dem Heiler zu machen.

2. Kapitel

BRYTHUNISCHES BLUT

»Narr!«

In einem prachtvoll ausgestatteten Vorzimmer im Palast stand General Valtresca mit hochrotem Gesicht vor dem niedergeschlagenen Hauptmann Salvorus. Der General der brythunischen Armee war nur geringfügig kleiner als Salvorus, aber viel schmaler gebaut. In seinen Bart und das dünne blonde Haar mischten sich graue und weiße Strähnen. Obgleich er dadurch wie ein Mann mit fünfzig aussah, wirkten seine Gesichtszüge viel jugendlicher.

Der General trug einen maßgerecht sitzenden stählernen Brustharnisch, dessen Platte kunstvoll verziert war. Die Oberarme bedeckten Dreiecke aus Stahlringen, die mit der Brustplatte verbunden waren. Daran war ein wadenlanger Umhang aus tiefrotem Wolltuch befestigt. Seine Panzerhandschuhe waren herrlichste Schmiedearbeit und seine hohen Lederstiefel waren mit Metallplättchen verstärkt. Sie endeten knapp unterm Knie. Enge Beinkleider aus bestem rotschwarzen Leder umschlossen die muskulösen Beine. An seiner Hüfte hing ein langes, dünnes Schwert mit prächtig verziertem Heft. Die Scheide war mit Gold- und Silberintarsien verziert. Der General war eine eindrucksvolle, um Achtung heischende Gestalt – und er war sich dessen nur allzusehr bewußt. Seine Art war daher barsch, herablassend und angeberisch.

Salvorus wirkte in diesem Augenblick keineswegs so eindrucksvoll wie der General. Sein mißhandeltes Gesicht lief abwechselnd blau und rot an. Die Schläfenwunde war noch nicht versorgt und das gestockte Blut glänzte und verklebte das schwarze Haar. Zwar stand er aufrecht da und ließ die Beschimpfungen des Generals stumm über sich ergehen, doch die schweißgetränkte Braue verriet, daß er innerlich keineswegs so ruhig war, wie er sich gab, sondern vor Nervosität bebte.

Valtresca hatte sich derartig in Wut geredet, daß die Adern an seinen Schläfen hervortraten. »Deine Ungeschicklichkeit hat die Wachen zur Zielscheibe des Spotts der gesamten Stadt gemacht! Du hattest den Barbaren im Griff und hast ihn entwischen lassen! Hättest du deinen Kopf anstelle des Schwertarms benutzt, läge der Schänder von Eldrans geliebter Tochter jetzt in Ketten im Verlies und könnte hören, wie der Henker sein Beil für die Hinrichtung schärft. Doch statt dessen kehrst du mit leeren Händen und einer erbärmlichen Entschuldigung zurück! Du hattest sechs Soldaten bei dir. Kein Mann kann euch alle allein überwältigen! Das ist doch lächerlich! Besonders nicht, wenn es stimmt, daß du ihm das Handgelenk gebrochen hast! Das ist einfach unfaßbar! Ein einarmiger Barbar entkommt einem halben Dutzend gut ausgebildeter Soldaten, die geführt werden von Salvorus, dem Helden der Grenzkriege!«

Salvorus hörte sich die Beschimpfungen des Generals seit über einer Viertelstunde an, und langsam verlor er die Geduld. »General, mit Verlaub, das waren keine gut ausgebildeten Soldaten. Laut Augenzeugenberichten hat sich der feige Abschaum fast gegenseitig totgetrampelt, nur um dem Cimmerier freie Bahn für die Flucht zu schaffen. Ich habe Ratten auf Hinterhöfen gesehen, die weitaus mehr Mut bewiesen als diese Stadtwachen. Sie mögen fähig sein, Schlägereien auf den Straßen abzubrechen und aufsässige Trunkenbolde über den Schädel zu schlagen, aber sie haben weder den Mut noch die Fähigkeit, es mit einem Feind wie diesem Cimmerier aufzunehmen. Wenn ich ein paar meiner Männer dabei gehabt hätte, die Erfahrungen in den Kämpfen an der nemedischen Grenze gesammelt haben, hätte das Verlies heute abend einen neuen Insassen, das schwöre ich. Bei Mitra! Ich habe noch nie einen so starken und so schnellen Mann gesehen! Und das nach zwei Karaffen Wein, wie mir die Schankmaid verriet. Wie du selbst immer sagst, General, ein erfolgreicher Befehlshaber darf niemals den Feind unterschätzen.«

»Wie schade, daß dir das nicht eingefallen ist, ehe du dich diesem Cimmerier genähert hast«, unterbrach ihn Valtresca spöttisch. »Ich vertraue darauf, daß du diesen Fehler nicht wiederholst, Salvorus. Ich war ein guter Freund deines Vaters. Mitra schütze seine Seele! Als ich von deinen Taten in den Grenzkriegen hörte, habe ich dir eine Stellung von nicht zu unterschätzender Bedeutung verschafft und dich in diese Stadt geholt. Und jetzt enttäuschst du mich bereits im ersten Monat auf deinem neuen Posten. Aus Respekt vor deinem Vater sollst du noch eine Bewährungsprobe ablegen können. Finde den Barbaren! Wir können sicher sein, daß er schuldig ist. Seine Reaktion auf deine Anschuldigung läßt keinen Zweifel zu. Schaff ihn herbei! Lebendig oder tot! Der König wird zumindest geringen Trost empfinden, wenn er weiß, daß der Unhold, der für die unfaßbare Schandtat verantwortlich ist, zur Rechenschaft gezogen wurde. Wenn es dir hilft, laß deine Burschen von der Grenze herkommen. Bedien dich aller nur erdenklichen Mittel! Dieser Schurke darf nicht ungestraft davonkommen.«

»Jawohl, General!« Salvorus salutierte, machte auf dem Absatz kehrt und verließ schnell den Raum. Er war erleichtert, endlich Valtrescas beißendem Spott und den Beleidigungen entronnen zu sein. Es stimmte, was man sagte: Die Zunge des Generals konnte einen Mann schlimmer verwunden als sein Schwert.

Als der Hauptmann durch die steinernen Korridore des Palasts schritt, dachte er nochmals an die letzten Ereignisse. Erst vor etwas über einem Monat hatte er erfolgreich die Invasion eines nemedischen Barons vereitelt, der sich das große Stück brythunischen Landes zwischen der Gabelung des Gelben Flusses unter den Nagel hatte reißen wollen. Damals war Salvorus nur Leutnant gewesen. Sein Hauptmann war bei der ersten Attacke der Nemedier gefallen und überließ ihm den Befehl über die fünfhundert Grenzsoldaten. Obgleich Salvorus es mit der dreifachen Übermacht zu tun hatte, hatte er die Ufer des Flusses eine Woche lang gehalten, bis endlich die Verstärkung eintraf. Er hatte eigenhändig über vierzig Nemedier mit dem Schwert getötet und selbst nur wenige leichte Wunden davongetragen.

Die Grenztruppe hatte sich um ihn geschart und war von seinen Taten ermutigt worden. Während dieser erbitterten Kämpfe war er zu sehr mit Überleben und Taktik beschäftigt, um sich Gedanken über seine Zukunft zu machen. Als später der Herrscher Nemediens frech behauptete, er hätte mit dem Überfall nichts zu tun, und eine Karawane mit Geschenken als Friedensangebot schickte, wurde Salvorus eine Art Held. Der König hatte ihm persönlich gedankt und ihm zu Ehren ein Bankett gegeben.

Dann hatte Valtresca ihm die Spitzenposition als Hauptmann der Stadtwache angeboten, und er hatte bereitwillig angenommen. Jetzt bereute er die übereilte Entscheidung. Seine besten Fähigkeiten zeigten sich in der Schlacht – wie er glaubte. Angesichts der Gefahr und der Herausforderungen, welche die Kämpfe an der Grenze täglich boten, war er aufgeblüht. Hier in der Stadt gab es andere Gefahren, die ›Schlachten‹ auf den Straßen und Gassen erforderten eine ganz andere Taktik als die, welche er gelernt und erfolgreich eingesetzt hatte. Zugegeben, der Lohn war größer und die Gefahr etwas geringer; aber er war keineswegs sicher, daß diese Stellung ihm behagte. Ein Mann mit größerer Erfahrung in Politik und geringerer in der Kunst des Schwertführens wäre wahrscheinlich geeigneter für diesen Posten gewesen.

Dennoch war Salvorus keineswegs bereit aufzugeben. Valtresca hatte seine Karriere in derselben Grenzgarnison begonnen wie er und mit Sicherheit mit den gleichen Schwierigkeiten zu kämpfen gehabt. Salvorus würde beweisen, daß er fähig war. Er war überzeugt, eines Tages würde er Valtrescas Platz als General der brythunischen Armee einnehmen, auch wenn diese Armee im Vergleich zu der großer Königreiche wie Aquilonien, Ophir oder Shem klein war. Der Titel ›brythunischer General‹ bedeutete Ehre und blickte auf eine jahrhundertealte Tradition zurück.

Salvorus konnte sich später um seine Wunden kümmern. Er hatte bereits alle verfügbaren Soldaten ausgeschickt, um sämtliche Ausgänge der Stadt zu überwachen. Seine Leutnants versammelten sich jetzt in der Wachstube. Er hatte einen Plan entworfen, wie er den Cimmerier fangen würde, und wollte weder ruhen noch rasten, bis er ihn in die Wege geleitet hatte. Aufgrund seiner natürlichen Kampfkraft und seiner Körpergröße war Salvorus noch nie in einem Zweikampf unterlegen. Er rieb sich vorsichtig die blutverkrustete gebrochene Nase. Dieser Conan war wohl die größte Herausforderung, die ihm bis jetzt begegnet war.

Nachdem Salvorus den Raum verlassen hatte, lief Valtresca mit gesenktem Kopf, tief in Gedanken verloren, auf und ab und strich sich gelegentlich durch den Bart. Nach einiger Zeit blieb er stehen, richtete sich auf und ging zu einem polierten Eichentisch, der in einer Ecke stand. Auf dem Tisch stand ein kleiner Gong aus Bronze. Er nahm den Schlegel, der daneben lag, und schlug kraftvoll auf den Gong.

Minuten später klopfte jemand leise an die Tür. »Es ist nicht verschlossen, tritt ein!« rief Valtresca ungeduldig.

Die Tür öffnete sich leise. Ein dürrer alter Mann mit heller Haut trat ein. Er trug ein Gewand aus blaßblauer Seide. Nach einer Verbeugung schloß er die Tür hinter sich. »Es gibt da vielleicht eine Schwierigkeit, Lamici«, sagte Valtresca leise. »Ich habe dir strikte Anweisungen gegeben, die Leiche zu beseitigen. Wieso ist der Schmuck der Prinzessin bei diesem Mann aus dem Westen gelandet?«

»Ich habe die Angelegenheit mit äußerster Vorsicht und strenggeheim behandelt, das kann ich dir versichern«, antwortete der Obereunuch mit hoher singender Stimme. »Du verdächtigst doch nicht etwa mich, den Leichnam geschändet zu haben, oder?«

»Nein, aber jemand hat es getan. Die Prinzessin hat die Kette und den Armreif bekommen, als sie noch sehr jung war. Später waren die Schmuckstücke dann so eng, daß man sie nicht mehr abnehmen konnte. Das ist Brauch bei den adligen Damen Brythuniens. Um sie zu entfernen, mußte der Dieb die Hände und den Kopf abhacken. Kein Wunder, daß der Leichnam so entsetzlich zugerichtet war! Wäre ich doch nur gestern rechtzeitig in der Stadt gewesen, um die Sache zu vertuschen, ehe die gesamte Stadtwache alarmiert war! Nachdem man den König von der Schandtat unterrichtet hatte, wurde sogar eine Belohnung ausgesetzt, um den Schuldigen zu ergreifen!«

»Ich habe sofort einen Boten zu dir geschickt, als ich hörte, daß die Wachen den Leichnam entdeckt hatten. Ich bin überrascht, daß er dich so schnell erreicht hat.«

Valtresca fluchte. »Nicht schnell genug! Zum Glück glaubt der Einfaltspinsel Salvorus, daß dieser Barbar verantwortlich ist. Es gibt nur eine andere Person, die Bescheid wissen könnte. Laut Salvorus hat ihm ein gewisser Hassem – ein Zamorer – gesagt, wo und bei wem er den Armreif finden würde. Wie ein Hund, der sich bei seinem Herrn einschmeicheln will, ist unser treu ergebener Hauptmann sofort losmarschiert, um den Schuldigen zu verhaften. Wenn er doch nur diesen elenden Cimmerier getötet hätte!«

»Ah, General, ich habe von diesem Hassem gehört! Er ist ein Hehler aus Zamora, eine stinkende Kloakenratte, ohne Skrupel. Obgleich derartige Männer nützlich sein können, darf man ihnen jedoch niemals trauen. Hat er bereits die Belohnung für die Ergreifung des Verbrechers kassiert? Wenn ich mich recht erinnere, waren zweihundert Goldkronen ausgesetzt. Hassem wird dieses Gold gewiß wollen. Vielleicht könntest du Salvorus anweisen, ihn holen zu lassen, damit wir ihn bezahlen …«

»Selbstverständlich werde ich das tun. Überlaß das nur mir, Eunuch. Ein Hehler, richtig? Hassem wird eine weit größere Belohnung erhalten, als er erwartet. Ich wüßte gern, welche Beweise es für die Schuld des Cimmeriers gibt.«

»Hmmm … ich wette, dieser Hassem weiß mehr, als er dem Hauptmann erzählt hat. Vielleicht könnte man ihn mit den geeigneten Mitteln überreden, dir alles zu sagen.«

Valtrescas Gesicht verhärtete sich. Seine Augen glänzten wie kalte, seelenlose Saphire. Er lächelte grausam und ballte die Faust im Panzerhandschuh. »Wenn er etwas weiß, wird er es mir sagen. Geh jetzt. Halte Augen und Ohren offen, falls es etwas Neues gibt. Ich muß alles erfahren, was man dem König mitteilt.« Er senkte die Stimme, bis er kaum hörbar flüsterte. »Weiß Azora von alledem?«

Der alte Eunuch schlug die Augen zu Boden. »Ich habe es ihr nicht persönlich erzählt. Ich habe seit ... seit dem Ritual vor zwei Nächten nicht mit ihr gesprochen. Wie du wohl weißt, verfügt sie über die Fähigkeit, viel von dem zu wissen, was nicht gesagt wurde. Wäre sie besorgt, hätte sie mich zweifellos rufen lassen.«

»Wir müssen uns vergewissern, daß sie dich nicht wegen dieser Angelegenheit zu sich kommen läßt. Ich fürchte keinen Menschen, wohl aber ihre Zauberkunst. Ich möchte nicht, daß sie diese gegen mich verwendet. Ich kümmere mich um Hassem und teile dir das Ergebnis später mit.«

Lamici verbeugte sich wieder und verließ den Raum so lautlos, wie er gekommen war. Nach außen hin wirkte der Eunuch völlig gefaßt, doch in seinem Kopf schwirrten die wildesten Gedanken. Er war in höchstem Maße beunruhigt. Er wollte jedoch nicht über das Schicksal nachdenken, das ihm drohte, falls man ihn mit dem Tod der Prinzessin in Zusammenhang brachte. Er war entsetzt und verstört, daß ihr Leichnam gefunden worden war. Wie konnte das geschehen? Er hatte den Leichnam nicht geplündert; aber er hatte das unbestimmte Gefühl, daß Valtresca ihm in dieser Hinsicht nicht ganz traute. Er hatte den General stets bewundert. Er hatte miterlebt, wie dieser von einem ungestümen jungen Soldaten mit eisernem Willen zu einem tüchtigen Führer herangewachsen war, der allerdings ein sehr strenges Regiment führte. Valtresca verkörperte für ihn das Modell eines echten brythunischen Adligen. Geboren aus einer langen Ahnenreihe brythunischen Blutes, Sohn eines Barons, hätte er von Rechts wegen zum König gewählt werden müssen, als der letzte Monarch starb, ohne einen Erben zu hinterlassen.

Seit über zwanzig Jahren diente der Eunuch der früheren königlichen Familie und ihrem König Khullan. Brythunisches Blut war in Khullans Adern geflossen, doch nicht in denen seines Nachfolgers, ›König‹ Eldran. Lamici lehnte den jetzigen Herrscher ab, dessen Blut eine Mischung aus kezankischem, brythunischem und sogar ein wenig hyperborischem war. Obgleich die Menschen aus den Bergen im Prinzip Brythunier waren, hielt der Eunuch sie für Bauern, nur geeignet, Ziegen zu hüten und Felder zu beackern. Immer noch verfluchte er den Tag, als dieser unwürdige Bauerntölpel zum König gewählt worden war.

Zugegeben, Eldran hatte sich als Soldat und später als Führer in den Grenzkriegen sehr bewährt, aber sein Stammbaum war nicht der eines Königs. Valtrescas schlimmste Befürchtungen bezüglich Eldrans hatten sich als wahr erwiesen: Anstatt zu kämpfen, verhandelte der Mann lieber mit rivalisierenden Königen – als wären sein Land und seine Untertanen Waren, über die man auf dem Marktplatz feilschen konnte. Er hatte nicht das Rückgrat, Gleichgestellte mit Waffen zurechtzuweisen, sondern versteckte sich lieber wie ein feiger Schwächling hinter sinnlosen Verträgen und Worten.

Nur ein starker Mann edlen Geblüts konnte alle Bewohner Brythuniens vereinen und die Macht wiederherstellen, die dem Thron gebührte. Als Lamici sehr jung gewesen war, hatte seine Großmutter der königlichen Familie gedient, und sie hatte ihm viel von dem Reichtum und der Stellung erzählt, die Brythunien einst zu einem mächtigen Land gemacht hatten. Lamici war stolz gewesen, als königlicher Eunuch erwählt zu werden. Die Tatsache, daß er seine Männlichkeit geopfert hatte, war ihm im Vergleich zur Ehre, dem Königshaus dienen zu dürfen, geringfügig erschienen.

Im Laufe der Jahre hatte er stumm mitansehen müssen, wie der Thron an Macht verlor und langsam aber sicher bröckelte, bis Brythunien schließlich Gefahr lief, in viele sich streitende Parteien zu zersplittern. Im Laufe der Generationen entwickelte sich das einst so stolze

Volk der Brythunier zurück in die Barbarei. Überfälle durch angrenzende Länder wurden alltäglich. Die Herrscher der Nachbarstaaten hielten das königliche Haus Brythuniens für einen Witz, seinen Monarchen für den ›König von Flegeln und Dummköpfen‹. Diese Worte brannten in Lamicis Herzen. Er sehnte sich danach, die Könige so zu strafen, daß sie bereuten, diese Worte je ausgesprochen zu haben.

Valtresca war der Mann, der das zustande bringen konnte. Er war reizbar und würde diese Überfälle ›aus Versehen‹ über die brythunische Grenze nicht dulden, die immer häufiger von den benachbarten Königen unternommen wurden. Nein, er würde die übers Land verstreuten Soldaten versammeln und die Grenzen weiter nach Westen, über den Gelben Fluß hinüber, bis nach Corinthien verlegen. Mit König Valtresca würde für das brythunische Reich ein neues Zeitalter anbrechen, in dem Brythunien anschwellen und bis an die Gestade des großen Ozeans im Westen vordringen würde. Lamicis Herz jauchzte vor Freude, wenn er sich das vorstellte. Er konnte die Banner sehen, die Farben der großen Nation, die dann über den strahlenden Städten flatterten.

Der Eunuch hatte seit Monaten überlegt, wie er Eldran beseitigen könnte. Der König wurde Tag und Nacht von kräftigen kezankischen Männern aus den Bergen bewacht, deren Loyalität unerschütterlich war. Diese Leibwache war ihm so tief ergeben, daß jeder Mann es sich als Ehre angerechnet hätte, für den König zu sterben. Ihre Sinne waren scharf und ihre Klingen noch schärfer.

Zu allem Unglück hatte ein abtrünniger, machthungriger Baron aus dem Südosten Brythuniens vor kurzem einen Meuchelmörder gedrungen, der Eldran vergiften sollte. Doch der Plan des adligen Narren war fehlgeschlagen, und die aufgebrachten Bürger hatten ihn bei lebendigem Leib im eigenen Schloß verbrannt. Der verhinderte Giftmischer war enthauptet worden – die traditionelle Bestrafung für solche Verbrechen. Jetzt war der König so mißtrauisch, daß nicht einmal der geschickteste Meuchelmörder eine Aussicht auf Erfolg hatte. Und Lamici konnte sich keinen einzigen Fehlschlag leisten. Schöpfte der König Verdacht gegen ihn, würde das scharfe Henkersbeil ihm für immer die Augen schließen. Inbrünstig hatte er die Götter um Hilfe angefleht.

Vor drei Wochen wurden seine Gebete an einem Abend schließlich erhört. Er war in der Stadt gewesen und hatte Delikatessen eingekauft, als eine fremde junge Frau ihn mit Namen angesprochen hatte. Sie war plötzlich aus einer Seitengasse herausgetreten und hatte sich ihm als Azora vorgestellt. Sie trug einen knöchellangen weiten Umhang und dünne Lederhandschuhe. Die Kapuze verhüllte ihr Haar und ihre Stirn. Als erstes waren ihm ihre Augen aufgefallen. Sie hatten an diesem dunklen Abend wie Rubine im Fackelschein gefunkelt und geglüht. Auf den zweiten Blick jedoch waren sie nur normale braune Augen. Sie hatte ihm gesagt, woher sie käme, doch konnte er sich jetzt nicht mehr an den Ort erinnern. Die Begegnung war wie ein Traum gewesen. Er entsann sich nur schwach daran, aber er konnte den Gedanken an die seltsame junge Frau nicht mehr loswerden.

Aus unerfindlichen Gründen war er ihr in den verlassenen alten Teil der Stadt gefolgt, den er nie zuvor betreten hatte. Dort standen alte Gebäude – meist Ruinen –, die aus einer Zeit vor der Gründung der Stadt stammten. Aus Aberglauben hatte man den Zutritt zu diesen Gebäuden streng verboten. Die Stadtwache scheuchte jeden Neugierigen sofort weg, der einen näheren Blick darauf werfen wollte. An jenem Abend waren sie an dem Wachposten vorbeigegangen. Die

Soldaten hatten direkt durch sie hindurchgesehen, als würden sie gar nicht existieren. Lamici hatte Angst gehabt, war jedoch trotzdem mit der Frau in eines der baufälligen Gebäude hineingegangen.

Das Bauwerk erinnerte ihn an einen Tempel, war jedoch völlig schmucklos und kahl. Azora sagte etwas, worauf ein riesiger Marmorblock nach vorn aus der Mauer herausschwang und einen engen gewundenen Gang preisgab. Der Gegensatz zwischen dem kahlen Tempel und dem Gang war verblüffend. Tiefe rote Teppiche, wie Matten aus Blut, bedeckten die Steinplatten des Bodens. Seltsam geformte Fackeln hingen an den Wänden und brannten mit rauchlosem grünen Feuer. Lamici folgte ihr zu einer bronzenen Doppeltür, die beinahe doppelt so hoch war wie er. Ein schweres Vorhängeschloß sicherte zwei bizarr geschnitzte Holzgriffe. Auf Azoras Befehl hin öffnete sich das Schloß, und die Türflügel schwangen nach innen, so als hätte sie ein unsichtbarer Riese aufgestoßen.

Ein Schwall stinkender Luft kam ihm entgegen und hüllte ihn ein. Sein Magen empörte sich gegen den Gestank. Es roch nach Tod und Verwesung. Am liebsten wäre er weggerannt, aber er war nicht mehr Herr seiner Handlungen. Statt dessen folgte er ihr in die Dunkelheit. Sie entzündete mehrere Dutzend Kerzen und stellte sie sorgfältig kreisförmig um einen großen Gegenstand in der Mitte des Raums auf. Als seine Augen sich an das Licht gewöhnt hatten, sah er, daß der Gegenstand ein Altar war. Von diesem ging der widerwärtige Gestank aus. Er strengte sich an, um die seltsamen Symbole genauer zu erkennen, die auf die Altarwände eingeritzt waren, doch da sprach Azora ihn an.

»Ich weiß, wer du bist und was du dir wünschst, Eunuch«, sagte sie mit einer überirdisch schönen Stimme, die in dem seltsamen Raum gespenstisch hallte. »Derartiges Wissen ist nur der Hohenpriesterin der Mutare verliehen. Ich habe dich hierhergeführt, weil du mir etwas bringen kannst, das ich haben will. Als Gegenleistung werde ich meine Kräfte einsetzen, um dir zu helfen, den König aus dem Weg zu schaffen und einen anderen auf den Thron zu setzen. Wen, bleibt einzig und allein dir überlassen.«

»Du verfügst tatsächlich über derartige Macht?« fragte er, bedauerte jedoch sogleich, an ihr gezweifelt zu haben. »Was kann ich für dich tun?«

»Der König vertraut dir, und du hast freien Zugang zum Palast. Weiterhin hat er dich mit der Erziehung seiner Tochter betraut. Ich werde dir eine Salbe geben. Wenn du diese auf die Haut einer Frau aufträgst, schläft sie sogleich ein. Du wirst die Tochter des Königs mit dieser Salbe einreiben. Wenn sie schläft, bringst du sie zu mir.«

»Was ist, wenn man mich sieht? Und warum kannst du es nicht selbst tun, wenn du doch über so viel Macht verfügst …?«

»… die Tat selbst vollbringen?« unterbrach sie ihn. »Meine wahre Erscheinung kann einem weiblichen menschlichen Wesen nicht verborgen bleiben. Auch für die Mutare gelten leider gewisse Grenzen.«

»Deine wahre Erscheinung? Was …?« Er war erschrocken zurückgeprallt, als sie die Kapuze zurückgestreift und die Lederhandschuhe abgelegt hatte. Sie lächelte ihm mit pechschwarzen Zähnen zu. Jetzt sah er, da ihre Augen tatsächlich glühten, wie er beim ersten Mal geglaubt hatte. Sie waren orangerot wie glühende Eisen im Schmiedefeuer. Ihre Fingernägel waren so schwarz wie Ruß und bildeten einen scharfen Gegensatz zu ihrer blendendweißen Haut. Bei diesem Anblick hatte es ihn geschaudert. Er hatte sich so gefürchtet, daß er beinahe die Herrschaft über seine Blase verloren hätte wie ein verängstigter Welpe.

»Jetzt weißt du, wer und was ich bin, Eunuch. Ich

darf nicht gesehen werden. Die Priester Mitras sind seit Urzeiten die Feinde der Mutare, und ich habe keine Zeit für lästige Unterbrechungen. Die Angelegenheiten dieses Landes sind mir völlig gleichgültig. Mich schert es nicht, wer diese menschlichen Schafe hütet. Ich bin mit anderen Dingen befaßt, die weit über die menschliche Vorstellungskraft hinausgehen. Alles, was du tun mußt, ist, mir das Mädchen zu bringen – unversehrt. Lange schon warte ich auf diese Gelegenheit … eine Jungfrau mit weißer Haut und goldenem Haar, Tochter eines Königs in dieser Stadt. So steht es geschrieben. Die Prophezeiung erfüllt sich endlich.

Wenn du meine Worte beherzigst, wird niemand dich sehen, und niemand wird dich verdächtigen. Bring sie zu mir. Wenn ich mit ihr fertig bin, kannst du ihren Leichnam nach Lust und Laune beseitigen. Nachdem du mir die Prinzessin gebracht hast, werde ich dafür sorgen, daß der König an einer auszehrenden Krankheit stirbt, die aus seinem Körper kommen wird. Du brauchst keinen Finger zu rühren. Nichts wird ihn heilen, nicht einmal die sinnlosen Gebete dieser senilen, sabbernden Mitrapriester, wenn sie wie Narren ihren schwachen Gott anflehen. Eldran wird sterben, und das Volk kann den Mann wählen, der als sein neuer König den Thron besteigen soll.«

Nachdem Azora dem Eunuchen den Plan enthüllt hatte, gab sie ihm zwei Schlüssel. Der eine aktivierte den Mechanismus, der den großen Steinblock im Tempel bewegte, der zweite paßte in das Vorhängeschloß der mächtigen Bronzetüren, die zu Azoras Altarraum führten. Außerdem gab sie ihm noch ein Döschen mit Salbe. Nachdem er den alten Tempel verlassen und in den Palast zurückgekehrt war, bekam er furchtbare Kopfschmerzen. Es war schon spät, und er legte sich sogleich schlafen. Als er am nächsten Tag aufwachte, war er überzeugt, alles sei nur ein Traum gewesen.

Doch dann hatte er die Schlüssel und die Dose mit der Salbe auf dem Nachttisch entdeckt – stumme Zeugen, daß es die Priesterin tatsächlich gab. Hastig hatte er die Gegenstände in einer Höhlung hinter einem losen Ziegelstein in seinem Schlafgemach verborgen.

Und jetzt – Wochen später – hatte er seinen Teil des Abkommens erfüllt. Nun war Azora an der Reihe, ihr Wort zu halten. Er blickte aus dem Palastfenster. Die große gelbe Sonne stieg im Osten über den Bergen auf. Ihre wärmenden Strahlen drangen durch die wenigen Wolken. Ja, dachte er, endlich sehen meine alten Augen das Anbrechen eines neuen Zeitalters, in dem Brythunien die Oberherrschaft gewinnen würde. Bei diesem Gedanken mußte er lächeln. Schnell lief er zu Eldrans Gemächern. Vielleicht fühlte der König sich heute morgen nicht besonders wohl.

3. Kapitel

DER HEILER UND DER JÄGER

Ein Geräusch weckte Conan unvermittelt. Eine Tür war leise geschlossen worden. Obgleich er mehrere Stunden geschlafen hatte, waren seine Sinne sofort hellwach. Nach einer Nacht wie der gestrigen, wären die meisten zivilisierten Menschen mit einem Brummschädel und benommen aufgewacht, doch die Instinkte des Barbaren waren sofort scharf und frisch wie die eines Panthers.

Instinktiv griff der Cimmerier nach dem Schwert, stets kampfbereit. Er stöhnte leise, als er die rechte Hand bewegte. Die Finger waren steif, und der Unterarm schmerzte verteufelt. Er hatte auch Kopfschmerzen, doch diese waren ihm vertraut; denn sie rührten von den Karaffen mit Wein her, die er geleert hatte. Sein Mund war so trocken wie die Wüste Samoa.

Er entspannte sich, als ihm klar war, daß das Geräusch, das ihn geweckt hatte, nur die Tür war, die Yvanna geschlossen hatte. Sie war mit einem Heiler zurückgekommen. Der Mann war wie ein Priester Mitras gekleidet, jedoch jünger als die meisten Priester, die Conan bisher gesehen hatte. Sein Gewand war abgetragen, doch sauber, die Füße steckten in kräftigen, mehrfach geflickten Sandalen. Langes, rotbraunes Haar umrahmte sein ernstes, hellhäutiges Gesicht. Ein dichter, lockiger Bart bedeckte Kinn und Oberlippe. In der rechten Hand hielt er einen eisenbeschlagenen dicken Birkenstab, über die linke Schulter hatte er einen ziemlich schäbigen Ledersack mit dicken Riemen geschlungen. Sein Gewand wurde durch einen Strick anstelle eines Gürtels zusammengehalten. Aber er trug keine Waffe, zumindest war sie nicht offen sichtbar.

Conan erhob sich langsam von seinem Pelzlager und trat zu dem großen Wasserkrug, der in der Ecke des Zimmers stand. Er lehnte das Schwert gegen die Wand, hob den Krug mit der linken Hand hoch und trank. Nachdem er seinen ersten Durst gestillt hatte, wischte er sich den Mund ab und unterdrückte ein Rülpsen.

»Conan, das ist Madesus, der Heiler, von dem ich dir gestern abend erzählt habe«, sagte Yvanna mit besorgter Stimme. »Du kannst ihm trauen. Er wird niemandem verraten, wo du dich aufhältst.«

Conan musterte den Mann mißtrauisch, als bezweifle er ihre Worte. »Du bist ein Priester, Madesus?« fragte er.

»Früher. Vor drei Jahren diente ich in einem Mitratempel in Corinthien. Jetzt bin ich schlicht Madesus der Heiler. Ich trage dieses Gewand zu Recht und freiwillig und bin immer noch ein inbrünstiger Verehrer des Herrn des Lichtes.« Dann wechselte er brüsk das Thema. Offenbar wollte er nicht weiter über sich sprechen. »Dein Gelenk ist böse gebrochen. Gestatte mir, es zu behandeln, dann ziehe ich weiter. Yvanna sagt die Wahrheit. Ich werde niemandem verraten, daß du hier bist. Als Heiler hat man mich gelehrt, die Kranken zu heilen, nicht sie zu verhören oder zu verraten.« Er öffnete den Sack und holte Phiolen, Dosen und andere Gegenstände heraus, die er auf dem Tisch abstellte. Er bat Yvanna, ihm Wasser aus dem Krug zu bringen. Dann zündete er mehrere Kerzen an.

Conan verfolgte alles mit finsterer Miene, schwieg jedoch. Wenn der Heiler log, war es jetzt zu spät, etwas zu unternehmen. Er mußte sowieso bald von hier weg; denn die Wachen mochten inzwischen die gesamte verfluchte Stadt nach ihm absuchen. Geheilt oder nicht – er würde Hassem finden und dem heimtückischen Köter den elenden Verrat heimzahlen. Wenn er mit ihm fertig war, konnte der Zamorer seine gestohlenen Waren nur noch in der Hölle feilbieten. Er blickte zum Tisch hinüber, wo Madesus ein übel aussehendes Gebräu mischte, dessen scharfer Geruch Conan in die Nase stieg.

»Bitte, streck mir deinen Arm mit der Handfläche nach oben entgegen.« Madesus verteilte behutsam den Balsam auf der blauroten Schwellung, legte seine Finger um das Handgelenk und schloß die Augen. »Heiliger Vater, Bringer des Lichtes, Verteidiger des Guten, höre die Gebete deines unwürdigen Dieners ...«, begann er mit geneigtem Kopf.

Der Priester sang diese Bittlitanei mehrere Minuten lang. Conan spürte ein seltsames Prickeln im Unterarm. Die Nackenhaare stellten sich ihm auf. Er unterdrückte den Impuls, dem Heiler und seiner Magie den Arm zu entziehen. Der Cimmerier verabscheute und mißtraute jeglicher Art von magischem Brimborium abgrundtief. Er hatte nichts gegen Mitra und seine Anhänger. Allerdings gab es für ihn nur den Gott Crom, der unter den kalten grauen Bergen in Ben Morgh, Cimmerien, lebte. Conans Volk betete selten zu seinem grimmigen Gott, da Crom ihnen bei der Geburt alles geschenkt hatte, was sie im Leben benötigten: Kampfesmut und Kampfesstärke. Hätte man den Gott um eine weitere Gunst angefleht, wäre das ein Eingeständnis der Schwäche. Conan bezweifelte, daß Crom derartige Gebete überhaupt einer Antwort würdigte.

Endlich beendete Madesus sein Gebet und ließ Conans Gelenk los. Seine Stirn war schweißbedeckt. Seine Hand zitterte, als er sie abwischte. Dann leerte er den Inhalt einer kleinen Phiole in ein Glas Wasser und trank es. Gleich darauf hörten seine Hände auf zu zittern. Als der Priester den verwirrten Ausdruck auf Conans Gesicht sah, lächelte er. »Obgleich die Bitte um Heilung kurz ist, kostet sie doch sehr viel Kraft«, erklärte er wohlwollend. »Und nun versuch, deine Finger zu bewegen.«

Conan ballte eine Faust und öffnete sie wieder. Langsam und steif gehorchen ihm die Finger. Das Gelenk war noch deutlich geschwollen. Auch die blauroten Blutergüsse waren noch zu sehen. Doch langsam ging die Schwellung zurück. Conan war verblüfft. Was auch immer dieser Heiler sonst noch sein mochte – er war kein Scharlatan.

»Was verlangst du als Bezahlung für die Heilung?«

»Ich darf persönlich nichts annehmen. Doch mußt du mir etwas geben, das ich als Opfer in den Tempel bringen kann. Normalerweise würde ein Priester drei Goldkronen für diesen Dienst verlangen, da du nicht zu unserem Glauben gehörst. Wenn du mir nichts gibst, läßt die Heilung schnell wieder nach.«

Conan wollte aufbegehren, doch er hatte gelernt, daß es weiser war, sich mit Priestern und Zauberern nicht auf ein Wortgefecht einzulassen. Außerdem hatte er den Gewinn vom Würfeltisch. Seine Börse hatte sich immer schnell geleert. Er würde sie bald wieder füllen. Als er nach dem Beutel griff, mußte er entsetzt feststellen, daß er nicht am Gürtel hing. Er suchte den Raum ab. Vielleicht war er herabgefallen oder Yvanna hatte ihn abgenommen, als sie gestern abend seine Wunden gesäubert hatte. »Mein Geldbeutel! Hast du ihn gesehen, Yvanna?«

Sie blickte zu seinem Gürtel, wo der Beutel gewesen war. Dort hingen nur ein paar Fasern. »Der Strick muß bei deinem Kampf … äh, bei deinem Unfall … gestern abend gerissen sein«, verbesserte sie sich schnell, als Conan sie warnend anschaute.

»Ich verstehe«, sagte Madesus. »Doch wenn ich das Opfer nicht bald darbringe …«

»Warte! Nimm das, Heiler. Es ist viel mehr wert als drei Kronen, aber ich bin dir für deine Hilfe dankbar.« Conan holte den in ein Tuch eingewickelten Armreifen aus dem Gürtel. Eigentlich hatte er ihn Yvanna zum Abschied schenken wollen. Doch jetzt, nachdem bekannt war, woher das Schmuckstück stammte, konnte sie es nicht mehr gefahrlos in der Stadt tragen. Da er nur zwei Kronen dafür bezahlt hatte, hatte er immer noch eine Krone Gewinn gemacht. Er wickelte den Armreifen aus und reichte ihn Madesus. Dieser nahm ihn und schleuderte ihn jedoch sogleich mit einem Schreckensruf von sich, als sei er eine giftige Schlange.

»Mitra schütze uns!« rief der Heiler. Dann hob er den Reif auf und betrachtete ihn neugierig. »Von diesem Gegenstand geht eine unsäglich böse Aura aus. Sie ist etwas schwächer geworden, doch ich spürte sie sofort, als ich den Armreif in der Hand hielt. Wer auch immer dieses Schmuckstück als letzter getragen hat, ist eines grauenvollen, unnatürlichen Todes gestorben. Da die Aura noch so stark ist, muß das erst vor kurzem geschehen sein. Wie ist dieser Gegenstand in deinen Besitz gekommen?«

Der Cimmerier überlegte, ob er dem Priester eine Geschichte auftischen sollte, aber dann entschied er sich, die Wahrheit zu sagen, da diese seine gegenwärtige Lage auch nicht verschlimmern konnte. »Ich habe den Armreif gestern abend von einem Zamorer namens Hassem gekauft. Der Preis war niedrig. Ich habe ihn nicht gefragt, woher er das Schmuckstück hatte. Wahrscheinlich gestohlen oder jemandem abgeschwindelt.«

Madesus hatte Conan direkt in die Augen geblickt, als wolle er ergründen, ob der Cimmerier die Wahrheit sagte. Der Heiler machte ein tief besorgtes Gesicht. »Wo kann man diesen Hassem finden? Ich befürchte, daß eine uralte böse Macht wieder erwacht ist – hier in dieser Stadt! Wenn sie nicht gefunden und aufgehalten wird, wird sie wachsen, bis niemand ihrer Gewalt mehr zu widerstehen vermag. Möge Mitra uns schützen!« Seine Hände zitterten wieder. Er füllte das Glas mit Wasser und leerte den Inhalt einer anderen Phiole hinein. Dann leerte er das Glas mit einem Zug.

Conan und Yvanna blickten ihn mißtrauisch an und fragten sich, ob der Mann den Verstand verloren hätte. Von welcher uralten bösen Macht faselte er? Conan fiel es schwer zu glauben, daß Hassem mehr als ein verlogener kleiner Dieb sein sollte. »Der feige Abschaum ist inzwischen wohl geflohen – zurück nach Zamora. Von welcher bösen Macht sprichst du? Wie kannst du ihre Gegenwart allein durch das Berühren dieses Schmuckstücks spüren?«

»Die Priester des Mitra lernen selbst in den Anfängen ihres Studiums bereits, die Zeichen und Spuren der Feinde des Lichts zu erkennen. Später entwickeln sie ein feines Gespür und wissen, ob Gegenstände teuflischer Personen in der Nähe sind, ja sie spüren sogar, ob sich eine böse Macht an einem bestimmten Ort aufgehalten hat. Starke böse Mächte hinterlassen Spuren, die leicht zu entdecken sind. Wir nennen diese Spuren ›Aura‹. Man kann sie mit bloßem Auge nicht erkennen, nur fühlen, wenn man einen Gegenstand berührt oder einen Ort betritt. So wie ein guter Jäger Wild anhand der Fährten und des Geruchs zu bestimmen vermag, kann ein erfahrener Priester die verschiedenen Auren des Bösen unterscheiden und die eines bestimmten Feindes erkennen. Priester, die ihren Tempel nie oder nur selten verlassen, verlieren diese Fähigkeit oft, da sie höchst selten diesen bösen Kreaturen begegnen.

Obgleich ich nach den Maßstäben der Priesterschaft noch sehr jung bin, bin ich mehr Ausgeburten des Bösen begegnet als viele Graubärte, die innerhalb der sicheren Mauern ihrer Tempel bleiben. Und ich sage euch, daß dieser Armreif von einer bösen Macht berührt wurde, wie ich sie noch nie erlebt habe. Ich spüre ihr niederdrückendes Gewicht, ihr Verlangen, zu zermalmen und zu zerstören, ihren Haß auf alle lebenden Geschöpfe. Vielleicht wird der Heilige Vater geruhen, mir mehr über diese Macht zu enthüllen, wenn ich zu ihm bete. Wenn nicht, dann ist es sein Wille, daß ich mich nicht länger damit befasse. Ich muß euch jetzt verlassen, doch ich warne euch: Hütet euch vor Hassem! Vielleicht ist er nur eine Schachfigur im Spiel des Bösen. Aber er hat sich mit den Mächten des Dunkelheit eingelassen. Daran besteht kein Zweifel. Hütet euch, nicht so tief in dieses Spinnennetz zu geraten, daß ich euch nicht mehr davon befreien könnte.«

Madesus hatte die Stimme erhoben und verlieh den letzten Worten Nachdruck, indem er mit dem Stab auf den Boden schlug. Dann packte er seinen Sack sorgfältig. Er wickelte den Armreifen wieder ins Tuch und verstaute ihn ebenfalls darin.

Conan nahm die Warnung auf die leichte Schulter, da er von dem Geschwafel des Heilers über Auren und böse Mächte nicht viel hielt. Mit diesen nicht greifbaren Dingen mochten sich Priester beschäftigten, er ließ sich davon nicht beirren. Ihm ging es um Hassem, einem Menschen aus Fleisch und Blut und einem Körper, den man mit der Klinge durchbohren konnte und aus dem Blut floß. Dieser geisteskranke Priester konnte von ihm aus seinen Wahnideen von uralten bösen Mächten, die in der Stadt Übles im Schilde führten, nachjagen. Conan hatte nichts dagegen, solange er ihn nicht dabei behinderte, sich an Hassem zu rächen. Er nickte dem Heiler zum Abschied zu und schnallte sich sein gutes Breitschwert um. Dabei staunte er, wieviel besser sein Handgelenk geworden war.

Aber der Heiler war kein Scharlatan. Vielleicht sollte er seine Warnung doch beherzigen. Auf alle Fälle mußte er vorsichtig sein. An allen Toren würden Wachposten sein, um nach ihm Ausschau zu halten. Das konnte aber auch vorteilhaft sein; denn dadurch suchten weniger Soldaten nach ihm in der Stadt, wo er die Jagd nach dem Schurken Hassem aufnehmen wollte. Yvanna hatte ihm gestern abend erzählt, daß eine hohe Belohnung ausgesetzt war, wenn jemand die Wache zu dem Armreifen führen konnte. Und diese Belohnung würde sich der zamorische Dieb gewiß abholen wollen. Conan brauchte nur aus einem Versteck heraus den Eingang zum Palast im Auge zu behalten, während Yvanna sich nach Neuigkeiten umhörte. Im ›Goldenen Löwen‹ spräche man mit Sicherheit über die Ereignisse des gestrigen Abends, und Gerüchte verbreiteten sich in dieser Stadt schneller, als die Ratten rennen konnten. Stumm betrachtete der Cimmerier sein Handgelenk und dachte über die Worte des seltsamen Heilers nach. Yvanna bereitete inzwischen ein Mahl aus gekochtem, gut gewürztem Fleisch, Ziegenkäse und Schafhirtenbrot mit köstlich dicker Kruste.

Madesus hatte es abgelehnt, mit ihnen zu speisen. Der Priester wanderte tief in Gedanken verloren zum ältesten und ärmsten der drei Tempel, die Mitra in dieser Stadt geweiht waren. Er war sicher, daß Conan einen Teil der Wahrheit zurückgehalten hatte, aber er bezweifelte, daß der Barbar irgend etwas mit dem Bösen zu tun hatte, das er bei der Berührung des Armreifen gespürt hatte.

Unglücklicherweise hatten die beiden seine Warnung nicht ernstgenommen. Er mußte weiterforschen und die Quelle dieser bösen Macht aufspüren. Obgleich er strenggenommen nicht mehr zur Priesterschaft Mitras gehörte, war es seine Pflicht, sich nicht vom Bösen abzuwenden und so zu tun, als existiere es nicht. Es war seine Pflicht, dieses Böse zu finden und zu bekämpfen, selbst wenn es seinen Tod bedeutete.

Das hatte er von seinem Mentor Kaletos vor vielen Jahren in Corinthien gelernt. Dieses letzte Gespräch brannte ihm immer noch unauslöschlich in der Erinnerung.

»Höre meine Worte, Madesus, und bete zu Mitra, daß du sie niemals anwenden mußt. Es gibt in der Welt unendlich viel Böses, und nicht immer wohnt es in den Herzen der Menschen. In der Tat wurde der Mensch nicht mit dem Bösen geboren, sondern hat sich ihm erst später zugewendet. Einen bösen Menschen vermagst du zu töten, doch damit vernichtest du nicht das Böse, das in ihm war. Der verfluchte Schlangengott Set ist wahrlich böse, doch auch er ist nur eine der vielen uralten, dunklen, bösen Mächte, die in den Eingeweiden der Erde umherkriechen. Diese Mächte sterben niemals. Sie können jahrhundertelang schlafen, doch danach wieder erwachen und ihren bösen Einfluß auf die Menschen verbreiten. Schwache und habgierige Menschen hören bereitwillig auf ihre falschen Versprechungen. Derartige Menschen sind gefundenes Fressen für das Böse, das sie verschlingt und danach wegwirft. Doch dann ist es zu spät, zu erkennen, wie töricht sie waren.

Manche Menschen sind dazu bestimmt, das Böse, das die Menschen verdirbt, zu suchen und zu vernichten. Mein Meister war einst so ein Mann, der das Böse suchte und vernichtete. Und ich spüre diese Aufgabe auch in deinem Schicksal. Mein Meister gab mir auf dem Sterbebett ein Amulett und lehrte mich die Gebete, seine Macht gegen das Böse heraufzubeschwören. Und jetzt, Madesus, gebe ich dir dieses Amulett. Ich rate dir, die Gebete nur in äußerster Bedrängnis zu sprechen. Du hast einen Pfad gewählt, den nicht viele einschlagen. Auf diesem Pfad kannst du nicht ein Priester Mitras sein, zumindest nicht im herkömmlichen Sinn. Verlaß diesen Tempel und geh fort. Such das

Böse, das auf dich wartet, und verbann es auf ewig vom Angesicht dieser Erde. Doch vernachlässige nicht deine Pflichten den Menschen gegenüber und vergiß nicht die Kunst des Heilens, die ich dich gelehrt habe. Das Amulett wird keinem helfen, der es aus Eigennutz gebrauchen will. Deshalb müssen deine Motive stets auf das Wohl der Allgemeinheit ausgerichtet sein. Ich werde zu Mitra für dich beten, und du wirst immer in seinen Tempeln willkommen sein.«

Madesus hatte Corinthien vor über drei Jahren verlassen und gehofft, eines Tages zurückzukehren und Kaletos von allem zu berichten, was ihm seit dem Abschied widerfahren war. Er wußte, daß sein Meister recht gehabt hatte. Es war nicht seine Bestimmung, ein Priester in den Tempeln Corinthiens zu bleiben, sondern hinauszugehen und gegen das Böse zu kämpfen, gegen das die Menschen mit ihren Waffen aus Stahl und Eisen machtlos waren.

Er griff unter sein abgetragenes Gewand und befingerte den Stern mit den sieben Zacken, der an einer Kette um seinen Hals hing. Er spürte, daß die Fährte des Bösen, der er nun schon so lange folgte, in dieser Stadt endete. Durch göttliche Fügung oder blinden Zufall war er hierher gekommen. Er würde den Ort aufspüren, wo das Böse lauerte, und es zur Strecke bringen. Sein Gesicht war grimmig und entschlossen, als er die Stufen der Treppe hinaufschritt, die in den Tempel führte.

»Halt! He du! Halt – sage ich!« brüllte ein bewaffneter Wachposten und zückte sein Schwert.

Conan warf ihm einen tödlichen Blick zu und bog blitzschnell in eine Gasse ein, doch diese war durch Schutt eines verfallenen Gebäudes blockiert. Er hatte sich vorsichtig in Richtung des Palasts vorgepirscht, wobei er sich von den Hauptstraßen soweit wie möglich ferngehalten hatte. Bis jetzt hatte er auch noch keinen Posten gesehen. Er bezweifelte, daß er über den Schuttberg klettern konnte, ehe der Posten ihn erreichte. Es gab in dieser Gasse auch keine Fenster oder Türen, durch die er hätte fliehen können. Was soll's? dachte er und zückte das Schwert. Wenn diese Schwachköpfe ihn festnehmen wollten, würde er ihnen zeigen, welch schwieriges Unterfangen das war. Er fuhr herum und lief dem Soldaten entgegen. Es war Leutnant Ekkar, ein Gast des *Goldenen Löwen.* Er kannte ihn.

Überrascht blieb Ekkar stehen. Offenbar hatte er erwartet, der Cimmerier werde fliehen. Daß er ihm sogar entgegenkam, hatte er nicht erwartet. Der Leutnant ging in die Hocke und nahm Kampfstellung ein. Hinter ihm zückten die anderen Männer der Patrouille ihre Klingen. Im Gegensatz zu ihrem Anführer trugen sie nur Lederwams und eiserne Rundhelme.

»Halt! Ich möchte dich nicht töten. Man beschuldigt mich zu Unrecht. Ich habe nichts verbrochen!« rief Conan.

»Verschwende nicht deinen Atem an mich, Barbar! Heb dir deine Lügen für den Hauptmann auf! Wenn du nicht augenblicklich dein Schwert zu Boden wirfst und freiwillig mitkommst, werde ich dich mit meinen Männern niedermachen.«

»Wegwerfen? Mein Schwert soll ich wegwerfen? Ich begrabe es lieber in euren Eingeweiden, ihr feigen Hunde!«

Der Leutnant näherte sich vorsichtig, wie ein erfahrener Schwertkämpfer. Als Conan einen plötzlichen Schlag ausführte, hob er schnell die Klinge und fing den Hieb ab. Doch ebensogut hätte er gegen eine Mauer aus Stein schlagen können. Conans Breitschwert war stärker und zwang die Klinge des Gegners zur Seite. Jetzt stieß der Cimmerier zu. Wäre der Leutnant nicht zurückgesprungen, hätte Conan ihn aufgespießt. Doch so riß er nur ein großes Loch in Ekkars Brustpanzer. Conan sah Angst in den Augen des jungen Leutnants aufflackern. Trotzdem floh dieser nicht, sondern versuchte tapfer, den Barbaren aufzuhalten. Einer seiner Männer hob das Schwert und wollte in den Kampf eingreifen. Doch war die Gasse so schmal, daß nur ein Mann zu kämpfen vermochte.

Ekkar brüllte: »Felg, rufe noch mehr Männer herbei! Jourand, lauf zum anderen Ende der Gasse!«

Dann wich er zwei Schritte zurück, hob das Schwert, um erneut anzugreifen. Conan erkannte, daß er Ekkar aus dem Weg schaffen mußte, denn bald würden die Wachen die Gasse füllen. Mit seinem mächtigen Schwertarm führte er mit aller Kraft einen Hieb gegen die erhobene Klinge des Gegners. Das Schwert des Leutnants war diesem Ansturm nicht gewachsen und zerbrach. Klirrend fiel ein Teil davon aufs Pflaster. Conans Schwert drang durch die Rüstung und in mehrere Rippen. Ekkar wurde durch den Schlag zurückgeschleudert. Aus der tiefen Brustwunde schoß Blut. Der Leutnant öffnete den Mund, als wollte er noch einen Befehl ausstoßen, doch seine Worte gingen in dem Blutstrom unter, der über seine Lippen sprudelte.

Felg und Jourand stiegen über den Leichnam ihres Führers hinweg. Felg ging auf Conans Arm mit dem Säbel los, während sein Kamerad mit dem Säbel auf den Kopf des Cimmeriers zielte. Conan duckte sich blitzschnell und entging so dem Schlag auf seinen Kopf. Gleichzeitig führte er einen gewaltigen Hieb von unten gegen Felg, schlug diesem den Säbel aus der Hand und schlitzte ihm den Bauch auf. Jourand wich zurück.

Nach einer geschickten Finte traf ihn Conans Schwert in der Hüfte. Die rasiermesserscharfe Klinge glitt mühelos durch das Lederwams und drang tief in den Körper ein. Jourand schrie und ließ seinen Säbel fallen, als Conan seine Waffe aus ihm herausriß. Der Soldat ging zu Boden und preßte vergeblich die Hände auf die Wunde, um den Blutstrom aufzuhalten.

Conan blickte über die Schulter, um zu sehen, ob ein Gegner von hinten drohte. Er sah niemanden. Schnell kletterte er den Schuttberg hinauf und auf der anderen Seite hinunter. Da hörte er Rufe hinter sich. Verdammt! Die Wachen hatten Verstärkung bekommen. Er rannte los und hoffte, sie abzuhängen. Jetzt wand sich die Gasse nach rechts ... und endete keine zehn Schritte weiter vor einer hohen Mauer aus Ziegelsteinen ohne Fenster. Es gab nur einen Ausweg: eine Holztür, die durch armlange dicke Eisenstäbe verstärkt war.

Ohne lange zu überlegen, nahm Conan Anlauf und trat mit aller Kraft gegen die Tür. Sie ächzte in den Angeln und die Stäbe verbogen sich leicht. Er ging zurück, nahm nochmals Anlauf und rammte die Schulter dagegen. Das Holz splitterte, und eine Eisenstange löste sich an ihrem Ende. Der Cimmerier packte die Stange und zog daran. Die Muskeln an seinen Armen traten wie dicke Taue hervor. Langsam gab die Stange dem ungeheuren Druck nach. Wieder brach laut ein Bolzen, dann noch einer. Als die ersten Soldaten um die Ecke bogen, waren nur noch zwei Bolzen übrig. »Crom!« fluchte Conan. Dann riß er mit letzter Kraftanstrengung die Stange los und schwang sie gegen die anstürmenden Wachen.

Die erste Wache sank mit gespaltenem Schädel stumm zu Boden. Dann schleuderte der Cimmerier dem nächsten Soldaten die Stange wie einen Speer entgegen, nahm das Schwert auf und stieß einen cimmerischen Kriegsschrei aus, so daß allen das Blut in den Adern erstarrte. Die Stange traf den Soldaten so in den Bauch, daß dieser nach hinten auf seine Kameraden fiel. In dem Tumult legte ein Soldat einen Pfeil auf seinen Kurzbogen.

Conan erkannte sofort, daß es hoffnungslos wäre, sich einem Pfeilhagel auszusetzen. Er nutzte den allgemeinen Tumult aus und versetzte der Tür einen kräftigen Tritt, so daß der Riegel an der Innenseite brach. Die Tür schwang auf. Der Cimmerier fluchte laut, als er sah, daß das Gebäude ein Magazin war, in dem sich bis zur Decke große Weinfässer stapelten.

Schnell griff er nach einem Faß und packte es an beiden Enden. Er stemmte es mit fast übermenschlicher Kraft hoch über den Kopf und schleuderte es den anstürmenden Soldaten entgegen. Das schwere Geschoß zermalmte drei Männern. Es riß noch einige ihrer Kameraden zu Boden, ehe es zerbarst. Billiger Wein spritzte überall umher. Conan rollte weitere Fässer auf die Gasse und blockierte so den Soldaten den Weg.

Schnell zog er sich ins Gebäude zurück und krabbelte über die Fässer zur Vorderseite des Magazins. Dort sprang er zu Boden und riskierte durch ein zersprungenes, schmutziges Fenster einen Blick auf die Straße. Noch mehr Wachen waren auf dem Weg zur Gasse. Ihm blieb keine Wahl. Wenn er ihnen schon nicht entfliehen konnte, würde er zumindest so viele Gegner wie möglich in die Hölle schicken, ehe sie ihn töteten. Als er sich anschickte, die Vordertür einzutreten, spürte er einen schwachen Luftzug am Bein, der aus einem Spalt in dem Holzboden kam.

Er schob ein Faß beiseite und sah eine Falltür, die geschickt im Boden verborgen war. Sie mußte nach draußen führen, sonst hätte er nicht den Luftzug verspürt. Er schob das Schwert in den Spalt und hebelte so die Tür auf. Primitive Leitersprossen führten an der Wand nach unten in eine schwarze Tiefe, aber die Luft war frisch, nicht abgestanden und muffig. Es roch schwach nach Kanalisation.

Der Cimmerier konnte nicht mehr lange überlegen, ob er dort hinunterklettern sollte, denn jetzt rüttelten die

Wachen schon an der Vordertür. Er hörte auch, wie Soldaten von hinten über die Fässer kletterten. Schnell zog er ein Faß heran, kletterte in das Loch und schloß die Falltür. Ein dicker Eisenriegel verhinderte, daß die Tür von oben geöffnet wurde. Schnell schob er ihn vor. Dann mußte er seine Augen an die Dunkelheit gewöhnen.

Von unten drang ein schwacher Lichtschein zu ihm herauf. Er probierte jede Sprosse sorgfältig, ehe er sein ganzes Gewicht darauf verlagerte. Langsam kletterte er den engen Schacht hinunter. Die Falltür war offenbar seit Jahren nicht mehr zum Abstieg benutzt worden, denn überall hingen dicke Spinnweben. Die achtbeinigen Bewohner dieser Netze krabbelten aufgeregt vor dem menschlichen Eindringling davon. Endlich erreichte er die Sohle des Schachts. Von hier aus führte ein Gang zur Kanalisation der Stadt. Der Lichtschein, den er von oben gesehen hatte, fiel durch ein verrostetes Gitter auf der Straße über seinem Kopf. Jetzt roch er auch die Kloake in den weiter entfernt liegenden Kanälen und konnte auch das Fiepsen der Ratten hören. Dieser Teil war offenbar seit ewigen Zeiten nicht betreten worden. Er spürte ein Kribbeln im Nacken. Angewidert wischte er die Spinnen weg, die über seinen Oberkörper liefen und ihn bissen. Das zwickte ihn, war aber eher lästig als gefährlich.

Conan wollte diesem ekligen Ungeziefer möglichst schnell entkommen und marschierte auf seinen Orientierungssinn vertrauend, los. Er hoffte bis zu den Kanälen unter dem Palast vorzudringen. Falls die Wachen ihn verfolgten, würde er sie in diesem unterirdischen Labyrinth leicht abschütteln können. Doch bis jetzt hatte er sie noch nicht gehört.

Der Kampf hatte ihn beschwingt und in Hochstimmung versetzt. Hoffnungsvoll marschierte der Cimmerier durch die alten Tunnel unter der Stadt.

4. Kapitel

KÖNIG ELDRAN

König Eldran wischte sich den Schweiß von der bleichen Stirn und blickte in den Spiegel, der an der Wand seines einfach eingerichteten Schlafgemachs hing. Was er sah, mißfiel ihm ganz und gar. An diesem Morgen sah man seiner gefurchten Stirn und dem hageren Gesicht jedes seiner fünfundvierzig Jahre an. Gestern abend hatte er die ersten Anzeichen einer möglichen Krankheit verspürt. Als Vorsichtsmaßnahme hatte er sich zur Stärkung einen kezankischen Kräutertrank gemischt und getrunken, ehe er zu Bett ging. Jetzt fühlte er sich jedoch eindeutig noch elender als gestern.

Er hätte vermutet, daß jemand ihn vielleicht vergiftet hätte, doch nach dem letzten Mordanschlag auf sein Leben hatte er höchstpersönlich die Zubereitung aller Speisen überwacht. Gestern abend hatte er sogar eigenhändig die Fleischsuppe zubereitet und jeder seiner Leibwächter hatte von derselben Platte gegessen. Er und seine Männer liebten einfache Speisen, die sie ihr ganzes Leben lang gegessen hatten. Der Geschmack des Königs war in der Tat auf eine schlichte Lebensweise ausgerichtet – seine Gemächer, seine Kleidung und seine Art zu regieren ließen dies immer wieder erkennen. Dieser Lebensstil hatte ihn in den Augen vieler Adliger herabgesetzt. Sie sahen in ihm einen primitiven Bauern, einen Ziegenhirten, der eine Krone trug. Doch Eldran wußte, daß seine Untertanen ihn wegen seiner Einfachheit besonders liebten. Er war kein glattzüngiger Diplomat, sondern war ehrlich und geradeheraus. Das gefiel den meisten Menschen.

In Situationen, in denen das Protokoll blumige Reden unbedingt erforderte, verließ er sich auf das Geschick Lamicis, seines Obereunuchen. Lamici diente dem Königshaus schon lange. Eldran mochte den Eunuchen nicht besonders. Für seinen Geschmack lächelte Lamici zuviel und raspelte zuviel Süßholz. Aber er hatte ihm stets treu gedient, und auch seine Familie hatte dem brythunischen Königshaus seit Generationen treu ergeben gedient. Eldran schaute durchs Fenster der aufgehenden Sonne zu. Ihrem Stand nach müßte der Eunuch ihm bald seinen allmorgendlichen Besuch abstatten, in dem sie alle dringlichen diplomatischen Angelegenheiten besprachen.

Eldran rieb sich das Gesicht und blinzelte, um den Schleier zu verjagen, der sich über seine Augen gelegt hatte. Wenn es ihm bis Mittag nicht besser ging, würde er einen Heiler rufen lassen. Er hatte während der Grenzkriege schon viele der üblichen Soldatenleiden mitgemacht. Er hoffte, noch nicht so alt zu sein, daß ihn ein kleines Unwohlsein wie dieses niederstreckte. Er war kein Bettler, der über jedes Wehwehchen in den alten Knochen winselte.

Der Verlust seiner Tochter Elspeth, seines einzigen Kindes, vor wenigen Tagen, hatte ihn tief getroffen. Kein Zweifel, daß der Gram darüber seinen Tribut gefordert hatte. Er konnte nicht umhin: Er fühlte sich für ihren Tod verantwortlich. Sie war das Opfer eines Mordanschlags, der ihm gegolten hatte, geworden. Die Wut über ihren gewaltsamen Tod war einem tiefen Gefühl des Verlusts und unsäglicher Leere gewichen. Sie war so wunderschön gewesen, genau wie ihre Mutter Cassandra. Es war eine grausame Welt, die einem Mann die Frau raubte und wenige Jahre später auch die Tochter. Mit dem Verlust seiner Frau hatte er im

Laufe der Zeit zu leben gelernt, indem er sich noch mehr in soldatische Aufgaben vergrub. Erinnerungen an Elspeth tauchten vor ihm auf: Ihr Lächeln, ihr Lachen, ihr goldblondes Haar und ihr feuriges Temperament. Diese Erinnerungen waren für ihn wie ein kostbarer Schatz. Er lächelte traurig, als er sein dunkelgraues Wams überstreifte. Dazu trug er wollene schwarze Beinkleider und Stiefel, die aus dem dicken, aber geschmeidigen Leder des seltenen schwarzen kothischen Rhinozeros gefertigt waren. Nachdem er den viel getragenen Schwertgurt umgelegt hatte, fühlte er sich etwas besser. Er richtete sich auf und spürte das vertraute Gewicht des kezankischen Schwerts seines Vaters. Die schwere Klinge drückte ihm gegen die Beine und flößte ihm Vertrauen ein.

Im Schein der Morgensonne, die durchs Fenster fiel, sah Eldran königlicher aus, als er selbst sich fühlte. Sein kurzgeschnittenes dunkles Haar zeigte bereits graue und weiße Strähnen, der Bart war kurz. Seine stahlgrauen Augen mit ihrem leichten blauen Schimmer waren ein Spiegelbild seiner Persönlichkeit: Er war ein Mann mit eisernem Willen und Unbescholtenheit, ehrlich, schlicht und stark. Die Jahre der Grenzkriege mit Nordosten Brythuniens hatte seinen Körper gestählt. Er war für seine Kunst, mit dem Schwert umzugehen, berühmt. Obgleich sein Gesicht im Laufe der Zeit einige Narben davongetragen hatte, war es keineswegs häßlich, sondern eher markant.

Eldrans umgängliche Art und seine Achtung vor anderen hatten ihm die Freundschaft vieler Menschen eingetragen. Seine Männer hatten in ihm stets einen einfallsreichen und erfolgreichen Führer gehabt. Sein Aufstieg in der kleinen brythunischen Armee war stürmisch gewesen, doch kaum einer neidete ihm den Erfolg, da er sich nur durch tapfere und selbstlose Taten einen Namen gemacht hatte. Der Verlust seiner Frau hatte ihn härter gemacht, wie ein Schmied eine Klinge durch Hämmern stählt. Viele Männer, die jetzt in seiner Leibwache dienten, verdankten ihm ihr Leben während der langen Grenzkriege.

Er war fast gleichzeitig mit seinem Freund Valtresca General geworden. Die beiden hatten jahrelang gemeinsam gekämpft und die Streitkräfte im Osten angeführt. Valtresca stammte aus dem Süden, unweit der Hauptstadt Brythuniens. Aber beide hatten immer großartig zusammengearbeitet, wenn es darum ging, die Invasoren aus Hyberborea oder Turan zurückzuschlagen.

Eldran war überrascht gewesen, als die Offiziere und Adligen Brythuniens ihn ersuchten, den Platz König Khullans einzunehmen, der keinen Erben hatte und bei einem Unfall ums Leben gekommen war. Zwar war es Tradition, daß brythunische Monarchen aus militärischen Kreisen kamen, doch für gewöhnlich hatten sie einen viel edleren Stammbaum als Eldran. Er hatte erwartet, Valtresca würde zum neuen Herrscher Brythuniens gewählt werden, als der alte König ins Land seiner Vorväter überwechselte. Er hatte sogar erwogen, zugunsten Valtrescas auf den Thron zu verzichten, da er bezweifelte, für diese Aufgabe geeignet zu sein.

Nach schweren inneren Kämpfen hatte er jedoch die Königswürde angenommen. Er machte Valtresca zum Oberbefehlshaber der Armeen sämtlicher Regionen Brythuniens. Eldran hatte sich Sorgen gemacht, sein neuer General könnte unzufrieden sein, doch Valtresca hatte niemals den Anschein erweckt. Mehrere brythunische Adlige hatten Eldran erklärt, wenn er die Königswürde annähme, würde der endlose Machtkampf unter ihnen vielleicht aufhören, der oft dadurch geschürt wurde, daß der König einer bestimmten Adelsfamilie angehört hatte.

Eldran war auch der erste König seit vielen Generationen, der sich der Unterstützung der Bergbewohner sicher sein konnte. Das war es schließlich, was ihn überzeugt hatte. Die Bergbewohner waren von den bisherigen Königen Brythuniens nie recht geachtet worden. Sie verfügten über keinen nennenswerten Reichtum und waren im großen und ganzen rauhe Menschen, die gern zurückgezogen lebten.

Eldran erkannte, daß er, wenn er die Königswürde annahm, hoffen konnte, Brythunien zu einen und damit zu einer mächtigen Nation zu machen. Damit hätten die endlosen Übergriffe machthungriger Nachbarn an den Grenzen ein Ende gehabt. Er hegte keinerlei Träume, ein Imperium zu errichten. Brythunien verfügte zum einen nicht über genügend Schätze, um eine große Armee für lange Feldzüge auszustatten, um die mächtigen Nachbarstaaten zu erobern. Zum anderen verspürte er auch keine Neigung, Krieg zu führen und Menschen zu töten, um Land zu erobern. Blut war ihm zu kostbar, als daß man es für neues Land verschenkte. Eldran hoffte, das Land für seine Untertanen so sicher zu machen, daß alle in Frieden leben konnten. Er hatte begonnen, mit den Herrschern von Corinthien, Zamora und dem mächtigen Nemedien zu verhandeln. Sie nahmen Eldran weitaus ernster, als sie die brythunischen Könige in der Vergangenheit genommen hatten, weil er aus seinen ihm treu ergebenen Männern sehr schnell eine Armee aufstellen konnte, die groß genug war, um für sie eine ernsthafte Bedrohung darzustellen.

In der Zwischenzeit fanden ständig Überfälle statt, die als ›bedauerliche Zwischenfälle‹ erklärt wurden, begangen von ›Abtrünnigen‹. Eldran war überzeugt, daß dieses Geplänkel in Wahrheit dazu dienen sollte, seine Stärke und Entschlossenheit auf die Probe zu stellen. Valtresca hatte Großartiges geleistet, indem er den Feinden die Fähigkeiten der brythunischen Armee vor Augen geführt hatte. Je mehr Übergriffe zerschlagen wurden, desto besser liefen die Verhandlungen. Unglücklicherweise gab es aber auch noch Barone – hauptsächlich in Nemedien und Zamora –, die Eldran als Bedrohung ansahen. In den letzten Monaten hatte es mehrere fehlgeschlagene Versuche gegeben, ihn zu ermorden. Er hatte sich mächtige Feinde gemacht. Das war ihm klar, doch konnte er wenig tun, um das zu ändern. Er betrachtete die Attentate als Maßstab für seinen Erfolg. Seine Pläne funktionierten offenbar, sonst würden diese geheimen Rivalen nicht versuchen, ihn zu beseitigen.

Seit dem letzten Versuch, ihn zu vergiften, war er noch vorsichtiger geworden. Es mißfiel ihm, so streng bewacht zu werden, aber es war nötig. Eigentlich fühlte er sich in der Gesellschaft der Kameraden aus den Bergen recht wohl. Mit vielen hatte er Seite an Seite im Gebirge im Nordosten gekämpft. Wehmütig dachte er daran, daß er Elspeth besser hätte schützen müssen. Doch jetzt war es zu spät. Er verdrängte den Gedanken und konzentrierte sich auf das aktuelle Problem, wie er mit den benachbarten Königreichen verfahren sollte.

Eldran blickte aus dem Fenster. Lamicis brachte vielleicht Neuigkeiten. Der König erwartete die Antwort des Prinzen von Zamora auf seinen letzten Vorschlag über die Nutzung des Grenzlandes. Da hörte er die schweren Schritte seines engsten Freundes und Leibwächters, des kezankischen Anführers Kailash.

»Der Eunuch Lamici wartet draußen, Lord Eldran«, sagte der kräftige Mann aus den Bergen mit dröhnender Stimme. »Bei Erlik, ich würde lieber mit einer khitanischen Wasserviper baden, als mich mit dem zu beraten. Allein seine Stimme finde ich abstoßend. Wie du ihn nur aushalten kannst, das verstehe ich nicht.«

»Bleib ruhig, alter Freund. Er dient dem Volk, ebenso wie du und ich. Allerdings kann ich ihn auch nicht ausstehen. Aber ein Königreich besteht aus vielen Menschen: großen und kleinen, von denen jeder eine Aufgabe zu erfüllen hat. Wer mag zu beurteilen, welche Menschen wichtiger sind? In dieser Stadt gibt es viele, die ich nicht mag, aber ich habe gelernt, mit ihnen auszukommen. Wir haben über dieses Thema schon so oft geredet, aber ich sehe, daß du deine Meinung nie ändern wirst, Kailash. Du bist so stur wie die Bergziegen, die dein Bruder hütet. Was soll's! Bring Lamici herein. Wir haben viel« – Eldran machte eine Pause und wischte sich die Stirn – »zu besprechen.«

Kailash musterte den König besorgt. »Bist du krank? Du siehst blaß aus.«

»Was? Ach, nur eine vorübergehende Unpäßlichkeit. Nichts Ernstes. Du machst dir zu viel Sorgen, Kailash. Ich bin kein zarter Junge, der verwöhnt werden muß. Die Männer sollen fürs Frühstück sorgen, und mach dir meinetwegen keine Sorgen. Jetzt laß aber den Eunuchen ein, sonst vertun wir den ganzen Morgen mit unserem Geschwätz.«

»Jawohl.« Kailash grinste. Dann lachte er und schlug Eldran kräftig auf den Rücken. Eldran verzog schmerzlich das Gesicht, doch sein Freund bemerkte es nicht. Er ging zur Tür, um Lamici einzulassen.

Der König ging zu dem großen steinernen Tisch, der den Raum beherrschte, und setzte sich auf einen der gepolsterten Holzstühle. Er studierte nochmals die Karte Brythuniens und der umliegenden Königreiche, obgleich er jeden Strich auswendig kannte.

»Guten Morgen, Sire. Ein herrlicher Sonnenaufgang heute«, sagte Lamici begeistert, doch seine Augen waren kalt und leer. Er ging zum Tisch, verneigte sich und stellte sich dem König gegenüber neben einen Stuhl. Eldran winkte ihm, Platz zu nehmen. Dann fiel ihm auf, daß der Eunuch ihn neugierig musterte. »Sire, Ihr scheint Euch heute morgen nicht ganz wohl zu fühlen. Soll ich den Heiler rufen lassen, damit er sich Eurer annimmt?«

»Nein, Lamici! Es ist nichts«, erklärte Eldran verärgert. Er konnte die Fragerei nach seiner Gesundheit nicht mehr ertragen. »Gibt es heute etwas Neues vom Prinzen von Zamora?«

»Der Kurier ist noch nicht zurückgekehrt, Sire. Er ist vor zwei Wochen fortgeritten, aber die Straßen …«, begann Lamici. Doch er wurde unterbrochen.

»Ja, ja, die Straßen sind gefährlich. Das hast du mir bereits mehrfach erklärt. Trotzdem müßte der Bursche längst aus Vendhya zurück sein. Ich werde eine Patrouille losschicken. Sie soll nachsehen, ob unser Kurier … aufgehalten wurde.« Eldran wischte sich wieder den Schweiß von der Stirn. Diesmal waren die Tropfen größer als zuvor. Er ärgerte sich, weil er den Eunuchen so angefahren hatte. Seit dem Verlust seiner geliebten Tochter Elspeth war seine Geduld sehr kurz. »Vielleicht sollten wir unsere Unterredung verschieben, Lamici. Ich schätze, du hast recht. Ich fühle mich heute morgen in der Tat nicht besonders. Ich habe schlecht geschlafen und könnte noch etwas Ruhe vertragen, ehe wir unser Gespräch fortsetzen.«

»Ist es … die Prinzessin, Sire? Das Volk trauert mit Euch. Ich möchte mich nicht in Eure privaten Angelegenheiten mischen, aber wenn ich irgend etwas tun kann, um Euch zu trösten, sagt es bitte. Ich habe gehört, daß Valtresca herausgefunden hat, wer dieses grauenvolle Verbrechen begangen hat, und daß er den Schurken jetzt sucht. Der Henker hat bereits sein Beil geschärft. Obgleich ein schneller Tod für eine derart grausame Tat eine viel zu milde Strafe wäre.«

»Die Hinrichtung ist mir kein Trost. Wenn der Mörder seinen Kopf verliert, bringt mir das meine Elspeth auch nicht zurück. Dennoch muß der Mörder für diese Tat in die Hölle geschickt werden, wo er strenger und härter bestraft werden wird, als ihn je ein menschliches Gericht verurteilen könnte. Nenne mir seinen

Namen, damit ich weiß, wer mir dieses Leid angetan hat.«

»Conan, Sire. Ein herumziehender Barbar. Er hat sie wegen des Schmucks getötet, den sie trug. Sein Kopf wäre jetzt bereits unter dem Beil des Henkers, hätte Hauptmann Salvorus nicht einen so furchtbaren Fehler begangen. Er hatte diesen Conan gestern abend bereits in Händen, ließ ihn jedoch wieder entwischen.«

»Salvorus? Ach ja, der junge Mann von der Grenze im Südwesten. Ein guter Soldat. Vor Jahren hielt er den Fluß, obgleich die verfluchten Nemedier in der Überzahl waren. Was für ein Pech, daß er diesen Conan nicht festgenommen hat. Aber wenn Salvorus ihn nicht gefangen nehmen konnte, muß der Barbar äußerst einfallsreich sein. Sorge dafür, daß die Wachen vorsichtig sind, wenn sie ihn finden. Ein Mann, der sogar die Tochter des Königs kaltblütig ermordet, ist eine noch größere Gefahr für andere Menschen. Wenn man ihn nicht problemlos bei lebendigem Leibe festnehmen kann, sollen die Wachen ihn selbst töten. Bereite ein Todesurteil vor. Ich werde es sofort unterzeichnen.«

Lamici breitete eine Pergamentrolle aus, die er mitgebracht hatte. Ohne zu fragen, wieso der Eunuch das Dokument so schnell vorlegen konnte, las Eldran es und drückte seinen Siegelring darunter. Lamici bemerkte mit großer Genugtuung, daß der König stark schwitzte. Außerdem atmete er schnell und unregelmäßig. Eldrans Hand zitterte, als er das Urteil mit dem Siegel versah. Er war totenbleich. Gut, dachte Lamici, Azora hatte ihren Teil des Abkommens gehalten. Bald würde dieser Tölpel aus den Bergen sterben.

Lamici mußte sich eingestehen, daß es ihm Freude bereitete, diesen Sohn eines Ziegenhirten leiden zu sehen. Wenn du nur wüßtest, wie deine Tochter, diese Schlampe, in Wirklichkeit gestorben ist, du Trottel! Ich wünschte, du hättest ihre herrlichen Schreie gehört, als sie sich im Todeskampf wand. Bald schon wirst du ihr in der Hölle Gesellschaft leisten. »Sire, Valtresca hat mir versichert, daß dieser Verbrecher gefunden und bestraft wird. Gibt es sonst noch etwas, das Ihr braucht?«

»Nein, danke, Lamici. Bitte, laß mich jetzt allein. Ich muß über vieles nachdenken und werde dich rufen lassen, wenn ich darüber sprechen möchte. Aber melde mir sofort, wenn du etwas von dem Kurier nach Zamora hörst. Du kannst jetzt gehen.«

»Jawohl, Sire. Ich hoffe, Ihr fühlt Euch bald besser«, sagte Lamici und setzte sein ganzes Geschick ein, aufrichtig zu klingen. Er verneigte sich und verließ lautlos den Raum. Mit den Pantoffeln ging er lautlos über die dicken Teppiche, die den Steinboden bedeckten.

Eldran erhob sich langsam und rief nach Kailash. Er kämpfte gegen den Schwindel, der ihn plötzlich überfallen hatte. Sein Zustand hatte sich dramatisch verschlechtert. Mühsam schleppte er sich zu seinem Bett und legte sich darauf. Kailash stürzte herein.

»Ich habe bereits nach dem Heiler geschickt«, verkündete er mit besorgter Stimme. »Verzeih mir, wenn ich das ohne deine Erlaubnis tat, aber ich kenne dich gut genug, um zu wissen, wann du einen brauchst. Du bist ein sturer Kezanke und würdest eher deinen letzten Atemzug tun, ehe du selbst einen Heiler rufen läßt.« Kailash gab sich größte Mühe, fröhlich zu klingen, aber seine Stimme verriet ihn. »Ich erinnere mich noch gut … Das war vor neun Jahren, nicht wahr? Auf dem Berg Graskaal, da bist du zehn Meilen weit gelaufen … mit einem hyberborischen Pfeil im Bauch. Es war finsterer als in einem stygischen Grabmal in jener Nacht. Keiner von uns hat bemerkt, daß du verletzt warst, bis du dann gefallen bist.«

Eldran lächelte gequält. »Stimmt, wir haben harte Zeiten durchgestanden. Aber du übertreibst. Meiner Erinnerung nach sind wir nur zwei oder drei Meilen gelaufen. Laß mich jetzt ein bißchen ruhen. Ich fühle mich bestimmt besser, wenn du mir nicht wie ein Esel ins Ohr brüllst.« Er schnupperte und rümpfte die Nase. »Ganz zu schweigen davon, daß du auch stinkst wie ein Esel. Keine Angst, Freund Esel, mir geht es bald wieder besser.« Eldran gab sich größte Mühe, munter zu klingen, aber er bezweifelte, daß er Kailash zu täuschen vermochte. Er schloß die Augen und seufzte. Gleich darauf war er eingeschlafen.

Er hatte einen merkwürdigen Traum. Darin sah er Menschen – einige seiner engsten Freunde – um einen seltsamen schwarzen Altar aus Stein stehen und nach oben blicken. Im Hintergrund hörte er Lamici eine Totenklage auf der Leier spielen. Valtresca stand in der Menge um den Altar. Doch als Eldran ihn ansprechen wollte, drehte er stumm das Gesicht beiseite. Dann schob Eldran sich durch die Menschen und fragte, wen sie betrauerten. Keiner antwortete ihm, nicht einmal Kailash. Der Freund blickte ihm direkt in die Augen, schien ihn jedoch nicht zu erkennen. Als er sich dem Altar näherte, sah er eine verführerische Frau mit rabenschwarzem Haar und heller, glatter Haut darauf stehen. Sie streckte ihm die Hand entgegen. Er ergriff sie. Dann schwebte er mühelos auf den Altar hinauf. Die Menge wandte sich ab und ging langsam fort.

Die Frau, die er nicht kannte, umarmte und küßte ihn leidenschaftlich. Überrascht wehrte er sich, doch vermochte er sich nicht aus ihrer Umarmung zu lösen. Da erblickte er über ihre Schulter hinweg seine Frau und seine Tochter. Sie standen reglos vor dem Altar und schauten zu ihm empor. Lamici spielte weiter die Totenklage. Seine Finger glitten immer schneller über die Saiten der Leier. Dann wurden die Töne undeutlich.

Ein Hüne mit blauschwarzer Mähne und strahlendblauen Augen tauchte plötzlich auf. Er schwang ein Breitschwert, wie man es im Westen verwendete, und stürmte geradewegs auf Eldrans Gattin und seine Tochter zu! Da erschien ihm gegenüber Valtresca, doch er hatte keine Waffe. Er blickte zu Eldran hinauf und flehte ihn stumm an, ihm sein Schwert zu geben. Der König warf dem General seine Klinge hinab. Er fing sie geschickt wie ein Jongleur auf, hob das Schwert des Königs und schlug auf den Hünen mit der schwarzen Mähne ein, ehe dieser die beiden Frauen erreicht hatte.

Als Valtresca mit der kezankischen Klinge zuschlug, löste sich der Mann plötzlich wie eine Handvoll Staub auf, die ein Windstoß fortgeweht hatte. Da wirbelte Valtresca herum und trieb die Klinge durch Eldrans Gattin und dann durch Elspeth. Eldran stieß einen stummen Schrei aus. Lamici sang und spielte wie besessen auf der Leier. Doch jetzt spielte er ein altes brythunisches Tanzlied, das man stets bei Siegesfeiern hörte.

Die seltsame Frau, die Eldran eisern umklammert hielt, legte den Kopf zurück und lachte. Dabei zeigte sie ihre scharfen, spitzen Zähne. Dann beugte sie sich vor und schlug diese rasiermesserscharfen langen Zähne in Eldrans ungeschützten Hals. Sein Widerstand wurde schnell schwächer, als sie ihm das Blut wie ein menschlicher Blutegel förmlich heraussaugte. Er spürte, wie er das Bewußtsein verlor.

Eldran wachte abrupt auf. Seine Adern brannten wie Feuer. Er zitterte und war schweißüberströmt. Er wollte schreien, aber seine Kehle war wie zugeschnürt, so daß er keinen Ton hervorbrachte. Er fühlte sich schwach und wußte im ersten Moment gar nicht, wo er war. Er sah alles verschwommen, doch gleich darauf wurde alles wieder deutlich. Wie lange hatte er geschlafen? Dumpf erinnerte er sich an einen grauenvollen Alptraum, eine Frau, ein Altar und … Die Erinnerung verblaßte schnell. Einzelheiten entglitten seinem fiebrigen Verstand. Da sah er Kailash und den Heiler.

Die beiden sprachen leise. Er versuchte, sich vom Bett zu erheben, doch seine Glieder waren so schwer wie Blei und gehorchten ihm nicht. Der Heiler wischte ihm die Stirn mit einem kühlen, nassen Tuch ab und sprach beruhigend auf Kailash ein. Doch der König konnte nicht alles verstehen.

»... plötzlich aufgewacht ... er gestern ... Kräuter ... Zauberei ... Krämpfe ... finde Priester ...« Mehr verstand Eldran nicht. Dann schwieg der Heiler und verließ den Raum. Kailash beugte sich über den König und blickte ihn besorgt an. Dann legte er ihm die Hand auf die Schulter.

»Alter Freund, sei stark ... Heiler ... zurück. Wird ihn finden ...«, hörte Eldran, ehe ihm die Augen wieder zufielen und er einschlief. Abermals durchlebte er den grauenvollen Traum. Es war wie ein wahnwitziges Theaterstück, das auf einer Bühne im tiefsten Schlund der Hölle aufgeführt wurde.

Kailash nahm die Hand von der Schulter des Königs und lief ruhelos hin und her. Im Laufe der Jahre hatte er Eldran sturzbetrunken gesehen, ihn im Fieberwahn nach schweren Verwundungen erlebt, auch wenn er aus Erschöpfung oder wegen eines Sonnenstichs zusammengebrochen war. Doch noch nie zuvor hatte er den Freund so schnell, ohne jede Vorwarnung, wegen einer Krankheit dahinsiechen sehen. Gestern hatte der König zwar etwas blaß ausgesehen, doch keineswegs so gespenstisch bleich wie heute. Er schlief sehr unruhig, warf sich hin und her und schrie mehrmals laut auf. Der Heiler konnte ihn nicht wecken, auch nicht seine Schmerzen stillen. Ab und zu öffnete Eldran die Augen, doch er schloß sie gleich wieder. Man konnte ihm weder Wasser noch etwas zu essen einflößen. Seine Kehle war wie zugeschnürt. Jeder Versuch, ihn zu füttern, hatte nur dazu geführt, daß er beinahe erstickt wäre.

Kailash vermutete, daß ein ganz übler Zauber im Spiel sei. Irgendeine Ausgeburt der Hölle war darauf aus, Eldran geistig und körperlich zu vernichten. Kein Heiler konnte den König vor dieser schwarzen Magie schützen. Nur ein Priester oder Magier konnte Kailash' todkrankem Freund jetzt noch helfen. Er hatte drei seiner schnellsten Männer an die Grenze geschickt, um einen kezankischen Schamanen zu holen. Doch selbst wenn die Männer wie Adler mit dem Wind fliegen könnten, würden sie erst nach mehreren Tagen in die Stadt zurückkehren. »Sei stark, mein Freund!« flehte er. »Widerstehe dem Dämon, der an deinem Herzen nagt. Bei Erlik, ich weiß, du kannst es schaffen!«

Kailash lief weiterhin auf und ab und überlegte, wieviel Zeit dem Freund noch blieb. Er fühlte sich hilflos. Er konnte den Lebensfluß, der unaufhörlich aus Eldran herausströmte, nicht aufhalten.

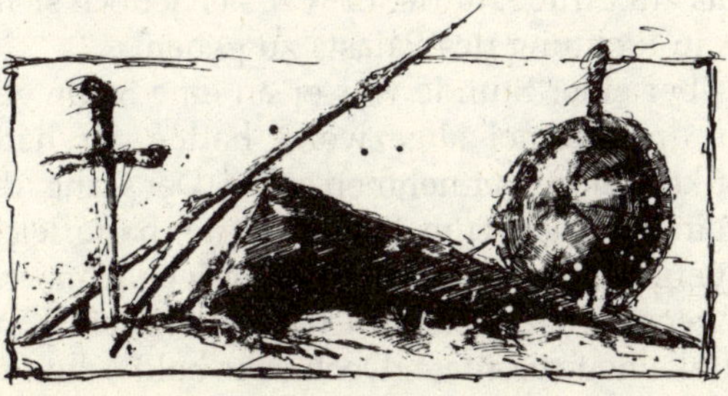

5. Kapitel

DAS UNGEHEUER IN DER TIEFE

Conan schnaubte angewidert, als er auf etwas Schleimiges und Haariges trat, das sich unter seinen Füßen wand. Seit Stunden marschierte er schon durch die uralten Tunnel der Kanalisation unter der Stadt. Er hatte es satt, bis zu den Knien durch die stinkende Brühe und den Schlamm zu waten. Außerdem revoltierte sein Magen, als er durch einen besonders ekelhaft stinkenden, sirupartigen Schlamm stapfte. Er hatte geglaubt, sein Geruchssinn hätte bereits vor Stunden den Dienst aufgegeben, doch dem war offenbar nicht so. Zum Glück war das Kanalsystem weitgehend unbenutzt oder vergessen; denn sonst wäre sein Marsch noch unangenehmer gewesen.

Er blickte zur Tunneldecke hinauf und suchte nach dem schwachen Lichtschein, den er am Ende des Ganges gesehen hatte. Langsam peinigte ihn der Gedanke, daß er sich in diesem unterirdischen Labyrinth verirrt hatte. Seit Stunden hatte er kein Gitter gefunden, das zur Straße führte. Er war sich jedoch sicher gewesen, in Richtung des Palasts zu gehen.

Vor über einer Stunde war er an eine Stelle gelangt, an der drei Tunnel abgezweigt hatten. Er hatte geschwankt, welchen er nehmen sollte. Der Gang, der seiner Meinung nach zum Palast führte, hatte leicht abwärts geführt, was ihm gar nicht gefiel. Dennoch hatte er ihn genommen, weil er sich nicht wie ein Kind vor der Dunkelheit fürchtete. Doch sehr bald schon war es stockdunkel um ihn geworden. Selbst seine ungewöhnlich scharfen Augen hatten kaum vermocht, die Finsternis zu durchdringen. Er blieb stehen, als er erkannte, daß das, was er für einen schwachen Lichtschein gehalten hatte, ein hervorstehender hellerer Stein war. Bei Crom! Jetzt hatte er genug. Er beschloß, umzudrehen und einen der anderen beiden Gänge zu versuchen.

Langsam tastete er sich an der Wand entlang. Diese Mauern waren aus seltsam geformten Steinen erbaut. Neugierig befühlte er einen, der hervorstand. Zu seiner Überraschung löste sich der Stein leicht aus der Mauer. Er hatte zwei Rundungen am Ende, dann einen langen Schaft, so lang und so dick wie … der Oberarm eines Mannes. Conan ließ den Gegenstand angewidert fallen. Es war in der Tat ein Armknochen. Schnell tastete er sich weiter, um zurück zur Mündung des Gangs zu gelangen.

Dann stellten sich die Nackenhaare des Cimmeriers auf, als ihm klar wurde, daß die gesamte Mauer aus Knochen bestand. Knochen von Menschen und Tieren. Er vergaß jedwede Vorsicht und hastete so schnell wie möglich durch den knietiefen Morast weiter, der gierig an seinen Beinen saugte. Jetzt war ihm auch klar, was hier so ekelerregend stank: Er war der Geruch der Verwesung und des Todes. Er befand sich in einem langen Gang des Todes.

Kaum war ihm diese Erkenntnis gekommen, stolperte er über etwas Schleimiges, Behaartes und fiel der Länge nach in den stinkenden Schlamm. Spuckend und fluchend stand er auf und wischte sich das widerliche Zeug aus dem Gesicht. Da hörte er ein saugendes Geräusch, gefolgt von einem gurgelnden grellen Schrei. Ihm lief es eiskalt über den Rücken. Schnell griff er zu seinem Schwert und erkannte eine alptraumhafte grauenvolle Gestalt, die sich vor ihm aus dem Schlamm erhob.

Das Monster war riesig. Der schweratmende schleimbedeckte Körper füllte den gesamten Tunnel aus. Wild schreiend und schmatzend bewegte es sich auf den Cimmerier zu. Conan wich zurück, um außer Reichweite zu bleiben. Langsam konnte er die Gestalt genauer erkennen: ein pilzartiger Körper mit mindestens einem Dutzend Fangarmen, jeder an der Oberseite behaart und an der Unterseite mit Saugnäpfen versehen, wie bei einer Krake. Ohne Vorwarnung schlugen die Tentakel wie Peitschen zu. Conan konnte dem ersten Schlag ausweichen, indem er hochsprang. Unglücklicherweise hatte er die Höhe des Tunnels überschätzt und prallte mit dem Kopf gegen die Decke. Steine und Knochen fielen herab. Benommen stand er einen Augenblick lang da. Blitzschnell schlangen sich Fangarme wie Schraubstöcke um seine Mitte und ein Bein.

Über ihm brach die Decke weiter zusammen. Steine und Skeletteile prasselten herab. Aus dem Augenwinkel heraus sah Conan einen dünnen Lichtstrahl, der die Dunkelheit um ihn herum durchdrang. Offenbar war er näher an der Oberfläche, als er geglaubt hatte; denn dieser Lichtstrahl rührte von der Sonne her.

Jetzt konnte der Cimmerier das widerliche Ungeheuer deutlicher sehen, das ihn in tödlicher Umschlingung hielt. Ockerfarbene verfilzte Haarbüschel bedeckten die runzlige, rosigweiße Haut. Stellenweise ragten grünliche, wie Pestbeulen aussehende Erhebungen heraus. Das Maul des lärmenden Ungeheuers war zwar zahnlos, doch so groß, daß es einen ausgewachsenen Mann in ganzer Länge mühelos verschlingen konnte. Ständig machte es scheußliche schmatzende Geräusche, unterbrochen von schrillen Schreien. Aus dem Maul troff unsäglich stinkender Schleim.

Der Fangarm um Conans Mitte zog sich plötzlich zusammen und preßte ihm die Luft aus den Lungen. Die

Saugnäpfe an seiner Unterseite legten sich wie hundert gierige Blutegel auf seine Haut. In seinem linken Bein wurde der Blutfluß unterbrochen, weil der Fangarm dort erbarmungslos zudrückte. Langsam wich nach dem Zusammenstoß mit der Tunneldecke die Benommenheit aus Conans Kopf. Er schlug mit dem Schwert wie besessen auf den Fangarm ein, der ihn unter den Rippen zusammenpreßte. Der zweite Schlag traf. Aufheulend zog das Monster den verletzten Fangarm zurück, riß jedoch gleichzeitig dem Cimmerier ein Bein weg.

Conan stürzte zu Boden und schlug mit dem Hinterkopf gegen einen Stein. Hätte er nicht in letzter Sekunde seinen Stiernacken gekrümmt, wäre sein Schädel wie eine Eierschale zerborsten. Bei dem schweren Sturz hatte er sein Schwert verloren. Im Dämmerlicht tastete er danach und stieß mit dem rechten Bein gegen den Fangarm, der sein linkes zu zermalmen drohte.

Das Ungeheuer ließ ihn jedoch nicht los, sondern zerrte ihn zum gierig aufgerissenen Schlund. Von den Kiefern troff schwarzer Schleim, der zischend verkochte, sobald er den Boden traf. Während es Conan immer näher an sich heranzog, rollten dicke Wülste zurück und gaben ein einziges, bösartig funkelndes, dunkelrotes Auge frei, das größer war als Conans Kopf. Der Pupillenschlitz, aus dem der Dämon den Cimmerier betrachtete, verriet eine gewisse Intelligenz.

Der Cimmerier versuchte verzweifelt, sein Schwert zu ergreifen, aber es lag knapp außer Reichweite seiner Fingerspitzen. Er stemmte sich mit dem rechten Bein gegen die Mauer, um von dem Scheusal nicht näher an das geifernde Maul herangezerrt zu werden, jedoch vergeblich. Er suchte auf dem Boden nach einem Halt, fand jedoch nur die losen Steine und Knochen, die aus der Decke herausgefallen waren. Verzweifelt packte er einen großen Stein mit beiden Händen und schleuderte ihn mit aller Kraft dem Dämon ins Auge. Es klatschte widerlich, als der Stein aufprallte und im Innern des Ungeheuers verschwand. Tödlich verwundet schlug es wild um sich und verkrampfte die Fangarme im Todeskampf.

Doch gab es Conans linken Fuß nicht frei. Statt dessen verstärkte es den Druck noch mehr. Der Cimmerier befürchtete, seine Knochen würden zu Staub zermalmt. Dann riß das Ungeheuer ihn hoch und schmetterte ihn auf den Boden, der unter den Zuckungen des Scheusals stark bebte. Aus der Decke lösten sich weitere Steine und Knochen und begruben das Ungeheuer unter sich, bis es sich nicht mehr rührte. Der eiserne Griff um Conans Bein wurde schlaff, die tödliche Umschlingung löste sich.

Schweratmend bewegte sich der Cimmerier weg von dem toten, widerlichen Ungeheuer, das ihn beinahe getötet hatte. Wie durch ein Wunder war sein linkes Bein nicht gebrochen, nur stark betäubt. Es tat weh, als das Blut in sein Bein zurückfloß. Durch den letzten Einbruch der Decke fiel jetzt mehr Licht in den Tunnel. Conan sah unzählige rote, nässende Ringe um seine Mitte und am Bein, an den Stellen, wo die Saugnäpfe sein Blut herausgesaugt hatten. Die harten Borsten hatten ihn überall übel zugerichtet. Da er beinahe in der Mitte auseinandergebrochen worden war, schmerzte sein Rückgrat. Ein Folterknecht hätte ihn auf einer Streckbank nicht schlimmer zurichten können als dieses Menschen verschlingende dämonische Ungeheuer in der Kanalisation. Conans Körper schmerzte überall. Kein Wunder, der Dämon hatte ihn wie einen Hammer gegen die Wände und den Boden geschmettert.

Der Cimmerier hob sein Schwert auf und kam mühsam auf die Beine. Versuchsweise humpelte er ein paar Schritte. Er blickte nach oben. Die Öffnung war groß genug, um an die Oberfläche zu klettern. Zum Glück war die Decke nicht völlig eingestürzt und hatte ihn in diesen stinkenden Gängen begraben, wo alle möglichen gefährlichen Kreaturen lauerten. Einer von ihnen war er soeben knapp entkommen. Die ursprünglichen Fundamente des Kanalsystems hatten jedoch standgehalten. Conan schätzte, daß er ungefähr neunzig Fuß hinausklettern mußte, doch für einen Mann aus den cimmerischen Bergen war das ein Kinderspiel. In seiner Jugend war er schon steilere Wände mit weniger Haltemöglichkeiten emporgestiegen.

Vorsichtig, um nicht noch mehr Steine und Knochen zu lösen, kletterte Conan nach oben. Er vertraute auf sein – allerdings meist unstetes – Glück, daß keine Wachen oben postiert waren. Der Kampf mit dem Dämon war so laut gewesen, daß man ihn oben gehört haben könnte. Conans geschundener Körper war nicht in der Verfassung, sofort den nächsten Kampf zu beginnen; aber seine animalische Vitalität kehrte bereits zurück. Er blickte daher den kommenden Ereignissen zuversichtlich entgegen. Der Cimmerier konnte sich verblüffend schnell von Verletzungen und Abenteuern, bei denen die meisten Menschen gestorben wären oder mehrere Tage in Schock verbracht hätten, erholen.

Obwohl das Klettern durch lose Steine erschwert wurde und er mehrmals mehrere Fuß abgerutscht war, brauchte er nicht länger, als er erwartet hatte. Sein geschundener Körper reagierte nur langsam auf die Anforderungen, die er ihm schon wieder stellte. Endlich wurde sein Durchhaltevermögen belohnt, und er stand auf sicherem Boden. Die Erde hatte ihn wieder. Ihm fiel auf, daß die Sonne schon viel tiefer stand, als er erwartet hatte. Sein Sinn für Zeit hatte ihn verlassen. Offenbar war er fast einen halben Tag durch die Gänge der Kanalisation gewandert. Sein Orientierungssinn hatte schon besser funktioniert. Der Palast stand nur wenige hundert Schritte entfernt. Es war ihm gelungen, in einem der vielen Gärten herauszukommen, welche den Palast umgaben. Die Tore zum Palast waren schwer bewacht und fest verriegelt; aber keine Wachen patrouillierten die Gärten. Das Schicksal hatte ihm bei seinem letzten Wurf gute Würfel zukommen lassen.

Instinktiv verließ er schnell den neuen Krater, der jetzt im Garten entstanden war und versteckte sich in einem Dickicht sorgfältig beschnittener Nadelhölzer. Von diesem Beobachtungspunkt aus suchte er mit seinen scharfen Augen die Umgebung ab. Vor allem wollte er wissen, ob man sein Auftauchen bemerkt hatte. Doch alles war ruhig. Keine Soldaten. In der Ferne sah er einige Wachen, die untätig vor dem schweren Bronzeportal des Palasts herumstanden.

Mehrere hundert Schritt in die Gegenrichtung erhob sich die äußere Palastmauer. Sie war ein beeindruckend massives Bauwerk. Zwei Mann konnten nebeneinander auf ihr marschieren. Ihre Höhe betrug ein über Dreifaches an Conans Größe. In die Mauer waren starke Eisentore an kräftigen Angeln eingelassen. Jeweils zwei Wehrtürme flankierten die Türen. Diese Mauer und die Tore waren vor vielen Generationen errichtet worden und stammten aus einer Zeit, an die sich selbst Sagenkundige und Geschichtsbücher nicht mehr erinnern konnten. Viele Rammböcke waren wie dürre Äste an diesem eindrucksvollen Portal zerbrochen. Die Mauer war aus einem seltsamen Gestein erbaut, das dem Beschuß von unzähligen Geschossen widerstanden hatte, die von den Katapulten eroberungsfreudiger Feinde dagegen geschleudert worden waren.

Conan runzelte die Stirn, als ihm klar wurde, daß er zwischen dieser Mauer und dem Palast eingesperrt war. Er mußte ein Versteck finden, wo er sich bis zum Einbruch der Nacht aufhalten konnte, um dann ungesehen hinüberzusteigen. Schlamm und Schmutz aus der Kanalisation bedeckten seinen Körper und boten eine hervorragende Tarnung. Obgleich er sich liebendgern von all dem Schmutz befreit hätte, mußte er auf eine günstigere Gelegenheit warten.

Er musterte nochmals den Garten und entdeckte ein gutes Versteck. Ein großer Wagen stand keine fünfzig Schritte von dem Dickicht entfernt, wo er jetzt lag. Der Wagen war mit Heu beladen, das zweifellos in die königlichen Stallungen geschafft werden sollte. Im Augenblick kümmerte sich niemand um das Gefährt. Er könnte sich im Heu verstecken und durch die Ritzen der Seitenwände den Eingang des Palasts hervorragend beobachten. Der Wagen stand ungefähr fünf Schritte neben dem Weg, so daß er auch jeden genau sehen konnte, der in den Palast hineinging oder aus ihm herauskam. Dieser Beobachtungsposten sagte dem Cimmerier sehr zu. Vielleicht hatte Hassem die Belohnung noch gar nicht abgeholt? Conan war jetzt noch wütender auf den zamorischen Schurken als zuvor, da dieser eigentlich auch dafür verantwortlich war, daß er soeben mehrfach nur knapp dem Tod entronnen war.

Conan blickte nochmals umher und vergewisserte sich, daß keiner der Posten vor dem Palast herüberschaute. Dann lief er in gebückter Haltung zum Wagen und kroch schnell so tief ins Heu, daß er vollständig bedeckt war. Dankbar für die Gelegenheit, sich etwas ausruhen zu können, nahm er seine Beobachtung des Palasteingangs auf.

Es dauerte nicht lange, da schwangen die mächtigen Eisenflügel des äußeren Tors auf. Ein Abteilung Wachsoldaten marschierte hinein, gefolgt von mehreren Mitrapriestern in prächtigen Gewändern. Die Schar ging schnellen Schrittes zum Palast, wo sie sofort eingelassen wurden. Dann galoppierte ein Kurier auf einem schnellen aquilonischen Hengst aus dem Palast. Offenbar hatte er einen dringenden Auftrag. Conan spürte, daß im Palast etwas nicht stimmte. Er hatte noch nie in seinem Leben Priester so schnell gehen sehen.

Seine Vermutung wurde bestätigt, als aus dem Palast zwei Priester in seltsamen dunkelgrünen Gewändern liefen, die mit Symbolen geschmückt waren, die Conan nicht kannte. Sie sprachen aufgeregt und gestenreich miteinander. Als sie sich dem äußeren Tor näherten, hätte sie beinahe ein überaus prächtig gekleideter Mann auf einem großen schwarzen Roß niedergeritten. Sein dunkelroter Umhang flatterte wie ein Banner im Sturmwind. Er trug einen glänzenden Brustharnisch mit Ärmeln aus Stahlringen und dunkle Lederbeinkleider. Glänzende Metallplättchen bedeckten seine hohen Stiefel. Er hielt die Zügel fest in den Panzerhandschuhen. An seiner Seite hing ein dünnes, langes Schwert mit kunstvoll verziertem Heft. Sein dunkles Haar war von grauen und weißen Strähnen durchzogen. Das Wappen auf seiner Brustplatte glich denen der Stadtwache.

Der Reiter in der glänzenden Rüstung jagte die Priester rüde beiseite und ritt zum Palasteingang. Conan empfand auf Anhieb einen starken Widerwillen gegen diesen Mann, obgleich er ihn noch nicht von Angesicht zu Angesicht gesehen hatte. Nachdem der hochmütige Offizier hineingeritten war, behielt Conan weiterhin beide Tore im Auge. In den nächsten Stunden kamen und gingen mehrere Menschen, doch es ereignete sich nichts Wichtiges – jedenfalls nichts, was ihm aufgefallen wäre. Langsam wurde es dunkel. Die Abenddämmerung setzte ein.

Gerade als Conan dachte, Hassem werde doch nicht mehr kommen, sah er eine Abteilung Wachsoldaten anmarschieren, unter der Führung von Hauptmann Salvorus. Der Cimmerier holte tief Luft, denn neben Salvorus lief der Gegenstand seiner Suche: der Verräter Hassem. Conan juckte der Schwertarm. Am liebsten hätte er diesem elenden Wurm die Klinge in die Gedärme gestoßen, doch war er jetzt nicht in der Lage, es mit der gesamten Schar aufzunehmen. Er tröstete sich mit dem Gedanken, daß Hassem irgendwann den Palast wieder verlassen würde, und dann würde er ihm folgen. Und weil er so lange gewartet hatte, konnte er es auch noch ein Weilchen länger aushalten.

Da kam ihm Conan eine neue Idee. Wenn er die Uniform und den Helm eines der Soldaten der Stadtwache tragen würde, könnte er offen durch die Tore passieren und Hassem folgen, ohne daß ihn jemand aufhielt. Das Problem war nur, eine Uniform zu finden, die groß genug war, und ihm zu paßte. Tiefe Schatten fielen in den Garten und der Himmel hatte sich schnell verdunkelt. Conan stieg vorsichtig vom Wagen herab und legte sich darunter, dicht hinter das Rad, das dem Weg am nächsten war. Nach wenigen Minuten kam eine kleine Patrouille durch das Tor. Aber der letzte Mann der Patrouille war zu klein.

Conan wartete weiter und hoffte, daß ein größerer Soldat bald auftauchen würde. Da nahm er aus dem Augenwinkel eine Bewegung wahr. Ein Mann führte sein Pferd zum Wagen. Aufgrund der mit Erde und Schmutz befleckten Kleidung hielt Conan ihn für einen Gärtner. Der Mann war groß und kräftig gebaut, und ähnelte dem Cimmerier. Er trug die einfache Kopfbedeckung der Bergbewohner, die Regen und Sonne abhielt. Grinsend änderte Conan seinen Plan. Nach dem Marsch durch die schmutzige Kloake wollte er eher wie ein Gärtner als ein Wachsoldat aussehen.

Der Gärtner schirrte das Pferd vor die Deichsel. Dabei wandte er dem Barbaren den Rücken zu. Lautlos schlich Conan unter dem Wagen hervor und an den ahnungslosen Gärtner heran, packte ihn von hinten und legte ihm die Hand über den Mund, um jeden Schrei zu ersticken, der die Palastwache alarmieren würde.

Conan riß ihn zu Boden und plante, ihn bewußtlos zu schlagen, doch der Gärtner rollte geschickt zur Seite, so daß Conan mit dem Gesicht voran auf die Erde prallte. Der Gärtner sprang auf und rief in Panik die Wachen zu Hilfe, die am Palasteingang standen.

»Crom!« fluchte Conan und spuckte Erde aus. Dann schlang er den Arm um ein Bein des schreienden Manns und riß ihn zu Boden. Der Gärtner schlug mit dem Kinn gegen die Deichsel und verlor das Bewußtsein. Jetzt ist jede Tarnung sinnlos, dachte Conan und zückte sein Schwert, um den Kampf mit den Wachen aufzunehmen, die in seine Richtung liefen. Das Pferd, das an die Deichsel gebunden war, machte plötzlich einen Satz und preschte den Soldaten entgegen. Die Ecke des Wagens traf Conan so gegen die Schulter, daß ihm das Schwert aus der Hand glitt und er beinahe zu Boden geschleudert wurde. Aber der Cimmerier konnte den Wagen unter Aufbietung all seiner Kräfte aufhalten. Die Lederriemen, mit denen das Pferd angebunden war, glitten von der Deichsel ab.

Der Cimmerier griff nach seinem Schwert auf dem Boden und trat dabei unglücklicherweise in eine Schlinge des Zügels. Das Pferd galoppierte los, und zog dabei die Schlinge so um Conans Knöchel, daß es ihn umriß. »Belial verschlinge dich, du blödes Biest!« fluchte er. Dann blieb ihm die Luft weg. Er gab die Hoffnung auf, sein Schwert in die Hand zu bekommen, und bemühte sich, seinen Fuß aus der Lederschlinge zu befreien, als das Pferd in Panik davonpreschte.

Das Roß wurde immer schneller und schleifte den Cimmerier mit über Stock und Stein und durch die Büsche des Palastgartens. Es galoppierte wie besessen. Conans Knöchel wurde brutal verdreht und hatte das Gefühl, als würde ihm das Bein abgerissen. Selbst ein Cimmerier wie er konnte eine derartige Mißhandlung nicht lange ertragen. Hektisch versuchte Conan, den

Zügel zu packen. Da sah er direkt vor sich eine Baumreihe. Anstatt auszuweichen, hielt das Pferd direkt auf eine Lücke zwischen zwei Bäumen zu.

Conan machte alle möglichen Verrenkungen, bis es ihm gelang, die Arme um einen Baumstamm zu schlingen. Dann wartete er auf den schrecklichen Ruck. Als das Pferd plötzlich stehenblieb, hatte der Cimmerier das Gefühl, sämtliche Sehnen und Bänder seines Körpers würden zerrissen. Trotz seines hünenhaften Körperbaus hatte er keine Chance gegen das Pferd. Er wäre in Stücke gerissen worden, wäre der Zügel nicht gerissen.

Völlig erschöpft blieb Conan liegen. Er hielt den Baum immer noch krampfhaft umschlungen. Er hatte nicht die Kraft, die Arme zu lösen. Schließlich bot er seine letzten Kräfte auf, ließ los und stand mühsam auf. Der verrenkte Knöchel weigerte sich, ihn zu tragen. Schwankend versuchte er, zum Wagen zurückzuhinken. Ihm war schwindlig und vor seinen Augen tanzten rote Schleier. Es war Blut, das aus einer Kopfwunde floß.

Er wischte sich das Gesicht ab, um klar sehen zu können. Da lief der Gärtner außer sich vor Wut mit geballten Fäusten auf ihn zu. Conan hob einen Arm, um den Angriff abzuwehren, doch seine Gliedmaßen fühlten sich schwerer an als Granitblöcke. Seine Reflexe waren zu langsam. Der Gärtner hob die hammerähnliche Faust und schlug dem Cimmerier mitten ins Gesicht. Conans Kopf flog durch den unglaublich kräftigen Schlag nach hinten. Er fiel zu Boden, ihm wurde schwarz vor Augen. Er versank in eine tiefe Bewußtlosigkeit.

6. Kapitel

VERRAT UND GIFT

In Valtrescas Gemach saß Hassem neben einer schweren Holztür auf einem kunstvoll geschnitzten Stuhl. Er schwitzte vor Nervosität, während Valtresca mit vor Ärger hochrotem Gesicht wütend hin- und herlief.

»Hassem, du elender Raffzahn! Ich habe dir gesagt, du sollst die Schmuckstücke in Shadizar verkaufen, wo man ihre Herkunft nicht verfolgen kann – nicht in dieser Stadt! Statt dessen verkaufst du Idiot diesem Barbaren einen Armreif und versuchst, die Belohnung zu kassieren, ohne mir etwas davon zu sagen. Du hast mir gesagt, du würdest die Stadt vor zwei Nächten verlassen. Ich weiß, wie hinterlistig ihr Zamorer sein könnt, aber ich hatte nie damit gerechnet, daß eure Habgier größer als eure Intelligenz ist.«

»Verehrter General, du beurteilst meine Motive völlig falsch«, verteidigte sich Hassem, nachdem er sich blitzschnell einen Plan zurechtgelegt hatte, mit dessen Hilfe er sich aus der gegenwärtigen Zwangslage zu befreien hoffte. Er erklärte, daß er – wie abgesprochen – die Stadt vorgestern hatte verlassen und nach Zamora hatte weiterreiten wollen. Doch dann hatte man die Stadttore geschlossen, um den Cimmerier nicht entwischen zu lassen. Außerdem hatte Salvorus ihm gesagt, er solle sich die Belohnung am nächsten Tag im Palast abholen. Hassem räusperte sich und fuhr mit fester Stimme fort: »Ich habe dir einen Sündenbock geliefert – diesen fremden Cimmerier Conan. Alle halten ihn für schuldig, selbst dein aufrechter, stets das Gute tuender Hauptmann Salvorus. Der Barbar hat kein Alibi. Ich habe dafür gesorgt, daß er genau der Richtige ist, dem man das Verbrechen in die Schuhe schieben kann. Ohne ihn würde der Tod der Prinzessin gewiß nie aufgeklärt werden. Ein Flecken in deiner makellosen Karriere, eine Schuld an Eldran, die du nie zurückzahlen könntest. Die Belohnung ist gewiß das Mindeste, das du mir für meine Dienste zukommen lassen kannst, ehe ich nach Shadizar zurückkehre. Du hast natürlich recht. Ich wäre nie so töricht, dich betrügen zu wollen. Ich dachte, du würdest diesen letzten Pinselstrich schätzen, den ich deinem Plan hinzugefügt habe, den du so meisterhaft gemalt hast.«

Valtrescas Miene heiterte sich auf. Er lachte. »Hassem, du amüsierst mich, selbst wenn du lügst. Ich bewundere deinen Einfallsreichtum, doch ich warne dich: Sei vorsichtiger und tu nichts, ohne mich vorher davon zu unterrichten – dann wirst du länger leben.«

Der General hörte auf zu lachen und trat zu einem hohen Eichenschrank. Er holte eine staubige Weinflasche und zwei kunstvoll verzierte Silberbecher heraus, öffnete die Truhe neben dem Schrank und nahm einen kleinen Lederbeutel heraus. »Wir brauchen nicht länger darüber zu sprechen. Ich bin zufrieden. Laß uns einen Becher des köstlichen Weins aus Kyros genießen und einen Trinkspruch auf den Tod des cimmerischen Schurken ausbringen. Du hast der Stadt einen großen Dienst erwiesen, und der König spräche dir persönlich seinen Dank aus, fühlte er sich besser.« Valtrescas Augen funkelten bösartig, als er den Wein einschenkte und Hassem einen Silberbecher reichte.

Der Zamorer beäugte den Becher mißtrauisch, doch Valtresca hob ihn mit strahlendem Gesicht an und schien Hassems Zögern nicht zu bemerken. »Auf den Tod des Barbaren, der die Prinzessin getötet hat!« Der

General nahm einen großen Schluck. Hassem entspannte sich und trank ebenfalls. Erst probierte er nur einen kleinen Schluck. Der Wein schmeckte vorzüglich. Ein hervorragender Jahrgang. Er kam in der Tat aus dem Land, das für seine Weinberge berühmt war.

Valtresca lächelte zufrieden und warf den Beutel neben Hassems Stuhl. Hassem sah Gold blitzen. Als er sich bückte, um den Beutel aufzuheben, mußte er plötzlich husten. Er faßte sich an die Kehle und ließ den Becher fallen. »Br-brythunischer Bastard«, fluchte er und griff nach seinem Dolch. Seine Finger zitterten so stark, daß er die Klinge nur mühsam aus der Scheide ziehen konnte. Valtresca zückte gelassen sein Schwert und trat vor Hassem. In diesem Augenblick klopfte es.

»General Valtresca? Ich habe Lärm gehört. Es klang wie ein Kampf …«, rief Salvorus schon auf dem langen Gang, der zum Zimmer des Generals führte. Gleich darauf stieß Salvorus die schwere Eichentür auf, die der General nicht verriegelt hatte. Schnell trat Valtresca dem Zamorer mit dem Stiefel ins Gesicht. Ein Schwall von Blut und Zähnen schossen aus Hassems Mund, ehe er bewußtlos zu Boden sank.

»Salvorus!« rief der General. »Ich habe herausgefunden, daß dieser Schurke ein Komplize des Cimmeriers ist. Er hat Conan nach einem heftigen Streit über die Verteilung der Schmuckstücke der Prinzessin verraten. Der Schwachkopf hat versucht mich zu erdolchen! Falls er noch lebt, schaffe diesen menschlichen Abfall ins Verlies und lege ihn in Ketten. Bei Sonnenaufgang kann der Henker dann zwei Köpfe vom Rumpf trennen.«

Valtresca lächelte und gratulierte sich selbst, diese Lüge so gelungen ausgeführt zu haben. Vor einer Stunde hatte er ein besonderes Öl geschluckt, das die Wirkung des Gifts im Wein aufhob. Das Gift, das er von einem khitanischen Händler gekauft hatte, hatte ohnehin nicht die tödliche Wirkung. Es lähmte nur vorübergehend die Lungen, so daß derjenige, der es getrunken hatte, bewußtlos wurde. Morgen früh würden die letzten beiden Männer, die ihn mit dem Tod der Prinzessin würden in Verbindung bringen können, für immer schweigen. Dann würden nur noch er und Lamici das Geheimnis kennen.

Der General betrachtete mißmutig seine Stiefel. Hassems Blut hatte sich auf ihnen verteilt. Angewidert wischte er sie an Hassems Tunika ab. Wirklich schade, daß dieser verlogene Kerl ihn hatte betrügen wollen. Valtresca hatte Hassem angeworben, damit er Lamici ausspionierte, um sich zu vergewissern, daß der Eunuch die Leiche der Prinzessin wie geplant beseitigte, ohne daß Valtresca damit in Verbindung gebracht werden konnte. Für diese Aufgabe hatte er Hassem wahrlich großzügig entlohnt.

In der Vergangenheit hatte er Hassem öfter für derartig heikle Aufgaben eingesetzt. Der Zamorer hatte sich stets als verläßlich erwiesen. Diesmal sollte Hassems Lohn für die Beschattung des Eunuchen der Armreif und die Halskette der toten Prinzessin sein. Selbstverständlich sollte er sie in der übel beleumdeten Stadt Shadizar verkaufen, wenn er wieder auf dem Weg nach Zamora war. Als Valtresca erfuhr, daß der habgierige Hassem die Absprache zwischen ihnen gebrochen hatte, war ihm klar, daß er den Zamorer finden und für immer zum Schweigen bringen mußte. Jetzt stand der General ruhig da, während Salvorus sich über den Dieb beugte und prüfte, ob er noch lebte.

Der hünenhafte Hauptmann zog die Dolche heraus, mit denen Hassem sich überreichlich versorgt hatte, und warf den bewußtlosen Zamorer über die Schulter. Salvorus fand es äußerst seltsam, daß der Cimmerier mit Hassem zusammenarbeiten sollte, und noch unbegreiflicher schien es ihm, daß der Zamorer so töricht gewesen war, General Valtresca in dessen Gemächern anzugreifen. Doch seine Erfahrung mit Cimmeriern und Zamorern war begrenzt. Und er hatte während seiner Dienstzeit in dieser Stadt schon viele unerklärliche Dinge erlebt. Kopfschüttelnd marschierte er mit dem bewußtlosen Hassem über der Schulter in die ungemütlichen Teile des Palasts, wo sich die Verliese befanden. Er ging niemals in diese stinkenden Zellen, wenn er nicht gerade persönlich für einen Gefangenen verantwortlich war.

Vor einer Stunde erst hatte er Conan in eine der kleinen Zellen geschafft und den Barbaren an die schimmelbedeckte Wand gekettet. Er hatte über Conans Größe und Körperbau gestaunt. Diese Cimmerier waren in der Tat ein kräftiges Volk. Salvorus war zwar stark genug, um Conan ins Verlies zu tragen, doch die letzten Schritte waren ihm ziemlich schwer gefallen. Salvorus hatte noch nie zuvor einen Mann getroffen, der stärker war als er. Er verdankte einen Großteil seines Ruhms der Tatsache, daß er Dinge vollbracht hatte, für die die meisten Männer zu schwach gewesen waren.

Sein Vater war Steinmetz gewesen, und Salvorus hatte als Lehrling bei ihm gearbeitet. Er hatte schwere Steinplatten heben müssen und oft Marmorblöcke festgehalten, während sein Vater sie bearbeitete. Er hatte auch in Steinbrüchen geschuftet, Quader aus der Wand herausgebrochen und auf Karren geladen und zu der Stelle gebracht, wo ein Adliger eine Mauer oder ein Festung bauen wollte.

Kaum war Salvorus zum Mann herangereift, wurde er Soldat – zum einen wegen der aufregenden Abenteuer, die dieser Beruf versprach, doch hauptsächlich, um sich zu rächen für all das Leid, das seine Familie durch die Überfälle der räuberischen Nachbararmeen erlitten hatte. Sklavenhändler hatten seine Mutter gefangen und mitgenommen, während er mit seinem Vater im Steinbruch gearbeitet hatte. Sein Vater war nie wieder wie früher gewesen, sondern schwermütig geworden und allmählich in eine tiefe Depression versunken, die bis zu seinem Tod, der acht Jahre später lag, angehalten hatte. Salvorus hatte weder Brüder noch Schwestern, und die brythunische Armee war für eine Zeitlang zu seiner Familie geworden.

In den ersten Jahren als Soldat hatte er ständig Frauen im Sinn gehabt und sich den heißen, betörenden Umarmungen üppiger brythunischer Frauen hingegeben. Aber sein Beruf als Soldat hatte ihn immer dann von diesen flüchtigen Liebesabenteuern weggerufen, ehe diese zu einer festen Beziehung werden konnten. So hatte er nie eine Frau gefunden, mit der er sich an einem Ort niederlassen und eine Familie gründen konnte. Seine steile Karriere hatte verhindert, daß er unter den Kameraden enge Freundschaften schloß; denn er wurde häufig versetzt und diente unter zahlreichen verschiedenen Befehlshabern. Seine besten Freunde waren im Grenzland stationiert, wo er als Leutnant das Kommando geführt hatte. Mit den Stadtwachen hier kam er nicht so gut zurecht. Das waren Männer, die diese ›Vorzugsstellungen‹ nicht aufgrund ihrer soldatischen Fähigkeiten, sondern nur wegen ihrer Verwandtschaft mit dem Adel oder weil Aristokraten ihrer Familie einen Gefallen schuldeten, erhalten hatten.

Ja, dachte Salvorus, ich bin ein Einzelgänger. Er genoß immer noch die Liebesdienste vieler williger Frauen in der Stadt und verbrachte viele Nächte in ihrer Gesellschaft. Er mochte diese Nächte, doch sie boten nur kurzlebige Beziehungen. Bestimmt hätten einige dieser Frauen seinen Heiratsantrag angenommen, doch er besuchte keine zu häufig und vermied es absichtlich, Beziehungen einzugehen.

Er zog es vor, ein Einzelgänger zu sein, der sich ungebunden seiner Karriere widmen konnte. Er wollte nicht der typische Stadtsoldat werden, der weit häufiger zum Alekrug griff als zum Schwert. Er kannte diese Männer, die irgendwann den Dienst quittierten und ihre Abende in den Schenken verbrachten, wo sie bei billigem Wein mit ihrer Tapferkeit prahlten.

Salvorus hielt ein solches Ende für unwürdig. Er würde den Dienst aufgeben, wenn man ihm das Schwert aus der kalten Hand entwand, wenn er gefallen war in der Schlacht. Der Tod eines Soldaten sollte ehrenvoll sein, im Dienst eines hehren Ziels. Er würde weiterhin dienen und Risiken eingehen, weil er sich nur so lebendig fühlte. Während er mit Hassem über der Schulter ins Verlies hinabstieg, gingen ihm derartige Gedanken durch den Kopf. Ihn beschlich die Erkenntnis, daß es ein Fehler gewesen war, den Posten in der Stadt anzunehmen. Um von hier wieder wegzukommen, mußte er sich als hervorragender Führer seiner Männer beweisen. Nur so würde man ihm ein Kommando als Oberst oder General verleihen. Vielleicht sollte er diese lahmen Hunde, die unter ihm als Stadtwache dienten, mal ordentlich schleifen und aus ihnen richtige Soldaten machen.

Salvorus entwarf bereits einen genauen Ausbildungsplan, mit dem er die Leistung seiner Wachabteilung steigern würde. Er war so in diesen Plan vertieft, daß er nicht bemerkte, wie Hassem das Bewußtsein wiedererlangte. Der verschlagene Zamorer überdachte seine Lage, während er mit dem Kopf nach unten über Salvorus' Schulter hing. Der Hüne hatte seine Beine mit einem Arm fest im Griff und Hassem fühlte sich elend und schwach. Sein Atem ging unregelmäßig. Das Gift lief noch in seinen Adern. Sein Kinn schmerzte scheußlich. Er hatte den metallischen Geschmack von Blut im Mund und gelegentlich tropfte immer noch Blut auf den kalten Steinboden. Als er mit seiner geschwollenen Zunge über die Gaumen fuhr, spürte er die Lücken, wo früher seine Zähne gewesen waren. Er riskierte einen Blick. Offenbar schleppte ihn der Hauptmann ins Verlies unterhalb des Palasts. Er war vor mehreren Jahren schon einmal von dort entflohen, doch das ging nicht ohne Hilfe. Die unterirdischen Verliese waren ein verwirrendes Labyrinth.

Da bemerkte Hassem, daß seine Dolche fehlten, und er sah die Griffe verführerisch nahe aus einem Beutel ragen, der an Salvorus' Gürtel hing. Wenn er nur einen herausziehen könnte, würde er dem Hauptmann die Klinge von hinten zwischen die Schulterblätter stoßen und den Weg suchen, durch den er damals geflohen war. Er stellte sich fürs erste weiterhin bewußtlos und wartete auf eine günstige Gelegenheit.

Am liebsten hätte er einen Dolch gehabt, den man den ›Schwarzen Drachen‹ nannte, weil die Klinge mit der Paste aus den tödlichen Blättern des Schwarzen Lotus eingerieben war. Ein Kratzer mit diesem Schwarzen Drachen brachte den sicheren Tod. Valtresca hat mir nicht sämtliche Zähne ausgetreten, dachte Hassem grimmig. Der General würde feststellen müssen, daß Hassem immer noch genügend beißen konnte. Der Zamorer verharrte reglos und wartete geduldig wie eine Giftschlange auf den richtigen Moment zuzustoßen.

Salvorus war sich der Gefahr in seinem Rücken nicht bewußt. Er lief gedankenverloren durch die Gänge des unterirdischen Verlieses. Nur wenige Öllampen erhellten dieses Labyrinth. Salvorus kannte sein Geheimnis: Jede einzelne Lampe verbarg in ihrem Zierrat genaue Richtungsangaben für die Orientierung in diesem Gewirr unzähliger Korridore und Zellen. Er näherte sich jetzt dem Zellenblock, wie er unschwer an dem gräßlichen Gestank aus Urin, Kot und Unrat feststellen konnte. Als er um die nächste Biegung kam, sah er, daß seine Nase ihn nicht belogen hatte.

Die Zellen lagen nebeneinander an einer langen Mauer des Korridors. Jede von ihnen war schmal und lang. Bis zu einem halben Dutzend Gefangene konnten in einer Zelle untergebracht werden. Der Korridor davor war nur drei Fuß breit. Conan befand sich in der ersten Zelle. Durch die Gitterstäbe konnte der Hauptmann sehen, daß der Barbar noch in den schweren Eisenfesseln hing, die durch dicke Ketten mit kräftigen Bolzen in der Mauer befestigt waren. Salvorus wählte von seinem Schlüsselring einen großen, angerosteten Schlüssel aus und steckte ihn ins Schloß. Gerade als er ihn umdrehen wollte, spürte er einen heftigen Schmerz in seiner Seite.

»Bei Erliks Bart!« fluchte er und ließ Hassem fallen und sah in seiner Seite einen Dolch mit schmaler Klinge stecken. Der Zamorer hatte offenbar das Bewußtsein wiedererlangt! Zum zweiten Mal in den letzten Tagen hatte er einen Gegner unterschätzt! Vor Wut brüllend riß er sein schweres Schwert aus der gut geölten Scheide und holte zu einem tödlichen Schlag gegen den elenden Dieb aus, der benommen auf dem Boden lag. Doch Salvorus vermochte den Schlag nicht mehr auszuführen. Ohne Vorwarnung fiel er wie vom Blitz getroffen um.

Hassem wischte sich die Spinnweben aus seinem schmerzenden Gesicht und kam nur mühsam auf die Beine. Er konnte kaum gehen. Der Dolchstoß hatte ihn seine gesamte Energie gekostet. Und er hatte sein Ziel verfehlt. Nur wie durch ein Wunder war die Klinge durch einen Riß im Kettenhemd des Hauptmanns gedrungen. Jetzt erst bemerkte Hassem, daß ihn kein anderer als der Hauptmann persönlich gefangen genommen hatte. Wären seine Sinne nicht durch das Gift betäubt gewesen, hätte er das schon früher erkannt.

Doch Hassem war es gleichgültig, wen er tötete. Er hatte schon viele Männer umgebracht, die den Tod weit weniger verdient hatten als dieser Trottel aus den Bergen.

Hassem verstand es ausgezeichnet, mit dem Dolch umzugehen, was ihm schon oft geholfen hatte. Jetzt zog er den Schwarzen Drachen aus Salvorus' Körper. Dabei zerschnitt die gezahnte Klinge mit häßlichem Geräusch noch weitere Ringe des Kettenhemds. Salvorus lag reglos auf dem Boden. Der schwarze Lotus schickte ihn in einen Schlaf, aus dem er nie wieder erwachen würde.

Eine Kleinigkeit mußte noch erledigt werden: Hassem wollte den Leichnam so hinlegen, als hätte Salvorus mit dem Cimmerier gekämpft und als hätte dieser ihm den Todesstoß versetzt. Der Gefangenenaufseher sollte beide Leichen, mit einem Dolch in der Hand, in der Zelle finden. Hassem schloß die Zellentür auf und ging hinein. Der Lärm hatte Conan geweckt. Hassem war froh, daß der Barbar fest angekettet war. Conans Körper sah übel aus: Von Schmutz und Blut überkrustet, zahlreiche Abschürfungen und Blutergüsse. Trotzdem näherte sich ihm der Zamorer vorsichtig und mit gezücktem Dolch.

»So sieht man sich wieder, du hirnloser Barbar«, höhnte Hassem. Seine tiefe, melodische Stimme war einem heiseren Krächzen gewichen. »Diesmal habe ich persönlich die Freude, dich in die Hölle zu schicken – oder in welch schwarzen Abgrund die Seelen von euch Barbaren geschickt werden«, fuhr er triumphierend fort. »Jetzt werde ich zu Ende bringen, was ich angefangen habe. Diesen Schwachkopf« – er deutete auf Salvorus – »habe ich überzeugt, daß du die Prinzessin getötet hast. Dieser blöde Hund hat keine Ahnung, daß sein Meister, sein so überaus geschätzter General, in Wirklichkeit für den Tod der Prinzessin gesorgt hat.«

Er lachte kurz und heftig. Plötzlich mußte er husten und spuckte dem Cimmerier Blut und Zahnstücke ins Gesicht.

Conan zerrte an den Ketten. Ihm war bewußt, daß er in seinem angeschlagenen Zustand Stunden brauchen würde, um auch nur ein Glied zu brechen. Trotzdem setzte er seine gesamte Kraft nochmals ein. Die mächtige Brust wölbte sich und seine Muskelstränge traten an den Armen und Beinen wie dicke Taue hervor. Doch alles war vergeblich. »Erlik soll dich holen, du elende zamorische Kloakenratte! Schick mich in die Hölle! Dort werde ich aber auf dich warten!« Er fügte noch einen weiteren Fluch hinzu, holte tief Luft und machte einen letzten Versuch, die Ketten zu sprengen.

Hassem nahm die Stellung eines Messerkämpfers ein und schwang den Dolch, um dem Barbaren den ungeschützten Bauch aufzuschlitzen. »Dein Tod wird langsam und qualvoll sein, du cimmerisches Schwein – aaah!«

Verblüfft sah Conan Hassem nach vorn auf den Boden fallen. Ein schwerer Wurfdolch ragte aus dem Rücken des Diebs. Die Klinge steckte bis zum Heft zwischen den Schulterblättern. Hassem war bei dem Sturz auf seinen Dolch mit der vergifteten Klinge gefallen, so daß dieser ihn vollständig durchbohrt hatte. Die Spitze war dicht neben dem schweren Wurfdolch wieder ausgetreten.

Salvorus kniete an der Zellentür. Er hatte den Arm noch vom Wurf ausgestreckt und er suchte am Türrahmen Halt, um sich mühsam hochzuziehen. Er war sicher, daß die Klinge des Zamorers vergiftet gewesen war. Die Wunde in seiner Seite brannte wie Feuer. Salvorus hatte in den Grenzkriegen schon viel schlimmere Wunden als diesen Kratzer davon getragen. Doch das Gift war sehr stark. Er kämpfte gegen seine Wirkung, doch wußte er nicht, wie lange seine Kräfte das aushalten würden.

»Bei Crom und Mitra!« rief Conan, verblüfft, daß Salvorus ihm das Leben gerettet hatte. »Das war ein Meisterwurf! Ich hatte mich nicht auf unsere nächste Begegnung gefreut, Hauptmann Salvorus. Doch jetzt muß ich gestehen, daß ich heilfroh bin, dich zu sehen.« Salvorus schwankte. Jetzt sah Conan den Riß in seinem Kettenhemd. Das Blut quoll langsam daraus hervor, färbte Salvorus Tunika rot und bildete eine Pfütze auf dem Boden.

»Conan«, flüsterte Salvorus. »Ich weiß jetzt, daß du unschuldig bist … Verrat übelster Sorte … hier im Palast! … nicht zu fassen … General Valtresca ein Hochverräter …« Seine Stimme war schwach. Er sprach stockend, so als hätte er große Schmerzen. »Ich muß es dem König melden … muß ihm sagen …« Er brach ab, als habe er vergessen, was er sagen wollte. »… befreie dich jetzt … dann gehst du … mit mir … zu König Eldran … und zu Kailash.«

Mit zitternden Fingern zog Salvorus den Schlüssel aus der Zellentür und schloß eine Fußfessel um Conans Fuß auf. Der Hauptmann blinzelte und schüttelte den Kopf, als könne er nicht klar sehen. Als er die zweite Fußfessel aufschließen wollte, versagten seine Kräfte plötzlich. Das tödliche Gift des schwarzen Lotus aus dem fernen Khitai hatte ihn überwältigt. Jeder schwächere Mann wäre innerhalb von Sekunden gestorben, doch Salvorus verfügte über eine starke Vitalität, die der des Cimmeriers ähnelte. Er lebte zwar noch, war jedoch bereits in den Schlaf des schwarzen Lotus verfallen, der zuerst seltsame Träume bescherte und dann mit dem Tod endete.

Als Conan erkannte, daß Hassem Salvorus vergiftet hatte, fluchte er laut. Die Pechsträhne, in der er sich befand, riß nicht ab. Jetzt lag der einzige Mensch, der bezeugen konnte, daß man ihn zu Unrecht des Mordes an der Prinzessin beschuldigte, sterbend vor ihm auf dem Zellenboden. Wenn er doch nur die Schlüssel erreichen könnte, die bei Salvorus' ausgestreckter Hand lagen! Wenigstens war eines seiner Beine frei. Er winkelte es ab, stemmte den Fuß mit aller Kraft gegen die Mauer. Sein geschundener Körper schmerzte, doch er mußte es immer wieder versuchen.

Nach Stunden – wie es ihm vorkam, obwohl in Wahrheit nur wenige Minuten vergangen waren – bröckelte Mörtel aus der Mauer. Unter der vereinten Kraft von Conans Armen und Beinen löste sich ein Ziegel und glitt knirschend aus der Mauer. Jetzt konnte der Cimmerier ein Bein und teilweise einen seiner Arme einsetzen.

Er schwang den Ziegel wie einen Hammer und schlug damit auf die Fußkette ein. Öfter traf er dabei seinen eigenen Fuß. Brennende Schmerzen schossen durchs Bein. Conan biß die Zähne zusammen und hämmerte weiter, bis ein Kettenglied endlich dem Druck nachgab und zerbrach. Der Ziegel war inzwischen ziemlich mitgenommen und an mehreren Stellen angeknackst. Doch Conan mußte noch den anderen Arm befreien, dann konnte er diesem verfluchten, stinkenden Loch entfliehen. Er zerrte mit aller Kraft an dem letzten Ring in der Mauer. Doch diese war hier so fest, da sich kein Ziegel löste. Er hämmerte mit dem kläglichen Rest des Ziegels gegen die Mörtelschicht. Da löste sich plötzlich der Ring, an dem er zerrte, aus der Mauer. Conan fiel zu Boden.

Schnell griff er die Schlüssel und schloß die Schellen auf und beugte sich über Salvorus. Der Hauptmann atmete noch. Langsam hob und senkte sich seine breite Brust. Conan riß ein Stück von Hassems Gewand ab und stopfte sie unter das Kettenhemd des Hauptmanns, um die Blutung aus der Dolchwunde zu stillen.

Die Wundränder waren purpurrot und schwarz und ein gräßlicher Gestank schoß ihm von der Wunde entgegen. Wenn er Salvorus hier ließ, würde er sterben, ehe er Conans Unschuld bezeugen konnte. Vielleicht konnte der Heiler Madesus ihm helfen. Er hatte Conan erzählt, daß er sich besonders auf die Heilung von Menschen verstünde, die vergiftet worden waren.

Conan überlegte kurz. Dann hielt er es doch für besser, allein loszugehen, ohne sich mit dem schweren, besinnungslosen Hauptmann zu belasten. Er würde schneller vorwärtskommen. Und er mußte möglichst schnell Madesus finden. Wenn jemand Salvorus heilen konnte, dann dieser seltsame Priester, der auch sein Handgelenk so überraschend gut versorgt hatte. Er haßte es, den Hauptmann zurückzulassen, der ihn vor der unangenehmen Klinge Hassems gerettet hatte. Wäre Salvorus nicht gewesen, würde der Cimmerier jetzt wohl in den Feuern der tiefsten Hölle schmoren. Conan schwor sich, Salvorus zu helfen, obwohl der Mann teilweise für seine mißliche Lage verantwortlich war.

Der Cimmerier nahm den Schlüsselring und das Schwert des Hauptmanns und verließ die Zelle. Er sah sich auf dem Korridor um. Als man ihn hergeschleppt hatte, war er bewußtlos gewesen. Daher wußte er jetzt nicht, welche Richtung er einschlagen sollte. Schließlich ging er in die Richtung, aus der Salvorus und Hassem gekommen waren. Schon bald erkannte er, daß die Gänge in einem verwirrenden Labyrinth angelegt waren. Zum Glück brannten an einigen Abzweigungen Öllampen. Nachdem er in der Kanalisation gerade erst dem Tod entronnen war, verspürte er wenig Lust, wieder durch die völlige Finsternis zu wandern.

Allerdings war die Gefahr, sich in diesem Labyrinth zu verirren, recht groß. Und Zeit war ein Luxus, den er sich nicht leisten konnte. Er mußte so schnell wie möglich Madesus finden. Da fiel ihm ein kleiner Fleck auf dem Steinboden in die Augen. Er wischte mit dem Finger darüber und hielt den Finger ins Licht einer Lampe. Blut! Frisch, wie es aussah. Hassems Gesicht hatte geblutet, als er mit Salvorus an der Zellentür angekommen war. Der elende Schurke hatte unwissentlich für Conan eine Fährte gelegt, die ihn hinausführte!

Mit gezücktem Schwert in der Rechten folgte der Cimmerier schnell der Blutspur, die ihn aus diesen dumpfen Gängen hinausführen würde … zu frischer Luft und Freiheit.

7. Kapitel

DIE VISION IM TEICH

Zitternd legte Madesus den mit Juwelen besetzten Armreif auf den Holztisch. Tarocles, der ausgemergelte Hohe Priester des ärmsten Mitratempels, hatte ihm gestattet, diese Kammer zu benutzen, die normalerweise nur für Akolyten bestimmt war.

Madesus rutschte auf dem unbequemen rohen Holzstuhl hin und her und rieb sich die müden Augen, die vor Mangel an Schlaf rot gerändert waren. Seit er vor zwei Tagen den Armreif berührt hatte, hatten dauernd seltsame Träume seinen Schlaf gestört. Doch nach dem Aufwachen vermochte er sich nicht mehr an sie zu erinnern. Gestern abend hatte er daher beschlossen, mehr über die Herkunft des Schmuckstücks zu erfahren. Conan behauptete, keine Ahnung zu haben, woher der Armreif stammte. Madesus blieb daher keine andere Wahl, als das Ritual des Auffindens geheimen Wissens durchzuführen und Mitra anzuflehen, ihm die Natur des eigenartigen Armreifs zu enthüllen, der so ungemein stark Böses ausgestrahlt hatte.

Madesus hatte von Sonnenuntergang des vorhergehenden Abends bis zum Sonnenaufgang des neuen Tages unablässig gesungen und gebetet. Dazu hatte er die scharf riechenden Blätter des Maljorna, des heiligen Baums des Wissens, im Kohlebecken verbrannt. Manchmal überfiel ihn dann die gotteslästerliche Frage, ob Mitra einen Sinn für Humor hätte. Warum sonst hatte der Gott diesen nach Kuhmist stinkenden

Maljorna zu seinem heiligen Baum erwählt und nicht etwa ein Gewächs, das angenehm duftete. Madesus' Augen brannten immer noch von dem scharfen Rauch. Er fühlte sich benommen, sogar leicht schwindlig. Noch schlimmer war, daß sein Zauber offenbar nicht funktioniert hatte. Er legte sich auf das armselige harte Lager und betete, sein Schlaf möge nicht so unruhig sein wie in der vorhergehenden Nacht. Dann schloß er seine müden Augen und atmete tief und regelmäßig, bis er schließlich eindöste.

Die Tür ging quietschend auf und Madesus schreckte hoch. Er fühlte sich gestärkt, doch er war immer noch etwas schwindlig. Schnell stand er auf, um zu sehen, wer in die Kammer gekommen war. Seine Augen wurden groß vor Überraschung und er hatte einen ganz trockenen Mund. Auf der Schwelle stand sein alter Mentor: Kaletos.

»Meister! Was für eine Freude, dich nach so vielen Jahren wiederzusehen. Vor wenigen Tagen erst kam mir der Gedanke, nach Corinthien zurückzukehren um nachzusehen, wie es dir und dem Tempel geht. Deine Gesundheit ist offensichtlich so gut wie eh und je. Die Jahre haben es gut mir dir gemeint.«

»Madesus.« Der alte Mann trug weite, strahlend weiße Gewänder und sprach mit tiefer, aber aufgrund seines Alters etwas brüchiger Stimme. Seine grünen Augen strahlten wie Smaragde aus dem blassen, runzligen Gesicht. Bis auf wenige weiße Haarbüschel über den Ohren war er kahlköpfig. Um den Hals trug er ein Amulett, das dem Madesus ähnlich war: Ein Stern mit sieben Zacken, den in der Mitte ein vielfacettiger Amethyst krönte. Kaletos stützte sich auf einen Birkenstab, der dem von Madesus ähnelte, doch war sein Stab durch die Jahrzehnte etwas verbogen, in denen er das Gewicht des verehrungswürdigen Priesters trug.

»Meister?« fragte Madesus zögernd.

»Verzeih mir, Madesus, daß ich ungebeten bei dir eindringe. Der kalte Mond von Derketho ist seit unserem Abschied bereits sechzigmal gewachsen und geschwunden, und während dieser Zeit ist die Neugier eines alten Mannes immer größer geworden. Deine Stirn ist sorgenumwölkt. Was beunruhigt dich, mein junger Freund?«

Madesus war immer noch benommen und mußte sich von der Überraschung erholen, seinen alten Lehrer plötzlich vor sich zu sehen. »Ich habe in letzter Zeit sehr schlecht geschlafen, Meister. Ich befürchte, eine uralte böse Macht ist in dieser Stadt aufgewacht. Dieser Gegenstand …« Er zeigte auf den silbernen Armreif auf dem Tisch. »… ist irgendwie damit verbunden. Ich habe um Rat und Hilfe gebeten, doch der heilige Mitra hielt mich in der vergangenen Nacht nicht für würdig genug, um mich zu erhören. Wie seltsam, doch wie günstig, daß du ausgerechnet jetzt in der Stadt erscheinst, wo ich dich dringend brauche. Doch möchte ich dich nicht mit meiner Bitte um Beistand belästigen. Schließlich betrifft die Angelegenheit allein mich. Wie ist es dir in den letzten Jahren ergangen, Meister? Was gibt es Neues aus dem Tempel in Corinthien?«

»Die Last vieler Jahre liegt schwer auf meinen Schultern, Madesus. Im Tempel ist alles in Ordnung. Aber ich wollte sehen, wie es dir seit unserer Trennung ergangen ist, ehe Mitra endlich meine müden Gebeine zur Ruhe bettet und sich meine Seele holt. Du warst mein bester Schüler, und die Bürde, die ich dir bei deinem Abschied auferlegt habe, war groß. Du hast keinen leichten Pfad gewählt. Ich bin ihn viele Jahre lang gegangen, bis der heilige Mitra, in einer unergründlichen Weisheit, mich zum Tempel in Corinthien führte, wo ich dich in den uralten und geheimen Orden von Xuoquelos einführte. Im Laufe der Zeit wirst du dann einen anderen jungen Mann unterweisen – so ist es seit unzähligen Jahrhunderten gewesen. Du bist der Letzte eines Ordens, der über die Welt seit der Zeit des Lemurischen Imperiums gewacht hat.«

Nach kurzer Pause fuhr der Greis fort: »Du bist hierher, in diese Stadt, aus einem ganz bestimmten, doch jetzt noch nicht erkennbaren, Grund geführt worden. Werfe deine Bedenken wegen deiner ›Unwürdigkeit‹ beiseite! Und mach dir keine Sorgen, daß du einen alten Toren ›belästigen‹ würdest! Gib mir den Armreif! Laß uns gemeinsam den Schleier lüften, welcher das Antlitz des Bösen vor uns verhüllt! Dieser schlichte Fußboden wird als Brunnen dienen, aus dem das Wissen, das wir suchen, fließen wird, wenn Mitra es will. Bereite das Ritual des Brunnens vor!«

Madesus trat zu einem Tonkrug in der Ecke der Kammer und holte mit der hölzernen Schöpfkelle Wasser heraus, das er auf dem Fußboden des kleinen Raums so verteilte, daß eine dünne, ovale Pfütze entstand. Er hängte den Schöpflöffel wieder an den Krug, nahm den silbernen Armreif und reichte ihn Kaletos. Der alte Mann ergriff das Schmuckstück und betrachtete es aufmerksam von allen Seiten. Dann schloß er die Augen und runzelte konzentriert die Stirn. Wenige Minuten danach erschien eine silbrige Wolke, die seine Hand mit dem Armreif und dann den ganzen Arm einhüllte. Während die schimmernde Silberwolke größer wurde, begann sein Amulett, gleich einem Stern mit sieben Zacken in dunkler Nacht, zu erstrahlen. Vom Amethyst aus richtete sich ein weißer Lichtkegel auf die flache Pfütze. Das Wasser begann zu dampfen.

»Betrachte genau die Vision im Teich!« rief Kaletos. »Doch betrachte sie mit Vorsicht; denn oft führen die Visionen dieses Brunnens auf Irrwege!«

Madesus erblickte durch den Dampf hindurch auf der Wasseroberfläche ein uraltes, steinernes Gebäude. Das Bild auf der Pfütze glich einem Gemälde, das ein

Künstler mit kühnem Blick für Farben und Perspektive gemalt hatte. Es war so realistisch, daß Madesus das Gefühl hatte, in diesem Augenblick vor dem Bauwerk zu stehen. Dann wechselte die Szene. Er blickte nun ins Innere des Gebäudes und erkannte, daß es sich um einen Tempel aus grauer Vorzeit handelte.

Dann verschleierte der Dampf den Blick. Als er sich verzogen hatte, sah Madesus die ihm vertraute Gestalt Conans. Diesmal bewegte sich das Bild. Der Cimmerier lief wie ein Raubtier auf der Suche nach seiner Beute durch die Straßen der Stadt. Jetzt näherte er sich dem Tempel aus dem vorigen Bild. Vergeblich schlug der Barbar gegen das mächtige Eingangsportal, um Einlaß zu finden. Madesus zermarterte sich den Kopf, wo er diesen Tempel gesehen haben könnte. Er kam ihm irgendwie bekannt vor, doch fiel ihm nicht ein, woher. Er war sicher, daß er vor nicht allzu langer Zeit an diesem Bauwerk vorbeigegangen war.

Jetzt wechselte das Bild wieder ins Innere des Tempels. Im düsteren Zwielicht stand eine Frau. Sie trug einen langen schwarzen Umhang und hatte die Kapuze zurückgestreift. Man sah nur ihren Kopf, und dennoch war zu erkennen, daß sie jung und sehr schön war. Das rabenschwarze Haar fiel wie ein Wasserfall aus Ebenholz über ihre Schultern und bildete einen starken Gegensatz zu der hellen Haut ihres makellos geformten Gesichts. Die vollen Lippen waren weich und glichen roten Rosenblättern nach einem Frühlingsregen.

Vor der Frau stand ein stattlicher großer Mann in mittleren Jahren. Verblüfft sah Madesus, daß der Mann kein anderer als Eldran war, der König Brythuniens. Die Frau führte den König zu einem großen Steinblock am Ende des Gebäudes, der wie ein Altar aussah. Als sie diesen Altar erreichte, drehte sie sich zu Eldran um und lächelte ihn verführerisch an. Sie ließ den Umhang zu Boden gleiten. Darunter war sie nackt. Sie legte die

Arme um Eldrans Hals und preßte ihre festen weißen Brüste gegen seine breite Brust. Dann küßte sie ihn wild und leidenschaftlich.

Eldran erwiderte ihre heißen Liebkosungen und streichelte sie heftig. Lüstern schmiegte sie sich noch enger an den König, dessen Begierde immer heißer entbrannte. Madesus wurde angesichts des Liebespaars, das sich jetzt in ungezügelter Lust wälzte, tiefrot. Doch dann veränderte sich plötzlich das Bild, das Kaletos' Amulett aufs Wasser gezaubert hatte: Nein, die Frau veränderte sich. Als erstes fiel ihm auf, daß ihre Augen jetzt rot wie glühende Kohlen leuchteten. Ihre Nägel waren gewachsen und formten schwarze Klauen. Dann öffnete sie den Mund, und er sah krumme, schwarze, spitze Zähne. Diese versenkte sie in den Hals des Königs.

Eldran wehrte sich und schlug und stieß, um sich zu befreien – doch vergeblich. Entsetzt sah Madesus, wie der König schwächer wurde, und die Zähne immer noch in seinem Körper steckten und sein Blut aussaugten wie schwarze Blutegel. Dann gab das Weib den König frei und lehnte sich zurück. Dabei fielen mehrere Blutstropfen auf die Steinplatten des Bodens. Plötzlich blickte sie auf und starrte Madesus an, als stünde er ihr gegenüber. Die Oberfläche des Wassers kräuselte sich und das Bild wurde unscharf. Mit lautem Zischen verdampfte das Wasser vom Boden.

Katelos stand stumm da und beobachtete Madesus. Im Raum herrschte atemlose Stille, während der Heiler sich bemühte, die bizarren und gräßlichen Enthüllungen im Teich zu erklären. Schließlich sprach er. Seine Stimme klang verängstigt und verächtlich zugleich.

»Mutare. Das Weib im Teich sah genau wie eine Mutare-Priesterin aus, wie ich sie in den mit Eisen beschlagenen Büchern von Skelos gesehen habe. Obwohl ich sie mit eigenen Augen gesehen habe, kann ich es nicht glauben! Die Mutare waren ein verbrecherischer Kult, Nachfahren der dekadenten thurischen Schlangenleute, die vor Jahrhunderten ausgerottet wurden! Wie ist das möglich, Meister?«

»Die Mutare sind schon lange tot, und der letzte Thurier starb vor mehreren Jahrtausenden«, erklärte Kaletos ernst. »Dennoch haben dich deine Augen nicht betrogen. Du hast tatsächlich eine Mutare-Priesterin im Brunnen gesehen. Doch vergiß nicht, obgleich die Mutare über große Macht verfügten, waren sie doch nur gelehrige Schüler ihrer thurischen Meister. Viele Weise haben beschworen, daß die Thurier viel von ihrem geheimen Wissen in Büchern aufgezeichnet haben, die jedoch verloren gingen, als ihr Imperium zugrunde ging. Ganz gleich, wie tief diese schlimmen Bücher vergraben sind, irgendwann mußten sie wieder mal an die Oberfläche kommen. Der Heilige Mitra hat dich hergeführt, um diese uralte böse Macht zurück in die Hölle zu jagen, aus der sie emporgestiegen ist. Dein Pfad wurde dir enthüllt, mein junger Freund! Für dieses Schicksal hat Mitra dich erwählt.«

Madesus setzte sich erschöpft auf sein Lager. »Das also ist das Böse, das ich hier in der Stadt gespürt habe«, sagte er niedergeschlagen. »Eine Mutare-Priesterin. Meine einzigen Verbindungen zu ihr sind dieser Armreif, König Eldran und Conan aus Cimmerien.« Er seufzte tief und dachte über seine Lage mehrere Minuten lang nach, ehe er fortfuhr: »Meister, ich habe zwar die Bücher von Skelos aufmerksam studiert, doch erinnere ich mich nur wenig an die Mutare. Die Zeichnungen kamen mir gespenstisch bekannt vor, aber die Beschreibungen dieses degenerierten nachthurischen Kults waren sehr dunkel. Was weißt du über die Mutare?«

Kaletus lehnte sich gegen die Wand und strich sich nachdenklich durch den weißen Bart. »Ich erinnere mich auch nur an einige zusammenhanglose Stücke, Madesus. Das Thema ist tabu, nur törichte Zauberer sprechen darüber hinter vorgehaltener Hand. Du darfst dich nicht nur auf die Beschreibungen in den Büchern von Skelos verlassen. Vieles muß auch gedeutet werden. Ich werde dir also alles sagen, woran ich mich erinnere. Die Mutare waren schreckliche, abgrundtief schlechte Wesen. Einst menschlich, verformten sie später ihre Seelen durch furchtbare Rituale mit blutigen Menschenopfern. Sie hungerten nicht nur nach Reichtum, auch nicht nur nach fleischlichen Genüssen. Ihre Motive waren Haß und Chaos. Sie strebten nach der Macht, den Menschen Leid und Schmerzen aufzuerlegen. Obwohl sie dereinst selbst Menschen gewesen waren, verachteten sie die Sterblichen, da diese etwas besaßen, was die Mutare auf ewig verloren hatten: eine Seele.

Mit Hilfe des verbotenen Wissens über das von Dämonen heimgesuchte Thurien, tauschten sie ihre Seelen für die Kraft ein, Zauber zu wirken, die weit jenseits der Fähigkeit eines anderen Magiers oder Priesters waren. Ihre magischen Kräfte wurden nur durch ihre Bosheit übertroffen. Sie ergötzten sich an dem Leid und den Qualen hilfloser Menschen. Während des Jahrhunderts ihrer Herrschaft töteten sie jeden Tag Tausende Unschuldiger, mit Pest, Hungersnot oder buchstäblichem Abschlachten. Sie entfachten Kriege zwischen Völkern und ließen alte Streitigkeiten zwischen Menschen wieder aufflackern, die sonst vergessen gewesen wären. Der schlimmste aller Mutare war Skauraul, ein grausamer Herrscher, der sich selbst zum Diktator über das Land Süden erklärt hatte, das wir jetzt Shem nennen. Sein Palast war eine Brutstätte der Schamlosigkeit und der Greuel. Tausende scharfer Pfähle umgaben ihn. Jeder, der sich Skauraul widersetzte, wurde daran wie ein Braten aufgespießt. Der Tyrann genoß die

Schreie und das Stöhnen der Sterbenden, die Tag und Nacht in seinen Palast drangen, da die so gefolterten Menschen nur langsam und qualvoll starben. Aus dieser Epoche gibt es noch viele Erzählungen über ähnliche Greueltaten.

Wie immer beim Bösen, erwiesen sich die Mutare als ihre eigenen schlimmsten Feinde. Ihre Zahl nahm zu, während die der möglichen Opfer schrumpfte. So kam es unter den Mutare zu erbitterten Streitigkeiten über das Recht, Menschen zum Tode zu verurteilen. Sie bekämpften sich wie Geier wegen eines Kadavers. Die niedrigeren Mutare waren schnell ausgerottet, bis schließlich nur hundert – und nach weiteren erbitterten Kämpfen – nur noch ein Dutzend übrig waren. Manche scheuten das Risiko eines Kampfes und zogen sich an geheime Orte zurück. Der Rest wurde schließlich überwältigt. Skauraul wurde auf einem silbernen Speer aufgespießt. Einer unseres Ordens hatte diesen Speer geschmiedet und mit dem Zauber versehen, dieses Scheusal zu vernichten. Danach fand eine große Säuberung statt. Man erzählt sich von Priestern, die ihr gesamtes Leben damit verbrachten, Bücher oder magische Gegenstände der Mutare zu suchen und zu vernichten. Bei diesem Kreuzzug gingen viele Aufzeichnungen über die Mutare verloren.

Dennoch kann man Bruchstücke der Mutare-Geschichte in Werken wie den Büchern von Skelos finden, wie du selbst weißt. Die Sagen berichten wenig über die Körper der Mutare. Sie können Menschengestalt annehmen oder als Humanoide mit rotglühenden Augen und obsidianschwarzen Fängen und Klauen auftreten. Zuweilen klingen ihre unnatürlichen Stimmen hohl. Manche Quellen behaupten, Skauraul sei nie gealtert, weil er so mächtig war, selbst der Zeit zu widerstehen. Es war nicht leicht, die Mutare zu töten. Sie bluteten nicht, fühlten auch keine Schmerzen, selbst wenn sie so schwer verwundet waren, daß ein gewöhnlicher Mensch gestorben wäre. Viel tödlicher waren für sie die Symbole und Gebete der Guten.

Madesus, wenn du einem Mutare gegenübertreten mußt, ist es unbedingt nötig, daß du zuvor dein Herz und deinen Verstand stählst und dich auf deine Willenskraft und das Amulett verläßt. Es wird dir in diesem Kampf gute Dienste erweisen, doch darfst du es niemals aus der Hand geben! Das ist alles, was ich dir sagen kann. Jetzt bin ich müde und muß diese morschen Knochen ausruhen. Ich bin zu alt und habe nicht mehr die Kraft, dir bei diesem Kampf zur Seite zu stehen. Aber meine Gebete werden dich stets begleiten. Nimm dir nicht die Zeit, dich auszuruhen, sondern geh sofort los, denn die Macht der Mutare wächst mit jeder Minute. Ich sage dir jetzt Leb wohl, doch vielleicht sehen wir uns bald wieder. Bis dann. Möge der Heilige Mitra dich begleiten und beschützen. Leb wohl, mein junger Freund.«

Kaletos hob die Hand zum Segen. Er drehte sich langsam um und humpelte aus dem Raum. Madesus blickte ihm nach. Er rieb sich die Augen und spritzte Wasser ins Gesicht. Nach einem kurzen Gebet erhob er sich von den Knien. Er war jetzt fest entschlossen. Als erstes würde er König Eldran aufsuchen, da er jetzt mit Sicherheit wußte, daß der König wegen eines bösen Zaubers der Mutare dahinsiechte. Die Kraft des Amuletts vermochte es vielleicht, den Fluch zu entfernen, oder zumindest die auszehrende Krankheit aufzuhalten. Madesus nahm seinen Umhang und warf ihn um die Schultern. Dann band er einen großen Lederbeutel an seinen Gürtel und machte sich auf den Weg zum Palast.

Es war nicht weit vom alten Tempel bis zum Eingang des Palasts. Der Heiler war bald dort. Unter ihm starb Salvorus im finsteren Verlies, während Conan so schnell wie möglich durch die gewundenen Gänge eilte.

Madesus überredete den gelangweilt dreinschauenden Wachposten am Palasteingang, ihn einzulassen. Dann führte ein schlaksiger Soldat, der nach billigem Fusel stank, den Heiler zum Hauptportal, dessen Flügel sich wie Ungetüme aus Holz und Eisen im Mondschein vor ihm auftürmten. Der Soldat zog sein Schwert und hämmerte – dreimal kurz hintereinander – mit der flachen Klinge gegen die linke Tür. Ein Schiebefenster in Augenhöhe glitt zur Seite. Die mürrische Stimme fuhr den Wachposten mit schwerem zingarischem Akzent wütend an.

»Gevaro! Geh zurück zum Tor! Es ist noch stockdunkel, bei Erliks schwarzem Bart, du fauler Sack voll Mist! Was? Ein Besucher um diese Stunde – und dann ein Priester vom Mitratempel, wie's aussieht. Was willst du, Priester?«

Madesus lächelte freundlich. Zingarische Söldner waren so weit östlich von ihrer Heimat selten. »Ich komme in einer äußerst dringlichen Angelegenheit und muß sofort den König sprechen. Bitte, laß mich ein.«

»Ha! Ich soll einen wie dich einfach hereinlassen? Und das mitten in der Nacht und ohne Dokumente? Ich lasse keinen ohne triftigen Grund rein – auch keinen Priester.«

»Jetzt hör mir genau zu, Zingarer«, sagte Madesus langsam. Er umschloß sein Amulett mit der Hand und runzelte angespannt die Stirn. »Du wirst diese Tür sofort für mich öffnen. Und dann schickst du den Soldaten hier zurück auf seinen Posten. Und nachdem ich den Palast betreten habe, wirst du vergessen, daß wir uns je begegnet sind.« Er sprach mit größtmöglicher Autorität und sandte insgeheim Stoßgebete zu Mitra, daß er den sturen Posten überzeugen möge, ihn einzulassen.

»J-j-ja, ich öffne die Tür für dich, Priester. Gevaro, geh zurück auf deinen Posten, ehe ich dich hier festnagle.«

Madesus hörte den Zingarer mit den Schlüsseln rasseln. Gleich darauf schwang das Portal auf. Der Heiler trat ein und fragte sich, ob es noch schwieriger sein würde, zum König vorzudringen, als in den Palast zu gelangen. Immer noch konzentrierte er sich auf die Worte des Zauberspruchs, den er gesprochen hatte, um den Posten zu bezaubern, als er nach dem Weg zu den Gemächern des Königs fragte. Dann schritt er durch mehrere lange Korridore und hoffte, der Posten hätte ihm die richtige Auskunft gegeben. Eigentlich hatte er erwartet, der König würde in einem der Gemächer im oberen Stockwerk leben, doch der Zingarer hatte ihm gesagt, daß Eldran es vorzog, im Erdgeschoß zu wohnen.

Bis jetzt hatte er noch keinen einzigen Menschen in den engen Gängen getroffen, nicht einmal einen Wachposten oder Diener. Offenbar schlief der gesamte Palast friedlich bis Sonnenaufgang. Dann würden der Lärm und die Geschäftigkeit des Alltags wieder alles mit Leben erfüllen. Madesus war über diese seltsame Stimmung verwundert, aber er war froh, daß ihn bisher niemand bemerkt hatte. Noch einige Biegungen, dann müßte er vor den königlichen Gemächern sein. Sein Herz schlug schneller, wenn er daran dachte, wie er Eldran vom Fluch der Mutare befreien sollte. Er mußte mit Widerstand rechnen und war sich des Ergebnisses nicht sicher. Würden sich die Kräfte der Mutare-Priesterin als stärker erweisen? Bald würde er es wissen.

Er kam in den kurzen weiten Gang, den der Posten ihm beschrieben hatte. Er mußte die Tür nach rechts nehmen. Links waren auch zwei Türen. Eine Tür stand weit offen. Sie hing schief in den mit Gewalt verbogenen Angeln. Auch der Riegel war herausgerissen. Madesus wunderte sich darüber, da der Rest des Palastes in hervorragendem Zustand war. Neugierig ging er auf die Tür zu, um sie sich näher anzusehen. Dann hätte er um ein Haar erschrocken aufgeschrien, als jemand ihn von hinten packte. Eine große Hand legte sich auf seinen Mund. Er wurde so schnell nach hinten gezerrt, daß er beinahe hingefallen wäre.

»Scht! Madesus!« flüsterte ihm eine rauhe, vertraute Stimme ins Ohr. »Ich bin's, Conan. Keinen Laut. Ich brauche deine Hilfe.«

Madesus nickte stumm und fragte sich, was der Cimmerier im Palast tat. Conan nahm die Hand vom Mund des Heilers. Der riesige Barbar zeigte auf die zerbrochene Tür und winkte dem Priester, ihm zu folgen. Madesus sah, daß die andere Tür, die soeben noch geschlossen war, jetzt offenstand. Der Cimmerier hatte sich offenbar dahinter versteckt. Der Priester staunte über die raubkatzenartige Fähigkeit dieses schwarzhaarigen Barbaren, sich lautlos zu bewegen. Madesus hatte keinen Laut gehört. Dabei hätte sogar der leiseste Kratzer in dem leeren Korridor widergehallt.

Der Priester folgte Conan nur zögernd in den Raum hinter der aufgebrochenen Tür. Er sah jetzt, daß diese Tür zu einer Art Verlies führte. Deshalb war der Riegel auch an der Außenseite angebracht. Mit Recht vermutete er, daß Conan für die Zerstörung verantwortlich war. Dabei hatte er erst vor wenigen Tagen das Handgelenk des Barbaren geheilt. Der Cimmerier besaß augenscheinlich eine unwahrscheinliche Fähigkeit, sich schnell zu erholen. Madesus vermutete, daß Conan hier als Gefangener festgehalten worden war.

In dem nächsten Raum war noch eine Tür, die ebenso aufgebrochen war wie die äußere. Zwei Palastwachen lagen in ihrem Blut davor. Conan ging voran. Sie kamen zu einer engen Treppe, die nach unten führte, wahrscheinlich ins Verlies. Conan winkte Madesus, ihm zu folgen. Der Heiler verzog das Gesicht beim Anblick der toten Wachen und blieb auf der ersten Stufe stehen.

Conan schob die Tür wieder einigermaßen zurecht. Allerdings schloß sie nun nicht mehr richtig. Das Licht oben an der Treppe war sehr viel heller als das in den Korridoren und in der Wachstube, denn hier hingen zwei Laternen an der Wand. Jetzt erst bemerkte Madesus, daß Conan am ganzen Leib Abschürfungen und Blutergüsse hatte. Einige Wunden bluteten noch, doch die eisblauen Augen des Cimmeriers strahlten. Der Hüne schenkte den Schmerzen keinerlei Beachtung.

»Conan! Wieder hat das Geschick die Fäden unserer Schicksale verwoben. Wenn ich mich recht erinnere, wolltest du jegliche Begegnung mit der Stadtwache vermeiden. Was führt dich in den Palast?«

»Ich habe Hassem gesucht, diesen elenden Dieb, der mir den Mord an der Prinzessin in die Schuhe geschoben hat. Statt dessen habe ich beinahe das Leben verloren. Diese Stadt ist ein Pfuhl der Korruption und der Lügen. Erlik hol diese zivilisierten Menschen und ihr unehrenhaftes Verhalten! Bei Crom, ich habe bei den primitiven Pikten mehr Ehre gesehen als bei den Menschen in dieser verfluchten Stadt. Die Hunde haben mich gefangen und in einer der stinkenden Zellen in Ketten gelegt. Ich sollte bis Sonnenaufgang dort bleiben. Dann sollte mein Kopf unter dem Beil des Henkers rollen – ihre Vorstellung von Gerechtigkeit!

Salvorus, der Hauptmann der Wache, schleppte Hassem in die Zelle neben meiner. Der Dieb sollte ebenfalls hingerichtet werden. Aber Hassem hat Salvorus ein paar Stunden vorher in die Hölle geschickt. Der Wurm ist Salvorus aus den Händen geglitten und hat dem Hauptmann einen vergifteten Dolch in die Seite gerammt. Mich hätte er auch wie ein Schwein im Schlachthaus aufgeschlitzt, hätte sich der Hauptmann nicht so lange gegen das Gift gewehrt, daß er Hassem noch von hinten durchbohren konnte. Was für ein Meisterwurf, bei Crom!

Und während wir hier reden, liegt Salvorus im Sterben – vergiftet durch Hassems Dolch. Du mußt ihn retten! Ehe Hassem starb, hat er alles ausgespuckt, um mich zu verhöhnen. Salvorus hat es gehört. Er hat gesagt, welch teuflischer Verrat hier im Palast stattfand. Der Zamorer erklärte, er hätte für General Valtresca gearbeitet. Als Salvorus das hörte, schäumte er vor Wut. Hassem hat eindeutig behauptet, des Königs General habe die Prinzessin ermorden lassen, um auf der Karriereleiter höher zu steigen. Komm! Du mußt Salvorus helfen! Ich kenne den Weg. Folge mir!«

Madesus dachte kurz nach. Er glaubte Conans kurzen und etwas wirren Erklärungen über die letzten Stunden, aber wenn Valtresca ein Verräter war, befanden sie sich alle in größter Gefahr. Der Priester war dem General zwar noch nie begegnet, hatte jedoch von ihm gehört. Er war ein ehrgeiziger, grausamer und skrupelloser, doch sehr gescheiter Mann. Aber niemand hätte seine Loyalität dem Thron gegenüber angezweifelt. So ein Mann war für seine Feinde tödlich. Welche Rolle spielte er in bezug auf des Königs Krankheit? Stand er in irgendeiner Verbindung zu der Mutare-Priesterin?

Diese Möglichkeit bereitete Madesus große Sorgen. Er war ziemlich sicher, die Priesterin besiegen zu können, aber was war, wenn sie nicht allein war? Valtresca zu besiegen, das war Sache eines erfahrenen Kriegers. Der Priester billigte Conans Methoden keineswegs – der Anblick der toten Wachen vor der Tür hatte ihn traurig gestimmt. Ihr einziges Verbrechen war gewesen, Befehle auszuführen und den Cimmerier an der Flucht zu hindern.

Dennoch war Conan der einzige, dem er es zutraute,

Valtresca besiegen zu können. Hinzu kamen noch die Visionen von vorhin. Madesus hatte den Cimmerier eindeutig erkannt. Das hieß, daß das Schicksal des Barbaren irgendwie mit seinem verknüpft war. Tief im Herzen war Madesus sich sicher, daß er den sterbenden Hauptmann auf alle Fälle heilen müßte. Mitra blickte nicht gnädig auf Priester herab, die sich von Kranken und Sterbenden abwendeten. Madesus seufzte.

»Ich werde den sterbenden Hauptmann heilen«, sagte er. »Doch mußt du dafür wieder etwas zahlen. Wir sind in das Gespinst aus Verrat und Intrigen in dieser Stadt hineingeraten. Mitra hat mich beauftragt, einen Feind aus grauer Vorzeit zu bannen, der hier lauert, und Valtresca ist vielleicht ein Glied in der Kette des Bösen, die ich sprengen muß. Gegen einen Mann wie Valtresca sind meine Kräfte bestenfalls begrenzt. Die bösartige Kreatur, die ich vernichten will, wird den General als Waffe gegen mich einsetzen, um mich zu töten. Valtresca wäre in den Händen dieser Höllenkreatur eine scharfe und tödliche Waffe. Als Gegenleistung für die Heilung des Hauptmanns, bitte ich dich, mich vor Valtresca zu schützen und ihn – wenn nötig – zu töten. Ich muß meinen Feind noch heute nacht erreichen und zurückjagen in die stinkende Höllengrube, aus der er gekrochen ist. Begleitest du mich?«

Darüber mußte der Cimmerier nachdenken. Doch Conan fällte schnell eine Entscheidung. Sein barbarischer Ehrenkodex bestimmte meistens instinktiv seine Entscheidung. »Hätte Salvorus nicht wegen mir etwas unternommen, dann müßte ich jetzt in der Hölle schmoren. Heile ihn, und ich schwöre bei Crom, daß ich dir helfen werde. Doch jetzt genug geredet – folge mir!«

Ohne ein weiteres Wort zu verlieren, marschierte Conan schnell die Treppe hinab. Bei jedem Schritt war ihm bewußt, daß Salvorus' Leben langsam erlosch. Madesus hatte Mühe, mit dem Cimmerier Schritt zu halten, doch seine Aufgabe hatte in ihm ein Feuer entfacht, da ihm ungeahnte Energien verlieh. Der Krieger und der Priester waren ein seltsames Paar, als sie durch die labyrinthartigen Korridore des Verlieses eilten.

Conan hatte das Gefühl, schon stundenlang unterwegs zu sein. Hin und wieder bückte er sich um sich zu vergewissern, daß die Blutspuren noch auf den Steinplatten waren, während Madesus seine Willenskraft sammelte, für die Aufgabe, die ihm bevorstand. Er hatte unterwegs von Conan erfahren, daß Salvorus mit Schwarzem Lotus vergiftet worden war. Der Priester wußte, daß das Gift nicht nur aus den Blütenblättern des Schwarzen Lotus bestanden haben konnte, da sonst das Opfer innerhalb von Sekunden gestorben wäre. Wahrscheinlich hatte Hassem Blüten gekauft, die nicht ordnungsgemäß gepflückt oder geschnitten worden waren und daher einen Teil ihrer tödlichen Wirkung verloren hatten. Madesus verstand sich darauf, einen Menschen aus den tödlichen Träumen des Lotus zurückzurufen. Nachdem er das Ritual einmal gesehen hatte, hatte er es aus Wißbegierde erlernt. Jetzt hoffte er, Salvorus helfen zu können.

Endlich erreichten sie den Hauptmann. Madesus verzog schmerzlich das Gesicht, als er den Mann sah. Salvorus wand sich bereits in schrecklichen Todesqualen, und Schweißströme flossen über sein fiebriges Gesicht. Die Lippen war schwarz und geschwollen. Er zitterte am ganzen Leib und stöhnte furchtbar. Seine Augen öffneten und schlossen sich, ohne daß er etwas gesehen hatte. Sein Atem ging unregelmäßig und klang so krächzend, als würde man Kies aus einer Grube herausschaufeln. Madesus kniete nieder und holte aus seinem Beutel eine Phiole. Dann entfernte er den Stoffetzen, mit der Conan das Blut gestillt hatte, und rieb etwas vom Inhalt der Phiole auf die scheußliche Wunde. Salvorus schrie und schlug wild um sich. »Halt ihn fest!« befahl Madesus, da der Hauptmann in seinem Fieberwahn ihn beinahe gegen die Wand geschleudert hatte. Conan preßte Salvorus zu Boden, damit Madesus weiterarbeiten konnte.

Der Priester stimmte einen langsamen rhythmischen Gesang an und strich mit der Hand über sein Amulett. Wenige Herzschläge danach hüllte eine purpurrote Aura seine Hand ein. Er legte die Handfläche Salvorus auf die Stirn und sang weiter. Jetzt strahlte das Amulett purpurrot. Die Aura um Madesus' Hand wuchs, bis sie den Leib Salvorus' völlig umgab. Conan holte tief Luft und wich etwas zurück. Seine instinktive Abscheu vor jeglicher Art Magie und übernatürlichen Kräften überwältigte ihn. Salvorus hatte aufgehört, um sich zu schlagen. Er stöhnte auch nicht mehr, sondern murmelte nur leise vor sich hin.

Dann brach Madesus den Gesang ab, und der Purpurschein wurde schwächer und verschwand. Der Priester bestäubte das Gesicht des Hauptmanns mit einem seltsamen silbrigen Pulver. Conan nahm einen erfrischenden bittersüßen Geruch wahr, der sich schnell verflüchtigte. Als Salvorus' Gesicht das Pulver aufgesaugt hatte, klatschte Madesus laut in die Hände.

Langsam öffnete Salvorus die Augen. Seine Lider flatterten. Doch jetzt atmete er regelmäßig. Die Schwellung der schwarzen Lippen ging zurück. Ächzend setzte er sich auf. »Meine Adern brennen wie Feuer, bei Mitra!« Er blinzelte. Dann sah er Conan. »Conan? Bin ich denn in der Hölle? Bist du auch tot – wie ich? Aber nein …« Er schüttelte den Kopf und blickte Madesus an. »Es wäre kein Mitrapriester hier, wenn wir in der Hölle wären.«

»Nein, Salvorus, wir leben beide noch, bei Crom!« rief der Cimmerier, überglücklich, daß der Hauptmann wieder ins Leben zurückgekehrt war. »Dieser Heiler hat dich vom Rand des Abgrunds fortgeschleppt. Die Teufel der Hölle müssen noch ein Weilchen warten, ehe sie an unseren Knochen nagen können!«

»Ich lebe! Ich weiß nicht, wieso, aber ich stehe tief in eurer Schuld. Du bist ein großartiger Heiler, Priester. Doch jetzt muß ich so schnell wie möglich dem König von Valtrescas Verrat berichten und an diesem Schurken, dieser elenden Viper, Gerechtigkeit üben!« Salvorus erhob sich. Er stand zwar noch etwas wackelig auf den Beinen und stützte sich an der Wand, doch langsam kam er zu Kräften. Madesus beobachtete seine Genesung aufmerksam.

»Langsam, Hauptmann, langsam. Dein Körper kämpft immer noch gegen den Schwarzen Lotus. Doch wage ich zu behaupten, daß du geheilt bist. Mit jedem Schritt kehrt deine Kraft zurück. Auch ich muß den König in einer dringenden Angelegenheit sprechen. Du darfst dich jedoch nicht gleich überanstrengen, sonst ist deine Genesung nur von kurzer Dauer.«

»Ich habe keine Zeit, Heiler! Wir müssen sofort los. Ich gewinne Stärke aus der Vorstellung, wie Valtrescas Nacken auf dem Block des Henkers liegt!«

Kaum hatte Salvorus ausgesprochen, ertönte aus dem Korridor hinter ihm höhnisches Gelächter. »Genieß deine Wahnvorstellungen, junger Hauptmann«, sagte eine bekannt klingende Stimme spöttisch. »Doch solltest du mehr um deinen Hals als um den meinen besorgt sein.«

Die drei Männer fuhren herum. Am Ende des Ganges stand General Valtresca und lachte. Sein Schwert und seine Rüstung schimmerten im Licht der Öllampen. Hinter ihm stand ein halbes Dutzend schwerbewaffneter Palastwachen. Die ersten in der Reihe hatten Armbruste mit bösartig glitzernden Metallbolzen. Valtresca und seine Schar waren keine zwanzig Fuß entfernt – für einen Armbrustschützen keine Entfernung.

Salvorus funkelte den General wutentbrannt an und griff zu dem Beutel an seinem Gürtel, in dem immer noch Hassems Dolche steckten. »Du elender Verräter!« rief er. »Hast du keinen Funken Ehre mehr im Leib? Willst du uns kaltblütig ermorden? König Eldran hat dir das Leben gerettet, und ihr wart enge Freunde. Und jetzt spuckst du ihm diese Freundschaft einfach ins Gesicht? Für diesen stinkenden Verrat wirst du teuer bezahlen. Stirb, du Ausgeburt der Hölle!« Elegant und geschmeidig holte Salvorus einen Dolch heraus und warf ihn mit aller Kraft gegen die Brust des Generals.

Instinktiv war Valtresca zurückgewichen. Mit übernatürlicher Schnelligkeit parierte er die rasiermesserscharfe Klinge mit dem Schwert. »Tötet sie!« befahl er seinen Männern. Die Wachen mit Armbrust feuerten die Bolzen ab. Die anderen gingen mit gezückten Schwertern zum Angriff über.

8. Kapitel

RATTEN IN DER FALLE

Als die Armbrustschützen ihre tödlichen Geschosse abfeuerten, warf Conan sich zurück in die offene Zelle und riß Madesus mit. Seine schnelle Reaktion rettete sie. Madesus spürte den Luftzug der Bolzen, als sie an seinem Kopf vorbeisausten. Hassems Leichnam milderte Conans Aufprall. Er rollte beiseite, sprang sogleich auf und schwang sein Schwert.

Madesus hatte weniger Glück gehabt. Er knallte mit dem Kopf erst gegen den eisernen Türrahmen, dann auf den harten Steinboden. Rote Kreise tanzten vor seinen Augen, dann verlor er das Bewußtsein. Conan sah nicht, daß der Priester besinnungslos dalag. Er griff bereits den ersten Soldaten an.

Salvorus war ebenfalls mit heiler Haut davongekommen. Auch er hatte sich blitzschnell fallen lassen, als die Bolzen flogen. Da er kein Schwert hatte, sprang er auf und holte noch zwei von Hassems Dolchen aus dem Beutel. Wenn er sich durch die Angreifer kämpfte, konnte er zu Valtresca gelangen. Außerdem würde er den verräterischen Wachen zumindest ein Schwert abnehmen können. Er lächelte grimmig.

»Conan!« rief er dem Cimmerier zu. »Zwei für jeden von uns! Aber der General gehört mir!«

Der Barbar lächelte. »Nimm als nächstes die Armbrustschützen. Es dauert eine Zeitlang, bis sie wieder geladen haben.«

»Was ist mit dem Heiler? Ist er verwundet?«

Conan warf einen Blick zurück. »Ja, aber nicht durch einen Bolzen. Er ist mit dem Schädel gegen die Tür geknallt.« Der Cimmerier wollte noch mehr sagen, doch dazu blieb ihm keine Zeit.

Salvorus griff einen Soldaten an, während Conan sich auf den nächsten stürzte. Salvorus parierte die ungeschickten Schwerthiebe des Gegners mit Hassems Dolchen, aber er konnte den Soldaten nicht in Bedrängnis bringen, aber auch keinen Angriff starten, weil die Dolchklingen so kurz waren. Die beiden tauschten heftige Schläge aus. Waffenklirren erfüllte den Gang.

Conan machte kurzen Prozeß mit seinem Gegner. Er führte mehrere blitzartige Schläge gegen die ungeschützten Unterarme des Mannes. Sobald der Soldat etwas das Gleichgewicht verlor, sprang er herbei und stieß dem Gegner die Klinge in den Bauch. Der Mann schrie überrascht auf, stürzte zu Boden und ließ sein Schwert fallen.

Schnell zog der Cimmerier die Klinge aus dem Leichnam des Toten und stieß mit dem Fuß dessen Schwert zu Salvorus hinüber. Während der dritte Soldat vortrat, um Conan anzugreifen, führte dieser schnell mit der Rückhand einen Hieb gegen Salvorus' Feind, um dem Hauptmann Gelegenheit zu geben, das Schwert aufzuheben. Der neue Gegner des Cimmeriers holte aus und zielte mit dem kothischen Krummschwert auf Conans Kopf. Mühelos fing der Cimmerier den Hieb ab, sprang vor und schlug mit der hammergleichen Faust zu. Unglücklicherweise verfehlte er das Kinn des Feinds und traf nur dessen Eisenkragen. Schnell zog Conan die Hand zurück und hob das Schwert, um den nächsten Schlag zu parieren.

Der Soldat verstand es, mit dem Krummschwert umzugehen, doch sein Selbstvertrauen war durch den unerwarteten Faustschlag etwas erschüttert, und er griff zaudernd an. Conan trieb ihn in wildem Ansturm einige Schritte zurück. Dann holte der Mann zu einem Schlag von oben aus. Das Schwert des Cimmeriers traf die gegnerische Klinge von unten so kräftig, daß sie zersprang. Im nächsten Augenblick hatte Conan den Feind in einem Zug von der Körpermitte bis zum Brustbein, durch die Rüstung hindurch, aufgeschlitzt.

Mit einem tierischen Schrei riß der Cimmerier die Klinge aus dem Leichnam. Vor seinen Augen wirbelten rote Schleier. Seine barbarischen, ungezähmten Instinkte hatten die Kontrolle übernommen. Wie ein Tiger inmitten eines Rudels von Wölfen brüllte er: »Wer will als nächster sterben?«

Salvorus, der an Conans Seite kämpfte, war von der Kühnheit des Cimmeriers tief beeindruckt. Der Hauptmann war ein schlachtenerprobter Haudegen, und er bezweifelte, daß irgendeiner der kezankischen Krieger, die er kannte, es mit Conan hätten aufnehmen können. Durch Conans Tapferkeit angestachelt, erneuerte Salvorus den Angriff auf den Wachsoldaten vor ihm. Schnell hatte er dem Mann die Arme verletzt und versetzte ihm den Todesstoß in die von der Rüstung geschützte Brust. Dann stürzte er sich mit Schwert und Dolch auf den vierten Gegner, während Conan sich den drei letzten Männern stellte, die Valtresca schützend umgaben.

Die Armbruster luden in Panik. Sie waren gerade fertig, als der Cimmerier sie angriff, und schossen übereilt. Darauf hatte Conan gehofft. Er warf sich zu Boden und rollte seitlich ab. Ein gefiederter Bolzen traf ihn in den Oberschenkel und der Schaft brach ab, während er abrollte. Fluchend riß er den Bolzen heraus und schleuderte ihn beiseite, ohne auf das Blut zu achten, das aus seiner Wunde floß.

»Du feiger Hund!« schrie er Valtresca an. »Warum versteckst du dich hinter den Röcken dieser Weiber und kämpfst nicht gegen mich wie ein Mann?«

»Dein Kläffen belustigt mich, cimmerisches Schwein! Nie möchte ich meine Klinge mit deinem dreckigen barbarischen Blut zu beflecken. Außerdem hat Hauptmann Roger um das Vergnügen gebeten, deinen häßlichen Schädel von deinen Schultern zu trennen.«

Hinter den beiden Armbrustern trat ein vierschrötiger kleiner Mann hervor. Sein Gesicht war flach und viereckig, wie aus Stein gemeißelt. Eine primitiv geschmiedete Brustplatte bedeckte seine breite Brust. Er trug einen Streitkolben und einen Schild in den mächtigen Pranken. Breite Metallbänder schützten seine Handgelenke. Er spannte die nackten, affenähnlichen Arme an und grinste bösartig. Conan sah die gelben Zahnstummel in seinem Mund aufblitzen. Blitzschnell hatten sich die Armbruster hinter ihm aufgestellt.

Salvorus warf einen Blick auf Roger, während er den letzten Soldaten durchbohrte. Er kannte Roger und wußte, daß er einer von Valtrescas sorgfältig ausgesuchten Söldner war. In der Tat war nicht einer der Männer auf dem Korridor gebürtiger Brythunier. ›Hauptmann‹ Roger war kaum mehr als ein zamorischer Schlächter. Valtresca hatte Rogers Rang damit gerechtfertigt, daß er die Leichen gezählt hatte, die der Mann in den Grenzkriegen vor sich aufgetürmt hatte. Salvorus wußte, daß der fette Mann mit dem Streitkolben tödlich war. Ehe er Conan zu Hilfe eilte, warnte er ihn.

»Conan, berühr ja nicht seinen Schild!« rief er. »Schlag nicht drauf!«

Die Warnung kam zu spät. Conan schlug gerade kraftvoll gegen Rogers Schild. Er hoffte ihn zu zerschlagen und dem Gegner die Klinge in den fetten Bauch zu stoßen. Statt dessen sah er verblüfft, daß seine Klinge in dem Schild feststeckte. Er vermochte nicht, sie zurückzuziehen. Der eigenartige Schild war ein ungemein starker Magnet! Fluchend zerrte er an seinem Schwert, wobei er Rogers Streitkolben ausweichen mußte. Offensichtlich hatte der Zamorer damit gerechnet, daß Conans Klinge haften blieb. Jetzt wollte er mit dem Streitkolben, der lange, scharfe Eisendornen aufwies, dem Cimmerier den Schädel zertrümmern. Er schwang den Kolben diagonal und streifte Conan knapp an der Seite des Kopfs. Benommen ließ der Cimmerier den Schwertgriff los und taumelte gegen die Wand.

Roger holte zum nächsten tödlichen Schlag aus, doch da schleuderte Salvorus seinen letzten Dolch gegen ihn. Er flehte Hanuman an, seinen Arm zu führen. Der Dolch traf Roger und drang bis zum Heft in seinen fleischigen Arm ein. Der fette Mann ließ den Schild fallen, schien jedoch ansonsten von seiner Verwundung nicht so sehr beeindruckt zu sein. Conans Schwert löste sich klirrend vom Magnetschild. Jetzt funkelten Rogers kleine schwarze Augen tückisch, als er zum Schlag gegen Salvorus ausholte. Er verfehlte ihn nur knapp. Salvorus griff Roger mit dem Schwert an, doch seine Klinge prallte wirkungslos an dessen Brustharnisch ab. Ein Blick über die Schulter des Gegners verriet Salvorus, daß die Armbruster beinahe mit dem Laden ihrer Waffen fertig waren. Wenn er diesen Schlächter mit dem Streitkolben nicht schnell erledigte, war Conan eine leichte Beute für die tödlichen Geschosse der Armbruster!

Verzweifelt ließ der Hauptmann das Schwert fallen und stürzte sich auf Roger. Der riesige Zamorer schlug verblüfft mit dem Streitkolben zu, doch diese Waffe war im Nahkampf nutzlos. Salvorus legte die Hände um Rogers Hals und drückte mit aller Kraft zu. Der Zamorer zerrte an Salvorus' Armen, um sich zu befreien. Die beiden führten eine Art Ringkampf auf, bis Salvorus sah, daß die Armbruster auf Conan zielten, der immer noch halb bewußtlos an der Wand lehnte und die Hände gegen den Kopf preßte. Salvorus versetzte Roger einen kräftigen Stoß und brachte ihn so in die Schußlinie.

Salvorus hatte den Zeitpunkt großartig berechnet. Kaum hatten die Armbruster geschossen, schrien sie auch schon vor Entsetzen auf. Ein Bolzen bohrte sich tief in Rogers Rücken. Er stieß einen Schmerzensschrei aus. Ein zweiter Bolzen war über Roger hinweggeflogen und hatte Salvorus in die Schulter getroffen, so daß er den Griff um Rogers Hals lösen mußte, und der Zamorer war frei. Keuchend hielt er sich die verletzte Kehle.

Jetzt war Conan wieder bei klarem Verstand. Er trat Roger in die Kniekehlen, so daß dieser zu Boden stürzte. Salvorus brach den Bolzenschaft ab, der aus der Schulterwunde ragte, und kämpfte gegen die betäubenden Schmerzen an. Der Cimmerier nahm schnell sein Schwert vom Boden auf. Gleichzeitig hatte auch Roger seinen Streitkolben aufgehoben. Er holte zu einem Schlag gegen Conan aus, doch da sauste dessen blutige Klinge auf ihn herunter und trennte den Hals vom Körper. Der Zamorer riß vor Staunen die Augen weit auf, dann rollte sein Kopf nach hinten und landete auf dem Steinboden. Sein Körper fiel nach vorn, und eine Blutfontäne spritzte aus dem Hals. Conan rannte auf die beiden Armbruster zu. Er schwang sein Schwert und stieß einen markerschütternden cimmerischen Kriegsschrei aus.

Valtresca schaute jetzt weniger selbstzufrieden drein als zuvor. Er wich einige Schritte zurück und ging in Kampfstellung. »Schnell, ihr Schwachköpfe!« rief er den Armbrustern zu. »Zieht eure Klingen und erledigt diesen Angeber!«

Die beiden Männer ließen die Armbrust sinken und griffen nach den Säbeln. Doch der Anblick des wutschnaubenden Cimmeriers, der ihnen entgegenstürmte, war zu viel für sie. Sie machten kehrt und rannten an Valtresca vorbei davon. Der General stand jetzt ganz allein da. Fluchend lief Valtresca den beiden hinterher. Seine Rüstung hinderte ihn daran, schnell zu laufen. Die Armbruster knallten ihm die schwere Eisentür am Ende des Gangs direkt vor der Nase zu. Valtresca fluchte gotteslästerlich, als er hörte, wie sie den schweren Riegel auf der anderen Seite vorschoben. Er saß in der Falle!

»Ihr feigen Schweine!« brüllte er. »Ich werde euch für diese Schurkerei bei lebendigem Leib häuten und vierteilen lassen und eurer Fleisch den Ratten vorwerfen! Öffnet sofort die Tür! Das ist ein Befehl! Kommt sofort zurück!« Doch er konnte nur noch hören, wie die Schritte der Männer leiser wurden, als sie davonrannten.

Valtresca drehte sich um und ging wieder in Kampfstellung, um sich dem Cimmerier zu stellen. Er machte ein zu allem entschlossenes Gesicht, doch auch Furcht lag in seinen Augen. Er hielt sein prächtig verziertes Schwert in der Rechten, die in einem Panzerhandschuh steckte. Seine Rüstung glänzte. Aus seinen Augen sprachen abgrundtiefe Bosheit und Haß.

Mit der linken Hand griff er in den Beutel am Gürtel. Conan näherte sich vorsichtig. Er vermutete, daß Valtresca es hervorragend verstand, mit dem Schwert umzugehen, und deshalb so große Töne spucken konnte. Er bezweifelte auch nicht, daß der General sich skrupellos schmutziger Tricks bedienen würde.

Weiter hinten im Gang hob Salvorus sein Schwert auf, ohne auf die Schulterwunde Rücksicht zu nehmen. Er wollte Conan einholen. Er war sich bewußt, wie gefährlich Valtresca auch ohne seine Garde war. Der General war ein Meister in Strategie und Taktik.

Der Cimmerier bedrängte den General. Er wollte ihn gegen die verschlossene Tür treiben. Als er ungefähr zehn Schritt entfernt war, sprang der General plötzlich auf Conan zu und führte einen blitzschnellen Schlag aus. Conan parierte ebenso geschwind und griff sofort an. Seine Klinge hinterließ eine tiefe Scharte in der prachtvoll verzierten Brustplatte des Generals. Valtresca sprang zurück und warf die Phiole, die er aus dem Beutel geholt hatte. Er hatte geradewegs auf Conans Kopf gezielt.

Conan hatte das erwartet und wich dem winzigen Geschoß aus. Die Phiole flog an seinem Kopf vorbei und zersprang an Salvorus' Rüstung. Salvorus ging weiter, ohne sich um die Scherben zu kümmern, als ein stechender Geruch ihm in die Nase stieg. Entsetzt blickte er nach unten. Seine Rüstung dampfte und schmolz. Er schrie vor Schmerzen, als die seltsame Flüssigkeit seinen Körper verätzte. Es zischte und dampfte, als würde man Wasser auf glühende Kohlen gießen.

Valtrescas Wurf hatte den Cimmerier etwas abgelenkt, doch jetzt griff er wieder an und zielte auf Valtrescas Arm. Die Parade des Generals kam etwas zu spät. Conans Klinge drang durch das Kettenhemd und schnitt in Valtrescas Arm.

»Schwein!« brüllte Valtresca wütend. »Mach dich bereit, deine stinkenden Vorfahren in der Hölle zu treffen!« Aus der Drehung heraus führte er einen kräftigen Schlag gegen Conans Schwertgriff, der sich im Kettenhemd verfangen hatte. Der Kreuzgriff konnte Valtrescas trefflich geschmiedeter Klinge nicht widerstehen und zerbrach. Dann traf der General Conans Hand.

Sofort holte Valtresca zum nächsten Schlag aus und zielte auf Conans ungeschützte Brust. Der Cimmerier warf sich zur Seite, und rutschte aus, weil seine Sohlen blutverschmiert waren. Ohne Waffen fiel er auf die Steinplatten. Valtrescas schimmernde Klinge sauste durch die Luft, direkt auf seinen nackten Hals zu. Verzweifelt riß Conan beide Arme hoch, um sich zu schützen.

Ein lauter Schrei auf dem Gang lenkte den General so weit ab, daß sein Hieb neben dem Ziel landete. Valtresca hatte seinen Arm verloren. Der bärenstarke Salvorus hatte trotz seiner tödlichen Verwundung mit dem Schwert den Arm des Generals vom Körper getrennt. Er hob an, um ihn zu töten, doch da verließen ihn seine Kräfte, und er sank zu Boden.

Einen Herzschlag lang trafen sich Valtrescas und Conans Augen. Beide Männer blickten das Schwert des Cimmeriers an, das zwischen ihnen auf dem Boden lag. Keiner der beiden Männer bewegte sich jedoch. Die Wunde an Conans Hand war tief, blutete jedoch nicht stark. Sein Kopf schmerzte. Er hatte das Gefühl, als würde ihn jemand als Amboß benutzen und pausenlos draufloshämmern. Aus der Schenkelwunde quoll Blut. Doch der Cimmerier spürte keinen Schmerz, den jeder andere Krieger kampfunfähig gemacht hätte. Wie ein verwundetes Tier kämpfte er wild entschlossen, ohne Schwäche zu zeigen. Valtresca hingegen war ein Produkt der Zivilisation und daher weit weniger fähig, so schlimme Schmerzen zu ertragen, die von dem blutenden Armstumpf bis hin zum Kopf wie Feuer brannten.

Der General bewegte sich als erster. Vergebens griff er mit dem unversehrten Arm nach dem Schwert. Er sah noch, wie Conan die Klinge packte. Im nächsten Moment schon drang das Schwert durch seinen Harnisch in ihn hinein. Ihm wurde schwarz vor Augen und ein schreckliches Röcheln drang aus seiner Kehle. Dann sank er zu Boden.

Erschöpft hinkte Conan zu Salvorus hinüber. Er beugte sich über den Hauptmann, um ihm auf die Beine zu helfen. Da sah er, daß Salvorus im Sterben lag. Aus dem faustgroßen Loch in seiner Brust stiegen Rauchwölkchen auf. Die ätzende Flüssigkeit aus

Valtrescas Phiole hatte ein Loch durch Fleisch und Rippen gefressen und zerstörte jetzt Salvorus' inneren Organe. Conan lief es eiskalt über den Rücken, wenn er daran dachte, was diese Flüssigkeit mit seinem Kopf gemacht hätte.

»Conan«, flüsterte Salvorus. »Ist er tot?«

»Er schmort in der Hölle, Salvorus. Aber, bei Crom, sei still! Ich hole den Heiler, damit er sich um deine Wunden kümmert. Bleib ganz still liegen.«

Salvorus schüttelte den Kopf. »Nein, Conan. Mitra ruft mich ... meine Zeit ist abgelaufen.« Er hustete. Hellroter Schaum trat auf seine Lippen, als er nach Luft rang. »Du schuldest mir nichts, aber ich bitte dich trotzdem ... bring den Priester zum König. Hilf ihm, das Böse zu finden und zu vernichten. Rette den König.« Das Sprechen hatte ihn so angestrengt, daß er die Augen schließen mußte. Er rang sich die letzten Worte ab. »Trau niemandem ... nur Kailash ... Sag ihm alles ... König muß wissen ... versprich.« Vergeblich rang Salvorus nach Atem und schloß die Augen.

»Er wird alles erfahren. Und wenn es mich das Leben kostet – ich werde ihm alles sagen. Das Böse wird vernichtet. Du wirst gerächt werden, das schwöre ich bei Crom und Mitra.« Conans blaue Augen loderten vor Wut. Sein Blut kochte. Seine Gedanken galten nur einem: Rache für den Kameraden. Er hatte den höchsten Preis bezahlt, um ihm das Leben zu retten.

Mit einem letzten schweren Seufzer gesellte sich Hauptmann Salvorus zu seinen Ahnen.

Conan schloß dem Hauptmann die Augen und legte sein Schwert auf die Brust des Toten. Heute hatte er Seite an Seite mit einem echten Krieger gekämpft. Salvorus war als Krieger gestorben. Conan würde den Schwur halten, den er dem Waffenbruder gegeben hatte, und wenn er ihn mit dem eigenen Blut bezahlen müßte. Ohne weiter darüber nachzudenken, ging er zurück, um zu sehen, was aus Madesus geworden war.

Der Priester hob gerade den Kopf, als der Cimmerier schweißüberströmt und blutend in die Zelle kam. Madesus blinzelte, um deutlicher sehen zu können und rieb sich den schmerzenden Kopf. Eine dicke Beule hatte sich über den Ohren gebildet. Er zuckte zusammen, als er die Schwellung abtastete, um festzustellen, ob der Schädel gebrochen war. Stöhnend setzte er sich auf und blickte Conan an.

»Conan, Mitra sei Dank! Ist Salvorus bei dir, oder haben sie ihn gefangengenommen?«

»Weder noch, Heiler. Valtresca hat ihn mit einem üblen Trick vernichtet, aber ich habe das verräterische Schwein in die Hölle geschickt, wo die Dämonen an seinen Knochen nagen können. Die anderen sind geflohen oder tot.«

»Ich muß Salvorus sehen. Vielleicht kann ich ihn mit meiner Kunst retten, wenn er noch lebt.«

Conan schüttelte den Kopf. »Ich habe bei Tausenden sterbenden Kriegern den Blick des Todes gesehen, obwohl ich viel jünger bin als du. Ohne ihn wäre ich jetzt tot. Schau ihn dir an, aber nimm dir nicht zu viel Zeit; denn wir sitzen dank der Feigheit von Valtrescas Garde in der Falle.«

Conan zog Madesus hoch. Sie gingen an den Leichen vorbei zu Salvorus. Madesus warf einen kurzen Blick auf ihn und schloß die Augen. Dann ließ er den Kopf hängen.

»Ich kann nichts mehr für ihn tun, außer für seine Seele beten. Sein Fleisch ist verätzt vom Blut, das in den Adern des schuppigen, mit Flügel ausgestatteten Drakken fließt, einem Tier aus grauer Vorzeit. Ich habe keine Ahnung, wie Valtresca es sich verschaffen konnte. Seit der Zeit meines Ururgroßvaters hat niemand mehr einen Drakken gesehen.« Madesus kniete neben Salvorus nieder. Dann holte er eine Phiole aus dem Beutel und spritzte einige Tropfen auf den Leichnam. Dazu sprach er leise ein Gebet zu Mitra.

Während der Priester betete, ging Conan zu Valtresca und löste den Beutel von seinem Gürtel. Er öffnete ihn und blickte hinein. Dort war noch eine Phiole, sorgfältig in ein Tuch eingewickelt. Conan war jedoch mehr an dem Gold interessiert, das darunter glänzte. Er verstaute den Beutel in seiner Lederweste.

Madesus hatte das Gebet beendet und betrachtete den toten Hauptmann ernst. »Conan«, sagte er. »Laß mich deine Wunden verbinden, damit wir diesen gottverlassenen Ort bald verlassen können.«

Conan schüttelte den Kopf. »Dafür haben wir keine Zeit, Heiler.« Er ging zu der eisernen Tür, die Valtrescas Flucht verhindert hatte. »Ich muß ein Versprechen einlösen. Wir gehen sofort los.«

Die Tür war nicht zu öffnen. Er warf sich mit aller Kraft dagegen, doch sie rührte sich nicht aus den Angeln. Er holte tief Luft und wagte einen weiteren Versuch.

»Crom!« fluchte er. »Die Tür ist auf der anderen Seite verriegelt. Nur ein Rammbock kann sie eindrücken. Wir sitzen in diesem elenden Loch in der Falle.«

Madesus runzelte die Stirn und dachte angestrengt nach. »Wir sollten auf die Wachen warten. Sie können uns dann hinauslassen. Eigentlich müßten sie bald kommen, um nachzusehen, was aus Valtresca und seinen Männern geworden ist.«

»Hier warten? Nein, es muß einen anderen Weg geben, von hier wegzukommen.«

Conan lief wie ein Tiger im Käfig auf und ab und zermarterte sich den Kopf. Als er Salvorus' Leichnam erblickte, kam ihm eine Idee. Er holte die kleine Phiole aus seiner Westentasche. Behutsam zog er den Korken heraus und spritzte die Flüssigkeit auf die Eisentür. Sofort begann das Metall wie kochendes Wasser zu zischen und zu brodeln. Beißender Rauch bildete sich und drang ihm in die Nase. Seine Augen brannten.

Als sich der Rauch verzog, hatte die ätzende Flüssigkeit ein Loch in die Tür gefressen, das so groß wie Conans Kopf war. Vorsichtig steckte der Cimmerier die Hand durch das Loch und ergriff den Riegel. Dabei streifte er versehentlich mit dem Oberarm den Rand des Lochs. Sofort fing sein Arm an zu brennen wie von hundert Wespen gestochen. Dennoch ließ er den schweren Riegel nicht los, sondern schob ihn langsam zurück. Eine häßliche rote Schwellung bildete sich an seinem Arm und wurde langsam größer. Madesus betrachtete sie besorgt, sagte jedoch nichts.

Jetzt trat Conan wütend die Tür auf. Sie donnerte mit lautem Knall gegen die Wand. »Schnell, Madesus, wir müssen den König und diesen Kailash finden, ehe die Wachen uns erwischen. Folge mir!«

Madesus nickte und folgte dem schnellfüßigen Cimmerier, so gut er konnte. Nur mit Mühe gelang es ihm, Conan im Auge zu behalten, der mit seinem unbeirrbaren Orientierungssinn durch die gewundenen Gänge lief. Auf der Flucht zum Erdgeschoß des Palasts begegnete ihnen niemand. Hinter der Treppe hielt Conan inne und sah sich um. Keine Wachen. Madesus stand unten und rang keuchend nach Luft, bevor er langsam zum Cimmerier hinaufstieg.

Conan winkte ihm zu folgen und schlich lautlos in die Wachstube. Sie war leer, was Conan nervös machte. Doch war die Sonne noch nicht aufgegangen. Vielleicht war es auch normal, daß um diese Zeit keine Wachen anwesend waren. Mit der Rechten am Schwertgriff schlich er durchs Erdgeschoß des Palasts. Madesus hatte ihm verraten, wie man zu den Gemächern des Königs gelangte.

Endlich kam er zu einer großen, mit Kupfer beschlagenen Tür, wie Madesus sie ihm beschrieben hatte. Es war die äußere Tür vor König Eldrans Gemächern. Die Tür war geschlossen. Conan wunderte sich, daß keine Wachen davor postiert waren. Er blickte über die Schulter zurück, ob Madesus ihm folgte. Widerwillig mußte er sich selbst eingestehen, daß er den Priester immer mehr respektierte. Madesus war jetzt dicht hinter dem Cimmerier. Conan hatte noch nie einen Priester kennengelernt wie ihn. Madesus war nicht so wie die vielen, widerlich arroganten Mitra-Priester, denen er bisher begegnet war. Er hätte gern mehr über die Vergangenheit des Priesters erfahren, aber er wollte keine Fragen stellen. Er hielt es für klüger, sich von allem, was Priester, Zauberer und ähnliche Gestalten betraf, fernzuhalten.

Conan zuckte zusammen, als sich hinter Madesus eine Gestalt aus an der Wand löste. Er stieß einen Warnruf aus, doch da hatte der Mann den Priester bereits gepackt. Gleichzeitig öffnete sich die große Kupfertür, und eine Schar brythunischer Männer lief heraus und umringte den Cimmerier. Conan wollte gerade sein Schwert zücken, als er einen hünenhaften, dunklen Kezankier auf der Schwelle erblickte.

»Halt! Tut ihm nichts, ihr Hunde!« rief der Riese. Die Brythunier gehorchten ihm aufs Wort. Der Riese zeigte auf Conan und lächelte. »Du mußt Conan sein«, sagte er. »Den Priester kenne ich nicht. Wir schulden euch großen Dank, weil ihr den Verräter entlarvt habt, der sich des Throns bemächtigen wollte.« Der Mann aus den Bergen blickte auf den zusammengesunkenen Leichnam eines Soldaten auf dem Boden. Dann drehte er ihn mit einem Tritt auf den Rücken. »Dieser elende Lump gehörte zur Garde des Verräters. Wir haben ihn erwischt, als er aus dem Verlies fliehen wollte. Nachdem ich ihm etwas Stahl gezeigt habe, hat er gesungen wie ein Vögelchen. Als ich gehört habe, daß er bei dieser Schurkerei mitgemacht hat, habe ich ihm mein Schwert in den feigen Leib gestoßen. Pfui!« Er spuckte verächtlich auf die karmesinrote Tunika des toten Wachsoldaten.

»Ich bin Kailash, Freund und Beschützer König Eldrans. Kommt herein und erzählt eure Geschichte. Ist Salvorus bei euch?«

»Nein«, antwortete Conan und schlug die Augen nieder. »Er fiel im Kampf mit Valtresca.«

Kailashs Augen verdüsterten sich. Er ballte die Fäuste so kräftig, daß die Knöchel weiß hervortraten. »Das ist eine schlimme Nachricht! Sprich den Namen dieses Schurken nicht aus! Von jetzt an wird er nur noch der Verräter heißen. Mögen tausend Teufel sein schwarzes Herz herausreißen, während er in der Hölle schmort! Salvorus war ein guter Mann. Er hatte Besseres verdient, als von der Hand eines Verräters zu sterben. Die Trauernden werden viele Tage den Klagegesang singen, und alle, die dem König dienen, werden ihn stets in ehrenvoller Erinnerung halten. Laß den Priester los!« befahl er. »Tritt vor, Priester. Komm mit mir, und Conan, und berichte mir über alles, was geschehen ist.«

Conan schob sein Schwert zurück in die Scheide und folgte Kailash mit Madesus ins Vorzimmer des Königs.

9. KAPITEL

NACHKOMME DES XUOQUELOS

Conan gab Kailash eine kurze Schilderung des verzweifelten Kampfs, der unten im Verlies stattgefunden hatte. Doch Madesus unterbrach ihn ungeduldig.

»Wir dürfen keine Zeit mehr verlieren! Du mußt mich jetzt zu ihm bringen. Während ihr redet, zerrinnt das Leben des Königs wie Wasser aus einem zersprungenen Glas. Eine uralte böse Macht ist wieder erwacht und hält deinen König in tödlicher magischer Umklammerung.«

»Woher weißt du das?« fragte Kailash.

»Bedauerlicherweise habe ich jetzt nicht die Zeit, es zu erklären. Vertraue mir einfach, sonst wird dein König sterben.« Obgleich er mit beherrschter Stimme gesprochen hatte, verrieten seine geballten Fäuste und der angespannte Gesichtsausdruck, wie verzweifelt der Priester war.

»Ich kenne zwar nicht alle seine Beweggründe«, warf Conan ein, »doch welcher Sterbliche vermag den Gedankengängen eines Priesters zu folgen. Madesus hat wirklich nicht die Absicht, deinem König Schaden zuzufügen. Seine Taten sprechen lauter für ihn als seine Worte.«

Kailash schwieg einen kurzen Augenblick lang. Seine Gedanken waren in Aufruhr. Er hatte vermutet, daß der König Opfer von Zauberei geworden und nicht vergiftet worden war, wie viele andere dachten. Doch konnte er diesem Priester das Leben des Freundes wirklich anvertrauen? Verzweifelt suchte er nach einer Lösung. Der König war nun bereits den dritten Tag krank, und es gab keinerlei Anzeichen einer Gesundung. Jeder Versuch, ihm etwas zu essen oder zu trinken einzuflößen, war gescheitert. Wie lange konnte Eldran noch überleben? Der König war robust, und sein Wille war härter als Stahl, doch Kailash mußte sich eingestehen, daß sein Freund im Sterben lag.

»Ich werde dich zu ihm führen, Heiler, aber ich werde nicht von deiner Seite weichen und ihn nicht mit dir allein lassen. Conan, komm mit, wenn du willst.«

Nachdem Kailash sich widerwillig entschlossen hatte, führte er sie zu Eldrans Schlafgemach, wo der König so reglos wie ein Toter lag. Die drei Tage Krankheit hatten ihren Zoll gefordert. Sein Gesicht war bleich und schmerzverzerrt. Die Augen waren tief in die Höhlen gesunken und standen offen, obgleich er schlief. Entsetzen und Verachtung waren aus ihnen zu lesen. In kurzen Abständen löste sich ein heiseres Röcheln aus seiner Kehle und seine Finger zuckten krampfhaft.

Selbst Kailash war über Eldrans Anblick entsetzt, obwohl er den steten Verfall des Königs die gesamte Zeit über beobachtet hatte. Conan erkannte, daß der Tod dem König seine eisige Hand um den Hals gelegt hatte. In ihm stiegen Zweifel hoch, ob Madesus imstande war, den sterbenden Monarchen zu retten. Dumpfe Trauer verbreitete sich im Raum, denn auch Kailash hegte, ebenso wie der Cimmerier, größte Bedenken.

Allein Madesus blieb angesichts des schrecklichen Zustands des Königs gelassen. Er umfing mit der linken Hand sein Amulett, die rechte legte er Eldran auf die Stirn. Knisternd sprang ein dunkelblauer Funke von der Stirn des Königs auf die Hand des Priesters über. Kailash zückte fluchend sein Schwert, doch Conan hielt ihn zurück. Madesus stieß einen lauten

Schmerzensschrei aus, als der Funke ihn berührte, und zog die Hand zurück, als hätte er in einen Korb voll giftiger Vipern gegriffen.

»Möge Mitra uns schützen! Ich spüre die Gegenwart des Bösen, das an den dünnen Fäden nagt, die diesen Mann noch mit dem Leben verbinden. Eine Mutare ist aus dem Abgrund heraufgestiegen, um allen Lebenden Tod und Verderben zu bringen. Ihr Griff ist äußerst stark, doch mit Mitras Hilfe werde ich den König daraus befreien können. Steck deine Klinge wieder ein, Kailash. Deine Befürchtungen sind falsch. Ich bin kein Diener einer dunklen Macht. Seht!«

Staunend sahen Conan und Kailash, wie Madesus das Amulett vom Hals nahm und hoch in die Luft hielt. Ein blendend helles Licht ging von ihm aus und erfüllte das Schlafgemach. Die beiden Krieger blinzelten und wichen etwas zurück. Auch das Gewand und die Augen des Mitrapriesters leuchteten hell. Das Licht wurde so grell, daß Kailash die Hände vor die Augen schlug. Der Cimmerier blinzelte tapfer.

»Ich entstamme einem uralten und geheimen Orden«, erklärte Madesus. »Ich bin einer der letzten Nachkommen Xuoquelos, welcher der größte Prophet Mitras war, der je auf dieser Welt gewandelt ist. Er war kein Priester, wie auch ich kein richtiger Priester bin. Wir gehören zum Orden der Wächter. Seit Tausenden von Jahren hat unser Orden, still und ohne Dank zu ernten, Wache gehalten und sich bemüht, die Welt von uralten bösen Mächten zu befreien, die in vergessenen Spalten und Nischen lauerten. Unser Orden hat gegen böse Mächte gekämpft, bei deren bloßem Anblick jedem Sterblichen vor Angst das Herz stehen bleiben würde. So wie mein Meister Mitras Gebot folgte, das Böse zu bekämpfen, so folge auch ich. Der Heilige Vater fand es geziemend, mir diese Aufgabe zu übertragen. Daher darf ich weder ruhen noch rasten, bis die Priesterin der Mutare vollends vernichtet ist.«

Madesus' Stimme war während dieser Erklärung ständig tiefer und lauter geworden. Die letzten Worte hallten wie Donnerschläge im Raum. Als er fertig war, entspannte er sich und ließ die Schultern sinken. Das Licht sank wieder auf eine erträgliche Helligkeit herab. Madesus legte dem König nochmals die Hand auf die Stirn. Wieder sprang ein blauer Funke von der Stirn auf die Handfläche des Priesters. Doch diesmal zuckte Madesus nicht zurück, sondern schloß die Hand um den Funken und hielt ihn fest umschlossen.

Seine Faust begann zu glühen und leuchtete bald wie ein rotglühendes Hufeisen in einer Schmiede. Lautes Knistern und Knacken ertönte. Dünne Rauchwölkchen stiegen zwischen Madesus' Fingern empor. Der rote Lichtschein wurde schwächer, als er die Hand langsam öffnete. Der blaue Funke war verschwunden. Wiederum legte der Heiler im weißen Gewand die rechte Hand auf die Stirn des Königs. Diesmal stieß er auf keinerlei Widerstand. Er schloß die Augen und sprach mit leiser, gleichmäßiger Stimme ein Gebet. Die Sprache, die er verwandte, war dem Cimmerier nicht bekannt, obwohl er schon durch viele Länder gereist war und viele Sprachen gehört hatte. Instinktiv fürchtete sich Conan vor jeglicher Zauberei und übernatürlichen Dingen. Während er Madesus bei dessen Ritual zuschaute, lief es ihm eiskalt über den Rücken. Offenbar empfand Kailash eine ähnliche Furcht. Stumm lauschte er dem Gebet des Priesters.

Nach einigen Minuten drehte sich Madesus um und blickte Conan und Kailash an. »Der König schwebt jetzt nicht mehr in unmittelbarer Lebensgefahr, doch ist er noch keineswegs auf dem Weg zur Gesundung oder in Sicherheit. Ich habe den Dämon, der ihn von innen heraus gepeinigt hat, gebannt. Langsam wird Eldrans Kraft zurückkehren. Möglicherweise wird er sogar aufwachen. Doch wird dieser Zustand der Besserung nur kurze Zeit dauern, da ein anderer Dämon ihn beschleichen wird, um das zu beenden, was dieser begonnen hat. Der Bann hat meine Kräfte jetzt jedoch so geschwächt, daß ich es frühestens morgen wagen darf, das Ritual zu wiederholen.«

»Wer ist diese Mutare?« fragte Kailash. Seine Augen blitzten vor Wut. »Ich werde tausend Schwerter gegen sie einsetzen. Bei Mitra und Wiccana, keiner meiner Männer wird ruhen, bis sie in Stücke gehauen ist. Sage mir, wo ich sie finde!«

»Selbst zehntausend Schwerter könnten nichts gegen sie ausrichten«, erklärte Madesus müde. »Die Mutare sind nicht aus Fleisch und Blut und können dieses daher auch nicht vergießen. Der Feind deines Königs – und unser Feind – ist eine Priesterin. So viel weiß ich, aber ich weiß nicht, wo sie sich aufhält. Ich kann nur einigen schemenhaften Hinweisen nachgehen, doch ich versichere euch, daß ich sie finden und vernichten werde.« Madesus hatte mit unbeirrbarer Entschlossenheit gesprochen.

»Warum sollte sie sich jetzt noch die Mühe machen, ihren Teil des Abkommens zu erfüllen, nachdem der General tot ist«, fragte Conan.

»Die Mutare brauchen keinen Grund, um zu töten«, erklärte Madesus. »Außerdem würde der König auch dann sterben, wenn sie sich nicht weiter darum bemühen würde. Der Todesfluch, den sie über ihn verhängt hat, ist uralt und sehr stark. Dein König ist erst außer Gefahr, wenn sie vernichtet ist. Unser Orden kennt diese Art tödlicher Zaubersprüche. Ich habe gespürt, daß ein derartiger Fluch hier vorhanden ist. Die Mutare hat mit einem Dämonenfürsten einen Pakt geschlossen und dafür die Seele eines Sterblichen geopfert – höchstwahrscheinlich die eines Menschen, der mit dem König blutsverwandt ist.«

Kailash wurde bei dieser Erklärung blaß und seine Augen verengten sich. »Die Prinzessin! Gleich nachdem ihr Leichnam gefunden wurde, ist der König krank geworden.«

»Wie ich es befürchtet habe«, sagte Madesus mit ernster Miene. »Der Dämonenfürst wird gestaltlose Diener der Dunkelheit schicken, um ihm die Seele des Königs zu bringen. Das vergossene Blut der Königstochter hat ein Tor geöffnet, das vom Schlund der Hölle direkt zum König führt. Nur durch den Tod der Mutare kann dieses Tor wieder verschlossen werden. Der Pakt zwischen der Priesterin und dem Dämonenfürsten ist erst dann aufgelöst, wenn sie vernichtet ist.«

»Wie kann man sie töten?« fragte Kailash verzweifelt. »Du hast gesagt, selbst zehntausend Schwerter könnten ihr kein Leid zufügen. Demnach ist sie doch unbesiegbar.«

»So schnell darfst du nicht verzweifeln, tapferer Mann aus den Bergen. Die Mutare-Priesterin ist eine Feindin Mitras, dessen Macht so grenzenlos ist wie der Himmel über uns. Ist er uns gut gewogen, vermag ich mit diesem Amulett, das ich trage, mehr zu erreichen als zehntausend Schwerter zusammen. Es gab viele uralte Artefakte, welche über eine magische Kraft verfügten, die allen Mutare den Tod bringt. Die meisten sind jedoch verloren oder gar zerstört. Unser Orden hat nur einige retten können. Morgen werde ich diese Mutare finden. Doch ich kann nicht allein mit ihr fertig werden. Ich brauche eure Hilfe und eure Klingen, um den Kampf zu gewinnen. Solange ich das Amulett trage, kann sie mir nichts anhaben. Doch bin ich sicher, daß sie Verbündete aus Fleisch und Blut hat, gegen die das Amulett wirkungslos ist. Der schurkische Valtresca war einer ihrer Spießgesellen. Zweifellos wird noch mehr

Blut fließen, ehe wir zu ihr vorgedrungen sind. Und ich bete zu Mitra, daß es nicht das unsere sein möge.«

»Mich bindet der Eid, welchen ich Salvorus gegeben habe«, erklärte Conan grimmig. »Bis der König außer Gefahr ist, werde ich mit dir gehen. Und wehe jedem, der sich uns in den Weg stellt.«

»Ich werde ebenfalls mit dir kommen«, sagte Kailash ernst. »Ich verdanke Eldran mehr als ein dutzendmal mein Leben. Er ist mein Freund und mein König. Jetzt ist die Gelegenheit gekommen, meine Schuld ihm gegenüber zu begleichen. Innerhalb einer Stunde haben wir tausend Bewaffnete und …«

»Nein, Kailash«, unterbrach ihn Madesus und schüttelte den Kopf. »Deine Männer sind zweifellos hervorragende Krieger, doch so viele von ihnen würden uns nur behindern. Um uns den Sieg zu sichern, müssen wir die Priesterin überraschen; denn wenn ihr die Zeit bleibt, sich auf unser Kommen vorzubereiten, dann würde das schreckliche Folgen haben. Da die Mutare über schärfere und weitreichendere Sinne als die Menschen verfügen, würde sie den Anmarsch so vieler Soldaten frühzeitig entdecken. Nur wir drei wissen von ihrer Existenz. Laßt es uns also ein Geheimnis bleiben. Sagt niemandem ein Sterbenswörtchen von ihr, ganz gleich, wie sehr ihr ihm vertraut.«

»Nun gut, nur wir drei! Und wie willst du den Unterschlupf dieser Hure der Dunkelheit finden?« In den Augen Kailashs loderte Rachedurst.

»Bis morgen früh können wir nichts tun«, antwortete Madesus. »Trefft ihr beide alle Vorbereitungen, die euch nötig erscheinen. Conan, ich habe gerade noch genug Energie, um deine Wunden zu versorgen, dann muß ich zum Tempel zurück und meine Sachen holen. Angesichts der schweren Aufgabe haben wir alle Ruhe bitter nötig, denn um die Anstrengungen zu überleben, die uns bevorstehen, brauchen wir unsere gesamte Kraft und Aufmerksamkeit.«

Obwohl Conan widersprach, blieb Madesus stur und ging nicht, ehe er die schwereren Wunden des Cimmeriers versorgt hatte. Ungeduldig wartete der Barbar auf einer Bank in der Nähe des Lagers des Königs, während der Heiler seinem Geschäft nachging. Irgendwann fielen Conan die Augen zu, und sein Kopf sank auf die breite Brust. Er war eingeschlafen.

»Laß ihn, wo er ist«, flüsterte Madesus Kailash zu. »Störe ihn nicht. Er wird aufwachen, wenn sein Körper bereit dazu ist. Ich habe die Heilung in Gang gesetzt, und seine Gesundungskräfte sind verblüffend. In seiner Heimat braucht man wohl kaum Heiler. Ich bin mir nicht einmal sicher, ob es in Cimmerien überhaupt Heiler gibt.«

Madesus folgte Kailash, als dieser ihn aus dem Schlafgemach des Königs geleitete. »Ich werde bald vom Tempel zurückkehren und hier im Vorzimmer schlafen. Laß nur die Männer hier herein, denen du unbedingt vertraust. Doch gewähre niemandem Eintritt ins Gemach des Königs! So der Heilige Vater Mitra Erbarmen hat und uns hilft, wird bis morgen abend alles vorüber sein.«

»Ja, möge Mitra uns helfen!« sagte Kailash. »Soll ich dir einen Mann mitgeben, um dich zum Tempel zu begleiten?«

»Nein, das ist nicht nötig. Es ist nicht weit, und ich brauche keine Hilfe, um die wenige Habe herzubringen. Ich bin in einer Stunde wieder zurück.«

Ohne ein weiteres Wort zu verlieren, ging Madesus durch die Kupfertür und verließ den Palast. Einige Soldaten aus den Bergen musterten ihn neugierig und blickten Kailash fragend an, doch dieser schüttelte nur den Kopf. Dann ging er zurück zum Vorzimmer, setzte sich auf eine Holzbank und überprüfte sein Schwert.

Aus einem abgetragenen schwarzen Lederbeutel holte er einen Wetzstein und schärfte die Klinge.

Kailash hatte festgestellt, daß ihm die Tätigkeit, das Schärfen des Schwertes half, wenn er schwierige Probleme zu lösen hatte. Valtresca ein Verräter! Der König hatte seinem General vollstes Vertrauen geschenkt. Die Politik der brythunischen Aristokraten hatte Kailash nie so recht verstanden. Er war in den Bergen im Nordosten geboren und aufgewachsen, ebenso wie König Eldran. Für ihn war Politik stets eine Art Zuflucht für Schwache und Intriganten gewesen. Doch dann hatte Eldran ihn im Laufe der Zeit eines Besseren belehrt.

Und dennoch war Kailash überzeugt, daß die Politik, wenn auch nur zum Teil, schuld war an den Ereignissen, die zum Mord an der Prinzessin und dem Mordversuch am König geführt hatten. Wie lange hatte Valtresca gegen Eldran so tiefen Groll gehegt, ehe er sich zu dem Meuchelmord entschlossen hatte, den Conan und Madesus in letzter Minute vereitelt hatten? Gab es noch weitere Verräter im Palast, die nur darauf warteten, zuzuschlagen? Bei dieser Vorstellung lief es Kailash eiskalt über den Rücken. Doch nein, er hielt es für unwahrscheinlich, daß es noch mehr Verräter gab. Die übrig gebliebene Palastwache und der Rest der Soldaten waren Eldran absolut treu ergeben und liebten ihn. Bis jetzt hatte noch kein brythunischer König so viele zerstrittene Parteien des Landes einigen können, und gleichzeitig die habgierigen Könige Nemediens und Corinthiens in Schach gehalten.

Selbstverständlich gab es auch einige, die Eldran seinen Erfolg neideten. Einige Familien aus dem Süden Brythuniens, aus denen bisher Könige hervorgegangen waren, erkannten Eldrans Autorität nicht an. Allerdings bestritten sie auch keinen seiner Ansprüche auf andere Gebiete im Land, sofern es sie nicht betraf. Einige äußerten ihren Unmut ganz offen, daß Eldran keinem königlichen Geblüt entstammte. Unter diesen Familien hatte Valtresca mit Sicherheit Anhänger. Kailash schauderte es bei dem Gedanken, daß der schurkische Plan des Generals nie aufgedeckt worden wäre, wenn Eldran bereits gestorben wäre. Ohne Conans und Madesus' Eingreifen könnte Valtresca bereits auf dem Thron sitzen.

Kailash machte sich über den cimmerischen Krieger und seinen seltsamen Verbündeten, diesen mächtigen Mitrapriester, der behauptete, kein echter Priester zu sein, Gedanken. Als Kind der Berge hatte er über die Cimmerier viele Geschichten gehört. Es waren wilde Barbaren aus dem eisigen Norden. Die Erstürmung und Plünderung der aquilonischen Feste Venarium, die längst zur Legende geworden war, war für jeden zivilisierten Soldaten ein wahrer Alptraum. Es war gut möglich, daß Conan dabei gewesen war. Kailash hatte sich unter Cimmeriern bis jetzt immer Untermenschen mit heller Haut, grimmigen Gesichtern und schwarzen Mähnen vorgestellt, die Tieren ähnelten. Conan paßte nicht in dieses Bild, obgleich er Kailash mit seiner Kühnheit und Tapferkeit tief beeindruckt hatte. Der Mann aus den Bergen bezweifelte, daß einer seiner Krieger Conan in einem Zweikampf besiegen würde, ganz gleich, mit welcher Art von Waffe dieser Kampf ausgetragen werden würde. In den letzten Tagen hatte der Cimmerier schon viele Gräber mit den Leichen der Stadtwachen gefüllt. Wenn Kailash ganz ehrlich war, mußte er sich eingestehen, daß er sich darauf freute, Seite an Seite mit einem so kühnen Krieger zu kämpfen.

Madesus verstand Kailash nicht so recht. Noch nie hatte er erlebt, daß ein Priester so viel Macht ausübte. Natürlich hatte er von Zauberern und Priestern gehört, die mit magischen Amuletten oder anderen Zaubermitteln angeblich Wunder vollbrachten. Die Menschen in den Bergen waren abergläubisch. In seiner Jugend hatte Kailash oft abends am Lagerfeuer gesessen und den Graubärten zugehört, wenn sie von Zauberflüchen, Geistererscheinungen und übernatürlichen Kräften erzählt hatten. Anfangs hatte er geglaubt, die Alten wollten ihm mit diesen Geschichten Angst einjagen, doch hatte er in den folgenden Jahren viele Beweise dafür gesehen, daß diese Geschichten echt waren. Dennoch vermochte er nicht viel von dem zu verstehen, was diese Priester oder Zauberer taten. Man hatte ihn gelehrt, alles Unbekannte zu fürchten, daher hatte er auch vor Madesus eine gewisse Scheu.

Nun denn! Auf alle Fälle war es dem König nach den seltsamen magischen Bemühungen des Heilers viel besser gegangen. Alle anderen Priester und Heiler vor ihm hatten es nicht vermocht, die Schmerzen Eldrans auch nur geringfügig zu lindern. Trotzdem traute Kailash Madesus nicht so ganz. Seiner Meinung nach lag ihm mehr daran, diese Mutare-Priesterin zu vernichten, als Eldran zu retten. Wie auch immer: sie arbeiteten auf ein gemeinsames Ziel hin, und er, Kailash, würde weiterhin begeistert mitmachen.

Dann fragte er sich, was Conan und Madesus wohl über ihn dachten. Auf einen zufälligen Beobachter mochte er wie einer der üblichen, kampfhungrigen, geistig etwas zurückgebliebenen Männer aus den Bergen wirken. Diese Fehleinschätzung hatte in der Vergangenheit so manchen Feind das Leben gekostet. Wie sein Vater zu sagen pflegte: Ein Mann lernt bei weitem mehr, wenn er Augen und Ohren offen hält, als wenn er das Maul aufreißt.

Kailashs Gedanken wurden plötzlich unterbrochen, als jemand leise an die Tür klopfte. Er steckte den Wetzstein zurück in den Lederbeutel und stand auf, während seine Männer zur Tür gingen. Konnte Madesus schon so schnell wieder da sein? Verdutzt wartete er darauf, daß die Tür sich öffnete.

Da stand Lamici, der Obereunuch, in seidenem Gewand. »Bitte, verzeih mir diese Störung um diese Stunde, Kailash«, sagte er leise und mit bebender Stimme. Er wirkte so, als wäre er gerade aufgewacht. »Ein Soldat der Wache hat erzählt, Valtresca sei getötet worden, nachdem er sich selbst als Verräter entlarvt hatte.«

»Ja, das ist richtig«, sagte Kailash. »Conan hat den General getötet, nachdem dieser Salvorus ermordet hatte. Der Barbar und der Priester haben den schurkischen Verräter entlarvt.«

»Ich bin entsetzt! Wie schrecklich! Einer der ältesten Freunde des Königs ein Hochverräter!« Lamici tat überrascht und bestürzt, dabei fragte er sich fieberhaft, ob sein eigener Verrat bereits ebenfalls entdeckt worden sei. »Hat noch jemand mit Valtresca gesprochen, ehe er starb?«

»Nur der Barbar. Der Priester meint, der General sei nur eine Schachfigur einer größeren bösen Macht gewesen, einer Priesterin einer uralten Kultgemeinde, die sich Mutare nannte. Diese Priesterin hat aus uns unbekannten Gründen Eldran mit einem Todesfluch belegt. Ohne Madesus wäre der König jetzt tot.«

Lamici war erleichtert, daß er noch nicht entlarvt war. Allerdings machte ihm große Sorgen, daß man offenbar etwas von Azoras Beteiligung an dem Mordkomplott wußte. Wie konnte dieser einfache Mitrapriester von ihrer Anwesenheit wissen? Azora hatte ihm gesagt, daß kein Priester den König retten könnte, sobald sie ihren Zauber vollendet hätte. Doch jetzt spielte das keine Rolle mehr. Da Valtresca tot war, hatten sich Lamicis Hoffnungen, dem Thron Brythuniens zu neuem Glanz zu verhelfen, zerschlagen. Dieser Barbar und dieser Priester, die sich ungebeten eingemischt hatten, würden für diese Schande bitter büßen! Azora würde sie wie Wanzen zerquetschen. Er mußte ihr so schnell wie möglich die Neuigkeiten bringen. Doch zuvor wollte er herausfinden, was Kailash wußte. Offensichtlich vertraute dieser kezankische Trottel ihm noch.

»Eine Mutare? Lebt diese schlimme Hure der Dunkelheit noch, oder wurde auch sie getötet?« fragte er.

»Nein. Noch weiß der Priester nicht, wo er diese böse Zauberin findet. Aber er ist zuversichtlich, daß er sie morgen aufspüren und vernichten wird. Dieser Mann verfügt über ungeheure Kräfte, Lamici. Er gleicht keinem Priester, dem ich bisher begegnet bin. Er trägt ein Amulett, das phantastische magische Macht birgt. Conan und ich werden bald mit ihm gehen, um ihm zu helfen, diese Priesterin zu finden und umzubringen. Ich glaube, sie und Madesus sind alte Feinde.«

»Kennen sich die beiden von früher? Wieso weiß er etwas von ihr?« Jetzt war Lamici äußerst beunruhigt. Wenn der Priester nicht schleunigst ausgeschaltet wurde, würde herauskommen, daß der Eunuch mit Azora gemeinsame Sache gemacht hatte.

»Er hat nicht gesagt, daß sie sich bereits begegnet seien, aber er war ganz sicher, daß sie in der Nähe wäre. Lamici, er wirkt irgendwie unheimlich. Er vermochte ihre Gegenwart zu spüren. Wie – wollte er nicht erklären. Ich weiß nicht, was Conan und ich gegen diese Mutare ausrichten können, aber Madesus hat uns gebeten, ihn zu begleiten, und ich verdanke dem Priester sehr viel.«

»Das tun wir in der Tat alle«, sagte Lamici und lächelte. »Wenn ich noch etwas sagen darf, Kailash: Die Soldaten der Wache fragen sich, wer nun Valtrescas Platz als General einnehmen wird. Verzeih mir meine Kühnheit, doch muß ich sagen, daß keiner dafür besser geeignet ist oder vom Volk mehr geliebt wird als du, Kailash.«

Kailash schwieg überrascht. Dieser Gedanke war ihm noch nicht gekommen. Er hatte sich nie in die Rolle eines Generals versetzt. Doch nun, da auch Salvorus tot war und die anderen Hauptleute alle weit weg vom Palast waren, gab es keinen anderen Nachfolger. Kailash ärgerte sich, daß er bis jetzt nicht selbst auf diesen Gedanken gekommen war, aber er hatte ausschließlich an seinen Freund Eldran gedacht. Eldran hatte ihm immer erklärt, daß die Sicherheit der Untertanen eines Monarchen weit wichtiger sei als die Sicherheit des Königs.

»Der König wird bald wieder so gesund sein, um seinen General selbst zu bestimmen«, erklärte Kailash. »Ich habe dem Priester ein Versprechen gegeben und das muß ich erfüllen, ehe ich mich um andere Dinge kümmere.«

Lamici nickte. »Du hast selbstverständlich recht«, sagte er. »Ich werde alle nötigen Vorkehrungen treffen, um den Leichnam des Generals zu entfernen. Ich werde mich auch um die Reparaturen und die Reinigung im Verlies kümmern. Wann wollt ihr aufbrechen?«

»In einer knappen Stunde. Sobald der Priester vom Tempel zurückkommt. Lamici, sage niemandem etwas darüber. Wir können nicht riskieren, daß uns irgendein Verräter belauscht.«

»Seit drei Generationen haben die Eunuchen der königlichen Familie stets treu gedient«, erklärte Lamici. »Dein Geheimnis ist bei mir sicher. Mögen die Götter euch drei schützen.« Er verneigte sich und verließ Kailash schnell.

Eilig lief Lamici in seine Gemächer zurück. Dort holte er aus einem Versteck einen nadelspitzen Dolch, auf dessen glänzender Klinge eine Rille zu sehen war.

Behutsam öffnete er ein Döschen und tauchte einen Pinsel hinein. Er rümpfte die Nase, als ihm der ekelerregende Geruch des Doseninhalts entgegenschlug. Ganz vorsichtig strich er die orangerote, saftähnliche Flüssigkeit auf die Rille des Dolches. Dann verschloß er das Döschen wieder und stellte es samt Pinsel zurück in ein Versteck.

Jetzt schlug der Eunuch den rechten Ärmel zurück. Am Unterarm trug er eine Scheide aus Leder. Schweißtropfen glänzten auf seinem kahlen Schädel, als er langsam die Klinge in die Scheide schob. Er hatte gesehen, was selbst ein winziger Tropfen dieser Flüssigkeit auf der Haut eines Menschen anrichten konnte. Lamici hatte das Döschen dem vendhyschen Meuchelmörder abgenommen, den man bei dem Versuch, den König zu vergiften, erwischt hatte. Der Mann hatte sich als vendhyscher Botschafter ausgegeben, der angeblich mit Eldran über einen Handelsvertrag hatte sprechen wollen, in Wahrheit jedoch von rivalisierenden brythunischen Adligen angeheuert worden war. Der Meuchelmörder hatte einen winzigen Wurfpfeil ins Gift getaucht und ihn durch den gesamten Raum hin auf den König abgeschossen. Doch war in diesem Augenblick ein Windstoß durchs offene Palastfenster gekommen und hatte den Pfeil abgelenkt, so daß er einen der Männer aus den Bergen am Arm gestreift hatte. Obwohl der Pfeil nicht einmal die Haut geritzt hatte, war der Mann schreiend vor Schmerzen zu Boden gestürzt und hatte sich in Krämpfen gewunden. Schaum war aus seinem Mund getreten, dann war er gestorben. Lediglich eine winzige Schwellung am Arm, nicht größer als ein Mückenstich, war die einzige sichtbare Wunde und Ursache für seinen Tod gewesen.

Lamici verzog höhnisch grinsend den Mund, als er an dieses Ereignis zurückdachte. Das war genau der passende Tod für den wichtigtuerischen Priester, der seine Pläne zunichte gemacht hatte. Madesus würde gleich einem tollwütigen Köter mit Schaum vor dem Mund sterben. Der Eunuch schob die vergiftete Klinge vollends in die Scheide, warf einen Umhang mit Kapuze über und schlich sich hinaus in die heraufziehende Morgendämmerung Brythuniens.

10. Kapitel

SCHATTEN UND STEINE

Madesus erreichte den Tempel, als die Sonne gerade über die östliche Stadtmauer emporstieg und die elfenbeinfarbenen Tempelmauern mit ihren warmen Strahlen einhüllte. Er blieb auf halbem Wege zum mächtigen Portal stehen. Es war, als hätte die Sonne seine Erinnerung geweckt. Plötzlich erinnerte er sich an den Standort des Gebäudes, das er im Traum und im magischen Teich erblickt hatte, den Kaletos geschaffen hatte.

Es gab in der Stadt viele alte Gebäude, doch die ältesten befanden sich westlich des Palastes. Er war seit seiner Ankunft in der Stadt schon oft daran vorbeigegangen. Einige waren halb verfallene Ruinen, wieder andere hatten die Zeit gut überstanden. Er war sicher, daß das Gebäude, das er suchte, ein Tempel war, ein Pantheon mit seltsamen in den Stein gemeißelten Ornamenten aus grauer Vorzeit.

In seinem Traum und im magischen Teich waren diese Verzierungen ganz deutlich gewesen, so als wären sie gerade geschaffen worden. Doch in Wirklichkeit mußten sie im Laufe der Jahre und den Unbillen der Witterung beinahe glatt geschliffen sein. Nur die am tiefsten eingemeißelten Skulpturen würden noch für ihn sichtbar sein. Vielleicht hatte ihm der Traum das Gebäude so dargestellt, wie es vor Jahrhunderten schon ausgesehen hatte. Derlei war bei magischen Visionen nicht selten. Warum jedoch hatte er nicht gespürt, daß hinter jenen uralten Tempelmauern die böse

Macht lauerte? Vielleicht barg dieser Tempel die Mutare und war eigens so gebaut worden, daß er sie nach draußen abschirmte?

Aufgeregt stieg Madesus die restlichen Stufen hinauf. Jetzt war es an der Zeit, das Böse zu bekämpfen. Im Tageslicht würde die Kraft der Mutare schwächer sein, selbst wenn das Licht durch Mauern aus Stein gedämpft wurde. Die strahlende Sonne war ein gutes Omen, daß Mitra ihm heute beistehen würde.

Madesus war jetzt sicherer, daß es ihm gelingen würde, die Mutare-Priesterin zu vernichten. Er ging in den Tempel und holte seine Habe. Leider blieb ihm nicht die Zeit, nochmals mit Kaletos zu sprechen, da er sofort zum Palast zurückkehren mußte, wo Conan und Kailash auf ihn warteten. Er ließ für den Opferstock des Tempels einige Silberstücke in der spartanischen Kammer zurück und machte sich sogleich auf den Weg zurück zum Palast.

Die Straßen waren jetzt sehr belebt. In der Stadt herrschte der geschäftige Alltag. Die Nachricht, daß es dem König besser ging, hatte sich wie ein Lauffeuer verbreitet, und viele Bewohner der Stadt waren darüber sehr froh. Doch keiner von ihnen wußte, daß eine Mutare unter ihnen weilte. Der Priester schritt schnell durch die Menge.

Endlich hatte er den Eingang zum Palast erreicht. Die Wachen erkannten ihn sogleich wieder und ließen ihn mit einer Verbeugung passieren. In wenigen Minuten war er bei Kailash im Vorzimmer. Kurz zuvor war Conan aufgewacht. Ihm taten zwar noch sämtliche Gliedmaßen weh, doch fühlte er sich nicht mehr so erschöpft. Er hatte sich von einem der Soldaten aus den Bergen etwas zum Anziehen geborgt: Beinkleider aus dickem grünem Tuch und dazu eine Tunika mit langen Ärmeln, die vorn mit Lederriemen zugeschnürt wurde. Er hatte sich auch sein Breitschwert wiedergeholt. Es hing jetzt ungeschützt, ohne Scheide, am breiten Ledergurt. Unter der Tunika trug er immer noch das zerrissene Lederwams. Seine Füße steckten in den Sandalen mit dicker Sohle. Seine Aufmachung war eine merkwürdige Mischung aus Kleidung des Ostens und des Westens.

Kailash begrüßte Madesus und warf sich seinen schwarzen Ledersack auf den breiten Rücken. Er war ähnlich wie Conan ausgerüstet. Doch hatte er statt eines Breitschwertes ein Krummschwert, schwere schwarze Stiefel und eine dicke Eisenkappe. »Wir brauchen keine Ruhe!« sagte er mit grimmigem Gesicht zu Madesus. »Wenn du weißt, wo diese Priesterin steckt, folgen wir dir sofort zu ihr.« Conan nickte und legte bestätigend die narbige Hand an den Schwertgriff.

»Mitra ist wahrlich auf unserer Seite«, sagte Madesus. Zwar hegte er Bedenken, unausgeruht sofort loszumarschieren, doch verspürte auch er keine Müdigkeit. »Heute morgen habe ich bei Sonnenaufgang deutlich gesehen, wo sich die Mutare verborgen hält. Ich bin jetzt ganz sicher, daß sie sich in einem der alten Tempel im Ruinenteil der Stadt befindet.«

Kailash war überrascht. »In den Ruinen? Eine Wachabteilung patrouilliert ständig diese Gebäude und hält alle unerwünschten Personen fern. Die meisten Menschen bleiben ohnehin aus Aberglauben und Furcht fern. Viele Gebäude dort sind verflucht oder es spukt darin. Die Stadt wurde daher um diese Ruinen herum gebaut. Niemand weiß, wer früher dort gewohnt hat. In der Anfangsgeschichte der Stadt haben viele tapfere Männer die Ruinen erforscht. Sie sind jedoch alle bei mysteriösen Unfällen ums Leben gekommen.«

Madesus nickte. Er schien nicht überrascht zu sein. »Das wäre der absolut ideale Ort für eine Mutare. Und was die Wachen betrifft – sie hätten eher einen leichten Windhauch gespürt als eine vorbeihuschende Mutare.

Die Mutare sind Meister tückischer Tarnung. Ihr könntet an einer Mutare-Priesterin auf der Straße vorbeigehen, ohne daß sie euch auffallen würde. Weißt du noch mehr über diese Gebäude, Kailash?«

Der Hüne aus den Bergen schüttelte den Kopf. »Nein, selbst für unsere weisen Männer mit den längsten Bärten sind sie ein Geheimnis. Ich habe das Gefühl, daß wir mehr herausfinden werden, als mir lieb ist.«

»Laßt uns endlich gehen!« unterbrach ihn Conan brüsk. »Ich möchte meinen Schwur gern einlösen, den ich Salvorus gegeben habe, ehe unsere Bärte ebenfalls so lang sind wie die eurer weisen Männer.« Er ging schnellen Schritts zu den Kupfertüren und öffnete sie mühelos. Kailash lachte und folgte ihm mit Madesus.

Der Priester führte die beiden zu den Ruinen in der Nähe der Stadtmitte. Man hatte eine niedrige Mauer um die alten und zum größten Teil verfallenen Gebäude errichtet, doch war auch sie an einigen Stellen neben der Straße eingestürzt. Selbst in der Morgensonne boten die Ruinen einen düsteren Anblick. Mehrere hohe, noch gut erhaltene Gebäude warfen lange Schatten auf die Straße. Ihr Baustil war fremdartig und glich keinem Baustil, der sonst in Brythunien zu sehen war.

Der Cimmerier verspürte beim Anblick dieser Bauten eine unerklärliche Nervosität. Kailashs Erzählung über Spuk und seltsame Todesfälle hatte in Conan die instinktive Angst vor dem Übernatürlichen geweckt. Er beschloß, die Augen an diesem unheimlichen Ort besonders offen zu halten. Seine Rechte lag am Schwertgriff. Auch Kailash zog unwillkürlich sein Krummschwert aus der Scheide. Allein Madesus blieb ruhig und ließ sich weder von den Schatten noch von den Erzählungen über einstige Verwünschungen beeindrucken.

Die Abteilung der Wachen entdeckte sie schnell, doch Kailash schickte sie fort. Bald hörten sie die schweren Schritte der Wachabteilung nur noch in der Ferne. Es herrschte Stille auf der Straße, die halbmondförmig um die Ruinen herumführte. In einer Viertelstunde hatten die drei Männer bereits die Hälfte des Weges zurückgelegt. Madesus blieb plötzlich stehen, um sich ein Gebäude genauer anzusehen.

Es war ein Tempel. Er stand keine sechzig Schritte entfernt, hinter einer Lücke der niedrigen Mauer. Davor erhob sich ein hoher Turm, dessen Spitze abgebröckelt war. Er verdeckte den alten Tempel so gut, daß man von der Straße aus höchstens nur eine Ecke sehen konnte.

Madesus schlüpfte durch die Lücke der Mauer, die so niedrig war, daß sie dem Cimmerier nicht einmal bis an die Schultern reichte. Kailash blickte wachsam umher.

Dann standen sie vor den grauen Mauern des Tempels, dessen Baustil erkennen ließ, daß er aus uralter Zeit stammte. Die verwitterten Skulpturen auf der Fassade waren so abgeschliffen, daß man nicht mehr sehen konnte, welche Gottheit man einst hier verehrt hatte.

»Wenn ihr etwas sagen müßt, dann aber nur leise, flüstern«, erklärte Madesus. »Sobald wir im Tempel sind, übernehme ich die Führung. Falls wir die Priesterin finden, dürft ihr ihr unter keinen Umständen in die Augen blicken. Die Versuchung wird sehr stark sein. Doch werdet nicht schwach, denn sonst werdet ihr merken, daß diese Augen tödlicher als die Fänge einer Giftschlange sind. Ich werde uns alle schützen, so gut ich es vermag.«

Conan nickte. »Wie willst du sie vernichten?«

»Mit dem Amulett. Sein Licht, von dem ihr bisher nur einen Schimmer gesehen habt, wird sie wie Nebel in der Morgensonne auflösen. Eure Klingen können zwar ihrem Körper Wunden beibringen, doch da in ihren Adern kein Blut fließt, könnt ihr ihr nicht das Leben nehmen. Es steht geschrieben, daß nur ein Mutare mit richtigem Blut durch Stahl getötet werden kann. Diese Schriftstelle allerdings ist ein Rätsel, da die Mutare ja kein Blut im Leib haben.«

»Um sich gegen das Licht zu schützen, muß sie fliehen. Eine andere Wahl bleibt ihr nicht. In dem Augenblick müßt ihr versuchen, sie aufzuhalten. Menschen können sie zwar festhalten, doch es ist möglich, daß ihr dabei verwundet, und vielleicht sogar getötet werdet. Sollte sie versuchen, mich zu berühren, dann stößt das Amulett sie zurück. Deshalb muß ich die Führung übernehmen. Gelingt es uns, sie zu stellen, ist ihr Schicksal besiegelt. Wir müssen unter allen Umständen verhindern, daß sie uns entflieht.«

Kailash knirschte mit den Zähnen und stieß fast unhörbar einen Fluch aus. »Diesem Biest wünsche ich die Pest an den Hals«, flüsterte er. »Lieber würde ich mit bloßen Händen gegen eine Horde Turanier antreten, als in die Höhle dieser Löwin zu gehen, und zu wissen, daß ich nichts gegen sie unternehmen kann.«

Conan nickte. Er fühlte genauso wie der Mann aus den Bergen.

Die drei Männer schritten auf einem alten Pfad zu dem riesigen steinernen Portal. Conan machte zunächst eine Runde um den Tempel. Dabei fiel ihm auf, daß er fünf ungleich große Wände hatte und nicht vier, wie er zuerst gedacht hatte. Fünf breite, niedrige Stufen führten zum Portal hinauf, das der einzige sichtbare Eingang war. Bei näherem Hinsehen wurden ihnen klar, warum der Bau die Zeit so lange überstanden hatte. Die Mauern und Stufen waren aus hartem, grauem Marmor. Zwar hatten Wind und Wetter die Oberfläche stumpf gemacht, aber der Marmor hatte standgehalten und wies nur wenige Risse auf.

Conan deutete auf das Portal. Madesus nickte. Der Cimmerier stieg lautlos die Stufen hinauf. Oben angekommen, musterte er verblüfft die riesigen Marmortüren. Er konnte keine Türgriffe sehen. Das Portal war außerdem über zehn Fuß hoch und beinahe ebenso breit. Der Tempel war nicht hoch. Sein Dach ging bereits wenige Fuß oberhalb des Portals an. Conan suchte nach einem Weg, ins Innere zu gelangen.

Kailash trat neben den Cimmerier, während Madesus sich umschaute. Selbst vor der Tempelschwelle vermochte der Priester nicht die Anwesenheit der Mutare zu fühlen. Er konzentrierte sich mit aller Kraft darauf. Dennoch gelang es ihm nicht, auch nur einen Hauch der bösen Macht aufzufangen. Er fragte sich, ob sie vielleicht vor dem falschen Gebäude standen oder ob der Teich und sein Traum ihn in die Irre geführt hatten. Dann schob er jedoch alle Zweifel beiseite. Es mußte der richtige Ort sein! Er war sich sicher. Eine vergessene Zauberkunst hatte die Steine mit einem Abschirmbann belegt, der ihm die Sicht versperrte.

Nachdem Conan und Kailash mehrere Minuten lang keine Möglichkeit gefunden hatten, die Tür zu öffnen, stemmte der Cimmerier sich dann dagegen, um sie mit Gewalt aufzustemmen. Er wollte Kailash gerade um Hilfe bitten als er lautes Klicken in der obersten Stufe hörte. Dann öffnete sich das Portal knirschend und langsam. Unter der Tür befand sich eine Rille, in der die Marmortür so mühelos nach rechts glitt. Auf der Innenseite des Portals befanden sich große Türgriffe aus Bronze.

Kailash sprang geistesgegenwärtig auf die Seite und stellte sich mit gezücktem Schwert an die Mauer. Conan bezog auf der anderen Seite Posten – ebenfalls kampfbereit. Madesus holte das Amulett aus der Tunika und wickelte die Kette um die Hand. Jetzt spürte er – wenn auch nur ganz schwach – die Gegenwart der

Mutare-Priesterin. Ein kaum wahrnehmbarer Geruch von Tod und Verwesung wehte ihnen aus dem Türspalt entgegen. Entschlossen blickte er in den dunklen Raum, der hinter dem zurückgleitenden Portal lag.

Im Dämmerlicht sah er einen großen Innenraum, der die gesamte Länge und Breite des Baus einnahm. Dem Portal gegenüber, wo sich die beiden Mauern trafen, stand ein großer, seltsam geformter Steinblock. Madesus nahm an, daß es sich um eine Art Altar handelte. Zwischen Portal und Block standen mehrere Reihen von steinernen Bänken. Ihre kunstvoll geschmiedeten Lehnen waren aus Bronze gefertigt und in den Stein eingelassen. Abgesehen von einigen Skulpturen an den Wänden war der Raum ansonsten schmucklos. Für Madesus bestand jetzt kein Zweifel mehr daran, daß sie sich in einem Tempel befanden. Er bemühte sich, die Skulpturen zu erkennen, doch reichte dazu das Licht nicht aus. Mit angehaltenem Atem betrat er den Tempelraum.

Conan und Kailash folgten ihm. Der Cimmerier rätselte immer noch, warum das Portal sich plötzlich geöffnet hatte. Die Stufe, aus der er das Klicken gehört hatte, war etwas niedriger und abgetretener gewesen als die übrigen. Doch war er ganz sicher, daß weder er noch Kailash daraufgetreten waren. Jetzt stand er hinter dem Priester und schaute sich um, doch seine Gedanken schweiften immer wieder zu dem geheimnisvollen Mechanismus ab. Die Decke des Tempels war sehr dunkel und die Bänke wirkten unheimlich, wie kleine Ungeheuer aus Stein und Bronze, jederzeit bereit, anzugreifen. Er blickte Kailash an, auf dessen Stirn Schweißperlen standen. Die scharfen Sinne des Cimmeriers warnten ihn vor Gefahr.

Während die drei Männer im Tempelraum standen, hörte Conan wieder ein Klicken vom Eingang. Er fuhr herum und sah, wie das Portal sich langsam wieder schloß. Er zog eine der bronzenen Lehnen aus der Bank. Kailash war bereits zum Portal gelaufen und hatte einen Türknauf gepackt. Verzweifelt versuchte er, das Marmorportal aufzuhalten. Doch dieses glitt unaufhaltsam weiter, wenn auch ein wenig langsamer.

Conan stemmte das Bronzestück in seiner Hand in den noch offenen Spalt. Das uralte Metall stöhnte unter dem Druck des Marmorportals und hielt ihm nicht stand. Nur noch wenige Handbreit, dann war das Portal geschlossen. Der Cimmerier stemmte sich gegen den Türpfosten und zog mit Kailash an dem schweren Griff, um den Marmorblock irgendwie aufzuhalten. Die vereinten Kräfte des Cimmeriers und des Mannes aus den Bergen waren für die alte Bronze zu viel. Die Griffe barsten. Kailash betrachtete verdutzt das abgebrochene Stück in seiner Hand und fluchte laut.

Conan bemühte sich jetzt, die Marmortür aufzuhalten, indem er sich gegen die Kante stemmte. Seine Muskeln traten wie Taue hervor, sosehr strengte er sich an. Auch Kailash half mit letzter Kraft. Doch alles war vergeblich. Mit einem lauten Knacken schloß sich endlich das Portal. Erschöpft und nach Atem ringend lehnten die beiden Männer an der Mauer. Nur Madesus schien es nichts auszumachen, daß sie jetzt im Tempel eingeschlossen waren, aus dem es keinen Ausgang gab.

»Schont eure Kräfte«, sagte er mit grimmiger Entschlossenheit. »Wir sitzen vielleicht in der Falle, doch die Mutare ebenfalls. Zweifellos gibt es einen Trick, das Portal zu öffnen. Wenn wir lange genug suchen, werden wir ihn herausbekommen. Doch jetzt müssen wir nach der Priesterin des Bösen suchen. Ich spüre ihre Gegenwart – wenn auch schwach. Sie muß also in der Nähe sein. Außerdem muß es einen anderen Ausgang irgendwo geben. Machen wir uns auf die Suche.«

»Ich sehe mir einmal diese Wand näher an, Kail …«, sagte Conan. Doch Madesus unterbrach ihn schnell.

»Schweig! Nenn seinen Namen nicht, auch nicht den meinigen. Wenn die Mutare uns hört, kann sie unsere Namen gegen uns benutzen. Dein Name stellt eine unsichtbare Verbindung her. Er würde einen Spalt in der psychischen Rüstung öffnen, die deinen Verstand vor ihren hinterhältigen Zaubersprüchen schützt.«

Kailash und Conan schauten den Priester fragend an, doch dieser war nicht in der Stimmung, seine seltsame Erklärung näher zu erläutern. Madesus murmelte leise einige Worte in einer fremdartigen Sprache. Das Amulett begann in seiner Hand zu strahlen und erleuchtete den Tempelraum. Conan und Kailash fanden nichts, was ihnen helfen konnte, und erreichten gleichzeitig den schwarzen Stein. Madesus ging zwischen den Bänken direkt auf ihn zu.

Als er näher kam, sah er, daß es ein Altar war, der Targol, einem merkwürdigen, obskuren Gott, geweiht war. Seine Anbeter waren noch viel merkwürdiger gewesen. Soweit Madesus wußte, hatte die targolische Religion bereits vor fünf Jahrhunderten aufgehört zu existieren. Targol wurde in Schriftrollen als ein grausamer Gott beschrieben, der von seinen Anhängern viel verlangte, ihnen jedoch nur wenig gewährte. Dennoch war die Priesterschaft Targols einst sehr mächtig gewesen. Sie war jedoch stets neutral geblieben und hatte sich um Politik nie gekümmert. Jetzt erinnerte sich Madesus an eine Geschichte, laut welcher im alten Zamboula die Priester Yogs versucht hatten, die Verehrung Targols in ihrer Stadt zu verbieten. Einer nach dem anderen war spurlos verschwunden, bis es schließlich keinen Yogpriester mehr gab. Irgendwann später hatte man ihre Skelette, vollständig bekleidet, in einem Massengrab gefunden.

Madesus betrachtete den Altar näher. Die Neugier, mehr über die targolische Religion zu erfahren, lenkte ihn von seinem eigentlichen Ziel ab. Er wischte die feine Staubschicht ab, welche die kaum sichtbaren Einritzungen im schwarzen Stein bedeckte. Im nächsten Augenblick spürte er, wie ihn eine lähmende Müdigkeit überfiel. Das Licht aus dem Amulett wurde schwächer. Er hatte Mühe, die Augen offen zu halten, um Conan und Kailash von Targol zu erzählen. Kailash stand mit glasigem Blick wie erstarrt rechts neben dem Altar, neben Madesus. Madesus wollte zu ihm gehen, um ihn aufzuwecken, doch seine Füße waren schwer wie Blei. Jetzt war ihm klar, daß er und Kailash gelähmt waren.

Conan musterte den Steinblock, der ihm bis zur Höhe des Schwertgurts reichte. Er war länglich, und hatte – wie auch der Tempel – fünf Seiten. Da bemerkte er neben dem Altar halbmondförmige Kratzspuren auf dem Boden. Gerade wollte er den Gefährten von seiner Entdeckung berichten, als auch ihn plötzliche Müdigkeit überfiel. Der Cimmerier schüttelte den Kopf, um die Benommenheit zu verjagen, und gähnte. Doch immer noch fühlte er sich unnatürlich müde. Er rieb sich das Gesicht. Im Tempel war es dunkler geworden. Madesus' Amulett verbreitete nicht mehr so viel Helligkeit. Er wollte sich an den Stein lehnen, um kurz auszuruhen. Wann hatte er zum letzten Mal geschlafen? Er hatte das Gefühl, daß es Tage oder Wochen zurücklag. Im nächsten Moment schon sank er gegen den Altar. Das Schwert entglitt seiner Rechten.

Die scharfe Klinge fiel gegen den Altar und ritzte dabei die Wade des Cimmeriers. Als die Blutstropfen über das Bein liefen, klärte sich Conans Kopf plötzlich. Das Herz stockte ihm beinahe, als er Kailash und Madesus gegen den Altar gesunken erblickte. Beide schliefen, starrten jedoch mit offenen, glasigen Augen vor sich hin. Das Amulett hing immer noch an Madesus' Hand, doch sein Schein war kaum noch sichtbar. In Panik packte Conan sein Schwert, lief zu Madesus und schüttelte ihn. Der Priester wachte nicht auf. Er bewegte die Lippen, aber kein Laut war zu hören.

Conan dachte blitzschnell nach. Dann ritzte er mit dem Schwert den Unterarm des Priesters, bis Blut kam. Sofort wachte Madesus auf, und das Amulett leuchtete wieder stärker. Schnell ritzte der Cimmerier jetzt auch Kailashs Arm. Dem Krieger aus den Bergen war das Schwert nicht entglitten. Er holte aus und schlug nach Conan. Gerade noch rechtzeitig konnte dieser dem Hieb ausweichen. Dann war Kailash wieder bei klarem Verstand.

»Was im Namen von Wiccana ...«, rief Kailash und blickte umher. »Was ist mit uns geschehen?«

Madesus' Gesicht war vor Wut verzerrt. »Sie hat ihr Spiel mit uns getrieben. Dieses Weib ist hinterlistiger und gefährlicher, als ich geglaubt habe.« Er zeigte auf die feine Staubschicht, die den Altar bedeckte und umgab. An mehreren Stellen war der Staub verschwunden. Madesus lachte und hielt die Hände hoch. »Schaut euch eure Hände an.«

Conan und Kailash betrachteten die Handflächen. Ihre Augen wurden groß, als sie die purpurnen Flecken darauf sahen.

»Staub von den Blüten des Purpurlotus«, erklärte Madesus leise. »Nur eine feine Schicht, die wir nicht gesehen haben, die aber ausreicht, um uns in einen lähmungsähnlichen Schlaf zu versenken. Seid vorsichtig und berührt den Altar nicht nochmals. Ich frage mich, was sie mit uns tun wollte, während wir im Drogenschlaf waren. Zum Glück haben wir nicht mehr Staub abbekommen, denn sonst hätte der Lotuszauber jeder Klinge widerstanden, und unser Blut hätte uns nicht gerettet.«

»Schaut euch das mal an«, sagte Conan und deutete auf die Schleifspuren, die er entdeckt hatte.

Kailash trat näher. »Dieser Stein gleitet halbkreisförmig über den Boden. Das beweisen die Spuren. Wenn du von der anderen Seite schiebst, bewegt er sich vielleicht.«

Madesus hielt das Amulett dicht an den Altar, um mehr Licht auf die Basis zu werfen.

»Warum läßt du es nicht so hell leuchten wie in Eldrans Schlafgemach?« fragte Kailash.

»Ich habe heute schon sehr viel Energie für das Heilen verbraucht. So wie selbst du nicht einen Sack mit schweren Steinen stundenlang über dem Kopf tragen kannst, vermag auch ich es nicht, das Amulett stundenlang so hell leuchten zu lassen. Da! Schaut auf die Ecke am Boden!« Madesus deutete auf eine Stelle neben Conans Fuß.

Der Cimmerier beugte sich hinunter. Ja, eine Ecke der Altarbasis war deutlich nicht mit purpurnem Lotusstaub bedeckt. Er wollte sofort dagegen drücken, doch Kailash gebot ihm Einhalt.

»Warte einen Augenblick«, sagte der Mann aus den Bergen, steckte das Schwert in den Gurt und kramte in seinem Ledersack. »Hier. Laß es mich versuchen.« Er streifte dicke Lederhandschuhe über. Conan trat beiseite, als Kailash sich bückte und gegen die Ecke drückte. Der Altar glitt fast lautlos beiseite, so als sei er gut geölt. Ein dunkler Schacht tat sich unter ihm auf, in den eine steile Treppe hinabführte.

Madesus hielt das Amulett über die dunkle Grube. Kailash reckte den Hals, um besser sehen zu können. »Eine Treppe, ich kann jedoch nicht sehen, wohin sie führt«, erklärte er. »Pfui!« Er rümpfte die Nase. Der Verwesungsgeruch, der ihm entgegenschlug, war schlimmer als der eklig süßliche Leichengeruch auf einem Schlachtfeld an einem heißen Sommertag. Kailash taumelte einen Schritt zurück, um Luft zu schöpfen.

Madesus war weniger von dem Gestank beunruhigt

als von dem immer stärker werdenden Gefühl, daß die böse Macht in der Nähe sei. Dieses Gefühl wurde so überwältigend, daß er glaubte, er könnte das Böse mit Händen in der Luft greifen. »Sie ist dort unten«, erklärte er.

Kailash kletterte in das Loch. Auf der ersten Stufe blieb er kurz stehen. Madesus hielt das Amulett über ihn, um ihm den Weg zu erhellen. Dann stieg der Kezanker vorsichtig weiter. Jetzt sah man nur noch seine Schultern aus der Öffnung ragen. In diesem Moment hörte Conan ein leises Klicken, das von irgendwo unter seinen Füßen aus dem Boden unter dem Altar kam. Ehe er einen Warnruf ausstoßen konnte, schoß eine glänzende Klinge im Schacht aus der Mauer und zielte direkt auf Kailashs bloßen Hals.

Die durch zahlreiche Schlachten geschärften Reflexe des Mannes und sein Eisenhelm retteten ihm das Leben. Blitzschnell duckte er sich, so daß die Klinge ihm nur den Helm auf dem Kopf verschob. Dabei hatte sie sich so tief darin verkeilt, daß sie aus der Halterung brach. Kailash blickte voll Entsetzen auf den einen Fuß langen schimmernden, scharfen Stahl, der aus seinem Rundhelm hervorragte. Ihm dröhnte der Kopf von dem Schlag. Er war kreidebleich vor Schreck, dem Tode so nahe gewesen zu sein. Er schlug den Helm gegen die Steine, bis die Klinge sich gelöst hatte und setzte ihn dann wieder auf.

»Mitra zerstöre diesen verfluchten Ort!« Eine Flut äußerst eindrucksvoller Flüche ergoß sich über seine Lippen, ehe Conan und Madesus ihn überreden konnten, weiterzugehen.

Der Cimmerier ging kein Risiko ein. Er zog noch eine Bronzelehne aus einer Bank und klemmte sie zwischen Altar und Fußboden, um zu verhindern, daß der Block plötzlich wieder zurückglitt und die Öffnung verschloß. Madesus stieg hinter Kailash hinab, um das

Licht im Zentrum zu halten. Conan folgte ihm dicht auf den Fersen. Der Gestank, der sich einhüllte, war schrecklich.

Madesus holte ein Glasröhrchen aus seinem Beutel und verstreute etwas Zauberstaub. Gleich darauf verschwand der üble Gestank, und Conan konnte leichter atmen. Sie nahmen die saubere Luft mit sich, während sie weiter in den Schacht hinabstiegen. Die Wendeltreppe führte in einen Tunnel. Die Decke dort war so hoch, daß nicht einmal der Cimmerier den Kopf einziehen mußte.

Am Fuß der Treppe lag plötzlich ein dicker roter Teppich auf dem unterirdischen Korridor, der mit seltsamen Mustern bestickt war. An den Wänden hingen Fackeln aus schwarzem Eisen. Sie brannten nicht, verströmten allerdings ein unheimliches, grünliches Licht. Madesus befahl Kailash stehen zu bleiben, als dieser die unterste Stufe erreicht hatte.

»Targolische Fackeln«, sagte er leise und deutete auf die Wände. »Viele haben nach dem Geheimnis ihrer Herstellung geforscht, doch ist diese Kunst verlorengegangen. Sie brennen ohne Wärmezufuhr und verbreiten ihr Licht jahrhundertelang, ehe sie irgendwann verlöschen. Es ist unfaßbar, daß sie immer noch leuchten.«

Kailash befühlte den roten Teppich mit seinem Schwert. Er rechnete erneut mit einer Falle. Doch diesmal geschah nichts. Er seufzte erleichtert und betrat den Teppich vorsichtig. Madesus und Conan folgten ihm. Der Priester übernahm jetzt die Führung, der Cimmerier und Kailash blieben auf Armeslänge hinter ihm. Der dicke Teppich verschluckte ihre Schritte, als sie den Gang vorsichtig weitergingen.

Die Wände waren einfach und schmucklos. Alle drei Schritte war auf jeder Seite eine Fackel angebracht. Madesus beugte sich hinunter und untersuchte den Teppich eingehend. Es schauderte ihn, als er das Material erkannte. Der Teppich war aus menschlichem Haar gewoben, dessen unterschiedliche rötliche Tönung die seltsamen Muster ergab. Er behielt jedoch diese Entdeckung für sich, da er Conan und Kailash durch dieses entsetzliche Detail nicht beunruhigen wollte.

Conan zählte die Fackeln an den Wänden, um abzuschätzen, wie weit sie schon gegangen waren. Ihm war keineswegs wohl bei dem gespenstischen, grünen Schein, der sie umgab. Außerdem mußte er, da er sich wieder in einem unterirdischen Tunnel befand, an die Begegnung mit dem widerlichen Ungeheuer in der Kanalisation denken. Pausenlos huschten seine Augen umher. Er blickte auch häufig über die Schulter zurück, um sich zu vergewissern, daß ihnen nichts von hinten auf den Fersen war. Die Stille im Korridor zerrte ihm an den Nerven. Ihm war klar, daß der dicke Teppich nicht nur ihre, sondern auch die Schritte eines anderen dämpfen würde.

Kailash fühlte sich noch viel unwohler als der Cimmerier. Im Gegensatz zum Barbaren hatte er nur wenig Erfahrung mit derartigen Situationen. Obgleich er ein gutes Dutzend Jahre älter als Conan war, hatte er weniger Schlachten und Kämpfe erlebt und war nur selten über die Grenzen seines Heimatlandes Brythunien hinausgekommen. Nervös kratzte er sich am Hals und dankte Mitra, daß er noch lebte. Er beneidete den Cimmerier um dessen Ruhe. Um es ihm gleich zu tun, wischte er sich mit dem Ärmel der Tunika den Schweiß von der Stirn. Es war keineswegs warm, trotzdem löste sich gleich darauf wieder ein Schweißtropfen von seiner Nase und fiel auf den roten Teppich.

Conan hatte noch keine dreißig Fackeln gezählt, als Madesus stehen blieb und die Hand hob, als Zeichen für seine Gefährten, ebenfalls stehen zu bleiben. Conan sah nichts Ungewöhnliches und wunderte sich, warum der Priester anhielt.

»Möge Mitra unsere Seelen gegen das Böse schützen, das uns erwartet«, flüsterte Madesus. »Hinter der nächsten Biegung ist ihre Gegenwart so stark zu spüren, daß jede Faser meines Leibes angesichts ihrer übermächtigen Bosheit erstarrt. Wahrscheinlich hat sie unser Eindringen bemerkt, denn sie vermag meine Gegenwart ebenso zu spüren, wie ich die ihre. Denkt dran! Ihr dürft sie nicht entkommen lassen!«

Conan atmete tief ein und aus. Um sich gegen das, was ihnen bevorstand, zu stählen, zwang er sich, locker und entspannt zu sein. Madesus hielt das Amulett fest in der Hand, und Kailash zückte sein Schwert. Es kam den dreien wie eine Ewigkeit vor, bis sie die Biegung erreichten. In Sekundenschnelle überschlugen sich dann die Ereignisse.

Anfangs waren die drei wie betäubt gewesen, weil sie erwartet hatten, nach der nächsten Biegung auf die Priesterin zu treffen. Sie hatten diesen Anblick gefürchtet, aber auch auf ihn gehofft. Statt dessen standen sie nun vor einer riesigen Doppeltür aus Bronze, welche den gesamten Korridor verschloß. Diese Tür wirkte abweisender und unbezwingbarer als eine Festung. Da hörten sie ein gedämpftes Geräusch hinter sich. Conan blickte über die Schulter und sah ein Fallgitter, ebenfalls aus schwerer Bronze, das hinter ihnen entrollt worden war und ihnen nun den Rückzug versperrte. Die Bronzestäbe waren doppelt so dick wie seine Daumen.

Während der Cimmerier noch entsetzt darauf starrte, spürte er eine unangenehme Feuchtigkeit an seinen Füßen, die nur in Sandalen steckten. Dann stieg ihm ein ekelhafter, vertrauter Geruch in die Nase. Er blickte auf den Boden. Durch den Teppich quoll warmes, karmesinrotes Blut, wie aus einem unterirdischen Fluß.

Kailash stieß bei dem Anblick einen Entsetzensschrei aus und bemühte sich vergeblich, die roten Tropfen von den Stiefeln zu schütteln. Conan kämpfte gegen den beinahe übermächtigen Wunsch an, sich zu übergeben. Verzweifelt zerbrach er sich den Kopf, um einen Ausweg aus ihrer hoffnungslosen Lage zu finden. Das Blut war bereits bis über seine Knöchel angestiegen und fühlte sich widerlich warm an.

Dem Cimmerier war klar, daß in wenigen Minuten die Blutwoge über ihren Köpfen zusammenschlagen und sie alle in ihrer warmen Flut ertränken würde.

11. Kapitel

DER KARMESINROTE KORRIDOR

»Sterbt, ihr Toren! Weder eure albernen Schwerter noch eure wimmernden Götter vermögen euch noch zu retten!«

Azora kicherte boshaft vor sich hin. Durch ihren Auguren beobachtete sie entzückt, wie sich der Korridor unter Targols Tempel mit Blut füllte. Der Augur war eine nur apfelgroße Kristallkugel, die jedoch stark genug war, um Ereignisse zu zeigen, die Tausende von Meilen entfernt stattfanden. Vor vielen Jahren hatte sie dieses Instrument einem stygischen Meister der Schwarzen Magie gestohlen. Der arrogante, dümmlicher Kerl hatte geglaubt, nur er verfüge über die Kraft, die Magie des Auguren einsetzen zu können.

Im Augenblick hatte Azora die Kugel so eingestellt, daß sie den Korridor unter ihrem früheren Altarraum beobachten konnte. Ihre roten Augen funkelten mit grausamer Genugtuung, als sie die drei dem Tod geweihten Männer betrachtete, die verzweifelt versuchten, sich aus der Falle zu befreien, die sie ihnen gestellt hatte. Angst und Verzweiflung gingen von ihnen aus. Die Mutare sog diese Gefühle in sich auf, wie heißer Wüstensand Regentropfen.

Lamici hatte ihr einen Besuch abgestattet, ehe ihre drei Opfer den Tempel erreicht hatten. Anfangs war sie über sein Auftauchen ungehalten gewesen, doch nachdem er ihr von den Ereignissen im Palast berichtet hatte, war ihr Ärger verflogen. Die Anwesenheit des

Priesters war ihr bereits angekündigt worden. Seine Einmischung in den Todeszauber, mit dem sie den König belegt hatte, war ein Zeichen für seine Nähe gewesen, gleich einem Leuchtfeuer in finsterer Nacht.

Kaum hatte sie ihn gespürt, war uralter Haß in ihr aufgeflammt. Sein Orden war stärker als die meisten feigen, plappernden Dümmlinge, aus denen die lächerliche Priesterschaft Mitras bestand. Sie hatte nicht gewußt, daß es noch Angehörige dieses Ordens gab. Sie war jedoch sofort entschlossen, diesen Priester zu vernichten. Anfangs hatte sie seinen Namen nicht gekannt, sondern ihn nur gespürt und mit Hilfe des Auguren gesehen, da das Kristall keine Laute übermitteln konnte.

Zum Glück hatte ihr der skrupellose Lamici die Namen der Männer genannt und ihr von ihrem lächerlich primitiven Plan, sie zu vernichten, erzählt. Der Eunuch belustigte sie. Für einen Menschen war er erfrischend bestechlich. Früher hatte sie einen langsamen, qualvollen Tod für ihn geplant und sich auf die Schmerzen und Angst gefreut, die sie aus dem sterbenden Leib saugen würde. Doch jetzt erwog sie, ihn aus Dankbarkeit für seine Dienste schnell zu töten, sobald er ihr nichts mehr nützen würde.

Als Azora von Madesus' Absichten erfahren hatte, hatte sie schnell einen Plan entworfen, um den nichtsahnenden Priester in ihre Gewalt zu bekommen – samt den einfältigen Schwachköpfen, die ihn aus falsch verstandener Loyalität begleiteten. Ehre und Loyalität war die Zuflucht dümmlicher Schwächlinge.

Amüsiert betrachtete sie die Bilder im Auguren. Balberoth, der Dämonenfürst, dem sie den Befehl gegeben hatte, ihren todbringenden Plan auszuführen, hatte alles mit hinreißend höllischer Findigkeit erledigt. Sie würde ihn auch in Zukunft einsetzen.

Selbst wenn die schwachköpfigen Stümper bis hinter

die schwere Bronzetür vorgedrungen wären, hätten sie auch nichts gefunden. Azora befand sich jetzt weit, weit weg vom Tempel. Sie war absolut sicher, Madesus vernichten zu können, hatte aber nicht die Zeit, es persönlich zu tun. Nachdem sie den Pakt mit dem Dämonenfürsten geschlossen hatte, hatte sie mit dem Ritual der Translokation begonnen. Die armselige Stadt Pirogia und die hirnlosen menschlichen Insekten, die in ihr hausten, hatten sie ohnehin bereits gelangweilt. Ihre Aufgabe dort war zudem beinahe abgeschlossen. Sie suchte noch nach einem Geheimnis: Dem Geheimnis, das sie unsichtbar machen würde. Jetzt schon war sie sehr mächtig, doch es verdroß sie über die Maßen, daß ein bedeutungsloser Priester und ein dümmlicher Barbar sich in ihren Plan, den König zu töten, eingemischt hatten. Sie mußte mehr Macht erlangen, und dazu benötigte sie unbedingt das Geheimnis, unbesiegbar zu sein.

Sie hatte in einem verstaubten uralten Folianten eine Aussage gefunden, die allerdings etwas vage gehalten war. Danach war dieses Geheimnis nur einem einzigen Wesen bekannt gewesen: Skauraul. Vor mehreren Jahrhunderten war er der mächtigste der Mutare gewesen. Mühsam hatte sie aus zahllosen, obskuren Schriften alle Informationen zusammengetragen und endlich mit Hilfe ihres Auguren den Standort seiner längst verlassenen Feste gesehen. Selbst die Erinnerung an diesen Ort war bei den Menschen schon lange verblaßt.

Als Conan mit seinen Gefährten auf den Stufen vor dem Tempel Targols gestanden hatte, beendete Azora gerade das Ritual der Translokation und versetzte sich auf den Pfad, der zu Skaurauls Feste führte. War sie erst einmal dort drinnen, würde sie auch Skaurauls Geheimnis herausbekommen. Danach würde sie gegen alle feindseligen Pläne gefeit sein, die Madesus oder ein anderes Mitglied seines Ordens ausheckte.

Unglücklicherweise war die Translokation sogar für sie sehr schwierig. Das Ritual hatte ihre gesamte Kraft aufgezehrt. Sie benötigte mehrere Tage, um ihre Energie wiederzugewinnen. Sobald sie jedoch wieder erholt und Skaurauls Kraft ihrer eigenen hinzugefügt hätte, würde sie nach Pirogia zurückkehren und die Stadt in ein Massengrab verwandeln. Die ahnungslosen Bewohner würden die Ehre haben, unter den ersten Opfern ihres blutigen Rachefeldzugs zu sein, mit dem sie das Chaos verbreiten würde.

Azora stand jetzt vor der Außenmauer der Festung. Die riesigen Tore waren zusammengebrochen oder hingen nur noch schief in den Angeln. Um sie herum gab es nur die weite, undurchquerbare Wüste Shems. Keine Menschenseele lebte in dieser von der heißen Sonne gebackenen Einöde. Sie trat durch eine Lücke im Portal.

Vor ihr erhob sich – gleich dem Stumpf eines längst abgestorbenen Baums – die uralte Festung. Ihre Mauern waren grünlichschwarz und von den Sandstürmen der Wüste glatt geschliffen. Sie wirkten trutzig und abweisend. Wie stumme steinerne Wachposten überragten sie die rötlichgelbe Wüste. Der Grundriß der Feste war rund. Die riesigen Steinquader verengten sich oben, mehrere hundert Fuß über der Basis. Die Feste hatte keine Fenster und besaß nur eine Tür: Ein hohes, schmales Portal aus schwarzem Eisen.

Zu dieser Tür führten verwitterte Steinstufen hinauf. Große Statuen standen auf jeder Seite, bei denen man jedoch nur noch Köpfe, Beine und Flügel erkennen konnte. Alles andere war dem Wind zum Opfer gefallen. Auf den Stufen und vor der Tür lag kniehoch Sand. Selbst die bescheidensten Lebensformen der Wüste hatten diesen Ort verlassen.

Als Azora die Stufen zum Eingang hinaufging, warf sie noch einmal einen Blick in den Auguren. Sie lächelte grausam bei dem Anblick, der sich ihr bot. Dann barg sie die Kristallkugel wieder in ihrem Umhang, stieß die schwarze Tür auf und trat hinein.

Madesus blieb nach außen ruhig, doch in seinem Innern überschlugen sich die Gedanken. »Conan«, sagte er, ohne an seine Warnung zu denken, keine Namen zu benutzen, »kannst du die Stäbe des Fallgitters auseinanderbiegen?«

Wortlos packte der Cimmerier die Stäbe und stemmte sich mit aller Kraft dagegen, wobei er sich hinten gegen die Bronzetüren abstützte. Schweißperlen traten auf seine Stirn. Seine Muskelstränge bildeten Knoten unter der Haut. Doch selbst Conans übermenschliche Kraft konnte gegen die zolldicken Stäbe aus Bronze nichts ausrichten. Er ließ los und spreizte die Finger, um sie zu entspannen. Das Blut stieg erschreckend schnell in dem Gang. Jetzt leckte die Flut bereits gierig an seinen Knien.

Kailash warf sich gegen die Bronzetür, doch waren seine Bemühungen ebenso aussichtslos. Die Doppeltür gab zwar ein wenig nach, aber das riesige Vorhängeschloß aus Bronze, das die Griffe verband, hielt sie sicher verschlossen.

»Madesus!« rief der Mann aus den Bergen atemlos. »Wenn du mit dem Amulett irgend etwas tun kannst, um uns hier rauszubringen, dann tu es jetzt! In wenigen Minuten schlägt uns das Blut über dem Kopf zusammen.«

Madesus schüttelte niedergeschlagen den Kopf. »Das Amulett hat die Kraft zu heilen, doch kann es uns nicht aus dieser Falle befreien.«

Kailash schlug mit den Fäusten gegen die Bronzetür. »Dann sind wir erledigt! Die verfluchte Priesterin hat gewonnen!« Verzweifelt blickte er auf die rote Flut, die seine Schenkel umspülte.

Nur der Cimmerier weigerte sich, alle Hoffnung fahren zu lassen. Wütend riß er eine der schwarzen Eisenfackeln aus der Halterung in der Wand. Er rechnete damit, daß die Fackel stark genug sein könnte, das Vorhängeschloß aufzubrechen. Mit aller Kraft schlug er auf das Schloß ein. Doch es weigerte sich zu zerbrechen.

»Warte!« sagte Madesus. »Versuche doch, mit der Fackel das Schloß aufzuhebeln.« Die Stimme des Priesters klang aufgeregt. Seine Ruhe verließ ihn, als das Blut ihm bis zum Strick reichte, den er in Hüfthöhe anstelle eines Gürtels trug.

Conan steckte schnell die Fackel in die Öffnung zwischen die Bronzebügel des Schlosses. Die nach oben hin spitz zulaufende Fackel paßt gerade in das Loch. Dann drückte der Cimmerier verzweifelt mit letzter Kraftanstrengung dagegen. Beinahe wäre die Eisenfackel gebrochen.

Doch dann zeigte sich, daß die targolische Fackel stärker war als die Bronze des Vorhängeschlosses. Der Bügel brach. Obgleich die Fackel nun ziemlich verbogen war, strahlte sie immer noch ihr grünliches Licht aus.

Die Bronzetüren waren jetzt nicht mehr durch das Schloß gesichert und die purpurrote Blutflut drückte sie sofort wieder auf. Die drei Männer eilten sogleich in den dahinterliegenden Raum. Dann versuchten Conan und Kailash, die Tür wieder zu schließen.

Madesus' Amulett leuchtete auf und erhellte den gesamten Raum. Kailash stöhnte verzweifelt und drückte damit aus, was seine Gefährten dachten. Doch dann fluchte Conan laut: »Bei Crom, kein Ausgang! Wir sind abgeschnitten.«

Kailash war es gelungen, die Bronzetür zu schließen. Er hatte die Füße auf den Boden gestemmt. »Lange kann ich sie nicht halten«, stieß er zwischen zusammengebissenen Zähnen hervor. »Was auch immer wir tun wollen, wir müssen es schnell tun.«

Madesus und Conan blickten sich ratlos an. Sie musterten den Raum und suchten nach einem Ausgang. Das Gemach hatte fünf kahle Wände, die alle gleich aussahen, mit Ausnahme der Wand mit der Bronzetür. Erloschene schwarze Kerzen standen, seltsam symmetrisch angeordnet, auf dem roten Granitboden.

Ein häßliche Blutlache war hereingedrungen, ehe Kailash die Tür verschließen konnte. Madesus staunte über die Genauigkeit, mit der die Türen in die Mauern eingepaßt waren. Kein Tröpfchen Blut drang mehr herein, sobald sie geschlossen waren. Doch dann entdeckte Madesus etwas, das seine Aufmerksamkeit sofort fesselte. In einem alten Buch in der Tempelbibliothek Corinthiens hatte er solch eine Abbildung gesehen.

»Bei Mitra!« rief er. »Seht nur, der Altar der Mutare!« Mit entsetztem Staunen blickte er auf den Altar, der Flecken unbekannter Herkunft aufwies. Groteske, grausige Symbole waren in seine breite Basis eingeritzt. Über ihm baumelten verrostete Ketten von der hohen Decke. Dann erkannte Madesus das Muster der Kerzen und warnte die anderen.

»Nehmt euch in acht, wohin ihr tretet. Wartet. Ich lösche das Licht des Amuletts.« In wenigen Sekunden war das Licht erloschen. Totale Finsternis herrschte in dem Raum.

Conans Augen stellten sich schnell um. Er konnte eine schwach rot schimmernde Linie um den Altar erkennen, in Form eines fünfzackigen Sterns. Durch die Spitzen war ein Kreis gezogen. Zehn Kerzen waren aufgestellt. Eine auf jeder Spitze und eine auf dem Punkt dazwischen.

»Überschreitet nicht die Linien«, warnte Madesus und beugte sich hinab, um sie genauer zu betrachten. Er erhellte den Raum mit dem Amulett. Hinter ihm kämpfte Kailash immer noch mit den Türen.

»Lange kann ich sie nicht mehr halten«, sagte er mit gepreßter Stimme. Conan ging zu ihm und stemmte sich ebenfalls dagegen. »Bei Crom, das ist Schwerstarbeit«, meinte er erstaunt über den starken Druck, der gegen die Türflügel preßte. Kailash verfügte offensichtlich über erstaunliche Kräfte, wenn er sie schon so lange hatte halten können.

»Gemeinsam werden wir es schon schaffen«, meinte der Cimmerier. Er hatte das Gefühl, als sei der gesamte Korridor bis zur Decke mit Blut gefüllt, so stark war der Druck.

Madesus hatte die Untersuchung der Linien beendet, die verschwunden waren, als das Licht des Amuletts auf sie fiel. Zweifel nagte an ihm. Anfangs, als er durch den Schacht und den Tunnel gegangen war, hatte er die Anwesenheit der Mutare so deutlich gespürt, daß er absolut sicher war, sie wäre in der Nähe. Doch jetzt wurde dieses Gefühl schwächer, als hätten sie sich von ihr entfernt … oder als hätte sie sich entfernt.

»Ich bin ein Narr!« rief Madesus aus. »Sie hat uns in die Irre geführt. Oh, wie verschlagen diese Priesterin doch ist!«

Conan und Kailash blickten ihn verblüfft an. »Was?« fragte Conan und runzelte die Stirn. »Was meinst du damit?«

»Sie ist geflohen, nachdem sie uns in diese Falle gelockt hat. Ich habe keine Ahnung, wie sie entkommen ist oder wohin sie geflohen sein könnte. In der Tat muß sie inzwischen weit weg sein, denn sonst wäre das Gefühl ihrer Nähe nicht so schnell schwächer geworden. Wie ich befürchtet habe, hat sie entdeckt, daß wir hier sind, und hat uns diese Falle gestellt, ehe sie verschwunden ist.«

Conan hörte sich die entmutigende Erklärung des Priesters an, verfiel jedoch keinesweg in Verzweiflung. Er sah keine Möglichkeit, zu verhindern, daß sich diese

Falle schließen würde. Aber da er Cimmerier war, würde er die Hoffnung nie aufgeben, solange er lebte. Ihr Hauptproblem war im Augenblick, die Tür gegen die rote Flut geschlossen zu halten, die sie zu ertränken drohte. Ein verzweifelter Gedanke schoß ihm durch den Kopf.

»Madesus!« rief er. Der Priester hing immer noch seinen düsteren Gedanken nach. »Der Altar sieht schwer genug aus, um die Tür zu halten. Er ist weniger als ein Dutzend Schritte entfernt. Ich muß es versuchen.«

»Warte!« sagte der Priester aufgeregt. »Du kannst den Altar nicht bewegen, ohne die unsichtbaren Linien zu überschreiten. Und das Überschreiten könnte dich das Leben kosten.«

»Ich sterbe ohnehin irgendwann. Wir verschwenden nur Zeit. Ich muß den verfluchten Altar verschieben.« Zur Unterstreichung seiner Worte wölbte sich die Tür bereits leicht nach innen, so daß ein dünner Blutstrom hereinschoß, ehe die beiden Männer die Türflügel wieder festschließen konnten.

Madesus nickte widerwillig und schloß die Finger noch fester um das Amulett. Er wußte, daß die Linien auf dem Fußboden ein Pentagramm darstellten, eine magische Barriere, die gezogen wurde, um einen mächtigen Dämonen herbeizurufen und ihn dann in Schach zu halten. Sobald Conan diese Barriere überschritt, öffnete er eine Bresche darin. Wenn der Cimmerier schnell genug war, konnte es ihm vielleicht gelingen, den Altar vor die Tür zu schieben, ehe der Dämon die Bresche entdeckte und entfliehen konnte.

Kailash stemmte sein gesamtes Gewicht gegen die Türflügel, während Conan den riesigen Altar abwägend musterte. War er aus solidem Stein, wog er leicht dreimal so viel wie der Cimmerier. Conan holte tief Luft, sprang zum Altar und warf sich mit dem Ungestüm einen angreifenden Bullen dagegen.

Madesus und Kailash sahen verblüfft, wie der Cimmerier durch den Altar hindurchglitt. »Was bei den neun Höllen von Zandru ...?« rief Conan. Dann verlor er das Gleichgewicht und fiel zu Boden. Langsam rollte er ab, stand wieder auf und beäugte den Altar mißtrauisch. Er streckte die Hand aus, um ihn zu berühren, doch seine Hand glitt einfach durch den Stein hindurch. Schnell zog er die Hand zurück.

Da ging mit dem Phantomaltar eine seltsame Verwandlung vor sich: Wie eine schwarze, dicke Rauchwolke erhob er sich vom Boden und nahm eine menschenähnliche Gestalt an. Seine Farbe war tiefes, undurchdringliches Schwarz, dunkler als eine khitaische Teergrube in einer mondlosen Nacht. Der Körper war oben rund und verjüngte sich nach unten hin zu einer Spitze. Die Arme waren lang und dick. Aus den drei langen scharfen Klauen am Ende quollen Rauchwölkchen hervor. Auf dem halslosen Körper saß ein gesichtsloser Kopf. An einigen Stellen war der Rauch so verdünnt, so daß man ein breites schlitzartiges Maul und zwei schräg gestellte Augen zu sehen glaubte.

Das Maul bewegte sich und stieß ein tiefes, höhnisches Lachen aus, das von den Wänden des Raums widerhallte. Instinktiv wich Conan vor dem Scheusal zurück. »Lauf nur!« sagte das schwarze Schattenwesen mit dröhnender Stimme, die vor Bosheit triefte. »Keiner von euch kann mir entkommen. Eure Seelen gehören mir. Doch ehe ich sie mir hole, möchte ich von eurem Fleisch einige Bissen zu mir nehmen.« Blitzschnell holte der Dämon mit der riesigen Hand aus, schlang sie um den Hals des Cimmeriers und hob ihn in die Luft.

Conan schlug wild um sich und versuchte verzweifelt, den todbringenden Griff zu lösen. Doch seine

Hände stießen nur auf Luft. Allein seine dicken Halsmuskeln bewahrten ihn davor, daß der Unhold ihm die Kehle zerdrückte.

Mühelos schleuderte der Dämon ihn wie ein Spielzeug gegen die Granitwand des Raums. Benommen glitt Conan zu Boden. Jetzt hatte sogar der Cimmerier Angst, denn er wußte nun mit Gewißheit, daß sie es nicht mit einem irdischen Gegner zu tun hatten, sondern mit einem bösartigen Dämonen, der über überirdische Kräfte verfügte. Bei Crom, Conan sehnte sich nach einem Gegner aus Fleisch und Blut! Er hoffte, der Priester könnte etwas gegen dieses Ungeheuer ausrichten.

Madesus erwachte aus der Erstarrung, in die er beim Anblick des Dämonen versunken war. Sein Mund war wie ausgetrocknet und sein Magen hatte sich verknotet. Dieses Wesen war ein Schattendämon, ein schreckliches Scheusal aus dem Schlund der Hölle. Laut alten Sagen kam der übermenschlichen Kraft dieser Dämonen nur ihr unersättlicher Appetit auf Menschenfleisch gleich. Ein alter Weiser hatte Madesus einmal erzählt, es existierten nur neun Schattendämonen und alle dienten nur dem einen Herrn: Dem Dämonenfürsten Balberoth.

Madesus hob das Amulett und rezitierte schnell die folgenden Worte. Dabei hoffte er inbrünstig, sie richtig auszusprechen: *»Masquim Xul nar marratu, ia Balberoth! Ia Balberoth! Xizul absu marratu, nar marratu, ia Balberoth!«*

Die Stimme des Priesters wurde rauh und tief, als diese seltsamen Worte zögernd über seine Lippen kamen. Der Schattendämon zischte ihn wütend an und wollte sich auf ihn stürzen, war jedoch nicht imstande, die Linien des Pentagramms zu überschreiten. Mit lauter, befehlender Stimme rief der Priester: »Heb dich hinweg, Gestaltloser! Kehre zurück in den Abgrund, aus dem du gekommen bist. Im Namen des Allmächtigen Mitra!«

Der Dämon kreischte und begann sich aufzulösen. Der Rauch wurde dünner und durchsichtiger, auch seine Stimme wurde schnell schwächer, bis man nur noch ein leises Heulen in der Ferne hörte. Dann war der Spuk ganz verschwunden. Madesus stieß einen tiefen Seufzer der Erleichterung aus, als Conan unversehrt aufstand.

Kailash stöhnte und stemmte sich immer noch gegen die Tür. Schweißbäche strömten über sein Gesicht, doch der Mann aus den Bergen hielt verbissen die Stellung. Ihm taten alle Muskeln vor Anstrengung weh. »Was jetzt?« stieß er mühsam hervor.

Madesus wollte gerade antworten, als plötzlich tiefe Finsternis den Raum einhüllte. Sekunden später spürte der Priester, wie die Temperatur sank. Im Nu war es so eiskalt, daß sein Mark in den Knochen erstarrte. Langsam verdrängte das Amulett die Finsternis. Dann starrten die drei Männer fassungslos auf etwas, das im Zentrum des Pentagramms stand.

Eine menschenähnliche Gestalt mit saphirblauer Haut blickte den Priester an. Sie war einen Kopf größer als Conan, aber viel dünner, und trug einen Umhang aus schwarzem metallischem Material, mit hohem Kragen. Die Augen hatten keine Pupillen. Sie waren starr und weiß, ebenso die schmalen Lippen. Den Kopf bedeckte ein kurz geschnittener, dreieckiger, weißer Haarschopf, dessen Spitzen in die Stirn und hinter den Ohren bis zum Hals reichten. Die Gestalt hielt mit den dürren Fingern mit weißen Nägeln einen Stab aus Kristall.

Das Phantom nahm den Stab in die andere Hand und sagte mit dröhnender Stimme: »Ich grüße dich, Sohn des Xuoquelos und deine Gefährten aus Cimmerien und Brythunien.« Sein Akzent war fremdartig, die

Stimme gebieterisch. Trotz des bizarren Aussehens fanden Conan und Kailash diesen Dämonen auf Anhieb sympathisch. Lediglich Madesus hatte ihn – aufgrund der blauen Haut – sofort erkannt.

»Balberoth. Ich hätte es wissen müssen, daß dein Balg, dieser Schattendämon, sofort heulend zu dir laufen würde, nachdem ich ihn gezüchtigt hatte.«

Der Priester gab sich nach außen hin zuversichtlich, doch im Innern nagten Zweifel an ihm. Die Dämonenfürsten waren die gefährlichsten aller übernatürlichen Feinde. Madesus war sich bewußt, daß er nicht über die Macht verfügte, Balberoth zu vernichten. Aber er war imstande, den Dämonen zu schwächen und ihn zu zwingen, in sein Reich im Schlund der Erde zurückzukehren.

»Ich bin amüsiert, Madesus.« Balberoth legte eine Kunstpause ein. »Ja, ich kenne deinen Namen – und auch Conan und Kailash.« Er sprach die Namen zynisch aus, doch das fiel nur Madesus auf, nicht den beiden Kriegern. »Nun, da wir uns bekannt gemacht haben, können wir uns entspannen. Laß mich deine Last ein wenig leichter machen, tapferer Mann aus den Bergen.« Der Dämonenfürst hob den Kristallstab. Kailash war überrascht, als plötzlich der Druck gegen die Tür wie weggeblasen war.

Versuchsweise trat er einen Schritt zurück, doch jederzeit bereit, sich wieder dagegen zu stemmen. Die Tür blieb geschlossen. »Es besteht keinerlei Gefahr mehr«, versicherte der Dämonenfürst freundlich. Wieder bewegte er den Stab. Die Türen schwangen auf. Der Gang dahinter war leer. Verdutzt blickte Kailash auf den trockenen Teppich und die Wände. Nirgends waren Blutspuren. Doch das nur wenige Schritte entfernte Fallgitter war noch geschlossen und versperrte den Weg.

Madesus blickte auf sein Gewand. Die Flecken, die es

verschmutzt hatten, waren verschwunden. Er klatschte in die Hände und sagte spöttisch: »Der Trick war nicht übel, Balberoth. Vielleicht könntest du für uns als nächstes ein wenig jonglieren oder auf dem Hochseil tanzen.«

Conan und Kailash waren von der Verwandlung des Priesters verwirrt. Seine Worte waren ungebührlich, ja sogar beleidigend. Der Mann mit der blauen Haut hingegen war höflich und freundlich und seine Worte klangen tröstlich. Von ihm drohte ihnen gewiß keine Gefahr.

»Deine Eifersucht gereicht dir nicht zum Vorteil, Madesus. Schreibt dir deine Philosophie nicht vor, freundlich zu sein und Nachsicht zu üben? Warum also zeigst du dich so hart und grausam? Ich bin untröstlich über die feindliche Haltung, welche mein Schattendiener euch gegenüber vorhin eingenommen hat. Ich verzeihe dir jedoch, daß du ihn so gegen dich aufgebracht hast. Doch versichere ich euch, daß ich in keinster Weise für seine unbesonnenen Taten verantwortlich bin. Er stand unter dem Einfluß eines Wesens, das ihn mir gestohlen hatte und ihn bedauerlicherweise zwang, euch anzugreifen.«

»Warum bist du jetzt hier? Um dich bei uns zu entschuldigen? Um uns dein Mitgefühl auszudrücken, das wir nicht wollen? Oder ist es vielmehr nicht so, daß du gekommen bist, um das schurkische Werk zu vollenden, für welches dein Lakai zu schwach war?«

»Deine Anschuldigungen entbehren jeglicher Grundlage, Priester. Ich bin gekommen, um mit euch ein gemeinsames Ziel zu verfolgen: Die Vernichtung der Mutare-Priesterin. Sie hat meinen Diener entführt und gezwungen, gegen dich und deine Gefährten zu kämpfen. Eine derartig schurkische Tat darf nicht ungesühnt bleiben. Gemeinsam werden wir sie finden und ihren verbrecherischen Taten ein Ende bereiten.«

Conan und Kailash waren jetzt überzeugt, daß Madesus sich geirrt hatte, was Balberoth betraf. Er war kein Dämon, sondern ein außerirdisches Wesen, das die Götter ihnen gesandt hatten, um ihnen beizustehen. Sie waren bereit, die Hand anzunehmen, die es ihnen freundschaftlich entgegenstreckte. Hatte Madesus den Verstand verloren? Konnte er nicht sehen, daß Balberoth ihnen helfen konnte?

Madesus schüttelte den Kopf. Er hatte nicht bemerkt, welche Wirkung Balberoth auf Conan und Kailash hatte. »Spar dir deine Lügen, du Ausgeburt der Hölle! Du gibst vor, uns helfen zu wollen, doch ich spüre nur dein brennendes Verlangen, uns wie Vieh abzuschlachten. Genug der Worte! Mit dem Willen Mitras, des Vaters des Lichtes, befehle ich dir, deinen Stab wegzuwerfen und zurückzukehren in die bodenlose Tiefe deines mit Schleim gefüllten Höllenlochs! *Maquim Xul ia marratu, yar Balberoth! Balberoth, absu yar alaxul! Xizul absu marratu, nar marratu, yar Balberoth!*«

Während der Priester sprach, leuchtete das Amulett auf und richtete einen blendenden Lichtstrahl auf den Dämonenfürsten.

Ehe der Strahl Balberoth erreichte, änderte er plötzlich seine Bahn und traf den Stab. Der Strahl prallte mit einem gewaltigen bunten Funkenregen von dem Kristall ab und kam zurück. Dabei verfehlte er Kailash ganz knapp und traf die Bronzetür. Die riesigen Türflügel erbebten. Weißblaue Lichtfinger krochen darüber. Gleich darauf fiel die Tür in kleine Stücke. Balberoth blickte Conan direkt in die Augen.

»Conan, du mußt mir helfen!« flehte er. »Madesus hat den Verstand verloren. Um Haaresbreite hätte er Kailash getötet.« Dann richtete er die wie weiße Leuchtfeuer strahlenden Augen auf den Mann aus den Bergen. »Schnell, zück dein Schwert und hau ihn nieder, ehe er uns alle in seinem Wahn ermordet!« Die knochenweißen Lippen des Dämonenfürsten verzogen sich zu einem grausamen Lächeln. Er blickte Madesus an. Dieser erschauerte unwillkürlich unter dem unheilverheißenden Blick.

Madesus konnte es nicht fassen, als der Cimmerier und der Mann aus den Bergen mit gezückten Klingen auf ihn zukamen. »Conan! Kailash! Der Dämon hat euch verzaubert, damit ihr euch gegen mich wendet. Conan, was ist mit deinem Eid, den du Salvorus geschworen hast? Kailash, denk an deinen König und den Schwur, den du geleistet hast, ihn stets zu beschützen! Verschließt eure Ohren gegen die Worte dieses widerwärtigen Geschöpfs der Finsternis!«

Die beiden Krieger hörten nicht auf den Priester. Ihre Augen waren verdunkelt, ihre Ohren taub. Balberoth feuerte sie an. Er spürte, daß er die Oberhand gewonnen hatte. »Schnell! Es geht um euer Leben! Schlagt zu, bevor er euch tötet!«

Madesus trat einen Schritt zurück und schleuderte mit dem Amulett einen weiteren Lichtstrahl gegen den Dämonenfürsten, doch auch dieser wurde vom Kristallstab abgelenkt. Conan war als erster beim Priester. Er holte zum tödlichen Streich aus. Für einen Sekundenbruchteil klärten sich seine Augen und sein Verstand. Es wurde ihm bewußt, daß die Stimme des Dämonen ihn verzaubert hatte. Er hielt inne. Doch schon war der Augenblick der Klarheit vorüber und er führte den Schlag aus.

Madesus sprang schnell beiseite, so daß die Klinge des Cimmeriers nur sein Gewand zerteilte und ihm leicht die Haut ritzte. Allerdings verlor der Priester durch den Sprung sein Gleichgewicht und landete direkt vor Kailash. Der Hüne aus den Bergen schwang das Krummschwert, um Madesus den Todesstreich zu versetzen. Madesus suchte verzweifelt nach einem

Ausweg, doch er lag mit dem Rücken zur Wand. Er schloß die Augen und erwartete die scharfe Klinge, die seinem Leben ein Ende bereiten würde. Er war außer sich vor Kummer, daß die Mutare-Priesterin ihn besiegt hatte. Das Schicksal des letzten Mitglieds des Ordens von Xuoquelos war besiegelt.

12. Kapitel

SHAN-E-SORKH

Azora schob den dichten Vorhang aus Spinnweben beiseite, der sich durch die Eingangshalle von Skaurauls Festung zog. Sie hatte die Türen hinter sich geschlossen und so die für sie schmerzvollen Strahlen der Vormittagssonne ausgesperrt. Über der roten shemitischen Wüste brannte ihr verfluchtes Antlitz erbarmungslos und verletzte ihre Augen und die Haut der Mutare-Priesterin. Azora haßte die Sonne. Sie raubte ihr die Stärke, wie ein riesiger gelber Blutegel.

Die nach Moder riechende dunkle Halle der Feste entsprach weit mehr ihrem Geschmack. Sie spürte einen uralten Bodensatz des Bösen an diesem Ort und atmete die abgestandene Luft genußvoll ein. In den Ecken huschten mehrere dicke Spinnen mit langen behaarten Beinen umher, die sie aufgescheucht hatte. Aufmerksam betrachtete die Mutare diese Kinder Zaths, des zamorischen Spinnengotts aus Yezud. Einige waren doppelt so groß wie ihr Kopf. Ihre feisten, glänzenden Leiber waren von Gift geschwollen.

Azora bewunderte diese Spinnen, weil sie nur einem einzigen Zweck dienten: Die Kinder Zaths waren Boten des Todes, verschlagene kleine Meuchelmörder, die Opfer in die Falle locken und töten konnten, die um ein Vielfaches größer waren als sie. Selbst der kleinste Vertreter dieser Spinnenart jagte den Menschen Angst und Abscheu ein. Wenn man ihre Methoden studierte, konnte man viel lernen.

Azora holte die Kristallkugel aus dem Gewand und warf einen Blick hinein, um zu sehen, ob der armselige Priester und seine dümmlichen Wachhunde bereits tot waren. Verärgert runzelte sie die Stirn, als der Augur sich weigerte, ein scharfes Bild zu liefern. Je mehr sie sich darauf konzentrierte, desto mehr Widerstand spürte sie. Schließlich gab sie wütend auf und schleuderte die Kugel fluchend auf den Boden. Der Priester verfügte nicht über die Macht, den Auguren zu blockieren, selbst wenn er wußte, daß dessen Auge ihn aus der Ferne beobachtete.

Immer noch vor Wut schäumend hob sie die Kugel wieder auf. Bis vor kurzem – noch vor der Außenmauer der Festung – hatte der Augur tadellos gearbeitet. Aus einer plötzlichen Eingebung heraus öffnete sie die Tür und blickte dann nochmals in die Kristallkugel. Sofort war der Raum unter dem Tempel Targols wieder deutlich sichtbar. Ihre Wut wich Genugtuung, als sie sah, wie die beiden Krieger mit erhobenen Schwertern auf den Priester zugingen.

Diese hirnlosen Dümmlinge waren für Balberoth eine leichte Beute gewesen. Seine Stimme verfügte über eine Zauberkraft, die alle Sterblichen in ihren Bann schlug – abgesehen von denen, die über einen eisernen Willen verfügten. Die beiden hünenhaften Muskelprotze gaben prächtige Henker ab. Ihre Hilfe war wichtig, da weder sie noch der Dämonenfürst dem Priester unmittelbar ein Leid zufügen konnten, weil dieser einen uralten Talisman trug, der von Mitra gesegnet war, diesem elenden Vater des Lichts. Befriedigt, daß der Tod des Priesters unmittelbar bevorstand, steckte sie den Auguren wieder ins Gewand und schloß die Tür wieder. Wäre die Sonne nicht so stark gewesen, hätte sie die Tür noch länger offen gelassen und jeden Moment des Sterbens dieses verachtenswerten Priesters Mitras genossen.

Nachdem dieser lästige Priester entfernt worden war, konnte sie sich wieder ungehindert ihren Zielen widmen. Als erstes wollte sie Skaurauls Geheimnisse ergründen, um sich vor jeglicher Bedrohung zu schützen, die noch andere Mitra-Priester bringen könnten. Danach wollte sie in die Stadt zurückkehren und diese schwachen menschlichen Maden leiden und sterben lassen. Bald schon – am ersten Tag des Monats des Skorpions – würde der Mond vom Nachthimmel verschwinden. An diesem Abend, dem dunkelsten des Jahres, würde sie das höchste Ritual der Mutare-Macht vollenden: den Zauber der Unsterblichkeit. Danach konnte die Zeit ihr nichts mehr anhaben, die allen lebenden Kreaturen Alter und Schwachheit verhieß. Wäre Skauraul imstande gewesen, dieses Ritual zu beenden, er wäre der höchste Herrscher aller Länder gewesen.

Sobald sie dieses Ritual durchgeführt hatte, war sie keine Priesterin mehr, sondern eine Göttin, todbringend und unbezwingbar. Ihre Launen würden Königreiche in den Ruin und in tiefste Verzweiflung stürzen. Priester und Herrscher würden vor ihr auf dem Bauch kriechen. Zahllose Möglichkeiten würde sie ersinnen, um sie zu foltern und zu erniedrigen, jede qualvoller als die vorangehende. Die Menschheit würde das Kommen der ewigen Nacht spüren und machtlos sein, sie aufzuhalten.

Kein Mutare vor ihr hatte je diesen Gipfel der Macht erklommen. Die Mutare hatten miteinander gestritten und sich so schließlich gegenseitig aufgerieben. Selbst Skauraul war so schwach geworden, daß der aus gemeinem Pöbel bestehende Orden von Xuoquelos ihn beseitigen konnte. Azora aber mußte nicht gegen derartige Feinde antreten. Skauraul war der letzte der Mutare gewesen, und Madesus der letzte des Ordens gewesen.

Azora konnte sich nicht entsinnen, wann sie zum ersten Mal etwas über die Mutare gehört hatte. Sie hatte keinerlei Erinnerung an ihre Eltern oder ihre Kindheit. Für sie war Stygien ihr Geburtsland. Ihre frühesten Erinnerungen waren ein Ort am Fluß Bakhr, nahe den Sümpfen des Purpurlotus im südlichen Stygien. Dort hatte sie die Zeremonie des Wandels erlebt, welche ihre Geburt als Mutare bewirkt hatte. In den nachfolgenden Jahren hatte sie mit unstillbarer Begierde ihr Wissen über die Mutare vertieft.

Sie war durch viele ferne Länder gereist und hatte uralte und verbotene Orte aufgesucht – und sie hatte gefunden, was sie gesucht hatte. Sie hatte gelogen, betrogen, gestohlen und gemordet. Nichts und niemand hatte sie aufhalten können. Sie hatte jedes Hindernis skrupellos beseitigt. Die Mutare waren nicht von den menschlichen Schwächen Gewissen und Moral beschwert. Im Laufe der Zeit hatte sie sich genügend Wissen angeeignet, um mit der Ausführung ihrer Pläne beginnen zu können. Und jetzt würde das Wissen von Skaurauls Schwarzer Magie ihres ergänzen.

Azora wischte noch eine Strähne des klebrigen Spinnennetzes in der Halle beiseite. Dabei scheuchte sie eine etwa handgroße Spinne auf. Das Tier krabbelte ein Stück auf sie zu und blieb dann stehen. Erst hatte Azora die Spinne verärgert gemustert, dann aber verspürte sie Neugier. Im Gegensatz zu den größeren Verwandten oben, war diese Spinne unbehaart. Der glänzende schwarze Leib war dünner und eckiger als der der anderen und wies längere Beine und bösartige, gekrümmte Fangzähne auf. Die Spinne blickte aus ihren vielen grünen, funkelnden Augen zu ihr auf, in denen mehr Intelligenz zu liegen schien als bei den beleibteren Verwandten. Azora schenkte dem Tier dennoch keine weitere Beachtung, sondern ging zu der nächsten der drei Türen in der Halle.

Die Türen waren klein und aus Eisen geschmiedet, und kunstvoll mit Metall verziert. Scheußliche Wasserspeier reckten ihre Köpfe mit den lüsternen Mäulern aus der Mauer über jeder Tür hervor. Man hatte das Gefühl, als würden sie jeden Augenblick den ahnungslosen Besucher angreifen. Ihre Fratzen waren steinerne Masken des Hasses. Der Bildhauer war ein Meister gewesen und hatte die Mäuler mit den spitzen Zähnen ungemein wirklichkeitsgetreu geschaffen. Aus jedem Maul hing eine lange Zunge heraus. Ihre Spitze glich einem Dorn. Die kurzen Arme endeten in Händen mit jeweils sieben scharfen Klauen, welche kleine Kugeln hielten. Fledermausähnliche Flügel wuchsen aus den Schultern heraus. Obszön vergrößerte Genitalien ragten zwischen den kurzen, mit Schuppen bedeckten Beinen hervor. Azora sah einige kleine Risse in den Skulpturen, doch ansonsten waren sie in erstaunlich gutem Zustand.

Auch die Tür vor ihr war gut erhalten. Shems Wüstenklima gestattete dem Rost nicht, sich auszubreiten. Selbst wenn Regen auf die Festung geprasselt hätte, das feste steinerne Dach hätte jeden Tropfen am Eindringen gehindert. Azora griff mit der in einem schwarzen Handschuh steckenden Hand nach dem Türgriff, hielt jedoch inne, als sie hinter sich ein Flüstern vernahm.

Die haarlose Spinne befand sich nur wenige Schritte hinter ihr und starrte sie aus ihren vielen Augen an. Die langen Beine waren angespannt. Mit atemberaubender Geschwindigkeit sprang sie nun auf Azora zu. Diese trat schnell beiseite und hob die Hand, um das Tier zu erschlagen. Doch sie verfehlte es knapp. Die Spinne landete auf ihrer linken Schulter und krallte sich sofort fest in ihren Umhang. Fluchend schlug Azora mit der rechten Hand nach ihr, um sie zu verjagen.

»Ssss … Warte!« zischte die Spinne in Azoras linkes Ohr. »Ich nicht dein Feind. Ich dir kein Leid zufügen. Ssss … Ich dir helfen.«

Azora drehte, mit immer noch erhobener Hand, den Kopf und betrachtete die Spinne mißtrauisch und verärgert. Die Kinder Zaths hatten bereits vor Jahrhunderten die Fähigkeit zu sprechen verloren. Jedenfalls hatte das in den verstaubten Sagenbüchern gestanden, die sie gelesen hatte. Überdies brauchte sie vor diesem kleinen Tier keine Angst zu haben, da sie – im Gegensatz zu den schwachen Menschen – kein Lebensblut besaß und ihr somit Gift nichts anhaben konnte. Sie beschloß abzuwarten, was das kleine Biest wollte, ehe sie es wie eine übergroße Pflaume auf dem Steinboden zertrat.

»Ssss … ja, ich dir helfen«, sagte die Spinne, als spüre sie Azoras Zaudern. »Ich dich schon gerettet haben, ja … ssss.«

»Und wovor hast du mich gerettet, Kleines?« fragte Azora spöttisch lächelnd.

»Wenn Xim dich nicht aufgehalten, du Tür aufgemacht! Alten würden jetzt deine Knochen nagen.« Xim fand das sehr komisch. Sein Zischen klang wie eine Parodie eines Lachens.

»Sind das die Alten?« fragte Azora und deutete auf die Wasserspeier über den Türen. »Das sind nur Steinklumpen. Ich verfüge über große Macht, Kleines. Ich kann Dämonen befehlen, diese Alten zu Sand zu zerstampfen.« Während sie sich brüstete, kam ihr jedoch der Gedanke, die Spinne könnte die Wahrheit sagen.

Xim bewegte sich auf Azoras Schulter auf und ab. Offensichtlich war er aufgeregt. »Mit Xims Hilfe nicht brauchen Dämonen! Ssss … Ich Geheimnisse kenne. Ja, ja … ssss ich dir sagen!« Xims Augen strahlten so hell wie Leuchtfeuer in einer Nebelnacht. »Aber du uns auch helfen müssen.«

»Es gibt hier noch mehr von deiner Sorte?« fragte Azora und zog die linke Braue hoch.

»Ssss … nein, nein, nein. Nicht wie Xim. Freunde von Xim, leben in Netze.« Die Spinne hob zwei Vorderbeine und zeigte auf die oberen Ecken des Raums, wo Azora zuvor die großen Spinnen gesehen hatte. »Durstig nach Menschenblut. Wollen nicht mehr Eidechsen und Wüstenkäfer! Müssen Menschenblut haben. Wie ganz früher Meister gebracht. Du auch wie uralter Meister, ja. Xim wissen, er hat gemacht, du jetzt da. Du müssen wieder Menschenblut bringen, sonst Xim nicht helfen.«

Azoras Augen glänzten so schwarz wie Ebenholz, als sie sie in die der Spinne bohrte. Sie glichen denen einer Kobra, die bereit ist, zuzuschlagen. »Hat der uralte Meister auch einen Namen?«

»Ssss … ja, ja, aber zu lang. Xim ihn nur nennen Skar. Ja!«

Skar? Skauraul! Azora war ganz sicher, daß Xims uralter Meister der Mutare gewesen war, der in dieser Festung geherrscht hatte. Sie würde die Spinne leben lassen, bis sie alles über Skauraul erfahren hatte, was das Tier wußte.

»Wenn du Blut möchtest, Kleines, dann sollst du es auch bekommen.« Azora holte aus dem Umhang eine kleine Phiole und entkorkte sie. Eine rote, sirupartige Flüssigkeit befand sich darin. Die Priesterin goß ein wenig davon in die offene Hand und hielt sie Xim vors Maul.

Gierig saugte die Spinne alles mit ihren spitzen, hohlen Fängen auf. Azora war froh, daß sie die Phiole bei sich hatte, aber viele ihrer wirkungsvollen Zaubersprüche erforderten ein bißchen Menschenblut. Sie mußte es streng rationieren, sonst war das Fläschchen bald leer. Wenn sie ihren Vorrat verbraucht hatte, konnte sie ihn nicht so schnell ergänzen, da es hier weit und breit keine Menschen gab. Sie hielt es für sinnvoll, diese einfältige Spinne zu belügen, um sich ihrer noch eine Zeitlang zu bedienen. »Schon bald werden du und deine Freunde frisches Menschenblut trinken, wie früher. Das schwöre ich.«

Nachdem Xim das letzte bißchen Blut von Azoras Hand gesaugt hatte, verkorkte sie die Phiole sorgfältig und steckte sie zurück in die Innentasche des Umhangs. »Sag mir, Kleines, hatte dieser Meister eine Bibliothek?«

Xim schlug die Fänge zusammen. »Warmes und frisches Menschenblut besser, ja, sss ...«, zischte die Spinne. »Zu lange Zeit Xim kein Menschenblut geschmeckt. Aber Bib-bibithek ... nein, ich nie gesehen. Was sein Bibithek?«

»Bibliothek«, verbesserte Azora Xim und zeigte ihre schwarzen gekrümmten Zähne. Sie war einem Wutausbruch nahe. »Eine Halle mit Büchern und Schriftrollen«, erklärte sie ungeduldig. »Hier muß es eine geben. Bring mich dorthin, sofort!« Ihre gebieterische Stimme dröhnte in der Halle.

Xim wippte aufgeregt und zischte laut. Roter Schaum quoll aus den Enden der Fänge. »Ssss ... ja, ja, kennen Halle. Xim zeigen Weg! Weit weg Bibbiothek. Xim kennen geheime Wege.«

»Dann führe mich schnell hin, Kleines!«

Xim sprang geschickt von Azoras Schulter auf die Wand und hängte sich dort an einem Stein. Entgegen aller Gesetze der Schwerkraft kroch die Spinne von der Tür fort, die Azora hatte öffnen wollen. Plötzlich war Xim verschwunden. Azora fuhr herum. Hatte das kleine Biest sie reingelegt? »Xim! Wo steckst du, du hinterlistiges kleines ...?«

Xims zischende Antwort kam von der anderen Seite der Wand. Azora konnte sie kaum verstehen, weil die Wand die Stimme stark dämpfte. »Du müssen durch

Wand gehen. Nicht Türen öffnen, sonst Alte wecken! Ssss ... keine Türen! Nicht Alten wecken!«

Azora berührte den Stein in der Wand, auf den die Spinne gehüpft war. Dort war sie auch verschwunden. Ihre Hand drang mühelos hindurch. Dann waberte ein Abschnitt der Wand und verschwand. Dahinter führte ein enger gemauerter Gang nach oben in die Feste. Xim klebte an einem schwarzen Quader an der Wand und wartete auf sie. Azora marschierte los. Sie war wütend, daß sie nicht auf Anhieb diese kindische Illusion erkannt hatte. Es war ein simpler Zaubertrick, um Ahnungslose zu täuschen. Die Translokation hatte sie offenbar mehr Kraft gekostet, als sie gemerkt hatte. Sie mußte vorsichtiger sein, denn es erforderte eine gewisse Zeit, um die verbrauchte Energie wieder aufzuladen.

Im Gegensatz zu den schwachen Menschen benötigte die Priesterin keinen Schlaf, auch nichts zu essen oder zu trinken. Sie ernährte sich einzig und allein von der Angst der Lebenden und trank ihre Qualen. Ohne diese Nahrung würde sie langsam dahinwelken, und ihre Kraft würde verschwinden wie Tau unter der Morgensonne.

Azora folgte Xim den Gang hinauf. Das Zwielicht der Halle war schnell erloschen, doch ihre Augen paßten sich der Dunkelheit sofort an. Im Finstern konnte sie weiter sehen als im Hellen. Ihre Katzenaugen durchdrangen die Schwärze mühelos. Erdrückende Stille herrschte im Gang. Die einzigen hörbaren Laute waren Xims gelegentliches Keuchen und Azoras Schritte auf dem Steinboden, sowie das Rascheln ihres dicken Umhangs.

Sie kamen an mehreren Seitengängen und Türen vorbei, doch Xim blieb auf dem Hauptkorridor, der mehrmals eine Biegung machte. Die seltsame Spinne kannte den Weg genau. Keinen Moment lang zögerte sie. Die Mutare-Priesterin prägte sich jede Biegung und

Abzweigung genau ein und legte im Geist eine Karte dieses Wegs an.

Alle Abschnitte des Gangs sahen ziemlich gleich aus. Einziger Wandschmuck waren die beinahe vollkommen symmetrisch angeordneten großen schwarzen Steinblöcke auf dem Boden und an den Wänden. Es gab weder Fackeln noch Wandteppiche. Alles war kahl und düster. Fast jede Tür, an der sie vorbeikamen, war aus Eisen geschmiedet und wies seltsame, sich wiederholende Ornamente auf.

Azora fragte sich, welche vergessenen Geheimnisse wohl hinter den geschlossenen Türen ruhten, aber sie blieb nicht stehen, um ihre Neugier zu befriedigen. Die Feste gefiel ihr ausnehmend gut. Sie spürte das Böse, das in diesen Steinen hauste, gleich einer feindseligen Intelligenz. Ja, dachte sie, hier ist genau der richtige Ort, um meine finsteren Pläne auszuführen. Skaurauls Einfluß hatte sich von hier aus in alle Richtungen bis in die fernsten Länder erstreckt. Ihre Macht würde noch größer sein als die, die er je besessen hatte. Sie konnte es kaum erwarten, endlich das mächtige, verborgene Wissen auszugraben, das in den verstaubten Räumen von Skaurauls Feste lag.

»Gleich da«, zischte Xim, als könnte er ihre Gedanken lesen. »Bald Bibbiothek, ja, ja. Nur noch lange Treppe ... ssss.«

Der Korridor hatte die ganze Zeit über leicht nach oben geführt. Azora wußte jedoch nicht genau, bis zu welcher Höhe sie inzwischen gelangt waren. In letzter Zeit waren sie häufiger um Biegungen gegangen, und die Türen waren in besserem Zustand, je höher sie kamen. Das Gefühl des Bösen wurde auch ständig stärker. Sie spürte seine tröstliche Gegenwart überall. Sie fühlte aber auch die Anwesenheit einer neuen, ungemein starken Macht, die feindselig war ... Sie fragte sich, was das wohl sein könnte.

Plötzlich blieb Xim dicht vor ihr stehen. Hier endete der Korridor abrupt. Eine Wendeltreppe aus schwarzem Eisen führte nach oben. Azora vermochte nicht, ihr Ende zu sehen. Eine dicke Eisensäule, mit kunstvoll geschmiedeten Ornamenten, trug die schmalen Metallstufen, die hinaufführten. Es gab kein Geländer.

»Ssss … lange Treppe«, zischte Xim. »Du gehen hinauf, ja, ja. Oben, was du suchen.«

Azora traute der seltsamen Spinne immer noch nicht ganz, als sie zum Fuß der Wendeltreppe ging. Sie war bereit, jeden Verrat streng zu strafen, den das kleine Biest möglicherweise plante. Doch war sie bereit, das Risiko auf sich zu nehmen und Xim zu folgen. Vor ihrer Translokation hatte sie mit Hilfe der Kristallkugel versucht, ins Innere der Feste zu schauen, um zu ergründen, welche Geheimnisse dort ruhten. Aber der Augur hatte nicht vermocht, die dicken Wände zu durchdringen. Immer wieder hatte sie es versucht, aber der Augur hatte sich stur geweigert, ein deutliches Bild zu liefern. Offenbar hatte Skauraul seine Feste mit einem mächtigen Abschirmzauber geschützt, welcher stärker als die Kraft ihres Kristalls war.

Das spielte jedoch jetzt keine Rolle mehr. Sie schob auch ihre Bedenken wegen der Spinne beiseite, als sie die unterste Stufe erreicht hatte. Sobald Xim sie zu Skaurauls Speicher der Weisheit geführt hatte, würde sie das kleine Biest zu grünem Brei zertreten und seinen ›Freunden‹ in der Eingangshalle zum Fraß vorwerfen.

Die Vorstellung, wie die behaarten Spinnen Xims zerquetschte Überbleibsel verschlangen, belebte Azora ungemein, als sie begann, die unzähligen Stufen der Wendeltreppe hinaufzusteigen.

13. Kapitel

TARGOL

Madesus hörte das Zischen der Luft, als Kailashs Krummschwert auf ihn herabsauste. Die scharfe Klinge schnitt durch sein Gewand, verfehlte jedoch die Schulter und landete statt dessen in seinem Ledersack. Der Inhalt des Sacks fiel zu Boden. Dosen rollten über den Boden, Phiolen zersprangen klirrend. Die Klinge hatte sich in der Metallspange verfangen, die den Sack verschloß. Kailash zerrte wütend daran und versperrte Conan den Weg.

Der Priester rollte sich seitlich ab, sprang auf und lief zur Tür. Doch der blitzschnelle Cimmerier war ihm weit überlegen. Während Kailash fluchend sein Krummschwert befreite, sprang Conan los und erreichte noch vor Madesus die Tür. Der Hüne aus den Bergen und der Cimmerier handelten vollkommen mechanisch und in ihren Augen funkelte heller Wahnsinn. Die hypnotisierende Stimme des Dämonenfürsten führte sie wie Marionetten an Schnüren. Madesus holte tief Luft und bereitete sich auf den Schwertstreich vor, der seinem Leben ein Ende setzen würde. Er hob das Amulett und betete laut. Vielleicht war es doch noch nicht zu spät.

Plötzlich erstarrten alle drei Männer und blickten wie gebannt zur Türschwelle. Selbst Balberoths Stimme erstarb auf den knochenweißen Lippen. Die Bruchstücke der zerschlagenen Bronzetürflügel erhoben sich vom Boden und die noch an den Angeln hängenden

Teile lösten sich. Vor ihren Augen verformte sich das Metall und fügte sich zu einer Gestalt zusammen. Ein Riese aus Bronze stand vor ihnen. Sein Profil ähnelte dem eines Mannes, doch war es nicht richtig proportioniert, so als hätte ein betrunkener Bildhauer es roh und überhastet aus Stein gemeißelt.

Der Riese war über neun Fuß groß. Orangegelbe Flammen loderten in seinen Augenhöhlen. Er hob die Bronzefaust, die größer als Conans Kopf war, und streckte sie den drei Männern entgegen. Langsam entfaltete er die Finger. Die eckigen Bronzelippen teilten sich, so daß man die Zähne aus rotem Feuer und die Zunge aus gelben Flammen sah. Ein einziges Wort ertönte aus der einem Feuerofen ähnlichen Mundöffnung.

»HALT!« Die Silbe schlug den vor Staunen stummen Männern gleich einem sengenden Wüstenwindstoß entgegen. Schweiß trat auf ihre Stirn. Balberoth blinzelte, schwieg jedoch.

Der Bronzeriese machte einen Schritt in den Raum. Seine großen, viereckigen Füße stießen die Bronzesplitter vom Steinboden. Langsam öffnete sich sein Mund. »ICH BIN TARGOL.«

Balberoth warf einen schnellen Blick auf Madesus und befahl Conan und Kailash mit nicht zu überhörender Wut und Verzweiflung: »Schlagt zu, ihr Narren! Das ist irgendein Trick des Priesters, mit dem er euch vernichten will. Tötet den Priester, dann hat dieser Bronzespuk ein Ende!«

Kailash schüttelte sich und ging mit erhobenem Krummschwert einen Schritt auf Madesus zu. Mit unglaublicher Schnelligkeit ergriff der Bronzeriese die Klinge mit der linken Hand und entwand dem Mann aus den Bergen die Waffe. Die Bronzehand verbog das Schwert so mühelos, als wäre es ein Strohhalm. Fachmännisch geschmiedeter und gehärteter nemedischer

Stahl war der Kraft Targols nicht gewachsen. Das verbogene Krummschwert fiel klirrend zu Boden.

Jetzt wendete Targol den flammenden Blick auf Balberoth. »DU HAST TARGOLS TEMPEL BESUDELT! DU WIRST AUFHÖREN ZU EXISTIEREN!« Seine Worte drangen langsam aus dem feurigen Mund und hallten im Raum wider. Kaum war das Echo verstummt, ging Balberoth auch schon in Flammen auf. Der Dämon schrie, als das rauchlose orangerote Feuer ihn verzehrte. Nachdem das Feuer und die Schreie erstorben waren, war von Balberoth nur noch ein kleiner, blauer Fettfleck auf den Steinplatten übrig.

Conans Verstand war augenblicklich wieder klar. Er schüttelte den Kopf, so als würde er aus einem verwirrenden Traum erwachen. Mit großen Augen blickte er auf das Wesen aus Bronze, das vor ihnen stand und dessen Flammenaugen in der Dunkelheit loderten. Nach langer Pause fand er die Stimme wieder. »Gut gemacht, Madesus! Dein Amulett ist in der Tat sehr mächtig. Warum hast du diesen Riesen nicht früher herbeigerufen?«

Madesus antwortete nicht. Er starrte nur fasziniert auf den Bronzetitanen, so als hätte er Conans Worte nicht gehört. Doch dann flüsterte er: »Mein Amulett verfügt nicht über eine derartige Macht! Wir stehen vor Targol persönlich.«

Kailash fiel auf die Knie und wendete sich vom Gesicht des Gottes ab. Conan lief es kalt über den Rücken. Er fürchtete sich vor allem Übernatürlichem und fragte sich, ob Targol ihnen jetzt nach dem Leben trachten würde, nachdem er Balberoth vernichtet hatte. Madesus sah aus, als wollte er etwas sagen, als der mißgestaltete Riese wieder sprach.

»VERLASST DIESEN ORT IN FRIEDEN! TARGOL HEGT GEGEN EUCH KEINEN GROLL.«

Madesus räusperte sich nervös. »Meine Gefährten

und ich danken dir, mächtiger Targol. Wir werden tun, wie du es uns geheißen hast. Doch möchte ich dir zuvor noch eine Frage stellen, wenn ich so kühn sein darf. Hast du die Mutare-Priesterin ebenfalls vernichtet oder lediglich den Dämonen, den sie gerufen hat?«

Madesus' Stimme klang kläglich und leise, verglichen mit Targols. Conan und Kailash schauten den Priester an, als befürchteten sie, er hätte den Verstand verloren. Targol stand reglos mit offenem Feuermund vor ihnen. Nach langer stummer Pause erdröhnte seine mächtige Stimme.

»SIE IST NACH SHAN-E-SORKH GEFLOHEN. SIE IST FÜR TARGOL UNWICHTIG. VERLASST JETZT DIESEN ORT UND KEHRT NIE WIEDER HIERHER ZURÜCK!«

Conan und Kailash brauchten keine weitere Aufforderung. Der Mann aus den Bergen warf noch einen nachdenklichen Blick auf sein verbogenes Schwert zu Füßen des Giganten, dann schlug Conan ihm kräftig auf die Schulter und schob ihn zur Türöffnung. Der rote Teppich auf dem Korridor dämpfte ihre Schritte. Madesus schaute noch einmal über die Schulter zurück, um einen letzten Blick auf Targol zu werfen, doch sah er nur noch die Bronzetür, die den Eingang verschloß. Sie war genauso, wie damals, als die drei sie zum ersten Mal gesehen hatten. Der Priester schüttelte den Kopf und lief eilends den Gefährten hinterher.

Ohne miteinander zu sprechen, gingen sie schnellen Schritts bis zur steilen Treppe, die zum Tempelraum hinaufführte. Conan stieg als erster nach oben und kletterte aus dem Schacht. Die beiden anderen folgten seinem Beispiel. Dann schauten sich die Männer im Tempel um. Die Bronzelehnen, die Conan aus den Bänken entwendet hatte, waren wieder an ihrem Platz, ebenso die schweren Bronzegriffe an der Innenseite des Marmorportals. Doch dieses war nicht mehr geschlossen, sondern weit geöffnet und forderte sie auf, den Tempel zu verlassen.

Draußen war ein heller Nachmittag. Kaum waren die Männer herausgegangen, schloß sich der Marmoreingang hinter ihnen mit lautem Knall. Der Cimmerier stieß einen Seufzer der Erleichterung aus. Er war froh, aus diesem unheimlichen Tempel heraus zu sein. Kailash bombardierte Madesus sofort mit Fragen. Er wollte mehr über Targol und Balberoth erfahren.

»Warum hat er den Dämonen vernichtet, uns jedoch verschont?« fragte der Mann aus den Bergen. Die Handlungen des Riesen hatten ihn verwirrt. »Conan hat im Tempel mehr Schaden als Balberoth angerichtet.«

»Zwischen Targol und den Dämonenfürsten besteht seit uralten Zeiten Feindschaft«, antwortete der Priester. »Yog, ein Dämonenfürst, wurde vom Volk in Darfar angebetet. Er war der Erzfeind Targols. Yog war ein grausamer Dämon der Älteren Nacht. Manche behaupten, er sei der Mächtigste gewesen. In Zamboula war die Verehrung Yogs sehr verbreitet. Der Oberpriester Yogs versuchte, alle anderen Religionen aus der Gegend zu vertreiben. Vor mehreren Jahrhunderten wurden die Priester Targols in einer Blutnacht festgenommen und zu einer Grube geführt, die Yog geweiht war. Dort schnitt man ihnen die Herzen bei lebendigem Leib heraus. Feierlich verspeisten die Yog-Priester und Anhänger sie in einer aufwendigen Zeremonie. Immer noch erzählt man sich von jenem grausamen Gemetzel, als der Mond rötlich leuchtete und Hunderte abgeschlachtet wurden, so daß die Grube bis zum Rand mit Blut gefüllt war.«

»Am nächsten Tag waren die scharfzahnigen Priester Yogs verschwunden, selbst der Oberpriester. Bis der Mond in jener Nacht wieder aufging, war keine Spur von ihnen zu entdecken. Dann fand man ihre sterblichen Überreste in der Grube aufgetürmt. Sie waren nur noch Skelette, trugen aber ihre Gewänder aus Federn und Khariseide. Targols Rache war furchtbar, doch vergeblich gewesen. Sein Tempel in Zamboula zerfiel zur Ruine, und im Laufe der Zeit machte sich eine neue Priesterschaft Yogs dort breit. Alle historischen Texte sind sich einig, daß Targol bis zum heutigen Tag gegen Yog und seine Anhänger erbitterten Groll hegt, doch beide Seiten sind nicht bereit, sich einem direkten Kampf zu stellen. Zweifellos ist Balberoth ein Opfer dieses uralten Grolls geworden.«

»Ich habe gehört, daß kein Mensch überlebt, wenn er einem Gott ins Antlitz schaut«, sagte Kailash und blickte Madesus scharf an. »Aber wir haben es getan und leben noch.«

»Vielleicht haben wir es getan, vielleicht auch nicht, Mann aus den Bergen«, lautete die rätselhafte Antwort des Priesters. »Man weiß nur wenig über Targol, und vieles, was über sein Aussehen geschrieben steht, ist widersprüchlich. Doch mehrere Gelehrte haben Andeutungen gemacht, daß er Herrscher über die Elemente von Erde und Feuer sei. Der Bronzekoloß, den wir gesehen haben, könnte ein Golem gewesen sein, den Targol gefertigt und belebt hat, um sich seiner zu bedienen. Wie ich vorhin bereits sagte, ziehen die Götter es vor, einem direkten Zusammentreffen aus dem Weg zu gehen. Dein Crom, Conan, zum Beispiel ...«

»Ich habe jetzt keine Zeit, einen Vortrag über Crom zu hören, Priester«, unterbrach ihn Conan ungeduldig. »Ich weiß über Crom alles, was ich wissen will. Während wir hier herumstehen und schwatzen, werden unsere Chancen, diese verfluchte Priesterin zu finden, immer geringer. Wir haben eine Aufgabe zu erledigen.« Er schaute Kailash wütend an, um ihn davon abzuhalten, dem Priester weitere Fragen zu stellen.

»O ja, du hast ja so recht«, sagte Madesus. »In der Tat

ist unsere Aufgabe jetzt noch schwieriger geworden. Wir müssen die Priesterin im Shan-e-Sorkh aufsuchen. Bis dorthin müssen wir viele Meilen zurücklegen, bis in die Wüste im Osten Shems. Auch zu Pferd brauchen wir über einen Monat.«

»Über einen Monat!« rief Kailash entsetzt.

»Noch länger«, erklärte Conan. »Nur ein Narr würde sich zu Pferd in die wasserlose Wüste Shems begeben. Nicht einmal Kamele können dort überleben. Wir können zur Südgrenze Khaurans reiten, doch von dort müssen wir zu Fuß weiter.« Er schüttelte den Kopf und runzelte die Stirn. »Vor ein paar Jahren habe ich in einer Schenke mit einem alten nemedischen Haudegen gesprochen. Er war mal bis Sabatea vorgedrungen, einer shemitischen Stadt nahe den Taian-Bergen, westlich von Shan-e-Sorkh. Wenn er von diesem Unternehmen sprach, füllte er seinen Becher sehr oft mit Wein, und seine Hände zitterten. Er hatte eine Karawane von Kaufleuten durch diese Gegenden begleitet. 'Was der Wüste an Wasser fehlt, macht sie durch den Überfluß an Banditen wett', hat er erklärt.«

Kailash schnaubte verächtlich. »Kein Bandit hat je die Klinge mit dem Sohn Kranarous' gekreuzt und überlebt.«

»Die Hände des Nemediers zitterten nicht, weil er sich an die Banditen erinnerte, sondern aus einem anderen Grund«, erklärte der Cimmerier. »Die Wüsten Shems sind Orte des Todes, verlassen von allen Lebewesen. Der Nemedier hat nie erzählt, was er dort gesehen hat, aber wir sollten uns vor dem hüten, was eiskaltes Entsetzen im Herzen eines abgebrühten nemedischen Söldners hervorruft. Ich schlage eine andere Route vor als die, welcher er gefolgt ist. Laßt uns versuchen, die kezankischen Berge im Osten zu überqueren und damit Corinthien, Zamora und Koth zu umgehen. Wenn wir den Bergen nach Süden folgen, stoßen wir auf den Handelsweg von Khauran nach Zamboula. Orientieren können wir uns dann an den Taian-Bergen. Doch jetzt habe ich auch eine Frage, Priester – allerdings nur eine einzige: Shan-e-Sorkh ist eine riesige Wüste. Wo werden wir darin diese Priesterin finden?«

»Eine ausgezeichnete Frage, Conan. Dazu habe ich selbst auch einige Fragen, die allerdings schwieriger zu beantworten sind als deine. Warum ist sie dorthin gegangen? Wie hat sie die Entfernung so schnell bewältigen können? Ich habe die Spuren ihrer Anwesenheit im Tempel so stark gespürt, daß sie nicht einmal ein paar Tage alt sein konnten. Dennoch braucht man bis Shan-e-Sorkh über einen Monat, wie du gesagt hast. Zweifellos beherrscht sie die Kunst der Translokation. Dazu bedarf es unglaublicher magischer Kraft. Ich hatte nicht erwartet, daß sie über derartige Fähigkeiten verfügt. Trotzdem kann ich mir denken, wohin im Shan-e-Sorkh sie gegangen ist. Mein Meister hat mir erzählt, daß Skauraul, der größte der untergegangenen Mutare, in Shem gelebt hat. Vielleicht ist sie zu den Ruinen seines Palastes gegangen, um dort etwas zu suchen oder um den Palast wieder aufzubauen und von dort aus ihre Herrschaft zu beginnen.«

»Mag sein, doch wissen wir nicht, wo diese Ruinen stehen«, warf Conan ein.

»Stimmt. Das wissen wir nicht… noch nicht. Wir brauchen jedoch nur in ihre Nähe zu gelangen. Der Zauber, der die Mutare vor mir im Tempel Targols schützte, ist in der Wüste wirkungslos. Wir marschieren auf das Zentrum zu, bis ich ihre Anwesenheit aufspüre. Dann wissen wir, welche Richtung wir einzuschlagen haben.«

»Ich sorge dafür, daß Pferde und Proviant bereitgestellt werden«, sagte Kailash und warf einen wehmütigen Blick auf seinen leeren Schwertgurt. »Außerdem muß ich mir ein neues Schwert beschaffen. Hoffentlich kann ich seine Klinge dann an Hälsen von Banditen erproben.«

Die drei Männer stiegen die Stufen vor dem Tempel hinab, liefen schnell an den uralten Gebäuden vorbei, zurück auf die Straße. Einige Wolken waren auf den Pfad der Nachmittagssonne geschwebt und eine herbstliche Brise strich mit kühlen Fingern über die verlassenen Bauten. Conan empfand die Kühle beinahe als angenehm, wenn er daran dachte, wie glühendheiß der Ort sein würde, zu dem sie aufbrachen.

Der Cimmerier war wegen der bevorstehenden Reise gelassener als Kailash. Er hatte schon viele Länder bereist. Von der eisigen, gefrorenen Tundra im Norden bis zu den schwülheißen Dschungeln im Süden, überall war er gewesen. Jede Gegend hatte Vorzüge und Nachteile. Aber er nannte keine seine Heimat. Selbst Cimmerien war nicht wirklich seine Heimat. Seine ruhelose Natur trieb ihn ständig von einem Land ins nächste. Selten kehrte er nach Cimmerien zurück. Die grauen Berge, die langen Winter und das Leben ohne Aufregungen langweilten ihn.

Sein Heimatland hatte sich auch als nicht weniger gefährlich erwiesen als andere Länder, die er kennengelernt hatte. Seine Sippe bestand aus wilden, kriegslüsternen Menschen, die seit zahllosen Jahrhunderten gegen feindliche Sippen Fehden führten. Keine Schlacht, die Conan in den Ländern der zivilisierten Menschen erlebt hatte, war so grausam und unerbittlich geführt worden wie die Kriege zwischen den Sippen in Cimmerien. Die Menschen im Süden konnten jedoch ebenso grausam sein wie ihre Wüsten.

Conan griff tief auf seine Erinnerung zurück, um sich alles über die Gegenden, die sie bald aufsuchen würden, ins Bewußtsein zu rufen. Um die Orientierung nicht zu verlieren, wäre es für sie am leichtesten, den kezankischen Bergen nach Süden zu folgen, bis die

Gipfel und Bergrücken in die Berge des Feuers übergingen. Dieser gefährliche Bergzug verlief entlang Shems nördlicher Grenze und bildete eine Barriere, die nur wenige beherzte Menschen zu überqueren wagten. Diese Berge müßten sie unter allen Umständen meiden und statt dessen mehrere Tage nach Süden ziehen. Danach würde der schwierigste Streckenabschnitt vor ihnen liegen: Die Durchquerung der shemitischen Wüste bis zu ihrem sonnenverbrannten Herz, das manche Shan-e-Sorkh nannten.

Diese gottverlassene Gegend wurde sogar von den abgehärtetsten shemitischen Wüstenbewohnern gemieden. Ihre endlosen Meilen von der Sonne gebackener Erde und wasserlosen Sanddünen waren Schauplatz vieler grausiger Lagerfeuergeschichten. Conan hatte oft gehört, wie alte Haudegen über ihre waghalsigen Abenteuer in dieser Wüste ihr Garn spannen. Wenn man jede Geschichte glaubte, dann wimmelte es dort nur so von wilden Tieren, plündernden Nomaden und bösen Geistern, welche in den Ruinen verlassener Festungen und Palästen spukten. Obgleich Conan sehr abergläubisch war, hatte er einige Geschichten der sich mit Heldentaten brüstenden Söldner doch mehr dem überreichlichen Genuß billigen Weins zugeschrieben.

Ehrlich gesagt hoffte Conan, in der Wüste die Ruine eines vergessenen Palastes zu finden, in dem sich eine Schatzkammer befand, die noch völlig unversehrt war. Wenn er den Schwur, den er Salvorus gegeben hatte, halten und dabei noch seine Börse füllen konnte, war er zufrieden. Er hatte sowieso vorgehabt,in den Süden nach Zamora weiterzuziehen. Wenn er dann Shadizar erreichte, würde er genügend Geld haben, um die Nächte mit einem erfreulicherem Zeitvertreib zu verbringen, als auf Diebestouren zu gehen. Sobald die Sache mit dieser Mutare-Priesterin vorbei war, konnte er einige Abende und Nächte mit willigen Weibern und Saufen verbringen und sich daran ergötzen.

Während Conan mit Madesus und Kailash dahinschritt, dachte er gutgelaunt an die Freuden des Fleisches, welche Shadizar für ihn bereit hielt. Durch eine unausgesprochene Übereinkunft war jetzt der Cimmerier der Anführer des Unternehmens. Der Hüne aus den Bergen und der Priester folgten ihm schweigend zum Palast, wo sie sich ausruhen und dann alles für die anstrengende Reise vorbereiten wollten. Obgleich jeder Mann seine eigenen Gründe hatte, ihr Ziel war dasselbe: Sie wollten die Mutare-Priesterin finden und vernichten.

Dicht hinter ihnen verfolgte sie ein Mann, der sich so lautlos bewegte, daß selbst ein Panther neidisch geworden wäre. Er trug einen leichten dunkelgrauen Umhang und hatte die Kapuze tief ins Gesicht gezogen. Der Umhang verbarg seine Gewänder aus hellblauer Seide, die wie die Schuppen einer Schlange in einer unterirdischen Grube raschelten. Die unter der Kapuze verborgenen Augen beobachteten jeden Schritt Conans und seiner Gefährten. Außerdem bemühte sich Lamici, jedes Wort aufzufangen, das gesprochen wurde. Ihn bewegte nur ein fanatischer Gedanke: Rache! Es war ihm gleich, daß die drei in den Süden reisen wollten. Er würde ihnen bis zur Mündung des Styx folgen und – wenn nötig – noch weiter. Für das Wohl Brythuniens würde er Madesus töten. Der verfluchte Priester hatte den falschen König zurück ins Leben geführt und Lamicis Träume zerstört, seinem Heimatland wieder Ehre und Respekt zu verschaffen. Und Conan und Kailash hatten ihm geholfen, daher verdienten sie ebenfalls den Tod. Lamici würde dafür sorgen.

Der Eunuch spürte das tröstliche Gewicht seines tödlichen Dolches, dessen vergiftete Klinge in der Scheide steckte, die am Unterarm festgebunden war.

Schon bald würde Lamici dem Priester den Dolch ins Herz stoßen. Dieser lästige Neunmalkluge konnte sich schließlich nicht für immer hinter den beiden Kriegern verstecken, dachte Lamici grimmig. Sobald der richtige Moment da war, würde der Eunuch zur Stelle sein und gnadenlos zustoßen.

Lamicis blasse Lippen verzogen sich zu einem grausamen Lächeln, die so grau war wie die Wolken, die jetzt am düsteren Himmel dahinzogen.

14. Kapitel

AUF DEM WEG IN DEN SÜDEN

Eldran setzte sich langsam auf. Aber selbst diese einfache Bewegung war Schwerstarbeit für ihn. Er war vor nicht ganz einer Stunde aufgewacht und hatte feststellen müssen, daß der Todeszauber der Mutare-Priesterin seinen Körper sehr geschwächt hatte.

Sein Verstand – einst so scharf wie ein aquilonisches Schwert – schien ihm jetzt stumpfer als eine Steinaxt. Er wußte, daß er entsetzlich aussah, obgleich er sein Gesicht noch nicht im Spiegel gesehen hatte. Der Ausdruck in den Gesichtern seiner Freunde verriet es ihm, wenn sie ihn anschauten.

Selbst Kailash vermochte nicht das Mitleid zu verbergen, das er fühlte, wenn er vor ihm stand. Eldran sah das Entsetzen in den Augen des alten Freundes und hörte es in seiner Stimme. Seine Hinfälligkeit widerte ihn an. Stumm flehte er zu Wiccana, seine Gesundheit möglichst bald wiederherzustellen, ehe die Nachricht von seiner Schwäche in die benachbarten Königreiche dringen konnte. Wenn lose Zungen verbreiteten, er sei sterbenskrank, würden sich die Nemedier und Hyperborer wie Geier auf Brythunien stürzen, seine Untertanen überfallen und sich Stücke ihres Landes aneignen. Stück für Stück würden sie das Königreich zerstückeln, das er so mühevoll einen wollte.

Er schob diese bedrückenden Gedanken beiseite. Was hatte der Mann aus den Bergen soeben gesagt? Mit rauher Stimme fragte er den alten Kameraden: »Verzeih mir, Freund. Ich kann meine Gedanken nicht beisammen halten. Bitte, erkläre mir nochmals, warum du nach Süden reiten mußt.«

»Gern«, sagte Kailash und knirschte mit den Zähnen. Er war verzweifelt, Eldran so geschwächt sehen zu müssen. Die Priesterin würde für ihr Schurkereien teuer bezahlen! Er räusperte sich und trug dem König nochmals seine Gründe vor.

Man mußte Eldran allerdings zugute halten, daß die Erzählung des Mannes aus den Bergen etwas wirr war, selbst ein Mann im Vollbesitz seiner geistigen Kräfte hätte Mühe gehabt, alles zu verstehen. Doch mit Conans und Madesus' Hilfe konnte Eldran die Ereignisse, die sich ereignet hatten, verstehen, seit er krank geworden war. Er gebot Kailash mit zitternder Hand Schweigen.

»Ich stehe tief in eurer Schuld«, sagte er und ließ die Hand wieder sinken. »Und Salvorus' Name soll von nun an in den Chroniken der Historiker geehrt werden. Doch leider raubt ihr mir, dadurch, daß ihr jetzt verreisen müßt, die Gelegenheit, meine Schulden zu begleichen. Ich wünschte, ich wäre stark genug, um anstatt eurer zu gehen.«

Nach dieser langen Erklärung mußte Eldran so heftig husten, daß sein ganzer Körper sich zusammenkrümmte. Kailash schaute erwartungsvoll zu Madesus. Der Priester machte ein besorgtes, mitfühlendes Gesicht. Er öffnete den Mund, um etwas zu sagen, schloß ihn jedoch gleich wieder und schwieg.

Conan blickte gerade in diesem Moment zu Madesus. Wie der Blitz traf ihn die Erkenntnis, daß der Priester nichts mehr für Eldran tun konnte und daß diese Hilflosigkeit ihn sehr quälte. Madesus hatte es bisher immer geschafft, die Magie seiner Feinde außer Kraft zu setzen, wenngleich der Cimmerier oft den Eindruck gehabt hatte, daß die Zaubersprüche, die Madesus ausgewählt hatte, ihm wie von einem unsichtbaren Wesen eingegeben worden waren. Diese Priester Mitras waren seltsame Menschen. Conan wünschte den Tag herbei, an dem er Madesus und seinem priesterlichen Brimborium Lebewohl sagen würde.

»Conan, es tut mir leid, daß du in diese Angelegenheit verwickelt wurdest«, sagte Eldran mit heiserer, schwankender Stimme. »Ich entbinde dich hiermit von dem Eid, den du meinem Hauptmann gegeben hast. Du brauchst nicht nach Süden zu ziehen. Tatsächlich würde ich dir gern die Stellung eines Hauptmanns in der Stadtwache anbieten, falls du sie haben willst. Du hast dir große Verdienste erworben. Wenn du nicht Hauptmann werden möchtest, bitte ich dich, zumindest eine mit Gold gefüllte Börse anzunehmen und dazu freies Geleit aus der Stadt, wohin auch immer du gehen willst. Das ist das mindeste, was ich tun kann, um meine Schuld zu begleichen.«

»Nein«, widersprach der Cimmerier. »Du kannst mich von meinem Eid nicht entbinden. Der Eid eines Cimmeriers ist keine Wolke am Himmel, die ein Windstoß wegblasen kann. Salvorus' Seele wird nicht ruhen, bis die Priesterin tot ist. Dein Hauptmann war ein sehr tapferer Mann, und der Tod eines solchen Kriegers muß gerächt werden!« Conan schnaubte verächtlich. »Und dann bezeichnen die Leute mich und mein Volk als Barbaren! Ich werde meinen Eid halten, und sollte es mich das Leben kosten. Doch würde ich für unsere Ausgaben auf der Reise die Börse mit Gold annehmen.«

Eldran senkte erschöpft den Kopf. Der Hauch eines Lächelns lag auf seinem Gesicht. »Gestern abend warst du noch in meinem Verlies und hast auf das Beil meines Henkers gewartet, und jetzt bist du bereit, Hunderte von Meilen zu reisen, um meinen Feind zu vernichten. Du hast die Wahrheit gesagt. Wir zivilisierten

Menschen können noch viel von euch lernen. Zieht also nach Süden, Freunde! Bedient euch in der Rüstkammer und nehmt die besten Rosse aus meinem Stall. Dank eurer Entschlossenheit werdet ihr über diese verruchte Priesterin triumphieren und heil und gesund in die Stadt zurückkehren. Meine Gebete werden euch begleiten.«

Der König sank völlig entkräftet zurück auf die Kissen. Ein heftiger Hustenanfall erschütterte den schwachen Leib. Die sorgenvoll gerunzelte Stirn war schweißüberströmt und sein Gesicht hatte jegliche Farbe verloren. Der Monarch vermochte nicht mehr zu sprechen. Er schloß die Augen und verfiel in einen unruhigen Schlaf.

Die drei Männer verließen wortlos und mit gesenkten Köpfen sein Schlafgemach. Mehrere von Kailashs Männern standen vor dem einzigen Zugang. Er erteilte ihnen genaue Anweisungen, wie sie die Sicherheit des Königs garantieren konnten. Diesen Männern vertraute er rückhaltslos. Er hatte mit jedem von ihnen schon Seite an Seite gekämpft. Im Laufe der Jahre waren sie daher wie Brüder für ihn geworden.

Kailashs Hauptsorge war jetzt, ein geeignetes Schwert und ein gutes Pferd zu finden. Irgendwie freute er sich auf die Reise in den Süden. Viele Jahre waren schon vergangen, seit er an einem Feldzug teilgenommen hatte. Die letzte Zeit war er nicht mehr herausgekommen. Er hatte seine Zeit gezwungenermaßen mit dem König in der Stadt verbracht und Eldran nur bei Tagesritten begleitet. Sein anfängliches Mißtrauen gegenüber Conan und Madesus war Achtung, ja sogar Bewunderung, gewichen. Der Cimmerier war der beste Krieger, dem Kailash je begegnet war, und Madesus verfügte über Kräfte, wie sie der Mann aus den Bergen noch nie gesehen hatte.

Wie Kailash dachte auch Conan über die Reise nach.

Doch war er weder begeistert noch besorgt. Trotz seiner Reden über den Eid hatte er auch noch gute persönliche Gründe, nach Süden zu reiten. Madesus' Geschichte über Skauraul und dessen Festung hatte ihn an Berichte erinnert, die er von anderen gehört hatte. Es war von riesigen vergessenen Schätzen die Rede gewesen, die in verstaubten Schatzkammern gehortet waren.

Wenn Skauraul so mächtig gewesen war, wie Madesus behauptet hatte, mußte dieser schurkische Fürst während seines Lebens unvorstellbaren Reichtum aufgehäuft haben. Aberglaube hatte wohl Plünderer von den Ruinen der Festung so lange ferngehalten, bis sie in Vergessenheit geraten war. Vielleicht würde eine gründliche Durchsuchung ihnen materielle Belohnung für ihre Mühe bescheren. Im Geiste sah der junge Barbar bereits Truhen mit glänzenden Goldmünzen und schimmernden Juwelen vor sich, als er Kailash und Madesus zur Waffenkammer des Palasts folgte.

Die Rüstkammer lag keine hundert Schritte von Eldrans Gemächern entfernt. Dort lagerten Waffen und Rüstungen aus ganz Hyboria. In der Vergangenheit hatte Brythunien viel Kriegsgerät aus anderen Ländern eingeführt: Einiges stammte von erschlagenen Feinden, die in ihr Land eingedrungen waren, andere wiederum hatten brythunische Adlige als Geschenke erhalten. In dem kleinen, spärlich erhellten Raum herrschte ein fürchterliches Durcheinander. Neben der Tür standen mehrere Gestelle mit Schwertern. Auf Arbeitstischen lagen Waffen und Rüstungen, die ausbesserungsbedürftig waren. An einer Wand waren Brustharnische und Schilde aufgestapelt, die jeden Augenblick umzufallen drohten.

Madesus trat ungeduldig auf der Schwelle von einem Fuß auf den anderen, während Kailash und

Conan sich etwas aussuchten. Der kezankische Muskelberg entschied sich endlich für ein Schwert, dessen Klinge über drei Fuß lang und anderthalb mal so breit war wie Conans Hand. Kailash war so stark, daß er sie mühelos mit einer Hand zu führen vermochte. Der Schwertgriff war kunstvoll gearbeitet und glich einem Falken mit spitzem Schnabel, dessen Flügel die Parierstange bildete. Die Klinge war so scharf, daß Kailash sich beim Überprüfen in den Daumen schnitt. So eine Waffe durfte nicht etwa in einer Scheide verschwinden. Der Hüne aus den Bergen legte sich einen Lederharnisch an und schnallte die gewaltige Waffe auf den Rücken. Dann holte er sich noch einen neuen Helm, da er den alten im Tempel verloren hatte. Zum Schluß wählte er noch Armstutzen aus schwerem Leder, die mit Eisenplättchen besetzt waren.

Conan lehnte es ab, irgendeine Rüstung zu tragen. Sie engte ihn zu stark ein, und er wollte sich nicht damit belasten. Lieber vertraute er auf seinen Schwertarm und seine Klinge als Schutz gegen mögliche Feinde. Während er den Blick über die merkwürdige Waffensammlung der Kammer schweifen ließ, stach ihm ein Dolch ins Auge. Die breite Klinge ragte aus einem Haufen Dolche heraus.

Der Cimmerier zog die Waffe am schwarzen Eisengriff hervor und wog sie abschätzend in der Hand. Der Dolch schien wie für ihn gemacht zu sein. Er war zum Werfen und Stoßen gefertigt und hatte keine Parierstange. Die breite Klinge war beinahe so lang wie Conans Unterarm. Zufrieden nickend schob er den Dolch zurück in die Lederscheide. Die Säume der Scheide waren noch durch Kupferbänder verstärkt, die im Laufe der Zeit grün angelaufen waren. Kailash beobachtete mit unverhohlenem Staunen Conans Waffenwahl.

»Wäre es dir lieber, wenn ich einen anderen Dolch

genommen hätte?« fragte der Cimmerier. Er hatte keine Ahnung, warum Kailash ihn so anstarrte.

Der Mann aus den Bergen mußte mühsam nach seiner Stimme ringen. »Nein, dieser Dolch sei dir gegönnt. Er ist sehr alt und liegt schon länger in der Waffenkammer, als ich zurückdenken kann. Eldran hat mir erzählt, daß er vor mehreren hundert Jahren ein Geschenk an König Maelcinis von Brythunien gewesen war. Maelcinis hatte keinen Sohn, an den er die Waffe hätte weiterreichen können. Vielleicht hat sein Geist deine Hand bei der Wahl der Waffe geführt. Möge er die Klinge auch im Kampf so gut leiten.«

Conan beäugte den Dolch argwöhnisch und hoffte, der Geist Maelcinis möge sich aus seinen Angelegenheiten heraushalten – vor allem im Kampf. Nach kurzem Zögern beschloß er, die Waffe zu behalten.

»Mit etwas Glück werdet ihr weder Waffen noch Rüstung brauchen«, sagte Madesus. Seiner Stimme war anzuhören, daß er verärgert war, weil sie so viel Zeit in der Waffenkammer verbrachten.

Kailash schnaubte verächtlich. »Glück ist die Rüstung der Narren. Einmal zu oft darauf vertraut – und dein Leichnam ist Fressen für die Geier. Im Kampf vertraue ich nur auf meinen Stahl.« Conan brummte beipflichtend.

Madesus seufzte. »Wie ihr meint«, sagte er, doch in nachsichtigem Ton. »Aber es ist schon interessant, daß zwei erfahrene Krieger länger brauchen, sich für einen Kampf auszurüsten, als eine Braut für die Hochzeitszeremonie.«

Kailash wurde rot, und Conan biß die Zähne bei dieser Beleidigung zusammen. In Cimmerien hätte er jedem für eine derartige Bemerkung den Schädel gespalten. Doch in den vielen Jahren, die er unter den Menschen außerhalb seiner Heimat verbracht hatte, hatte er gelernt, diese Gefühlsregungen zu unterdrücken. Kailash wollte eine scharfe Antwort geben, fing aber statt dessen an zu lachen, als er Conans finstere Miene sah. Der Cimmerier schwieg verbissen, während Madesus schmunzelte und der Mann aus den Bergen lauthals lachte.

Kailash wischte sich die Tränen ab, schlug dem Cimmerier kräftig auf die Schulter und nickte zur Tür hin. »Der Priester hat recht. Wir müssen uns beeilen, sonst kommen wir zu spät zur Hochzeit.«

Der Cimmerier knirschte mit den Zähnen. Diese zivilisierten Menschen hatten wahrlich einen seltsamen Sinn für Humor! Um noch mehr dumme Bemerkungen zu verhindern, schlug er Kailash nun kräftig auf den Rücken und folgte ihm aus der Waffenkammer. Dann gingen die drei Männer guten Mutes zu den Stallungen, wo kräftige, rötlichschwarze brythunische Pferde mit prall gefüllten Packtaschen voller Proviant warteten. Dunkelgrün gefärbte, dicke Wolldecken waren zusammengerollt hinter den Sattel geschnallt.

Kailash schwang sich gekonnt in den Sattel und nahm die Zügel lose in die linke Hand. Auch Conan, der weniger Erfahrung mit Pferden hatte, saß gleich darauf auf seiner Stute. Sie war das größte der drei Pferde, ihre Schultern waren mit Conans auf derselben Höhe. Obwohl sie etwas tänzelte, als der Cimmerier es sich auf ihr bequem machte, vermochte sie sein beträchtliches Gewicht ohne sichtbare Anstrengung zu tragen.

Madesus hatte die Gefährten genau beobachtet und versuchte zweimal – leider vergebens – in den Sattel zu gelangen. Beim dritten Versuch fiel er glatt auf den Rücken. Plötzlich war er nun Zielscheibe des Spotts. Conan und Kailash lachten aus vollem Halse über sein Mißgeschick.

»Ich bin nur ein paar Mal geritten, und das war in meiner Jugend«, erklärte der Priester und strich sich über seinen schmerzenden Rücken. »Priester Mitras sind gewohnt, zu Fuß zu reisen, nicht auf dem Rücken wilder Tiere.«

»Keine Angst, mein Freund. Du wirst dich schnell daran erinnern, wie man reitet. Und wenn wir erst die brythunische Grenze erreichen, wird dein Rücken wünschen, du hättest es vergessen«, meinte Kailash boshaft.

Nachdem sie den Proviant sorgfältig überprüft hatten, trabten sie los. Sie hatten sich entschlossen, erst später etwas zu schlafen. Kailash schlug vor, daß sie erst mehrere Stunden nach Sonnenuntergang Halt machten. Er kannte im Dorf Innasfaln, am westlichen Fuß des Karpash-Gebirges, eine Herberge. Conan war mit diesem Vorschlag zufrieden, wenn diese Herberge direkt am Weg zu Skaurauls Feste lag. Er hatte nichts dagegen, mit dem Gold aus Eldrans Börse für einen Schlafplatz, warmes Essen und einen oder zwei Humpen Ale zu bezahlen.

Der Cimmerier wollte vor allem wissen, wie sie vorgehen würden, sobald sie Shan-e-Sorkh erreichten. Er hatte sich die Gegend auf den primitiven Landkarten im Palast angesehen. Das Gebiet war ihm sehr groß erschienen. Während sie nach Südosten ritten, fragte er Madesus nochmal, wie sie Skaurauls Feste finden sollten. Er hatte keine Lust, endlose, heiße Tage mit einer erfolglosen Suche in der Wüste zu verbringen, wo es spukte.

»Wie ich schon erklärt habe«, sagte Madesus. »Ich kann die Gegenwart der Mutare spüren. Falls ich sie nicht spüre, müssen wir auf Mitras Führung vertrauen. Unsere Sache ist gerecht. Und sollten wir uns irren, er wird uns den richtigen Weg weisen. Überlaß das ruhig mir und mach dir keine Sorgen. Ich habe die Macht der Priesterin einmal zu oft unterschätzt, diesen Fehler werde ich nicht wiederholen. Sie ist sehr listenreich und wird zweifellos sehen, wenn wir uns ihr nähern. Du und Kailash, ihr müßt bereit sein, alle Hindernisse zu überwinden, die sie uns vielleicht in den Weg legt.«

Conan drang noch weiter in den Priester, da ihn diese etwas vage Antwort keineswegs befriedigt hatte. Madesus jedoch beantwortete Conans Fragen nicht weiter. Daher gab Conan bald auf. Kailash befand sich mehrere Pferdelängen vor ihnen und hielt die Augen auf die Straße gerichtet. Sie hatten gehofft, still und ohne viel Aufsehen durch das Stadttor zu reiten. Kailash war wie ein einfacher Mann aus den Bergen gekleidet – allerdings sehr viel besser bewaffnet. Einige Wachen hatten ihn dennoch erkannt und ihm zugewinkt, als die drei vorbeiritten. Wahrscheinlich hatte sich unter den Soldaten die Kunde verbreitet, daß Kailash in einer dringenden Mission im Auftrag des Königs unterwegs sei.

Tatsächlich erregte Conan die größte Aufmerksamkeit. Der Anblick eines Cimmeriers war in Brythunien wahrlich selten. Und dann noch ein so blauäugiger Riese aus dem Norden, hoch zu Roß, begleitet von einem kezankischen Krieger und einem Mitra-Priester! Darüber mußten selbst die Schweigsamsten reden. Doch die Bevölkerung war viel mehr an der Nachricht interessiert, daß ihr König Eldran sich von seiner Krankheit sehr schnell erholte. Daher geriet das Trio schon bald wieder in Vergessenheit. In den Schenken tranken die Gäste auf Eldrans Gesundheit und das Ende der Ungewißheit, die seine schwere Krankheit heraufbeschworen hatte.

In den kommenden Tagen würden die Könige und Politiker in den benachbarten Reichen diese Neuigkeit weit weniger begeistert begrüßen. Nemedien und sein Verbündeter Corinthien hatten bereits Pläne für eine Invasion geschmiedet. König Yildiz aus Turan hörte erst zwei Tage später von Eldrans wundersamer Genesung und war für den Rest der Woche ungenießbar. Yildiz' Pläne, seine Herrschaft auszudehnen, hatte längst Brythunien eingeschlossen. Er hatte sogar schon Truppen in Bewegung gesetzt und Söldner angemietet, weil er fest mit Eldrans Dahinscheiden und der daraus sich ergebenden guten Möglichkeit, seine Herrschaft auszudehnen, gerechnet hatte.

Doch nur einer war jetzt schon aufgebrachter und enttäuschter über die Genesung des Königs als alle anderen Herrscher zusammen. Er schäumte vor Wut und dachte mit seinem ränkevollen Verstand nur an eins: Rache! Besessen von diesem Gedanken saß er vornüber gebeugt auf seinem rötlichschwarzen Pferd und trug den dunkelgrauen Umhang eines brythunischen Bauern. Die Packsättel waren mit Proviant prall gefüllt.

Der Eunuch ritt nach Südosten und verfolgte wild entschlossen die drei Männer, die wahrscheinlich seine letzte Chance zerstört hatten, Brythunien seinen einstigen Ruhm und Glanz zurückzugeben. Während Lamici Conan und seine beiden Gefährten verfolgte, entsann er einen neuen schurkischen Plan, welcher einem gewissen Priester Mitras und diesen Schwerter schwingenden Höllenhunden den sicheren Tod bringen würde. In den Augen, die im Schatten der Kapuze verborgen waren, funkelte heller Wahnsinn.

15. Kapitel

INNASFALN

Kailash ritt an der Spitze. Conan und Madesus folgten ihm durch die üppigen Weiden Brythuniens. Der erste Abschnitt des langes Wegs war schnell bewältigt. Kailash kannte die Gegend so gut, daß er keine Straße brauchte oder anhalten mußte, um sich zurechtzufinden. Die letzten Sonnenstrahlen fielen auf den Rand der tiefen grünen Wälder am nördlichen Horizont. Nach Süden hin wurden diese Wälder lichter. Dahinter folgten das rauhe und steinige Vorgebirge des Karpash-Massivs.

Da die südlichen Regionen nur spärlich besiedelt waren, trafen sie auf keine Dörfer. Kailash hatte ihnen erzählt, daß der König von Zamora auf einen Großteil dieses Landes Anspruch erhob. Jedoch hatte er weder Truppen hier stationiert oder Garnisonen im Norden der Berge errichtet. Der Kezanker war auf diese Tatsache sehr stolz und schrieb das Fehlen militärischer Präsenz zamorischer Soldaten dem Einfluß Eldrans zu. Conan sah nur wenig, worauf man hätte stolz sein können. Das Land war öde und kahl.

Die Sonne war gerade hinter den Gipfeln des Karpash untergetaucht, als Kailash anhalten ließ. Er spähte zum steinigen Berghang hinauf. Offenbar suchte er nach einer Orientierungshilfe. »Das Dorf ist nicht mehr weit«, erklärte er und nickte zufrieden. »Zwei, höchstens drei Stunden. Wir müssen bald absteigen und unsere Tiere dort hinüberführen.« Er deutete auf einen steilen Hang in der Ferne. »Dahinter liegt Innasfaln.«

Im schwindenden Tageslicht kamen sie auf dem steinigen und steilen Gelände nur langsam vorwärts. Madesus hatte große Mühe, sein Roß sicher über dieses gefährliche Stück zu führen, da er nicht gewohnt war, mit Pferden umzugehen. Endlich erreichten sie einen Hügel, auf dem seltsame Bäume mit zwei Ästen standen. Hier stieg Kailash aus dem Sattel. Die anderen folgten seinem Beispiel. Von nun an mußten sie zu Fuß weitergehen und ihre Pferde führen. Conan entdeckte einen steinigen Pfad, der von dem Hügel tief in die Steinwände des Karpash-Gebirges hineinführte.

Madesus ging steif und führte sein Pferd mit großer Vorsicht. Er fragte Kailash: »Warum steht an einem so abgelegenen Ort ein Dorf?«

»Es gibt nur wenige Pässe in diesem Gebirge, und Innasfaln liegt an der Mündung von einem«, antwortete Kailash. »Wir werden dort erfahren, was wir von der Straße nach Süden zu erwarten haben.« Er blinzelte Conan verstohlen zu. »Dort wird uns aber auch noch mehr erwarten. Die Schenke in Innasfaln ist berühmt. Dort gibt es das süffigste Ale von ganz Brythunien und dazu die hübschesten Maiden, die uns in jeder Hinsicht mit Freuden verwöhnen werden.« Amüsiert beobachtete er Madesus' Reaktion auf diese Bemerkung.

»Ich verstehe«, sagte der Priester und machte ein bedenkliches Gesicht. »In dem Fall solltet ihr beide besser vor dem Dorf lagern, während ich hineingehe und mich nach der Straße erkundige. Ihr habt nicht die Zeit, euch heute abend zu besaufen und herumzuhuren. Wir müssen so wenig wie möglich schlafen, denn eins kann ich euch sagen: Die Priesterin schläft nicht. Mit jedem Augenblick, den wir verschwenden, wächst ihre Macht, und die Aussichten auf einen Sieg vermindern sich. Wenn ich gewußt hätte …«

Kailash fing an zu lachen. »Keine Sorge, Priester! Ich habe nur einen Scherz gemacht. Conan und ich sind erfahrene Haudegen. Wir können uns zurückhalten. Ich halte es für das Beste, wenn wir uns in der Schenke einen oder zwei Humpen genehmigen, damit wir nicht die Neugier der Einheimischen erregen. Mir wäre es lieber, nicht allzusehr aufzufallen. Außerdem kennt der Wirt dich nicht. Ich habe mit ihm zusammen vor vielen Jahren in den brythunischen Grenzkriegen Seite an Seite gekämpft.«

Madesus beugte sich der Logik des Mannes aus den Bergen, meinte jedoch mit unüberhörbarer Skepsis: »Nun gut, einen oder zwei Humpen, dann begeben wir uns zur Ruhe. Ich warne euch. Ich stehe mehrere Stunden vor Tagesanbruch auf und werde euch beide wecken, ganz gleich in welchem Zustand ihr seid.«

Kailash lachte schallend. Conan hatte interessiert die Beschreibung der Schenke vernommen, und war jetzt enttäuscht. In einer kalten Nacht wie dieser wäre ihm die Umarmung einer heißblütigen, vollbusigen Hure sehr willkommen gewesen. Es waren bereits mehrere Tage vergangen, seit er bei Yvanna gelegen hatte, und er sah nicht ein, warum eine kleine Orgie sie übermäßig aufhalten würde. Madesus konnte doch ruhig schlafen, während er und Kailash sich im Schankraum oder sonstwo in den Armen einer willigen Maid ergötzten.

Als sie den Dorfrand erreichten, schenkte ihnen der Himmel nur das kalte weiße Licht des Mondes. Wie ein bleiches, mürrisches Gesicht blickte er herab. Mit Anbruch der Nacht war es empfindlich kalt geworden. Die Nachtluft biß mit unsichtbaren Zähnen in jedes Stück bloße Haut. Aus den Nüstern der Rosse quoll der Atem wie Dampf aus einem kochenden Wasserkessel.

Conan schenkte der Kälte kaum Beachtung. Der brythunische Herbst war nichts im Vergleich zu der bitteren Kälte in seiner Heimat Cimmerien. Kailash hatte sich die Kapuze tief ins Gesicht gezogen und den Helm drübergestülpt. Seine dicke Bauerntunika hielt die Kälte ab. Außerdem stammte er aus dem Nordosten, wo die Witterung ähnlich war wie in Cimmerien. Am meisten verspürte Madesus die Kälte, trotz der Gewänder und des Umhangs, die er trug. Er mußte zugeben, daß der Gedanke an einen warmen Raum ihm jetzt äußerst verlockend erschien. Unter diesen Umständen würde Mitra ihm gewiß verzeihen, wenn er sich in diese Lasterhöhle wagte – zumindest hoffte er darauf.

Innasfaln war ein kleines Dorf. Die Reiter kamen an einigen Katen vorbei, deren Wände aus Flechtwerk bestanden, das mit Lehm verschmiert war. Fast alle schienen bewohnt zu sein. In der Mitte des Dorfes standen einige aus Feldsteinen gemauerte Häuser, die solide aussahen. Kailash zeigte auf das größte Haus. Eine brythunische Standarte erhob sich stolz über dem Dach, was in dieser tristen Umgebung fehl am Platz wirkte. Vor dem Eingang standen mehrere Pferde an einer Holzstange angebunden.

Die Herberge hatte keine Fenster. Als Windschutz hing eine dicke, mit Teer bestrichene Plane vor der Tür. Conan hatte schon schäbigere Unterkünfte gesehen, doch mußte er zugeben, daß selbst der schmutzige und verwahrloste *Schwertknauf* im Vergleich zu diesem Höllenloch fürstlich aussah.

Die drei Männer stiegen ab. Conan und Kailash banden die Pferde fest, luden die Packtaschen ab und schwangen sie mühelos über die Schulter. Madesus ging langsam und rieb sich den schmerzenden Hintern. Conan und Kailash lachten herzlich über die Qualen des Priesters.

»Wenn dir heute schon alles weh tut, warte bis morgen«, meinte der Mann aus den Bergen. »Vielleicht wachst du vor uns auf, aber ich wette, daß wir vor dir wieder im Sattel sitzen.«

Immer noch lachend band der Cimmerier den Beutel mit dem Gold fester an den Gürtel. Er reichte Kailash zwei Münzen. »Das ist für ...« Er machte eine Pause und blickte zum Priester. »... unser Nachtlager.«

Der Kezanker grinste. Aber dann schüttelte er den Kopf. »Wenn der alte Malgoresh noch da ist, gehen die Getränke aufs Haus!« Er nahm den Helm ab und verstaute ihn in seinem Ledersack. Dann nahm er die Kapuze zurück. Wortlos schob er die Teerplane beiseite und ging hinein. Conan folgte ihm.

Die Zweifel des Cimmeriers über diese Absteige erwiesen sich als unbegründet. Der große Schankraum war hell erleuchtet, aber überfüllt. Jede Bank war besetzt. Viele Gäste standen oder lehnten sich gegen die Wände. Als Conan und Kailash eintraten, drehten einige den Kopf nach ihnen um und verstummten. Gleich darauf aber vertieften sie sich wieder in ihre Gespräche. Offenbar kümmerten sich die Stammgäste hier nicht um Fremde.

»Schau, dort hinten!« Kailash deutete zu einem langen Holztisch am Ende des Raums. Dahinter stand ein rundlicher Mann mit grauem Bart und schöpfte Ale aus einem riesigen Eichenfaß. Weitere Fässer waren an der Rückwand aufgestapelt. »Da ist Malgoresh, wie ich gehofft hatte.« Kailash schob sich durch die Menge. Conan blieb ihm auf den Fersen. Einige nüchterne Gäste machten den beiden Kriegern eilends Platz.

Doch in einem Punkt hatte Kailash zu viel versprochen: Der Cimmerier sah nur wenige weibliche Wesen, und die meisten von ihnen hatten ihre besten Jahre längst hinter sich. Doch es gab auch einige, auf denen die Augen des jungen Hünen aus Cimmerien wohlgefällig ruhten. Er war überrascht, diese Schönen in dieser schäbigen Schenke in einem so abgelegenen Dorf zu sehen.

»Warte mal!« sagte Conan zu Kailash und blickte besorgt zurück. »Madesus ist uns nicht gefolgt. Wir sollten warten, bis er …«

»Pah! Ein Priester in einem Schankraum ist wie Wasser auf's Feuer. Vielleicht hat er aufgegeben und sich bereits eine Schlafkammer gemietet. Übrigens habe ich ihn vorhin auf den Arm genommen. Die Weiber hier haben viel von ihrem früheren Glanz eingebüßt. Nach ein paar Humpen und etwas zu essen, bin ich bereit, mich aufs Ohr zu hauen.« Dann grinste er plötzlich spitzbübisch. »Wenn der Priester doch noch kommt, könnten wir uns auf seine Kosten amüsieren. Laß uns dort drüben einigen Schankmädchen schöne Augen machen. Der Ausdruck auf seinem Gesicht dürfte uns für die Strafpredigt entschädigen, die wir zweifellos bekommen werden.«

Priester oder nicht Priester – Conan hätte den Scherz gern noch weitergetrieben, aber dann hielt er es für besser, Kailash zuzustimmen. Er schob einen kichernden Betrunkenen beiseite, der ihnen den Weg versperrte. Der schlaksige Bauernbursche brachte es fertig, keinen Tropfen Ale zu verschütten, als der Cimmerier ihn so plötzlich aus dem Gleichgewicht gebracht hatte. Jeder Jongleur hätte ihn um sein Geschick beneidet. Nach einem Blick auf Conan räumte er seinen Platz an der Theke jedoch bereitwillig.

Kailash baute sich vor dem Wirt auf. Der stellte mehrere große Humpen mit Ale auf die Theke und wischte die Hände an der schmutzstarrenden Schürze ab, die er lose um seine beträchtliche Körpermitte gebunden hatte.

Da leuchtete Überraschung und Freude in seinem bärtigen Gesicht auf. »Bei Hanumans behaarten Eiern! Ist das mein alter Freund Kailash oder bin ich ein

Pikte?« Durch die vielen Jahre in der Schenke war seine Stimme rauh geworden. Jetzt lachte er lauthals. »Willkommen in der feinsten Schenke im Umkreis von hundert Meilen!«

Auch Kailash lachte schallend. »Das ist die einzige Schenke im Umkreis von hundert Meilen, du altes Schlachtroß!« Er deutete auf Malgoreshs Mitte. »Wie ich sehe, hast du dir ein paar Fässer zu viel von deinem eigenen Gebräu genehmigt. Bist du schon leer gesoffen, oder hast du noch ein paar Schluck für zwei ausgedörrte Reisende?«

Malgoresh musterte Conan argwöhnisch. »Zwei? Gehört der zu dir, oder …?«

»Kein böses Wort gegen ihn! Er heißt Conan und stammt aus der Eiswüste Cimmerien. Sollte jemand das Schwert gegen ihn erheben, trifft er vorher auf meine Klinge.«

»Ein Cimmerier, bei Hanumans Gemächt! Muß eine seltsame Geschichte sein, die ihn hierhergeführt hat, aber noch seltsamer kommt mir vor, daß ihr beide Kameraden geworden seid!« Malgoresh kratzte sich nachdenklich am Kinn. Dann wurde seine Miene ernst. »Was gibt es Neues in Pirogia?«

»Der König ist wieder gesund.« Kailash beugte sich vor. Er warf mißtrauische Blicke nach rechts und links und sagte leise: »Aber Valtresca ist tot – und auch Salvorus. Der General ist als Hochverräter entlarvt worden. Es gab ein regelrechtes Gemetzel im Verlies unter dem Palast. Conan und Salvorus haben ihn getötet.«

Malgoresh fiel der Unterkiefer hinab, als er die Humpen vor die beiden Männer stellen wollte und ließ sie fallen. Ale schwappte heraus und bildete Pfützen auf dem schmutzigen Boden. »Ein Hochverräter?« zischte er. Ohne auf das vergossene Ale zu achten, beugte er sich vor und dämpfte seine heisere Stimme, damit nicht zu viele Ohren mithören konnten. »Das sind ja scheußliche Nachrichten, alter Freund! Aber wenigstens lebt Eldran.«

»Er ist noch nicht außer Gefahr«, sagte Kailash. »Ich habe keine Zeit, dir die ganze Geschichte heute abend zu erzählen. Wenn Mitra mir beisteht, komme ich bald zurück nach Innasfaln und berichte dir ausführlich. Das Ganze ist sehr merkwürdig, und Conan hat eine wichtige Rolle gespielt. Nur Mitra allein weiß, wie alles enden wird. Morgen reiten wir weiter nach Süden. Dazu brauche ich noch einige Informationen von dir.«

»Selbstverständlich. Alles, was du wissen willst. Aber wieso ist Valtresca …?«

»Halt, Gor! Ich beantworte keine einzige Frage, ehe ich meine ausgedörrte Kehle nicht mit deinem Ale befeuchtet habe. Hast du unseren Brand vergessen, oder ist dein Kopf ebenso weich geworden wie dein Bauch?«

Malgoresh schlug sich auf die Stirn und lachte leise. Dann hob er die Humpen auf und füllte sie aus dem Faß. Lächelnd stellte er sie vor die beiden durstigen, müden Krieger.

Madesus stand immer noch draußen in der Kälte und beäugte den Eingang der Schenke argwöhnisch. Er hegte Zweifel, ob es sich ziemte, Conan und Kailash dort drinnen Gesellschaft zu leisten. Andererseits würde es ratsam sein, die beiden im Auge zu behalten. Schließlich schob er alle Bedenken beiseite und trat ein. Conan und Kailash nahmen gerade die ersten Schlucke Innasfaln-Ale.

Die Schenke war größer, als Madesus erwartet hatte. Doch ansonsten war alles, wie er es sich vorgestellt hatte. Der scharfe Geruch ungewaschener Leiber und schalem Ale mischte sich mit anderen Düften, die er nicht auf Anhieb identifizieren konnte. Anscheinend hatte sich das gesamte Dorf hier versammelt. An über einem Dutzend roher Holztische saßen die Gäste dicht gedrängt. Madesus zählte sechs Schankmaiden und siebzig bis achtzig Gäste verschiedenen Alters und Herkunft. Viele lachten laut oder sangen. Andere saßen vornübergebeugt und versuchten trotz des Lärms, sich miteinander zu unterhalten.

Madesus war froh, den Reiseumhang zu tragen, welcher seine wahre Identität verbarg. Nicht zu Unrecht nahm er an, daß die Gäste in dieser Schenke sich fragen würden, was ein Priester an einem derartigen Ort zu suchen hätte. Er war nicht überrascht zu sehen, daß Conan und Kailash Ale geradezu in sich hineinschütteten – wie Pferde an der Tränke. Als Madesus sich ihnen näherte, brachten sie gerade einen Trinkspruch aus und stießen mit den Humpen an, ehe sie sich noch einen kräftigen Schluck des dunklen Ales genehmigten.

Eine üppige blonde Dorfschöne ging wagemutig zu den beiden Kriegern. Ihre Rundungen wippten verführerisch unter ihrem dünnen, fast durchsichtigen roten Gewand. Ein Dorfbewohner kniff sie in den festen Hintern, als sie vorbeiging. Sie kicherte und versetzte ihm einen Klaps auf die Hand. Ihre Aufmerksamkeit war ausschließlich auf die beiden Fremden gerichtet.

Madesus war über dieses schamlose Benehmen außer sich vor Wut. Entschlossen bahnte er sich einen Weg zu den Gefährten, um sogleich einzuschreiten, falls seine Gefährten irgendwelche lüsterne Absichten in bezug auf dieses liederliche Weib hegten. In der Eile stolperte er über einen kleinen, kräftig gebauten Dorfbewohner.

Der stinkende Atem des Manns beleidigte die Nase des Priesters. Der Gestank war so entsetzlich, daß jeder angreifende Bulle sofort stehen geblieben wäre. Madesus wandte das Gesicht zur Seite, um der stinkenden Atemwolke zu entgehen, die das unrasierte, mit Narben übersäte Gesicht und das verfilzte Haar einhüllte. »Ich bitte um Verzeihung«, sagte Madesus höflich.

»Was? He, paß auf, wo du hintrittst! Hast es wohl eilig, was?« brüllte der alte Säufer und unterstrich seine Fragen mit einem lauten Rülpser, wobei er jedesmal dem Priester eine Duftwolke entgegenschleuderte. Madesus wollte den Kerl nicht weiter provozieren, trat einen Schritt zurück und verbeugte sich. Der dreckige Kerl taumelte an ihm vorbei und rülpste nochmals.

Inzwischen hatten sowohl Conan als auch Kailash eine üppige Schöne gefunden. Der Cimmerier hatte den kräftigen Arm um die schlanke Taille einer Blonden mit heller Haut gelegt, die mit langen, lackierten Fingernägeln durch seine rabenschwarze Mähne fuhr. Ein dunkeläugiges Flittchen, äußerst spärlich bekleidet, wechselte mit Kailash derbe Scherzreden. Die Krieger entdeckten Madesus und riefen ihn fröhlich winkend zu sich, doch ihre Stimmen gingen in dem Lärm unter.

Madesus kramte in seinem Beutel und holte zwei Goldmünzen heraus: Golddrachen aus Nemedien. Jede war so viel wert wie fünf aquilonische Goldnobel. Er nahm die beiden schweren Münzen in die Hand und schritt auf die beiden Frauen zu. Stumm flehte er Mitra an, daß sein Plan Erfolg haben möge.

»Meine Damen.« Er brachte ein Lächeln zustande, als ihm klar wurde, daß diese Bezeichnung wohl nur entfernt auf die beiden zutraf. »Ja, ihr beiden ... kommt doch mal her.«

Die Frauen blickten Conan und Kailash fragend an. Diese nickten. Madesus hielt die Hände so, daß seine Gefährten sie nicht sehen konnten. Dann sagte er leise zu den Schönen:

»Meine Freunde sind arm. Sie haben ihr ganzes Geld beim Würfelspiel verloren. Ich kann es nicht sehen, daß zwei schöne Frauen wie ihr einen Abend für ein paar armselige Silberlinge vergeuden. Die beiden Burschen werden bald zu betrunken sein, um eure Reize gebührend würdigen zu können. Ich hatte mehr Glück und möchte es gern mit euch teilen.« Er drückte jeder einen Golddrachen in die Hand. »Hier, nehmt das und verlaßt diesen Ort. Ihr müßt jedoch das Gold mit allen anderen Frauen hier teilen. Ihr und eure Freundinnen brauchen den heutigen Abend nicht mit diesen schrecklichen Kerlen hier zu verbringen. Einverstanden?«

Mit großen Augen starrten die beiden auf die Goldmünzen. So viel verdienten sie kaum in einem Monat. Sie nickten und blickten Madesus verständnislos an. Dann warf die Dunkelhaarige die Locken in den Nacken und schmiegte sich an den Priester. »Willst du uns nicht später Gesellschaft leisten?« Der Klang ihrer verführerischen Stimme und der Anblick der prallen Brüste hätten jeden Mann vom Totenbett erweckt.

Ihr aufreizendes Benehmen entsetzte Madesus. Er wich zurück. Aber er wünschte sich beinahe, kein Priester Mitras zu sein. »Nein, nein!« wehrte er ab, entsetzt, daß er so unfromme Gedanken gehegt hatte – wenn auch nur für einen kurzen Moment. »Unsere Reise war lang und anstrengend. Ich bin zu nichts mehr fähig. Ich will nur noch schlafen.« Die beiden Frauen sahen sich an und lächelten. Dann schlüpften sie durch die Menge und verließen die Herberge.

Madesus schüttelte den Kopf und bat Mitra stumm um Vergebung. Diese Krieger übten einen schlechten Einfluß auf ihn aus. Es war doch einfach undenkbar, daß ein Priester Mitras um der guten Sache willen lügen mußte und sogar Huren Gold geben mußte! In Zeiten wie dieser verstand er, warum so viele Priester Zuflucht in den Tempeln Mitras suchten.

Conan und Kailash hatten den Priester beobachtet. Anfangs hatten sie ihren Augen nicht getraut, dann aber waren sie nur noch erstaunt, als sämtliche weiblichen Wesen – wie Sand in einer Sanduhr – nach und nach verschwanden. Madesus trat zu ihnen. »Nun?«

fragte er. Ein Lächeln umspielte seine Lippen und seine Augen funkelten.

»Crom! Was hast du denen erzählt?« fragte Conan enttäuscht.

»Ja, warum sind alle Weiber weg?« fragte auch Kailash.

»Ich habe ihnen gesagt, daß ihr keine Münzen hättet, um euch für ihre Gunst erkenntlich zu zeigen«, antwortete der Priester. »Und im übrigen haben wir keine Zeit für derlei Unterhaltung. Wenn wir die Priesterin getötet haben, habt ihr genügend Zeit, euren lasterhaften Vergnügungen nachzugehen. Doch jetzt flehe ich euch an: Bewahrt den Rest Verstand, den ihr noch habt! Zweifellos habt ihr noch nicht einmal Erkundigungen über die Straße eingeholt, oder?«

Conan machte eine finstere Miene, und Kailash blickte betreten zu Boden. Dann lachten beide plötzlich schallend. Madesus schaute sie an, als hätten sie den Verstand verloren. Darüber mußten sie noch lauter lachen.

Obwohl Conan die Reaktion des Priesters ungemein lustig fand, war er eigentlich enttäuscht. Er war sich sicher, daß Darinais, das blonde brythunische Flittchen, gern mit ihm das Lager geteilt hätte, ohne einen einzigen Kupferling von ihm zu verlangen. Er strotzte vor Manneskraft und war jünger, als Kailash und Madesus bewußt war. Eine Nacht mit Darinais hätte seine Stimmung ungemein verbessert. Der Cimmerier bedauerte es jetzt, daß Madesus seine Hemmungen überwunden und die Schenke betreten hatte.

Kailash leerte den Humpen und knallte ihn auf die Theke. Er blickte sich nach dem Wirt um, konnte ihn aber nirgends entdecken. »Malgoresh!« Seine Kommandostimme übertönte tatsächlich den Lärm. »Noch ein Ale!«

Die Hintertür des Schankraums befand sich hinter

der Theke. Im Gegensatz zur Vordertür war sie aus starken Holzbohlen gemacht, die mit Eisen beschlagen waren. Sie war mit einfachen, aber kräftigen Angeln an der dicken Holzsäule in der Mauer befestigt. Jetzt öffnete sich die Tür, und Malgoresh trat herein. Er war rot im Gesicht und schnaufte, als sei er mit knapper Not einer blutrünstigen piktischen Räuberbande entkommen. Auf jeder Schulter des Turaniers lag ein Faß Ale, das er mit seinen muskulösen Armen festhielt.

»Gleich!« brüllte Malgoresh zurück und stellte die Fässer ab. Schweißperlen liefen über seine Hakennase. »Wo in Zandrus neun Höllen stecken meine Schankmaiden? Ich drehe mich mal kurz um, und schon sind sie verduftet, ohne mich um Erlaubnis zu fragen.« Fluchend tauchte er die Humpen ins Alefaß und stellte sie auf die lange schmale Theke. Er arbeitete wie ein Besessener.

Die Gäste rissen ihm die Humpen vor der Nase weg und legten die Münzen hin. Ohne die Kupferlinge oder Silbermünzen zu zählen oder Wechselgeld herauszugeben, steckte der Turanier alles mit finsterer Miene in seinen großen Beutel. Er fluchte unablässig, während er an der langen Theke auf- und ablief. Endlich hatte er die Nachfrage befriedigt und wischte sich mit der Schürze den Schweiß vom Gesicht. Jetzt hatte er wieder Zeit, mit Kailash zu plaudern.

Der Mann aus den Bergen nahm einen großen Schluck. »Ziemlich viel los, heute abend«, meinte er und wischte sich den Schaum vom Schnurrbart.

»Stimmt. Zuviel. Am liebsten würde ich heute früher schließen. Viele Jahre sind vergangen, seit wir gemeinsam ein Faß Ale geleert haben. Was meint ihr – habt ihr Lust?«

»Heute nicht, mein Freund. Die Jahre haben mich gelehrt, daß es bessere Orte gibt als den Fußboden einer Schenke, um die Nacht zu verbringen. Meine Gefährten und ich müssen uns noch ein Nachtlager besorgen«, erklärte Kailash.

»Gefährten?« Malgoreshs Augen hefteten sich auf Madesus. Der Umhang verbarg seine Priestergewänder, doch dem scharfen Blick des Turaniers blieben einige Einzelheiten nicht verborgen: Er trug keine Waffen, nicht einmal einen Dolch – und die schlichte, abgetragene Kleidung eines Mannes, der viel unterwegs ist. Dennoch sah der Mann nicht wie ein Kaufmann oder Adliger aus. Malgoreshs Instinkte sagten ihm, daß dieser Mann eine Art Zauberer war – oder vielleicht ein Priester. Kopfschüttelnd blickte Malgoresh seinen alten Freund Kailash fragend an. Der Kezanker hob den Humpen und nahm noch einen mächtigen Schluck.

»Das ist Madesus, ein …« Kailash machte eine Pause. »… ein Freund aus Corinthien«, fügte er lahm hinzu.

Madesus bot dem Wirt die Hand. Er ergriff sie und schüttelte sie kräftig. Sein Griff war wie ein Schraubstock und Madesus hörte, wie seine Knochen knirschten. Er unterdrückte den Wunsch, seine gefühllosen Finger zu massieren, nachdem der Turanier seine Hand frei gegeben hatte. »Freut mich, dich kennenzulernen, Malgoresh«, sagte er mit gequältem Lächeln. »Wir sind dir für deine Gastfreundschaft sehr dankbar.«

»Ach, nicht der Rede wert.« Der kahlköpfige Wirt zuckte mit den Schultern, füllte noch einen Humpen und stellte ihn vor den Priester. Madesus beäugte ihn, als wäre er eine Giftschlange. Malgoresh tat, als bemerke er es nicht. Aber jetzt war er ganz sicher, daß Madesus kein gewöhnlicher Reisender war. »Kailash und ich haben mehr als einmal Seite an Seite in den Kriegen an der Grenze gekämpft. Ja, es kommt mir wie gestern vor, daß wir gemeinsam an einem Feldzug teilgenommen haben. Damals waren wir nur zwanzig Männer. Am Südufer des Gelben Flusses sind wir in einen Hinterhalt geraten, den dieser Sklavenjäger, dieser nemedische Schweinehund, Nekator, gelegt hatte. Er hatte dreimal mehr Männer bei sich, als unser Haufe zählte. Die Hälfte meiner Kameraden war gefallen, ehe wir richtig kapierten, was eigentlich los war. Das war ein Kampf, bei Hanumans haarigem Gemächt! Das Wasser des Flusses färbte sich blutrot und ...«

Malgoreshs Geschichte wurde rüde unterbrochen. Ein selten dreckiger Kerl, dessen Atem wie ein Schlachthaus an einem heißen Sommertag stank, kam schwankend zur Theke und schob sich rücksichtslos zwischen Conan und Madesus. Nachdem er lautstark gerülpst hatte, brüllte er: »Ale! Verflucht, gib mir sofort ein Ale!« Dann knallte der Kerl seinen leeren Humpen auf die Theke – und auf Conans linke Hand.

Der Cimmerier zog die Hand zurück, brummte verärgert, und rammte dem Angeber blitzschnell den Ellbogen in den Wanst. Madesus sah entsetzt, daß es derselbe betrunkene Kerl war, an den er zuvor geraten war.

»Oooooh!« Der Saufbold rang nach Luft, als Conans Ellbogen ihn traf. Er taumelte nach hinten und wäre beinahe gefallen. Mit übermenschlicher Anstrengung gelang es ihm, das Gleichgewicht wiederzugewinnen. Mit blutunterlaufenen Augen hob er seinen Humpen, um ihn dem Cimmerier über den Schädel zu schlagen. Conan parierte den Angriff locker mit einem Arm und versetzte dem Kerl mit der eisenharten Faust einen Kinnhaken, daß er hintenüber geschleudert wurde und man hörte, wie der Unterkiefer brach. Der Mann schrie vor Schmerzen auf. Ehe er zu Boden fiel, schleuderte der Unruhestifter seinen Humpen in Conans Richtung.

Aufgrund einer grausamen Laune des Schicksals flog der Humpen direkt auf das Gesicht des Barbaren zu. Conan duckte sich und hob seine Hand, um den Humpen abzufangen. Doch das schwere eiserne Gerät sauste an seiner Hand vorbei und traf Kailashs Stirn.

Der Mann aus den Bergen blieb noch lange genug bei Bewußtsein, um sich zu wünschen, er hätte seinen Helm nicht abgesetzt. Dann fiel er besinnungslos, wie ein gefällter Baumriese, auf den Boden.

Malgoresh war wütend, daß sein Freund verletzt war, wollte eine allgemeine Schlägerei jedoch verhindern. Er brüllte die beiden Männer verzweifelt an. »Halt! Aufhören! Wenn ihr kämpfen wollt, dann aber draußen!«

Unglücklicherweise trafen die Worte des Turaniers auf taube Ohren. Conan ballte die Fäuste und rammte sie dem Gegner in die Rippen. Dem knackenden Geräusch zerbrechender Knochen folgte eine Flut gräßlicher Flüche. Der Mann spuckte Blut und Zähne und schrie um Hilfe. »Kulg! Wenak!« Dann sank er wimmernd in sich zusammen und hielt sich die schmerzenden Rippen, während er sich laut übergab.

Zwei Männer drehten die Köpfe. Die Gespräche erstarben. Eine seltsame Stille herrschte plötzlich im Schankraum. Kulg, ein Muskelprotz, blickte von seinem Humpen auf. Er ähnelte dem verletzten Vansa, der sich auf dem Boden vor Conan wand. Aber er war viel größer und noch häßlicher als sein Bruder. Er war so stark behaart, daß man – natürlich hinter seinem Rücken – über seine Abstammung boshafte Bemerkungen machte. Der verfilzte schwarze Bart bedeckte die Wangen beinahe vollständig. Buschige Brauen zierten die niedrige fliehende Stirn und aus dem Halsausschnitt der verdreckten Tunika sproß ein dichter Haarbüschel. Selbst verglichen mit seinem Bruder war Kulg nicht sehr gescheit. Doch er geriet in Wut, als er sah, wie sein Bruder sich auf dem Fußboden in Schmerzen wand.

Wenak saß neben ihm. Er holte einen kleinen Dolch aus der Scheide und nahm ihn in die offene Hand. Wenak glich seinen älteren Brüdern in keiner Weise: Er war klein, dünn und feige. Er heftete seinen Blick auf Conan und hielt den Dolch wurfbereit. Er wartete darauf, daß der Cimmerier ihm den Rücken zuwendete.

Kulg brüllte wie ein wütender Stier und erhob sich von der Bank. Dann stürzte er sich mit den ausgestreckten, behaarten Händen auf den Cimmerier.

Conan reagierte instinktiv. Er trat beiseite und stellte dem haarigen Monster ein Bein. Dieser fiel gegen die Theke, die allerdings diesem Kraftpaket nicht standhalten konnte, sondern umkippte und Malgoresh mitriß. Ale und Humpen flogen dem Turanier um die Ohren. Er stöhnte, als die schwere Thekenplatte ihn unter sich begrub. Madesus war entsetzt, vermochte jedoch nicht, Einhalt zu gebieten. Er ging zu Kailash, um sich dessen Kopfverletzung anzuschauen.

Conan wirbelte herum und packte einen von Kulgs Armen, und drehte ihn auf den Rücken. Gleichzeitig trat er ihn in die Kniekehle und zwang ihn so zu Boden. Beide landeten auf der umgestürzten Theke und trafen damit auf Malgoresh, der unter der Last laut stöhnte. Wenak sah jetzt eine gute Gelegenheit, dem Cimmerier den Dolch in den ungeschützten Rücken zu werfen. Er holte aus.

Madesus sah die Klinge schimmern, als Wenak sich zum Wurf vorbereitete. »Conan, hinter dir!« schrie er und sprang auf Wenak zu. Verzweifelt hoffte er, darauf den Wurf zu verhindern.

Wenak zögerte eine Sekunde lang und überlegte, ob er den Dolch dem Fremden anstatt im grünen Umhang entgegenschleudern sollte. Doch dann entschied er sich doch, auf Conan zu zielen und wollte sofort davonlaufen.

Der Cimmerier hatte Madesus' Warnruf gehört, jedoch keine Möglichkeit, dem Dolch zu entgehen. Wenak hatte jedoch zu hoch gezielt und traf lediglich ein leeres Alefaß. Außer sich vor Wut über diesen feigen Anschlag packte Conan Kulgs Kopf und schlug sein behaartes Gesicht mehrmals gegen die Thekenplatte.

Ein Gast kam dem Cimmerier zu Hilfe und stellte dem fliehenden Wenak ein Bein. Dieser fiel gegen einen Tisch und verkroch sich sogleich darunter. Die am Tisch sitzenden Männer nahmen es übel, daß ihre Humpen umgefallen waren, gaben jedoch den Burschen am Nebentisch die Schuld. Innerhalb weniger Augenblicke breitete sich eine allgemeine Schlägerei im Schankraum aus.

16. KAPITEL

ABSCHIED

Lamici erreichte Innasfaln ungefähr eine Stunde, nachdem Conan, Madesus und Kailash eingetroffen waren. Der Eunuch näherte sich dem Dorf vorsichtig und führte sein Pferd am Zügel zur Schenke. Viele Jahre waren vergangen, seit er sich so weit von der Stadt entfernt hatte, und noch niemals war er ganz allein so weit geritten. Alle Knochen taten ihm weh. Er fror erbärmlich, doch das brachte seine Entschlossenheit nicht ins Wanken. Jetzt war er mehr als je zuvor von nur einem Gedanken besessen: Rache!

Alle, die den Eunuchen kannten, wären über sein Aussehen entsetzt gewesen. Das hagere Gesicht war ausgezehrt und leichenblaß und er schien um zwanzig Jahre gealtert zu sein. Seine für gewöhnlich kühlen und ruhigen Augen glühten und waren blutunterlaufen. Die Tränensäcke waren dunkel und dick, so als hätte Lamici seit Tagen nicht mehr geschlafen. Dieselbe Besessenheit, die ihn in diesen Zustand getrieben hatte, verlieh ihm auch die Energie, weiterzumachen. Er hatte aufgehört, an die eigene Zukunft zu denken oder an eine Zukunft, die über den Tod derer hinausging, die seine lebenslangen Träume zerschlagen hatten.

Sie waren hier. Er sah ihre Pferde, die vor der Schenke angebunden waren. Aus dem Inneren der Schenke drang schrecklicher Lärm. Vorsichtig schlich Lamici hinters Haus und band sein Pferd an einen Baum in der Nähe an. Dann lauschte er und versuchte, einzelne Stimmen aus dem Gebrüll herauszuhören. Doch er hörte nur, wie Holz splitterte und Männer schrien. Er zog die Kapuze so tief wie möglich ins Gesicht und betrat den Schankraum. Seine Angst, aufzufallen, erwiesen sich als nichtig, denn es fand gerade eine Riesenschlägerei statt. Er wich zwei Betrunkenen aus, die sich fröhlich gegenseitig zu Brei schlugen, und verdrückte sich in eine etwas ruhigere Ecke. Von diesem Beobachtungsposten aus musterte er den großen Raum. Er hoffte, die Gesuchten irgendwo zu entdecken.

Er sah Conan auf der gegenüberliegenden Seite, ungefähr dreißig Schritt entfernt. Der Barbar kämpfte mit einem furchtbar behaarten Gorilla, der noch größer war als der Cimmerier. Er sah jedoch weder Kailash noch Madesus. Auf seine Tarnung vertrauend schob er sich vorsichtig ein Stück näher an den Barbaren heran. Ein eiserner Becher landete klirrend dicht vor ihm an der Wand. Er mußte über mehrere Körper steigen, die bei der Schlägerei bereits das Bewußtsein verloren hatten. Seiner Schätzung nach prügelten sich hier über vierzig Männer. Das Durcheinander bot ihm hervorragende Deckung. Niemand schenkte ihm Aufmerksamkeit, als er sich weiter nach hinten vorarbeitete, wo Conan und Kulg kämpften.

Der Cimmerier war verblüfft, daß Kulg immer noch bei Bewußtsein war. Er hatte den Kopf des Mannes gegen eine Bank und gegen die Mauer geschlagen und dem haarigen Gorilla wahrscheinlich einen Arm gebrochen. Trotz dieser Verletzungen kam der hartnäckige Kulg immer wieder auf die Beine und griff den Cimmerier erneut wie ein wütender Stier an. Conan bereitete sich auf den nächsten Aufprall vor. Wenn dieser sture Hund diesmal nicht endgültig zu Boden ging, mußte er doch zum Schwert greifen und härtere Maßnahmen anwenden.

Als Kulg seine Affenarme nach Conan ausstreckte, drehte dieser sich zur Seite, um den Angreifer mit einem Hüftschwung zu Boden zu schleudern. Doch da zog jemand an seinem Knöchel, und er verlor das Gleichgewicht. Vansa war es gelungen, Conans Knöchel zu packen. Der Cimmerier stieß wütend die Hand weg. Da traf ihn Kulgs Schlag, so daß er nach hinten fiel, dabei aber den Gegner mitriß. Fluchend lag er unter dem schweren Kerl und versuchte vergeblich, sein Schwert zu zücken.

Nur wenige Schritte entfernt bemühte sich Madesus ebenfalls vergeblich, Kailash wiederzubeleben. Der eiserne Humpen hatte eine häßliche Scharte in den harten Schädel des Manns aus den Bergen geschlagen. Seine Stirn blutete. Der Priester machte sich schwere Vorwürfe, daß er nicht eindringlicher versucht hatte, die Gefährten von diesem Unglücksort fernzuhalten. Von Anfang an war er gegen ihren Aufenthalt in der Schenke gewesen.

Seufzend holte Madesus ein Salbendöschen aus dem Beutel. Er strich großzügig Balsam auf die Wunde, um die Blutung zu stillen. Behutsam untersuchte er den Schädel. Er fand eine halbmondförmige Bruchstelle. Diese Verletzung war lebensbedrohlich. Um Kailash zu retten, mußte er sich des Amuletts bedienen. »Malgoresh!« rief er. Der Turanier kroch gerade unter der schweren Thekenplatte hervor.

»Wie schwer ist er verletzt?« fragte der Wirt.

»Er lebt, aber wir müssen ihn ganz vorsichtig an einen sicheren Ort schaffen, wo ich den Bruch im Schädel heilen kann.«

Gemeinsam zogen sie Kailash in eine Ecke, wo man sie nicht beobachten konnte. Madesus holte das Amulett heraus. Der Turanier machte große Augen.

»Sage niemandem, was du gesehen hast!« warnte der Priester eindringlich.

Malgoresh nickte. »Kein Wort! Das schwöre ich bei Hanumans haarigem …«

»Geh jetzt und versuch, die Schlägerei zu beenden, solange deine Schenke noch steht.« Madesus legte die rechte Hand auf die Stirn des Kezankers. In der Linken hielt er das Amulett. Dann stimmte er mit geschlossenen Augen das Heilungsgebet an.

Malgoresh hinkte zu Conan und Kulg hinüber. Die Beine taten ihm furchtbar weh, an der Stelle, wo die Holzplatte ihn getroffen hatte. Er sah, daß Kulg den Cimmerier mit seinem Gewicht zu Boden drückte, und daß Conan kaum mehr atmen konnte. Malgoresh griff zu einem dicken Brett, das von einem zerbrochenen Tisch stammte, und schlug damit wie mit einem Streitkolben auf Kulgs struppigen Schädel.

Das Eichenbrett traf Kulgs Granitschädel direkt an der Basis, doch Kulg zuckte nicht einmal zusammen. Verblüfft holte Malgoresh nochmals aus und schlug mit aller Kraft zu. Diesmal grunzte Kulg kurz und ließ Conans Kehle los, um sich den schmerzenden Kopf zu reiben.

Der Cimmerier holte schnell Luft und befreite sich vom tödlichen Gewicht des Riesen. Er trat ihm kräftig gegen die Stirn, während Malgoresh diesmal das Brett Kulg genau aufs Rückgrat schlug. Kulg kam langsam auf die Knie und schüttelte den Kopf. Offenbar konnte er nicht richtig sehen. Malgoresh holte zum nächsten Schlag aus. Doch da gelang es dem verwundeten Gorilla, mit der unversehrten Hand das Brett zu ergreifen. Malgoresh hielt es am anderen Ende fest, war jedoch der fast übermenschlichen Kraft Kulgs nicht gewachsen. Ein kurzer Ruck, und der Turanier hatte nur noch Splitter in der Hand.

Kulg erhob sich und überlegte, welchen Feind er mit dem Eichenbrett zuerst zusammenschlagen sollte. Conan hielt sein Schwert gezückt. In seinen blauen Augen funkelte blanke Wut. Malgoresh war nach hinten gelaufen, um sich Wenaks Dolch zu holen.

Keine zehn Schritte entfernt hockte Lamici. Niemand hatte ihn bisher bemerkt. Der Eunuch hielt diesen Augenblick für geeignet, um zuzuschlagen. Alle drehten ihm den Rücken zu – auch Madesus. Da der Priester keinen Lederharnisch trug, würde Lamicis vergiftete Klinge ungehindert in seinen Körper eindringen. Langsam schob sich der Eunuch an den ahnungslosen Priester heran, der, über Kailash gebeugt, sein Heilungsgebet sprach. Die umgestürzte Theke verbarg ihn vor neugierigen Blicken. Vorsichtig holte Lamici das Stilett aus der Scheide unter dem Ärmel. Er erstarrte, als Madesus plötzlich verstummte.

Der Priester hatte das Gebet zur Heilung beendet und öffnete die Augen. Kailash hustete und bewegte sich. Madesus hörte hinter sich etwas zischen und blickte über die Schulter, doch da sauste die blitzende schmale Klinge bereits durch die Luft. Es blieb ihm keine Zeit mehr, auszuweichen. Der Dolch bohrte sich in die Schulter, aber Madesus gelang es, Lamicis Ärmel zu ergreifen. Die Wunde war nicht tief. Er würde sie später mit Leichtigkeit heilen können.

Lamici stieß mit zusammengebissenen Zähnen ein leises, höhnisches Lachen aus. »Jetzt bist du verloren, du Tor! Nun zahlst du für die Verbrechen gegen mein Land.«

Plötzlich durchfuhr Madesus eine Welle unvorstellbaren Schmerzes. Gift! Der Priester fiel zu Boden. Das Amulett entglitt seiner Hand. Als Lamici danach griff, leuchtete das Amulett auf und blendete den Eunuchen. Obwohl es ihm die Handfläche verbrannte, hielt er es fest. Er zog den Dolch heraus und wollte fliehen. Das Amulett kühlte ab, sein Lichtschein wurde schwächer. Lamici steckte es in eine Tasche seines Umhangs und schlich in Richtung der Vordertür.

Madesus hielt seinen Beutel fest. Darinnen war alles, was er zum Heilen benötigte. Verzweifelt betete er zu Mitra, während die brennenden Schmerzen sich von der Schulter bis ins Herz ausbreiteten. Er wollte um Hilfe rufen, doch seine vom Gift gelähmten Lungen hatten keine Luft. Wieder betete er stumm zu Mitra und schloß die Augen. So schied er still dahin – von der Welt der sterblichen Menschen.

Als Conan den Lichtstrahl sah, wirbelte er herum und zog die blutige Klinge aus Kulgs Leichnam. Kaum zehn Schritte entfernt schlich sich ein Männlein im grauem Umhang an der Wand entlang. Es hielt einen Dolch mit sehr schmaler Klinge in der Hand. Der Cimmerier blickte in die Ecke des Schankraums, wo das Licht gewesen war. Ihm stockte das Herz. Hinter der umgestürzten Theke sah er den ausgestreckten Arm des Priesters in einer großen Blutlache liegen.

Ohne nachzudenken, stürzte Conan sich auf den Mann im grauen Umhang. Wie ein wildgewordener Bulle stieß der Cimmerier die Dorfbewohner beiseite. Sein Opfer tastete sich an der Wand entlang, als wäre es blind. Der Eunuch hatte Conan noch nicht entdeckt. Der junge Barbar kam schnell näher. Sein Gesicht war eine einzige dunkle Gewitterwolke. Jetzt stieß er noch den markerschütternden Kriegsschrei der cimmerischen Heimat aus. Er war so nahe, daß er auf der schmalen Klinge Blut glänzen sah. Für ihn bestand kein Zweifel daran, daß es sich um das Blut des Priesters handelte.

Conan streckte sein Schwert aus, um den Mann wie ein Schwein am Spieß zu durchbohren. In diesem Augenblick streckte der dümmliche Wenak, der immer noch unter dem Tisch hockte, ein Bein aus. Der Cimmerier verlor zuerst das Schwert, dann das Gleichgewicht. Die Klinge fiel klirrend auf den Boden. Gleichzeitig schlüpfte Lamici aus der Tür und verschwand in der Nacht.

Vor Wut und Enttäuschung war Conan außer sich. Rote Wolken wirbelten vor seinen Augen. Er packte Wenaks Knöchel und zerrte ihn unter dem Tisch hervor. Wenak schrie wie ein Irrer, doch Conan hielt ihn mit eisernen Griff fest.

»Du mutterloser mieser Wurf! Leiste deinem Bruder in der Hölle Gesellschaft!« Conan hob Wenak hoch und schleuderte ihn, mit dem Kopf voraus, gegen die Mauer. Wenaks Schädel platzte wie eine reife Melone.

Conan kochte vor Wut. Das Blut brodelte in seinen Adern. Er hob sein Schwert auf und stieß einen Tisch aus dem Weg. Wild entschlossen wollte er den Meuchelmörder des Priesters finden und töten.

Da schwang ein Bauer hinter Conan ein ziemlich großes Holzstück. Er schlug auf jeden ein, der in seine Nähe kam. Er erwischte den ahnungslosen Cimmerier direkt im Nacken. Der Schlag war so kräftig, daß das Holz splitterte. Conan machte noch einige unsichere Schritte zur Tür, dann stürzte er zu Boden, ließ jedoch das Schwert nicht los. Er wollte weiterkriechen, doch dann schlossen sich seine Augen und sein Kopf sank auf die Schwelle.

Als Conan erwachte, stand die Sonne bereits hoch am Himmel. Sie schien direkt in die Kammer in Malgoreshs Herberge. Benommen sprang der Cimmerier auf und griff instinktiv nach dem Schwert. Da kam die Erinnerung an die schrecklichen Ereignisse des gestrigen Abends zurück. Er sank auf das harte Lager und rieb sich den Nacken. Ein dicker Bluterguß, so groß wie eine Dattel, hatte sich dort gebildet. Er zuckte zusammen, als er die Beule berührte.

Sein Kopf hämmerte wie eine piktische Kriegstrommel. Ihm war schwindlig, weil er so schnell aufgesprungen war. Er erhob sich langsam und ging zu der Schüssel mit Wasser, die in einer Ecke auf dem Fußboden stand. Die Wände der Kammer waren gemauert, er befand sich offensichtlich in einem der besseren Häuser des Dorfs, vielleicht in der Herberge neben der Schenke.

Gierig trank er das kalte Wasser. Den Rest schüttete er über den schmerzenden Kopf. Er hatte keine Ahnung, was oder wer ihn umgelegt hatte, hoffte aber, daß es dem Angreifer übel bekommen sei. Er war froh, als er sein Schwert sah, das an der Wand lehnte. Wie durch ein Wunder hing auch der Beutel mit dem Gold noch an seinem Gürtel. Schnell sandte er Crom ein Dankgebet, daß er ihm die Kraft verliehen hatte, sich so schnell von der Prügelei zu erholen. Mit dem Schwert und dem Beutel mit Gold fühlte sich der Cimmerier gleich bedeutend besser.

Er verließ die Kammer. Seine Vermutung bestätigte sich: Er hatte die Nacht in der Herberge neben der Schenke verbracht. Sie stand weniger als dreißig Schritte entfernt. Mehrere Dorfbewohner standen vor dem Eingang. Er fragte sich, was wohl aus Kailash und Malgoresh geworden war.

Leider war es bittere Wahrheit, daß Madesus den Mordanschlag gestern abend nicht überlebt hatte. Wieder sah er die leblose bleiche Hand des Priesters in der großen Blutlache vor Augen. Wut und Verzweiflung stiegen in ihm auf. Sein Herz brannte wie Feuer, und eine innere Stimme schrie nach Rache. Er würde den feigen Meuchelmörder finden und mit ihm abrechnen. Aber später. Jetzt mußte er herausfinden, wie es um Kailash stand.

Der Vordereingang der Schenke war verbarrikadiert. Einige Dorfbewohner musterten Conan mürrisch. Als er näher kam, senkten sie die Stimmen und bis auf zwei alte Männer gingen alle ein Stück weiter. Die beiden Graubärte blickten ihm ruhig entgegen. Der Cimmerier bezweifelte, daß sie gestern abend in der Schenke gewesen waren.

»Wo ist Malgoresh?« fragte er barsch. Er war nicht in der Stimmung, Höflichkeiten auszutauschen.

Der eine Alte runzelte bei Conans Ton die Stirn und antwortete nicht. Der andere, dessen Gesicht so zerklüftet und verwittert wie das Karpash-Gebirge war, ließ sich ebenfalls mit der Antwort Zeit. Er stützte sich auf seinen krummen Gehstab und öffnete schließlich seinen zahnlosen Mund.

»Drinnen. Schon den ganzen Morgen«, erklärte er gleichmütig.

Conan ging zum Eingang, schlug mit den Fäusten gegen die Bretter und brüllte Malgoreshs Namen so laut, daß die Mauern beinahe geborsten wären. Er riß ungeduldig die Bretter aus der Wand und stapfte in den Schankraum.

Malgoresh stand mit blassem Gesicht und hängenden Schultern da und berichtete dem Cimmerier von den letzten Ereignissen. Offenbar hatte der Turanier sich halbherzig daran gemacht, aufzuräumen. »Ich habe die Tür vernagelt, damit keiner hereinkommt«, sagte er. »Es gibt aber eine Hintertür, wenn du …«

»Vergiß die Bretter«, unterbrach ihn Conan barsch. »Wo sind Kailash und Madesus?«

»Ich habe dich und Kailash gestern abend in getrennten Kammern untergebracht, damit ihr euch von euren Wunden erholen könnt. Mit Sicherheit schläft Kailash noch. Seine Verletzung ist so schwer, daß ein schwächerer Mann als er jetzt im Grab liegen würde. Und der Schlag, den *du* abbekommen hast, hätte einen angreifenden wilden Eber umgehauen. Aber du bist schon wieder auf den Beinen.«

»Was ist mit Madesus?« fragte Conan und fürchtete sich vor der Antwort.

Malgoresh deutete auf einen Tisch an der Wand. Dort lag der Priester. Conan lief zu ihm und hob den Umhang, der über Madesus' Gesicht lag. Trauer und ungeheure Wut stiegen in ihm beim Anblick des toten Gefährten auf.

»Er hat nur eine kleine Wunde an der Schulter«, sagte Malgoresh leise.

Conan untersuchte die Schulter. Seine Miene verfinsterte sich. Für ihn war unerklärlich, wieso der Priester wegen dieser eigentlich unbedeutenden Wunde gestorben war. Sie war tief, doch waren keine lebenswichtigen Organe verletzt. Der Mörder mußte die Klinge mit einem tödlichen Gift eingerieben haben. Das war kein Unfall, der bei der Schlägerei passiert wart, das war eiskalter, geplanter Mord.

Der Cimmerier unterdrückte seine Wut und untersuchte den Körper nach weiteren Wunden. Malgoresh hatte den Ledersack des Priesters ebenfalls auf den Tisch gelegt.

»Nachdem du ausgefallen warst, hat die Schlägerei ziemlich schnell aufgehört«, berichtete Malgoresh. »Die größten Streithähne waren die unfähigsten. Kulg und Wenak hast du getötet. Ihr Bruder ist in der Nacht verstorben. Außer diesen drei war nur dein Freund noch ein Opfer. Wir hatten solche Schlägereien schon öfter, aber nicht immer hier im Schankraum. Kulg und seine beiden Brüder waren hyrkanischer Abschaum. Sie waren auf der Durchreise und wollten heute weiter nach Zamora. Das Schicksal hat einen üblen Wind auf deinen Weg geschickt.«

»Ich habe den Mörder gesehen, als er floh«, sagte Conan. »Wenn ich ihn erwische, wird er herausfinden, was es heißt, sich mit einem Cimmerier anzulegen.«

Malgoresh schauderte es, als er die Wut und Entschlossenheit in Conans Stimme hörte. Er war dankbar, daß niemals ein Cimmerier gegen ihn Groll gehegt hatte. »Wie willst du ihn finden? Seine Fährte ist kalt. Er hat doch bereits mehrere Stunden Vorsprung.«

»Wie viele Wege führen aus dem Dorf hinaus?« fragte Conan.

»Zu Pferd – nur zwei: Die Straßen nach Osten und Westen. Zu Fuß gibt es viele.«

»Erkundige dich, ob jemand einen Fremden in dunkelgrauem Umhang auf irgendeinem Weg gesehen hat. Nicht alle waren von deinem Ale völlig benebelt. Ich biete Gold für jeden, der ihn gesehen hat.«

Conan beschrieb Malgoresh den Fremden, so gut er es vermochte, ließ jedoch einige Einzelheiten weg, um Falschmeldungen auszuschalten. Ehe Malgoresh sich auf den Weg machte, brachte er einen Krug mit Wasser, einen kleinen Laib Brot und eine dicke Scheibe kalten Braten. Obgleich der Cimmerier keinen Hunger hatte, aß er lustlos und dachte über den rätselhaften Tod des Priesters nach.

Bei der Untersuchung der Leiche waren ihm zwei Dinge aufgefallen, die ihm keine Ruhe ließen. Madesus hatte in der fest geschlossenen Hand einen kleinen Fetzen blauer Seide gehalten. Der andere Hinweis war, daß das Amulett des Priesters fehlte. Entweder hatte es jemand während der Schlägerei eingesteckt, oder der Mörder hatte es gestohlen. Letzteres hielt der Cimmerier für wahrscheinlicher. Während er seinen schmerzenden Kopf zur Arbeit zwang, tauchte ein vertrautes Gesicht im Eingang auf.

»Conan«, rief Kailash und betrat mit unsicheren Schritten die Schenke, »hast du Madesus gesehen?«

Wortlos trat Conan beiseite, so daß der Kezanker die Leiche des jungen Mannes auf dem Tisch sah.

»Mitra!« Kailash wurde leichenblaß vor Entsetzen. »Wie ist das möglich? Wie?« Er ballte die Fäuste und schlug gegen die Wand. »Das hat diese verfluchte Priesterin getan oder irgendeiner ihrer bösartigen Verbündeten. Eine andere Erklärung gibt es nicht. Jetzt sind wir bereits nach dem ersten Abend unserer Suche erledigt.«

Conan schwieg.

»Ja, erledigt!« rief Kailash. Trauer und Hoffnungslosigkeit übermannten ihn. »Ohne seine Kraft kann sie nicht vernichtet werden. Das hat er selbst gesagt. Die Priesterin hat gewonnen. Eldrans Schicksal ist besiegelt. Wir alle sind todgeweiht.«

»Wir sind erst dann erledigt, wenn wir – wie Madesus – kalt und starr auf einem Tisch oder einer Marmorplatte liegen«, widersprach Conan. »Wir haben Madesus gegenüber eine Verpflichtung, ganz gleich, was auch immer uns – oder Eldran – zustoßen mag. Ich habe seinen Mörder gesehen, wurde jedoch bewußtlos geschlagen, ehe ich ihn erwischen konnte. Malgoresh erkundigt sich gerade im Dorf, ob jemand ihn auf der Flucht gesehen hat.«

»Bei Mitra, du hast recht«, sagte der Kezanker und riß sich zusammen. »Wir müssen diesen Schurken verfolgen, seinen wertlosen Leib in tausend Stücke hauen und dann den Geiern zum Fraß vorwerfen. Er hat den allerschlimmsten Tod verdient. Wenn wir damit fertig sind, überlegen wir, was wir wegen der Mutare unternehmen sollen.« Kailash war zwar immer noch verzweifelt, schob aber die düsteren Gedanken für den Augenblick beiseite.

»Dabei finden wir möglicherweise sein Amulett wieder«, meinte Conan. »Vielleicht könnte ein anderer Priester seine Kraft benutzen, um die Priesterin zu töten.«

»Sein Amulett? Ist das weg? Wie ist er gestorben?«

Conan wies auf die Schulterwunde. »Alle Anzeichen sprechen für Gift. Und das habe ich auch noch gefunden.« Er zeigte Kailash den blauen Seidenfetzen, ohne zu ahnen, welche Reaktion er damit bei dem Mann aus den Bergen auslösen würde.

Kailash fiel die Kinnlade herunter. Er mußte sich am Tisch festhalten, sonst wäre er umgefallen. Der Anblick des blauen Seidenfetzens hatte ihn wie ein Dolchstoß mitten ins Herz getroffen. In seinem Kopf drehte sich alles. Die Bedeutung dieses Stückchens Seide trieb ihn in tiefe Verzweiflung. Er hatte das Gefühl, sich in einem grauenvollen Alptraum zu befinden, in dem sich seine schlimmsten Befürchtungen verwirklichten. Er wußte, von wessen Gewand dieser Fetzen stammte. Es war Lamici, der Obereunuche der königlichen Familie Brythuniens, der Mörder des Priesters.

»Ich bin ein dreifach verfluchter Idiot!« sagte Kailash und senkte den Kopf. »Ich hätte ihm niemals trauen dürfen – nie!«

»Wem?« fragte Conan. »Nun, rede, Mann!«

Schnell erzählte Kailash ihm von Lamici und seiner Rolle beim Tagesablauf im Palast. Immer wieder nannte der Kezanker sich einen vertrauensseligen Idioten. Der Cimmerier verstand nicht, warum Kailash hätte wissen müssen, daß Lamici ein Verräter war. Er schüttelte den Kopf und fragte sich, wie erfahrene Krieger, so wie Kailash, das Leben in der Stadt ertrugen. Die Verräter, die Politik, das läppische Gezänk und die Palastintrigen hätten den Cimmerier innerhalb weniger Tage um den Verstand gebracht.

Kailash kochte vor Wut. »Wir müssen ihn stellen. Ich werde weder ruhen noch rasten, bis sein schurkisches Herz herausgerissen ist und seine schwarze Seele in der tiefsten Hölle schmort.«

Conan teilte die Gefühle des Mannes aus den Bergen. Ein Verräter wie Lamici war noch weniger wert als eine Mist fressende Made. »Madesus wird gerächt werden! Doch wir dürfen dieses Stück Palastscheiße nicht unterschätzen. Er hat entweder ungeheuer viel Glück oder er ist äußerst listenreich oder gar beides. Ich hatte geglaubt, niemand außer Eldran wüßte, wohin unsere Reise geht.«

»Ja«, pflichtete Kailash ihm bei und beruhigte sich etwas. »Wir wissen nicht, wie tief der Verräter in diese Schurkerei verwickelt ist. Hat er mit Valtresca gemeinsame Sache gemacht – oder mit der Priesterin – oder mit beiden?«

»Das spielt jetzt keine Rolle. Selbst wenn er mit Seth persönlich zusammenarbeiten würde, könnte mich das nicht davon abhalten, diesen Hurensohn in den tiefsten Höllenschlund zu befördern! Komm. Wir müssen uns um unsere Pferde kümmern. Vielleicht hat Malgoresh schon etwas erfahren. Wir müssen schnell reiten, um sein Schicksal zu besiegeln, ganz gleich, wohin uns die Fährte dieser Giftschlange führt.«

17. Kapitel

DER PFAD DER SCHLANGE

Malgoresh hatte im Dorf nicht viel erfahren. Die meisten Dorfbewohner, die am Vorabend nicht in der Schenke gewesen waren, hatten zu Hause geschlafen. Als Conan und Kailash den Turanier trafen, gab er ihnen die mageren Neuigkeiten kund.

»Nur eine alte Frau ist aufgewacht, als jemand nachts an ihrer Kate vorbeigaloppiert ist«, sagte Malgoresh niedergeschlagen. »Sie heißt Syrnecea und ist eine Priesterin Wiccanas. Sie haust allein in einer Kate am Ostrand des Dorfes.«

»Wir müssen mit ihr sprechen«, erklärte Conan entschlossen, obgleich er zusammengezuckt war, als der Turanier erwähnte, daß die Alte Priesterin sei.

»Syrnecea ist blind, und wenn ihr Verstand eine Herberge wäre, könnte sie jede Menge Zimmer vermieten. Ihr wißt schon, was ich meine. Von ihr werdet ihr nichts erfahren, was euch weiterhilft.«

»Bring uns trotzdem zu ihr«, bat Conan beharrlich.

Malgoresh protestierte nochmals, führte die beiden aber dann zu Syrneceas Kate. Sie war klein, doch solide gebaut, und sah älter aus als die anderen Katen und Häuser in Innasfaln.

»Sie hat hier schon gewohnt, ehe das Dorf gegründet wurde«, erklärte Malgoresh, als hätte er ihre Gedanken gelesen. »Manche behaupten, sie hätte das Jahr des Löwen ein dutzendmal erlebt. Ich weiß nicht, ob das stimmt, aber sie hat als Hebamme einige Alte im Dorf auf die Welt gebracht.« Er blieb stehen und zeigte auf eine Greisin, die soeben aus der Kate trat.

Conan hielt die alte Frau für über hundert. Ihr weißes Haar fiel ihr beinahe bis zu den Knien, und ihr Gesicht war so runzlig wie eine Backpflaume. Als sie die Stimmen hörte, blickte sie in ihre Richtung. Doch konnte Syrnecea sie nicht sehen, da ihre Augen so dicht geschlossen waren wie Fensterläden bei einem Sturm. Sie war dünn, klein und tief gebeugt. Sie erinnerte Conan an einen knorrigen Baum, den die Winde der vielen Jahre gebeugt, doch nicht gebrochen hatten.

Als sie nur noch wenige Schritte von Syrnecea entfernt waren, begrüßten sie die Greisin höflich. »Ich bin Conan und komme aus dem hohen Norden, und das ist Kailash, ein Kezanker aus …«

»Namen, Namen. Ich bin zu alt, um mir Namen zu merken. Außerdem sagen sie mir nichts. Kommt her, damit ich eure Gesichter abtasten kann. Dadurch erfahre ich, wie ihr seid. Das Gesicht eines Menschen ist das Fenster zu seiner Seele.«

Conan und Kailash wechselten zweifelnde Blicke. Malgoresh verschränkte die Arme vor der Brust und hob die Augen zum Himmel. Die beiden Krieger wollten der Greisin den kleinen Gefallen erweisen und sie ihre Gesichter befühlen lassen. Syrnecea war so klein, daß der Cimmerier neben ihr niederknieen mußte. Mit Mühe zügelte er seine Ungeduld, als die knotigen Finger langsam und gründlich über sein Gesicht glitten. Dann befühlte sie Kailash, doch nahm sie sich bei ihm weniger Zeit als bei Conan.

»Gute, unbeugsame Gesichter von Kriegern«, sagte sie. »Aber traurig. Dabei seid ihr so jung. Warum seid ihr angesehenen Krieger in unser bescheidenes Dorf gekommen?«

»Wir suchen nach einem Mann, und du weißt vielleicht etwas über ihn«, antwortete Conan. »Du hast gestern nacht ein Pferd gehört, das an deiner Kate vorbeilief. Ist es nach Osten gelaufen?«

»Ja, das war sehr seltsam«, sagte die Greisin nachdenklich. »Ich bin nicht vom Hufschlag aufgewacht, sondern von dem Gefühl, eine böse Macht wäre in der Nähe. Der Reiter war ein Bote des Todes. Ich habe seine Gegenwart gespürt. Es war, als schlössen sich eisige Finger um mein Herz.«

»Bist du sicher, daß er nach Osten geritten ist?« unterbrach sie Kailash aufgeregt.

»Stillt eure Neugier selbst«, lautete ihre rätselhafte Antwort. »Das Pferd ist direkt hier vorbeigekommen, wo wir jetzt stehen. Es hat meinen Garten zertrampelt.«

Sofort blickten die Männer auf die vor kurzem umgegrabene Erde. Deutlich sahen sie die Abdrücke der Hufe. Sie verliefen in Richtung Osten.

»Vielen Dank, Syrnecea«, sagte Kailash. »Conan, wir reiten nach Osten!«

Der Cimmerier holte ein Goldstück aus dem Beutel und drückte es der blinden Greisin in die Hand.

»Eine sehr großzügige Belohnung für eine so spärliche Auskunft!« Syrnecea war über Conans Freigebigkeit überrascht. »Es war wirklich seltsam, als dieser Bote des Bösen vorbeiritt. Ich spüre, daß er irgendwie mit großem Leid verbunden ist. Aber kaum war er fort, habe ich noch etwas anderes gespürt: Einen Hauch von Wärme und Güte, der das Böse verjagt hatte. Ich habe das früher schon einmal gefühlt, doch kann ich mich nicht genau erinnern, wo und wann. Das Alter ist ein Dieb, der sich ungesehen nachts zu mir schleicht und mir die Erinnerungen raubt, während ich schlafe. Seid bereit! Dieser Dieb wird auch zu euch kommen.« Sie machte eine Pause und wendete sich ab. »Ja, er wird eines Tages zu allen kommen ... möge er Bauer sein, oder Krieger ... oder König.«

Die Männer bedankten sich nochmals bei der Greisin. Ihre Blicke verrieten, daß sie Malgoreshs Auffassung bezüglich der geistigen Verfassung der Alten teilten. Immerhin wußten sie jetzt, in welche Richtung Lamici geflohen war und dieses Wissen verlieh ihnen neue Kräfte. Sie verabschiedeten sich von Malgoresh. Der Turanier hatte ihre Satteltaschen randvoll mit Proviant gestopft. Kailash hatte ihm einige Goldmünzen für den Ärger und die Reparatur des Schankraums angeboten, doch Malgoresh hatte empört abgelehnt. Ferner hatte er feierlich gelobt, mehrere vertrauenswürdige Männer mit Madesus' Leichnam nach Corinthien zu schicken, damit der Priester dort angemessen bestattet würde.

Kailash und Conan sprachen noch ein stummes Gebet für ihren toten Gefährten, bevor sie schweigend aus dem Dorf Innasfaln ritten. Sie hielten die Augen auf den Boden geheftet, um Hufspuren von Lamicis Roß zu entdecken. Jeder hing seinen eigenen Gedanken nach.

Es war schwierig, die Fährte des Eunuchen aufzuspüren. Beide Männer waren erfahrene Spurensucher. Aber es waren ihre vereinten Kräfte nötig, um Lamici nicht zu verlieren. Oft gab der steinige Weg keinerlei Hinweise. Sie trauten jedoch ihrem Instinkt und hielten sich dicht am Weg. Immer wieder stießen die scharfäugigen Krieger auf Zeichen, daß der Eunuch hier geritten war.

Sie wußten nicht, daß der Weg, dem sie folgten, einen Namen trug. Reisende hatten ihn ›Pfad der Schlange‹ genannt, da er sehr schmal war und sich durch die zerklüfteten Felsen des mächtigen Bergmassivs dahinschlängelte, das im Süden und Osten die Grenze Brythuniens bildete. An manchen Stellen war der Weg sogar so schmal, daß sie hintereinander reiten mußten. Hier waren die beiden besonders aufmerksam, ob nicht Banditen irgendwo lauerten.

Die Mittagssonne stand direkt über ihnen und wärmte ihre Körper, doch nicht ihre Herzen. Conan brach das Schweigen, mit dem sie mehrere Stunden geritten waren. »Warum reitet er nach Osten und Süden, weg von der Stadt?«

Kailash antwortete so schnell, als hätte er sich soeben auch mit dieser Frage beschäftigt. »Irgendwie weiß er, wo die Priesterin ist. Wahrscheinlich will er sie warnen, daß wir auf dem Weg zu ihr sind. Vielleicht möchte er auch eine Belohnung für den Mord an Madesus abholen. Aber das ist unwichtig. Wir müssen ihn unbedingt aufhalten, ehe er die Priesterin erreicht. Es ist doch möglich, daß sie nicht weiß, daß Madesus tot ist. Ich wage mir nicht vorzustellen, was sie tun wird, sobald sie erfährt, daß der Priester keine Gefahr mehr darstellt.«

»Wir werden dieses unselige Weib erwischen«, sagte Conan zuversichtlich. »Kein ältlicher Eunuch, der sein ganzes Leben in einer Stadt verbracht hat, vermag einem Cimmerier zu entkommen. Ich werde nicht ruhen, bis sein stinkendes Blut meine Klinge rötet und seine schwarze Seele in der Hölle schmort.«

Sie legten auf ihrem Ritt nur wenige Ruhepausen ein, um die Rosse zu tränken und zu füttern. Sie kamen an mehreren kleinen Seen vorbei, die von schmalen, trägen Bächen gespeist wurden. Conan schimpfte, weil er fand, sie machten zu oft Halt, doch Kailash hielt es für ungemein wichtig, die Pferde für den langen Ritt, der noch vor ihnen lag, frisch zu halten. Der Kezanker hoffte, daß Lamici sein Pferd zu hart treiben würde, so daß es zusammenbrechen und er zu Fuß weitergehen müßte. Murrend gab ihm der Cimmerier schließlich recht.

Das Wetter war ihnen zunächst gewogen. Doch dann türmten sich am Nachmittag dicke Wolken auf und schirmten die Sonne und ihre Wärme ab. Der Pfad hatte sie beständig weiter in die Höhe geführt. Jetzt war es ziemlich kalt geworden. Es standen zwar immer noch Bäume neben dem Pfad, doch das Gelände wurde zunehmend steiniger. Sie waren nun schon mehrere Stunden geritten, ohne eine Spur von Lamici zu entdecken.

Der Cimmerier fluchte, weil es in der Dämmerung und auf dem felsigen Grund immer schwieriger wurde, irgendwelche Fährten auszumachen. Er verfluchte auch die Umstände, die sie zu diesem Ritt ins Gebirge gezwungen hatten. Doch er verstand jetzt, warum die Brythunier vor einem Überfall aus Zamora keine Angst hatten. Nur eine Armee aus Ziegen hätte diese Barriere des steilen Karpash-Gebirges überwunden. Sie mußten mehrmals absteigen und die Pferde über besonders gefährliche Stellen führen, wenn der Pfad an steilen Felswänden neben schwindelerregenden Abgründen verlief.

Sie kamen nur langsam vorwärts. Als es Abend wurde, schätzte Kailash, daß sie nur dreißig Meilen geschafft hätten. Aber keiner der beiden Männer vermochte die Entfernung genau zu berechnen, da sie auf allen Seiten von Bergen umgeben waren.

»Laß uns hier unser Nachtlager aufschlagen«, sagte Kailash und glitt müde aus dem Sattel.

»Nein, reiten wir lieber noch ein Stück weiter«, widersprach Conan. »Die Wolken haben sich verzogen. Der Mond scheint hell genug, um den Pfad zu erkennen.«

»Ja, den Pfad schon, aber was ist, wenn Lamici den Pfad verlassen hat?«

Conan runzelte die Stirn. »Ich glaube nicht, daß er das tut. Ein Pferd kann diese Berge nicht überwinden, wenn es nicht auf dem Pfad bleibt. Zu viele Bäume und Felsen. Für deine oder meine Sippe wäre das kein Problem, aber ich bezweifle, daß ein königlicher Eunuch so gut klettern kann. Ich schlage vor, wir reiten noch ein Stück weiter, damit der Schurke uns nicht entkommt.«

Kailash seufzte und blickte in den Sonnenuntergang. »Na schön, reite du voran!« sagte er endlich und bestieg sein Roß.

Die Männer aßen im Sattel von dem Proviant, den Malgoresh ihnen so großzügig und vorausschauend eingepackt hatte. Conan fand einen prallen Schlauch mit Ale in einer Satteltasche. Dankbar entkorkte er ihn und setzte ihn an die Lippen. Das Ale war nicht frisch, aber dennoch köstlich. Er reichte Kailash den Schlauch.

Der Kezanker nahm einen kräftigen Schluck und leckte sich die Lippen. »Wenn alles vorbei ist, müssen wir nochmal nach Innasfaln reiten, und unsere Schulden bei Malgoresh begleichen. Er braut ein vortreffliches Ale, aber noch besser sind seine Geschichten.«

Conan nickte. »Ich hatte keine Ahnung, daß auch Turanier in der brythunischen Armee dienen. Ist er Turanier oder Brythunier?«

»Beides«, erklärte Kailash und nahm noch einen Schluck Ale. »Aber überwiegend Turanier. Seine Großmutter war Brythunierin. Nemedier haben sie als Sklavin gefangen. Malgoreshs Großvater hat sie befreit. Seine Eltern haben ihn in Sultanapur am Vilayet-Meer aufgezogen. Er war noch ein Kind, als sie Turan verließen und nach Osten, nach Zamora, zogen. Dort lebt jetzt noch der Großteil seiner Familie – in einem kleinen Dorf, nördlich von Yezud. Vielleicht führt uns der Weg in die Nähe.«

»Nach Zamora?« fragte Conan interessiert. »Warst du schon mal dort?«

»Vor vielen Jahren«, antwortete Kailash. »Malgoresh und ich sind über diese Berge geritten, um seine Familie zu besuchen. Aber wir haben einen anderen Weg genommen, der weiter südlich hinüberführt. Aber wir sind nie so weit in den Süden gekommen, um Yezud zu besuchen, diese Stadt voller Wahnsinniger, die zum Spinnengott Zath beten. Kein Mensch, der bei klarem Verstand ist, ritte freiwillig zu diesen Fanatikern.«

»Ich war auf dem Weg nach Zamora und in Pirogia nur auf der Durchreise. Ich habe viel über Shadizar und Arenjun gehört, vor allem daß man dort schnell reich werden könnte. Über Yezud weiß ich nicht viel – abgesehen von Gerüchten.«

»Die schlimmsten Gerüchte sind wahr«, erklärte Kailash und schüttelte sich. »Ein Besuch in dieser verfluchten Stadt zum falschen Zeitpunkt hat schon oft die Lebensspanne vieler Männer erheblich verkürzt. Ich bete, daß die Spur uns nicht dorthin führt.«

»Bis jetzt sind wir – abgesehen von einer Biegung nach Süden – hauptsächlich nach Osten geritten«, bemerkte Conan. »Wir dürften bald kezankisches Gebiet erreichen, wenn wir nicht einen Kurs direkt nach Süden einschlagen.«

»Stimmt. Wir sind nicht mehr weit von meiner Heimat entfernt. Doch werden wir in den kezankischen Bergen auch nicht viel schneller vorwärtskommen. Es liegt viele Jahre zurück, seit ich zum letzten Mal hier war.« Kailash klang etwas wehmütig. Er schwieg eine Zeitlang und schien seinen Gedanken nachzuhängen. Als er wieder sprach, wechselte er das Thema. »Was würdest du in Zamora machen?« fragte er. »Du bist ein Mann des Schwertes und kein Dieb.«

»In einem Tag würde ich als Dieb so viel verdienen, wie ein Söldner in einem Jahr für harte Kämpfe erhält«, erklärte der Cimmerier ohne Scham. »Außerdem hast du selbst erlebt, wieviel Ärger ich in deiner Stadt bekommen habe. In Zamora herrscht Gesetzlosigkeit, und den Bewohnern ist es völlig gleichgültig, woher einer kommt. Die Gesetze und Gebräuche zivilisierter Länder sind für mich ein sinnloses Durcheinander. In

Zamora schafft sich ein Mann seine eigenen Gesetze – mit der Klinge. Ich würde mir schon ein bequemes Leben verschaffen.«

Kailash schüttelte den Kopf. »Selbst ein Löwe kann sein Leben in einer Schlangengrube verlieren. Wenn du nach Zamora reitest, solltest du auf deinen Rücken aufpassen, damit er nicht unversehens mit Dolchen gespickt ist. Es gibt dort viele Sorten von Dieben. Manche stehlen dir mehr als Gold.«

»Nicht von einem Cimmerier«, erklärte Conan zuversichtlich.

»Warum kommst du nicht mit mir zurück nach Pirogia? Wir brauchen einen neuen Hauptmann, und der Sold ist besser, als du denkst.« Er deutete auf die pralle Börse an Conans Gürtel. »Du hast bereits erlebt, wie großzügig Eldran sein kann, und die Weiber ...«

Conan schüttelte den Kopf. »Nein. In Zamora gibt es auch Weiber. In deiner Stadt komme ich mir vor wie im Käfig. Ich würde sehr ruhelos werden, wenn ich nichts anderes zu tun hätte, als jeden Tag ein paar Säufern eins über den Schädel zu hauen und diese minderhirnigen Soldaten der Stadtwache anzubrüllen. Ein zehnjähriger Junge aus meiner Sippe kämpft besser als jeder einzelne von ihnen.«

Kailash wollte protestieren, aber er schätzte die Stadtwache ebenso ein wie der Cimmerier, deshalb sagte er nichts, sondern blickte auf den Weg. Da wäre er beinahe aus dem Sattel gefallen. »Sieh dir das an!«, rief er.

Conan zügelte sein Roß und wendete. Direkt vor Kailash lag ein Haufen frischer Pferdeäpfel.

»Ob das Lamicis Pferd war?« fragte Kailash.

»Möglich, aber es kann auch von irgendeinem anderen Roß stammen«, meinte Conan.

Die beiden Männer ritten schnell weiter, da sie glaubten, endlich Lamicis Fährte wiedergefunden zu haben. Ihre Augen waren auf den Pfad geheftet, um im Mondschein nichts zu übersehen. Inzwischen war der Nachthimmel wolkenlos. Sterne funkelten am schwarzen Firmament.

Sie ritten mehrere Stunden lang, stießen aber auf keine weiteren Spuren, die bestätigt hätten, daß Lamici vor ihnen hier gewesen war. Dennoch gaben sie erst auf, als die Pferde unbedingt rasten mußten und ihnen auch ein paar Stunden Schlaf gut tun würde. Sie breiteten die Satteldecken auf dem harten Boden aus und waren in wenigen Augenblicken tief eingeschlafen.

Der Eunuch war ihnen näher, als die beiden Krieger ahnten. Lamici war nach der Flucht aus dem Dorf hart geritten. Das Licht des seltsamen Amuletts hatte ihn fast blind gemacht. Er war in Panik geraten und davon gerannt, als Conan ihn verfolgte. Hätte der Zauber des verfluchten Priesters ihn nicht geblendet, hätte er sich still neben die Tür gestellt und auf den dümmlichen gewartet, um ihm das tödliche Stilett in die Muskelberge zu rammen. Doch hatte er einige Zeit gebraucht, bis er wieder deutlich zu sehen vermochte. Wie blind hatte er sich an der Wand der Schenke entlanggetastet und dann im Dunkeln nach dem Baum gesucht, an dem er sein Pferd festgebunden hatte.

Als er es endlich fand, war er vor Angst außer sich. Er hatte so lange gebraucht, daß der Cimmerier ihm wie ein Bluthund dicht auf den Fersen sein mußte. In Panik war er aufs Pferd gestiegen und war wie wild losgaloppiert. Er war bereits mehrere Stunden nach Osten geritten, ehe ihm bewußt wurde, welche Richtung er eingeschlagen hatte. Er konnte zwar wieder sehen, aber die Angst war geblieben. Wenn er jetzt umdrehte, riskierte er, Conan und irgendwelchen Verbündeten, die den Cimmerier vielleicht begleiteten, in die Arme zu reiten.

Wenn er hingegen weiter nach Osten ritt, fand er womöglich einen Ort, an dem er sich verstecken konnte, bis der Cimmerier vorbeigeritten war. Lamici war mit diesem Plan zufrieden und behielt seine Richtung bei. Doch bald schon sah er die Schwachstellen seines Plans: Es gab keine möglichen Verstecke. Zu beiden Seiten des Pfad waren entweder steile Felswände oder dichter Wald. Er hatte nicht die Kraft, sich durchs Dickicht zu kämpfen oder eine Wand hinaufzuklettern. Nervös war der Eunuch dennoch weitergeritten und klammerte sich an die Hoffnung, doch noch ein sicheres Versteck zu finden.

Lamici kam jedoch viel langsamer vorwärts als Conan und Kailash, da er nicht über die Erfahrung der beiden verfügte, um die Schwierigkeiten des Geländes zu überwinden. Trotzdem wahrte er einen gewissen Vorsprung; denn er mußte keine Zeit mit dem Lesen einer Fährte vertun. Er war froh, daß er auf dem steinigen Pfad kaum Spuren hinterließ. Sorgfältig vermied er weichen Boden, wo Hufeindrücke ihn verraten hätten.

Jetzt schlief Lamici keine drei Meilen von Conan und Kailash entfernt. Im Gegensatz zu seinen Verfolgern, peinigte den Eunuchen ein merkwürdiger Traum. In diesem Traum war er eine kleine graue Maus auf einem offenen Feld. Soweit er blicken konnte, bot sich nirgends ein Versteck.

Er wurde verfolgt. Es war Nacht, daher war er nicht imstande, zu erkennen, wer oder was ihn verfolgte. Er hörte lederne Schwingen über sich in der Luft und schrille Schreie. Entsetzt blickte er nach oben, um seine Verfolger zu erspähen. Doch er sah nur ein riesiges Auge, das ihn gierig betrachtete. Es war dunkelrot und hatte einen schwarzen Schlitz als Pupille. Vor Furcht zitternd stand er da und wartete auf den Tod. Scharfe Klauen und spitze Zähne packten ihn und rissen ihn in Stücke.

Lamici wachte schreiend auf. Er blickte nach oben – wie im Traum. Doch da waren keine Augen, nur der bleiche, teilnahmslose Mond. Er zitterte immer noch, aber dann stieß er einen tiefen Seufzer der Erleichterung aus. Als er sich umschaute, erblickte er nur sein Pferd, das an einen Baum gebunden war. Er wollte sich wieder hinlegen, als er aus dem Augenwinkel einen seltsamen, azurblauen Schimmer wahrnahm.

Das Licht drang aus seinem Lederbeutel, der neben ihm auf der Erde lag. Schnell löste er die Schnur, die den Beutel verschloß, und lugte hinein. Das Amulett des Priesters schimmerte in der Dunkelheit. Lamici runzelte die Stirn, holte ein dunkles Tuch aus einer Satteltasche und wickelte es in mehreren Schichten um das Amulett. Nachdem das Licht verschwunden war, steckte er den merkwürdigen Gegenstand zurück in den Beutel. Gerade hatte er die Schnur wieder verknotet, als er hinter sich eine vertraute Frauenstimme vernahm.

»Guten Abend, Lamici.«

Der Eunuch drehte sich um. »Azora!« schrie er entsetzt. »Du? Wie bist du …?«

»›Wie‹ ist unwichtig. Höre mir genau zu und tue, was ich dir sage.« Die Mutare-Priesterin stand vor ihm. In ihrem schwarzen Umhang war sie in der Dunkelheit kaum zu erkennen. Der Mond fiel auf ihr bleiches Gesicht, das teilweise von der Kapuze verhüllt war. Lamici sah die dunkelroten Augen funkeln. Ihre Lippen glänzten tiefrot, als wären sie mit frischem Blut befeuchtet. Der weite Umhang verbarg ihre Hände und sein Saum berührte den Boden.

»Selbstverständlich, Priesterin. Ich stehe dir zu Diensten – wie immer. Doch flehe ich dich an: Beantworte mir eine einzige Frage: Lebt Eldran noch?«

»Stark sind die Mächte, welche ihn schützen. Der

Priester Madesus besitzt einen Talisman, der meine Magie stört.«

»Jetzt nicht mehr, Priesterin. Ich habe Madesus getötet. Gestern abend habe ich ihn mit einem vergifteten Stilett beseitigt.«

»Wirklich?« Ihre Augen bohrten sich in seine, als wollte sie die Tiefen seiner Erinnerung ausloten, um festzustellen, ob er log. Dann öffnete sie die Lippen zu einem grausamen Siegeslächeln. »Gute Arbeit, Eunuch!« Sie lachte. Lamici lief es dabei eiskalt über den Rücken. »Dann hast du nur noch eine Aufgabe zu erledigen. Bringe mir seinen Talisman. Es ist ein Amulett, das er trug. Seine Kräfte sind uralt und tödlich. Ohne dieses Amulett, kann keiner – nicht einmal ein Priester des verfluchten Mitra – vor mir stehen.«

Lamici lächelte. »Ich habe es bei mir, Priesterin. Ich habe es ihm aus der toten Hand entrissen.« Triumphierend holte er das eingewickelte Amulett aus dem Beutel.

Azora wich mehrere Schritte zurück. »Warte! Ich vermag den Anblick jetzt nicht zu ertragen. Es verfügt über eigene Kräfte, selbst wenn der Priester es nicht gegen mich einsetzt. Du mußt auf dem Weg weiterreiten. Sobald du die östlichen kezankischen Berge erreichst, biegst du nach Süden ab. Hüte den Talisman gut! Bring ihn zu meiner Feste im Shan-e-Sorkh. Dort habe ich die Macht, das Amulett zu zerstören.«

Lamici blickte sie völlig verwirrt an. Er begriff nichts.

»Ich bin nicht mit meinem Körper hier, du Schwachkopf!« erklärte Azora ungeduldig. Sie streckte die Hand aus und glitt mit ihrer Hand ungehindert durch den Eunuchen hindurch. »Du siehst nur ein Spiegelbild. Ich verfüge über so ungeheure Kräfte, daß ich es sogar in weite Fernen schicken kann.«

Lamici bemühte sich, das alles zu begreifen. »Wie

finde ich aber deine Feste? Ich bin noch nie so weit in den Süden gereist.«

»Ich schicke dir mein Abbild wieder, sobald du nach Süden reitest. Bringe mit den Talisman so schnell wie möglich. Wenn ich ihn zerstört habe, wird endlich auch Eldran sterben. Dann kann nichts und niemand seinen Tod verhindern.«

»Es gibt da noch ein Problem, Priesterin. Conan und Kailash leben immer noch. Sie sind der Falle im Tempel entronnen und verfolgen mich jetzt.«

Azora verzog verärgert das Gesicht. Wäre es heller gewesen, hätte der Eunuch ihren Unmut gesehen. »Sie dürfen dich unter keinen Umständen erwischen. Ich kann dich leider erst beschützen, wenn du näher bei meiner Festung bist. Reite schnell weiter! Uns trennen immer noch Hunderte von Meilen. Die mußt du schaffen. Halte den Talisman verborgen!«

Azoras Spiegelbild verschwand, als einige Wolken den Mond am nächtlichen Himmel verschleierten. Lamici rieb sich die Augen, gähnte und packte seine Sachen zusammen. Er würde mit dem Amulett zu Azora gelangen. Er würde seine Hoffnungen mit ihrer Hilfe doch noch wahr werden lassen. Ganz gleich, was es ihn kostete, er würde den Vorsprung halten und die Verfolger in den sicheren Untergang führen. Lachend galoppierte er weiter nach Osten, während die beiden Krieger friedlich schliefen.

18. Kapitel

DER SCHLÄFER IM SAND

Azora schwebte einige Fuß über dem Boden der Bibliothek in Skaurauls Festung. Genüßlich ließ sie sich auf dem dicken Teppich nieder, der die kalten Steinplatten bedeckte. Dann saß sie regungslos da und ähnelte mehr einer Gestalt in einem Gemälde als einer Lebenden.

Sie war mehrere Stunden umhergeschwebt und hatte in der ätherischen Welt nach Madesus' Amulett gesucht. Ihren Körper hatte sie in der materiellen Welt zurückgelassen. Er brauchte nicht zu atmen, und ihre karmesinroten Augen blieben starr offen. Diese sterbliche Hülle hatte geistlos über dem Boden geschwebt. Sie diente lediglich als eine Art Anker, an dem die nicht greifbare Schnur ihres Geistes befestigt war. Nachdem sie das gesuchte Amulett gefunden hatte, war sie aus den ätherischen Ländern hierher zurückgekehrt.

Azora hatte die Kunst der Ätherreisen aus den alten Folianten in Skaurauls umfangreicher geheimer Bibliothek erlernt. Es gab Hunderte alter Bücher über längst vergessene Geheimnisse der Schwarzen Magie. Eine so große Bibliothek hatte sie noch nirgends gesehen. Eine wahre Schatzkammer der Zauberkunst. Von Xim hatte sie erfahren, daß in Skaurauls Feste auch mehrere richtige Schatzkammern vorhanden waren, doch diese interessierten sie nicht. Für sie war die Bibliothek mehr wert als Gold und Juwelen.

Xim hatte sich geweigert, sie in die Bibliothek zu begleiten. Azora war so begierig, die Folianten zu lesen, daß es ihr völlig egal war, was die Spinne tat. Sie hatte sie auf dem Gang zurückgelassen. Mit strahlenden Augen hatte sie die unzähligen Regale mit den uralten Büchern und feinsäuberlich aufgestapelten Schriftrollen betrachtet. Die Bibliothek war groß. Ihre Decke war über zwanzig Fuß hoch, und Bücherschränke und Regale bedeckten jeden Zoll der Wände. Ein Dutzend Magazine im dunkelsten Stygien konnten sich nicht mit dieser Bibliothek messen.

Als erstes hatte sie Skaurauls private Aufzeichnungen studiert. Der dicke Foliant ruhte auf einem seltsamen Tisch, der ganz aus menschlichen Gebeinen gefertigt war. Der Einband bestand aus Kupferplatten, die jetzt eine grüne Patina angenommen hatten, und die dicken Seiten hatten einen goldenen Schnitt. Sie waren vergilbt, doch nicht brüchig. Skauraul hatte zwei Drittel des Wälzers mit zittriger Hand eng beschrieben. Über tausend Worte füllten jede Seite. Im Gegensatz zu allen anderen Zauberbüchern, die Azora bisher studiert hatte, stieß sie hier auf keinerlei Zeichnungen oder Bilder. Die Seiten strahlten einen schwachen Schimmer aus, der gespenstisch hell war, so daß man auch lesen konnte, wenn der Raum pechschwarz war. Azora war erstaunt, daß das letzte Drittel des Buches nicht beschrieben war.

Vor diesem leeren Abschnitt waren die Seiten in einer Sprache beschrieben, die sie nicht kannte. Verärgert hatte sie zurückgeblättert, bis sie Abschnitte fand, die sie lesen konnte. Stundenlang hatte sie über Skaurauls Aufzeichnungen gebrütet, bis ihr erster Wissensdurst gestillt war. Dann hatte sie beschlossen, einige Kunststücke auszuprobieren, die er beschrieben hatte.

Am meisten fasziniert hatte sie die Kunst der Äther-reise. Entfernungen bedeuteten nichts in der seltsamen Welt des Äthers, wo sie ihren Geist Tausende von Meilen mit einem Lidschlag fortsenden konnte. Sorgsam hatte sie die nötigen Zaubersprüche aufgesagt, um ihren Geist vom Körper zu befreien. Anfangs hatte der Zauber nicht gewirkt, doch nach mehrmaligen Versuchen hatte sie ihre erste Reise in das traumartige, nicht greifbare Reich des Äthers angetreten.

Skauraul hatte geschrieben, daß der Äthergeist die Ereignisse in der materiellen Welt betrachten konnte, selbst jedoch in dieser Welt unsichtbar blieb. Azora wollte sehen, was aus diesem törichten Priester und den beiden kraftstrotzenden Narren im Tempel geworden war, wo sie ihre Falle aufgestellt hatte. Aber statt der erwarteten Leichen sah sie gar nichts. Beunruhigt hatte sie Balberoth gesucht, der die drei Männer hätte töten sollen. Als sie ihren Geist gezwungen hatte, den Dämonenfürst zu suchen, hatte sie eine grauenvolle Fahrt durch die dunklen, chaotischen Höllen erlebt.

Balberoths gestaltloser Geist war in eine Sonderhölle geschickt worden, der für Dämonen, die von der irdischen Welt verbannt worden waren, reserviert war. Azora hatte Büchern entnommen, daß solch eine Hölle existierte, doch Worte hatten das Grauen, das dort herrschte, nicht beschreiben können. An diesem Ort herrschte unsägliches Chaos. Endlose, schreckliche Schreie der Unglücklichen, die sich bis in alle Ewigkeit in ohnmächtiger Wut winden mußten. Entsetzt hatte Azora ihren Geist aus dieser Höllengrube zurück in die Bibliothek geführt.

Wie war es möglich, daß Balberoth versagt hatte? Der Priester Madesus verfügte nicht über die Stärke, einem Dämonen der Älteren Nacht Widerstand zu leisten, da dieser böse Geist beinahe so mächtig war wie ein niedriger Gott. Erschüttert wälzte Azora diese Frage im Kopf und suchte nach einer Antwort. Offenbar hatte sich Mitra persönlich eingemischt, da nur ein Gott die Macht hatte, einen Dämonen der Älteren

Nacht zu bannen. Wenn Mitra Madesus half, stellte dieser Priester eine größere Gefahr dar, als sie angenommen hatte. Entschlossen hatte sie erneut die ätherische Welt betreten und mit der Suche nach ihm begonnen.

Anstatt Madesus aufzuspüren, hatte ihr Geist Lamici gefunden. Dieser wahnsinnige Narr hatte neben einem Pfad geschlafen, der durchs Karpash-Gebirge führte. Azora verstand nicht, warum ihr Geist zu dem Eunuchen geflogen war, drang aber in dessen Traumwelt ein und weckte ihn. Skauraul hatte diese faszinierende Methode ausführlich beschrieben.

Als der Eunuch vor Angst schreiend aufgesprungen war, stellte sie ihm einige Fragen. Seine Antworten hatten sie sowohl befriedigt als auch verblüfft. Zumindest war der verfluchte Priester tot. Der Eunuch hatte seinen Herzschlag mit tödlichem Gift beendet. Azora hatte sich dieses Gifts in der Vergangenheit auch schon bedient und wußte, daß die Wirkung unwiderruflich war. Und war es nicht ein glücklicher Zufall, daß der Eunuch das Amulett des Priesters an sich genommen hatte?

Azora war nicht sicher, welche Rolle das Amulett bei der Sache gespielt hatte, wußte aber, daß der Talisman für sie eine große Gefahr darstellte. Er war das letzte magische Überbleibsel Xuoquelos', eines Erzfeindes der Mutare. Mit Sicherheit hatte das Amulett den Todesfluch abgewendet, mit dem sie Eldran belegt hatte. Vielleicht hatte es auch den Priester vor Balberoth beschützt.

Lamici würde ihr das Amulett bringen. Sie wagte nicht, es zu berühren, ja nicht einmal, es anzuschauen. Aber sie wußte, wie sie es entschärfen konnte. Sobald man den Talisman in das Blut eines Mannes ohne Seele eintauchte, verlor er seine Kraft. Lamici war für diesen Zweck sehr gut geeignet. Seit sie den Eunuchen kennengelernt hatte, hatte sie ihm Stück für Stück seiner Seele geraubt. Da jedoch ein Mensch ohne Seele sich vor nichts mehr fürchtete, hatte sie ihm ein bißchen Seele gelassen, um aus ihm so viel Angst herauszusaugen wie möglich, sobald er für sie nutzlos geworden war.

Seine Angst würde ihn zu ihr führen. Eigentlich bereiteten ihr nur diese beiden Krieger Sorge. Wenn sie den Eunuchen fingen, könnten sie das Amulett gegen sie verwenden oder es zu jemandem bringen, der das Ausmaß der magischen Kraft kannte. Solange Lamici seinen Vorsprung hielt, war sie in Sicherheit. Jetzt vermochte sie gegen die Krieger nichts zu unternehmen, da sie zu weit entfernt waren, doch bald würden sie in ihren Einflußbereich kommen.

Ohne den Schutz des Priesters oder des Amuletts konnte Azora sie töten. Da gewöhnlicher Stahl aber sie nicht verwunden konnte, waren die beiden nicht imstande, sie zu vernichten. Sie würde die beiden Schwachköpfe foltern und schwächen und schließlich den Spinnen zum Fraß vorwerfen. Sie hatte beschlossen, diese Kinder Zaths als Haustiere zu behalten. Allerdings traute sie Xim nicht. Ihn würde sie irgendwann beseitigen, doch im Augenblick hatte sie andere Sorgen.

Die Zeit arbeitete für sie. Lamici und seine Verfolger würden selbst, wenn sie ständig galoppierten, erst in einer Woche Shan-e-Sorkh erreichen. Diese Zeit wollte sie gut nützen und Skaurauls magische Aufzeichnungen studieren. Am gierigsten suchte sie nach dem mächtigsten Geheimnis der uralten Mutare: Die Unsterblichkeit! Von allen Magiern, die nach diesem wertvollsten Geheimnis gesucht hatten, war es einzig und allein Skauraul gelungen, es auszugraben. Die historischen Schriften, die sie über ihn gelesen hatte, berichteten, daß er verschwunden war, ehe er die Rituale beendet hatte, die für das Erlangen der Unsterblichkeit nötig waren. Sie würde sein Schicksal nicht teilen. Es gab keinen lebenden Menschen, der ihr im Weg stand.

Azora kehrte zurück zum Tisch aus Gebeinen und dem dicken Folianten, der auf ihm ruhte. Sie begann zu lesen. Wie in Trance vertiefte sie sich in Skaurauls Aufzeichnungen. Irgendwo zwischen den kupfernen Einbandplatten lag der Schlüssel zum ewigen Leben. Sie würde nicht ruhen noch rasten, bis sie ihn gefunden hatte.

Xim hockte vor der Tür der Bibliothek und wartete. Skar, der alte Meister, hatte ihm gesagt, daß eines Tages diese Frau kommen werde.

»Sie wird Augen wie ich haben«, hatte er erklärt. »Zeig ihr den Geheimweg vorbei an den Alten und führe sie die lange Treppe hinauf. Doch folge ihr nicht in den Thalamus Arcanus! Versteck dich in dem Loch über der Tür und warte auf meine Rückkehr. Damit du sie führen kannst, verleihe ich dir die Macht zu sprechen.«

Nach diesen Worten hatte Skar ihn mit dem langen schwarzen Fingernagel berührt und Verstand und Körper der Spinne so verändert, daß sie sprechen konnte.

Später war am selben Tag ein seltsamer weißhaariger Mann zur Feste gekommen und hatte den Namen des alten Meisters gerufen. Der Greis hatte einen Speer mit langem Silberdorn an der Spitze getragen. Xim erinnerte sich an die Worte des Meisters, als er die Tür geöffnet hatte und zu dem Alten hinausgegangen war. »Dieser Narr glaubt, mich töten zu können«, hatte Skar gesagt. »Er hat keine Ahnung, wie tief ich meine Wurzeln gegraben habe. Selbst wenn sein törichter Plan Erfolg hätte, vermag er mich nicht vollständig zu zerstören. In einigen Jahrhunderten, wenn er Staub in einer vergessenen Krypta ist, werde ich zurückkehren, um die Welt erneut heimzusuchen.«

Skar hatte Xim befohlen, in der Eingangshalle der Festung zu warten, bis diese Frau käme. Dann hatte sein Meister die Feste verlassen und war zu dem weißhaarigen Mann in die Wüste hinausgegangen.

Durch das offene Eingangsportal hatte Xim teilnahmslos den kurzen, schrecklichen Kampf mitangesehen. Dann hatte der weißhaarige Fremde Skar aufgespießt. Sofort war Skars Körper zu Staub zerfallen, welchen der Wüstenwind in alle Richtungen wehte. Der Wind war zu einem heulenden Sturm geworden und hatte den Fremden mit den scharfen Sandkörnern von der Feste ferngehalten. Der Sandsturm hatte auch die Tür zugeschlagen, durch welche Xim alles beobachtet hatte. Mehrere Monate stürmte es und hielt Plünderer und Neugierige von der Festung fern. Als sich der Sturm endlich legte, war die Feste vollständig von Sand bedeckt. Nichts deutete darauf hin, daß es sie je gegeben hatte.

Während der folgenden Jahrhunderte hatte der alterslose Xim geduldig auf die Ankunft der Frau gewartet. Treu hatte er, ohne zu schlafen, an der Schwelle Wache gehalten. Langsam waren die gelblichen Dünen gewandert und hatten das Leichentuch aus Sand von der Feste entfernt, das diese so lange verborgen hatte. Zu dieser Zeit waren die einzigen Zeugen für ihre Existenz Aufzeichnungen in verstaubten Schriftrollen und selten gelesenen Büchern gewesen. Die meisten Menschen hielten die Feste für eine Legende, da kein lebendes Wesen sie je gesehen hatte.

Während Azora fieberhaft in Skaurauls uraltem Manuskript las und Xim lautlos in das Loch über der Tür gekrochen war, kam Bewegung in den Sand um die Feste. Diesmal blies jedoch kein Wind die Sandkörner in alle Himmelsrichtungen. Wie winzige Insekten erhoben sie sich von einer klar begrenzten Stelle.

Stunden vergingen. Die Sonne beendete ihre Bahn auf dem wolkenlosen Firmament und versank wieder unter dem Horizont im Westen. Mit jeder Stunde kam mehr Bewegung in die Sandkörner. Mehrere Schritt vor dem steinernen Portal der Feste wirbelte eine kleine Sandhose. Mit jedem Körnchen wurde das Gebilde größer. Am nächsten Abend war es bereits sieben Fuß hoch. Eine unsichtbare Intelligenz steuerte den Sandtrichter auf die Tür zu.

Dicht davor hielt der Wirbel inne und wechselte die Gestalt. Ein menschenähnliches, nacktes Wesen wuchs von den Füßen nach oben heran. Es war, als würde der Körper aus einem unsichtbaren Krug in den Trichter geschüttet. Die einzelnen Sandkörner verbanden sich und hörten auf umherzuwirbeln. Vor der Tür der Festung stand jetzt der mächtigste Mutare aller Zeiten – neu geboren. Skaurauls tiefes dröhnendes Lachen klang weit in die öde Wüste hinaus. Er stieß die Tür so mühelos auf, als wäre sie ein hauchdünner Schleier.

Lautlos ging er auf bloßen Sohlen mit wenigen, kraftvollen Schritten durch die Eingangshalle. Sein Körper war hellhäutig und muskulös und beinahe zu perfekt proportioniert. Nur jemand mit ganz scharfen Augen konnte auf der makellosen Haut die schwachen Linien auf Brust und Rücken erkennen, wo der silberne Dorn ihn vor vielen Jahrhunderten durchbohrt hatte. Wie bei Azora waren auch seine Nägel und Zähne schwarz, aber er hatte weiße Lippen. Er war vollkommen unbehaart und hatte nicht einmal Wimpern oder Brauen. Die tiefschwarzen, unergründlichen Augen leuchteten wie glänzende Kohlen, als sie die Halle musterten.

Die Spinnweben teilten sich vor ihm, als er sich der illusorischen Wand näherte, die als geheimer Eingang zu den Gemächern der Feste diente. Mit Freude sah Skauraul, daß die Alten immer noch über den falschen Türen grinsten, genau so, wie er sie zurückgelassen hatte. Schnell trat er durch die falsche Wand auf den Gang dahinter.

Hoch über ihm befand sich der Turm. Azora ließ sich im Sessel zurücksinken und blickte von dem Buch auf, das vor ihr lag. Sie war erschöpft. Das tagelange Lesen hatte sie mehr Kraft gekostet, als das Ritual der Translokation in die Wüste. Sie hatte wie in Trance über den Seiten gebeugt gesessen und die Erschöpfung erst jetzt gespürt. Sie verfügte jetzt über unglaubliche Macht – und über dunkle Geheimnisse. Das Buch bot viel Information über grausame Foltermethoden, um den hilflosen, menschlichen Opfern unsägliche Qualen zuzufügen und sich an deren Angst und Schmerzen zu laben.

Azora sehnte sich danach, ihre neu erworbenen Künste zu erproben. Doch ehe sie ihren Geist in die Ätherwelt hinausschickte, um zu sehen, wie es Lamici erging, mußte sie ihre magische Energie aufladen, die jetzt in der Tat nahezu erschöpft war.

Sie holte aus dem Gewand eine kleine Schüssel, die aus dünnem Metall getrieben war. Auf der Rundung waren seltsame Symbole eingeritzt. Als nächstes holte sie ein handflächengroßes Kästchen hervor, das aus dem Holz des fleischfressenden Kalamtu-Baums geschnitzt war. Sie entnahm diesem Kästchen ein getrocknetes Blütenblatt des Schwarzen Lotus. Als sie das Blatt in die Schüssel legte, sagte sie nur ein einziges Wort:

»Atmak.«

Ein blaues Flämmchen schoß aus ihrem Fingernagel und setzte das Blütenblatt in Brand.

Es brannte sehr langsam und verbreitete einen dunklen, beißenden Rauch im Raum. Azora sog den Rauch tief ein. Innerhalb von Sekunden war sie in den Traumgefilden des Schwarzen Lotus versunken.

Tief unter ihr stand Skauraul am Fuß der langen Treppe. Er hatte Beinkleider und eine ärmellose schwarze Weste angelegt, die seitlich durch Spitze, die aus Menschenhaar gewebt war, verziert war. Beinkleider und Weste waren aus der dicken Haut einer Riesenechse geschneidert. Er trug weder Stiefel noch Sandalen. Sein einziger Schmuck war ein Ring mit schwarzem Stein, den er über den Ringfinger der linken Hand gestreift hatte.

Er stieg die unzähligen Stufen der Treppe hinauf. Tiefes Schweigen herrschte um ihn herum. Nur gelegentlich hörte man, wie er mit dem dicken schwarzen Zehennagel gegen eine Steinstufe stieß. Alles war so, wie er es in Erinnerung hatte. Während der Jahrhunderte, die er im Sand geschlafen hatte, war niemand hier eingedrungen, und hatte seine mächtige Festung geplündert oder besudelt. Sie hatte sicher in der Gruft aus Sand geruht und auf seine Wiederkehr gewartet.

Vor Hunderten von Jahren, noch ehe Skauraul an die Macht gekommen war, hatte er den Tag seiner Niederlage vorausgesehen. Die Vorahnung des Todes hatte ihn gepeinigt und beinahe in den Wahnsinn getrieben. In diesem immer wiederkehrenden Traum hatte er einen alten weißhaarigen Mann gesehen, der ihn mit einem Silberdorn durchbohrte. Skauraul hatte all seine Kräfte aufgeboten, um jeden, der diesem Alten in seiner Vision ähnelte, zu suchen und zu töten.

Allmählich hatten dann alle Menschen wie der Mann in seinem Traum ausgesehen. Tausende waren vor seiner Feste aufgespießt worden und eines gräßlichen Todes gestorben. Der Sand der Wüste war von ihrem Blut gerötet gewesen. Dennoch ging die Vision nicht fort. Anscheinend hatten die Götter beschlossen, ihn zu vernichten. Sie fürchteten wohl, daß seine Macht die ihre übertreffen könnte, und hatten aus Eifersucht zugeschlagen.

Doch sie würden nicht siegen. Er würde überleben, und damit würde seine Macht wachsen.

Während er sein planvolles Morden fortsetzte, hatte er den esoterischen thurischen Kodex studiert und nach langer Zeit einen Weg gefunden, um den Tod zu besiegen. Doch dazu brauchte er Hilfe. Der Zauber, der ihn von den Toten zurückbrachte, konnte nur von einem anderen Mutare gewirkt werden, der in der Schwarzen Kunst sehr bewandert war. Außerdem durfte dieser Helfer nichts von Skaurauls Plänen ahnen.

Um dieses Ziel zu erreichen, schloß Skauraul einen Pakt mit dem angesehenen Schlangengott Set. Diesem bösen stygischen Gott brachte er Zehntausende unschuldiger Opfer dar, die vor der Feste aufgespießt wurden. Als Dank dafür erfüllte ihm Set seine Bitte.

Viele Jahrhunderte später war Set in den Sümpfen des Purpurnen Lotus' im südlichen Stygien, am Fluß Bakhr, einem seiner Priester im Traum erschienen und hatte ihm verkündet, daß in einem Dorf in der Nähe ein ganz besonderes Kind geboren würde. Er hatte dem Priester dunkle Geheimnisse über schreckliche Rituale ins Ohr geflüstert, daß selbst dem abgebrühten stygischem Gottesdiener schlecht geworden war.

Doch gehorsam hatte der Priester das Kind, ein Mädchen, aus dem Dorf entführt und sie in seiner Behausung im Sumpf aufgezogen. Bereits als junges Mädchen war es nicht wie andere weibliche Wesen. Nicht nur körperlich, sondern auch in ihrer Haltung und ihren Interessen unterschied sie sich von allen anderen Frauen. Im Lauf der Zeit hatte der Priester vor ihr Angst bekommen, doch noch größer war seine Furcht vor Set. Am Abend vor ihrem vierzehnten Geburtstag – der im Jahr der Spinne und im Monat des Skorpions gewesen war – hatte er das von Set gewünschte Ritual ausgeführt. Danach hatte er eine tödliche Dosis des Safts der Blüten des Purpurlotus geschluckt.

Skauraul hatte keine Ahnung, was dieses Mädchen in den Jahren getan hatte oder wo es sich aufgehalten hatte, ehe es seine Festung betrat. Es war ihm auch völlig gleichgültig. Set hatte seinen Teil des Paktes erfüllt, und die Priesterin hatte unwissentlich den Zauber gewirkt, den Skauraul vor vielen hundert Jahren in seinem Buch beschrieben hatte.

Falls der Zauber sie nicht getötet hatte, würde Skauraul sie auch weiterhin für seine Zwecke benutzen. Er kontrollierte sie völlig, obgleich sie das nicht wußte. Sie würde ihm viele Mutarekinder gebären. Er verfügte über die Magie, das ungeborene Kind in ihrem Leib schneller als sonst wachsen zu lassen. So würde bei jedem Vollmond ein neues Kind zur Welt kommen. Sobald diese Kinder groß waren, würde er sie in alle Länder aussenden – als Boten des Chaos. Sie würden die armseligen Menschlein überall quälen und vernichten. Skauraul war es recht, daß die Kraft der Priesterin während der Schwangerschaften gemindert war, denn, so geschwächt, würde sie keinen Versuch machen können, ihn zu zerstören.

Skaurauls schwarze Augen funkelten vor Vorfreude, als er die Stufen emporstieg, um sich seine Braut zu holen.

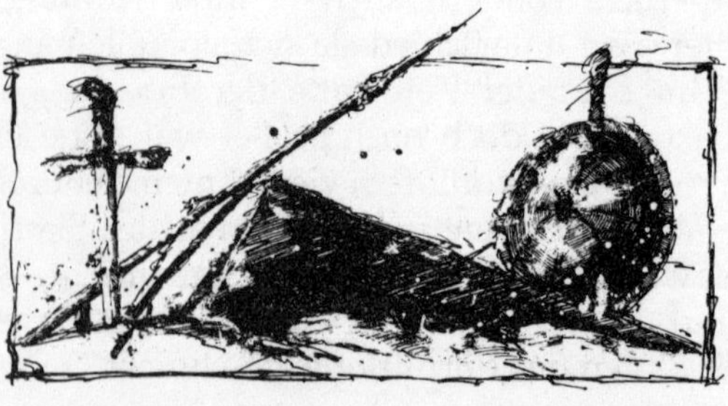

19. Kapitel

MARATHON

Die Sonne brannte unerbittlich vom wolkenlosen azurblauen Himmel über dem östlichen Teil von Shems Wüste. Conan legte die tiefbronzene Hand schützend über die Augen und suchte sorgfältig den südlichen Horizont ab. Er blinzelte mehrmals, um sicher zu sein, daß er keine Fata Morgana sah oder ihm sein von der Hitze getrübter Verstand ein Trugbild vorspiegelte. Nein, der graue Punkt blieb!

»Ich sehe ihn«, rief er Kailash mit heiserer Stimme zu. »Er ist nur noch eine halbe Meile vor uns.«

»Dann muß er gestern nacht eine Ruhepause eingelegt haben«, meinte der Kezanker krächzend. Er hatte das Gefühl, als spreche er mit einem von Sand gefüllten Mund.

»Heute erwischen wir ihn, bei Crom!« sagte Conan müde. »Sieben Tage Verfolgung, und der elende Schurke hat immer noch einen Vorsprung.«

»Acht Tage!« verbesserte ihn Kailash. Er hatte die Tage genau gezählt, seit sie Innasfaln verlassen hatten. Die ersten Tage waren ereignislos verlaufen, doch am fünften hatte eine kleine Schar Banditen aus Zuagir sie angegriffen. Die beiden Krieger hatten im südöstlichen Vorgebirge der kezankischen Berge, südlich der Straße der Könige, ihr Nachtlager aufgeschlagen. Conan war rechtzeitig aufgewacht und hatte gesehen, wie sich mehrere Schemen im Schutz der Nacht mit gezückten Dolchen anschlichen. Der Cimmerier hatte die Zuagiren angegriffen und Kailash mit lautem Schrei geweckt.

Die beiden Krieger hatten mehrere Nomaden erschlagen, doch einige waren mit Conans und Kailashs Pferden geflohen. Conans Proviant steckte noch in den Satteltaschen auf dem Roß, doch Kailash hatte zum Glück seine Packtaschen abgeladen und neben sich auf den Boden gelegt. Obgleich die beiden Männer etwas entmutigt waren, gaben sie die Verfolgung keineswegs auf, sondern waren Lamici zu Fuß weiter nach Süden gefolgt.

Ihre Umsicht war nicht vergebens gewesen. Am nächsten Tag waren sie auf einen Pferdekadaver gestoßen. Kailash hatte erkannt, daß es ein Roß aus Eldrans Stall war. Der Eunuch hatte es zu Tode gehetzt und mußte nun ebenfalls zu Fuß weitermarschieren. Mit frischer Hoffnung waren die beiden Krieger den Abdrücken seiner Sandalen entlang des Südrands der kezankischen Berge gefolgt. Allerdings hatte Lamici einen großen Vorsprung.

Sie waren ihm bis zum Nordostrand der Berge des Feuers gefolgt. Dann waren auch diese Gipfel in der Ferne verschwunden, als sie tiefer in die Wüste Shems vordrangen. Lamicis Fußspuren waren leichter zu verfolgen gewesen als die Hufspuren. Sie waren sicher gewesen, daß sie ständig aufholten, hatten jedoch den Eunuchen nicht zu Gesicht bekommen, was Conan immer wütender machte.

Doch heute, nach mehreren Tagen, hatte der Cimmerier ihn tatsächlich gesichtet. Beide Männer marschierten schneller, obgleich ihnen die Beine weh taten.

»Dieser elende Schurke hat die Ausdauer eines Wüstenskorpions«, schimpfte Conan. »Und er hat mehr Glück als wir.«

»Das Glück wird ihn bald im Stich lassen«, meinte Kailash grimmig und schlug vielsagend gegen den Schwertgriff.

»Wenn er die Feste erreicht, ohne daß wir ihn erwischen, könnte das Schicksal es übel mit uns meinen«, sagte Conan.

Kailash verfiel in Schweigen, um Kräfte zu sparen. Weder er noch Conan hatten einen Punkt erwähnt, der ihnen große Sorgen bereitete: der geringe Proviant. Sie waren mit dem Wasser sehr sparsam umgegangen, aber das Tempo, mit dem sie marschierten, hatte seinen Zoll gefordert. Sie hatten auch nicht während der heißesten Stunden des Tages gerastet, sondern waren weitergelaufen, obwohl die Sonne im Zenit stand.

Kailash war sicher, daß der Cimmerier ein paar Tage ohne Wasser auskäme, und wünschte, auch so eine eiserne Gesundheit wie Conan zu haben, denn er befürchtete, nicht mit dem Gefährten Schritt halten zu können. Immer wieder hatte er Krämpfe in den Beinen, und die Lungen brannten von der heißen Wüstenluft. Alle der Sonne ausgesetzten Körperstellen waren rot und häuteten sich. Er war nicht sicher, ob er den Rückweg überleben würde, nachdem sie den Eunuch erwischt hätten.

Er verdrängte diese unangenehmen Gedanken und ergötzte sich an den Vorstellungen großer Humpen kühlen Ales und die sanften Liebkosungen schöner Frauen. Er stapfte wie im Traum hinter dem Cimmerier durch den Sand.

Als sich die erbarmungslose Sonne endlich vom Himmel zurückzog, blieb Conan stehen und spähte nochmals zum südlichen Horizont. Die aufgesprungenen Lippen verzogen sich zu einem Lächeln. Ja, sie waren Lamici näher gekommen. Die Fußspuren des Eunuchen glichen denen eines vollkommen Betrunkenen auf dem Heimweg von der Schenke. Vor mehreren Stunden waren sie an dem leeren Wasserschlauch Lamicis vorbeigekommen. Der Eunuch mußte vor Durst den Verstand verlieren und würde bald zusammenbrechen.

Conan hörte hinter sich ein dumpfes Geräusch. Er wirbelte herum. Kailash war mit dem Gesicht voraus in den Sand gefallen. Der Cimmerier wollte ihm aufhelfen, doch Kailash schaffte es aus eigener Kraft.

»Bin eingeschlafen«, sagte er leise und wischte sich den Sand vom Gesicht. Nach einem weiteren Schritt fiel er wieder hin.

Conan musterte den Gefährten besorgt. Er hob Kailashs Kopf und hielt ihm den Wasserschlauch an die aufgesprungenen Lippen.

Kailash nahm einen Schluck und stützte sich auf die Ellbogen. »Ich brauche eine Rast«, sagte er mit halb geschlossenen Augen. »Geh du allein weiter.«

Conan blickte zu der kleinen Gestalt Lamicis in der Ferne. In der zunehmenden Abenddämmerung war sie nur noch schlecht zu erkennen. Er sehnte sich nach einigen Stunden Schlaf. Es war ihm unmöglich, den hünenhaften Kezanker zu tragen, aber er konnte ihn auch nicht in der Wüste zurücklassen. Sie hatten nur einen Wasserschlauch. Er bemühte sich erneut, Kailash munter zu machen, doch der Mann aus den Bergen lag regungslos da. Er hatte das Bewußtsein verloren. Jetzt wußte der Cimmerier auch nicht weiter. Verzweifelt warf er sich in der Nähe Kailashs auch in den Sand. Nachdem er die Kapuze übers Gesicht gezogen hatte, legte er die Rechte an den Schwertgriff und verfiel in einen unruhigen Schlummer.

Als Conan erwachte, fühlte er sich merkwürdig erfrischt. Soweit das Auge reichte, umgaben ihn gelbe Sanddünen, die ein Wind aufgetürmt hatte, während er geschlafen hatte. Der Wind hatte aus der flachen Wüste ein Meer aus Sandwogen geschaffen. Conans Lippen waren trocken und brannten, dennoch verspürte er keinen quälenden Durst. Plötzlich traf ihn die grausame Erkenntnis wie ein Blitzstrahl: Die Morgensonne ging auf! Er hatte verschlafen!

Schnell sprang er auf, um Kailash zu wecken. Doch der Gefährte war nirgends zu sehen. Es gab auch keine Spuren im Sand, die ihm verraten hätten, wohin der Kezanker gegangen war. Verzweifelt suchte Conan den Horizont ab. Die Sonne brannte an diesem Morgen besonders erbarmungslos herab und war so grell, daß er schützend den Arm über die Augen hielt, um etwas zu sehen. Schmerzhaft blinzelnd schaute er umher. Die sengende Sonnenscheibe schien den gesamten Himmel zu bedecken. Doch dann schrumpfte sie plötzlich. Staunend sah der Cimmerier, daß das Licht von grellem Gelb zu einem bläulichen Weiß wechselte.

Jetzt stand die Sonne nicht mehr über ihm am Firmament, sondern hing am Ende einer Silberkette. Ein alter weißhaariger Mann hielt diese Kette in der linken Hand, in der rechten hielt er einen Speer mit einem Silberdorn. Sein staubiges, braunes Gewand war zerrissen, ebenso die Sandalen. Langsam schlurfte er durch den Sand auf den verblüfften Cimmerier zu.

»Töte ihn, wie ich es getan habe!« krächzte er und schwang den Speer mit dem Dorn.

Conan zückte sein Schwert und nahm Kampfstellung ein. Dieser verrückte Kerl war zwar alt, konnte jedoch trotzdem gefährlich sein.

»Wenn er dich anschaut, muß er mit dir kämpfen! Laß ihn nicht entkommen!« schrie der Alte. Jetzt sah Conan, daß er ein Amulett um den Hals trug, das dem glich, welches Madesus getragen hatte.

»Wer bist du?« fragte der Cimmerier verwirrt, immer noch das Schwert kampfbereit in der Rechten.

»Deranassib aus Pelishtia«, antwortete der seltsame Fremde. »Durchbohre sein Herz! Töte ihn, wie ich es getan habe!«

»Wen soll ich töten? Und wie? Ich habe kein Amulett, auch keinen Speer mit einem Silberdorn. Wo ist Kailash, mein Gefährte?«

Diesmal antwortete der Greis nicht. Er deutete mit dem Dorn nach Süden, drehte Conan den Rücken zu und schlurfte murmelnd davon. Dann löste sich sein Körper langsam auf, bis nur noch das von der Sonne gebleichte Skelett sichtbar war. Gleich darauf war es im Sand versunken. Der junge Barbar war so verblüfft, daß er sich nicht von der Stelle rührte. Jetzt schien die Sonne wieder hell. Sie wurde größer und größer, bis sie den gesamten Himmel einnahm und sich ihm bedrohlich näherte, als wollte sie ihn verbrennen, erdrücken ...

Conan fuhr entsetzt aus dem Schlaf hoch, packte sein Schwert und sprang auf. Der Himmel war noch dunkel. Er hatte geträumt. Fluchend stampfte er auf den Sand. Sein Puls raste. Da regte sich Kailash, gähnte und stand auf.

»Hast du etwas gesagt?« fragte er mit schlaftrunkener Stimme.

»Nein«, antwortete Conan. Er hielt es für besser, dem Gefährten nichts von diesem seltsamen, beunruhigenden Traum zu erzählen. »Wir müssen weiter. Ich glaube nicht, daß Lamici eine Ruhepause eingelegt hat.«

»Du hättest mich zurücklassen sollen«, sagte der Kailash und senkte beschämt den Kopf. »Meine Schwäche mag uns vielleicht teuer zu stehen kommen. Ich werde mich bemühen, die Zeit, die wir verloren haben, heute wieder aufzuholen. Los, gehen wir!«

Ohne weiteren Atem zu verschwenden, marschierte Kailash schnell los. Kein Wind hatte in der Nacht geweht, als sie geschlafen hatten. Deutlich konnten sie im Mondlicht Lamicis Spuren im Sand erkennen. Conan fiel es leicht, mit dem Mann aus den Bergen Schritt zu halten. Bei Sonnenaufgang waren sie dem Eunuchen wieder so nahe gekommen, daß sie ihn in der Ferne sahen.

Lamici näherte sich den halbverfallenen Mauern

eines uralten Gebäudes. Die Mauern erhoben sich gänzlich unerwartet aus der Wüste. Hinter ihnen stand ein mächtiger Wachturm, der ungemein bedrohlich wirkte. Als Kailash sah, wie der Eunuch dem Tor in der Mauer zustrebte, stieß er eine Sturzflut so schlimmer Flüche aus, daß selbst ein argossischer Seemann zusammengezuckt wäre. »Renn los!« rief er Conan zu. »Wir müssen ihn erwischen, ehe er da drinnen verschwindet.«

Unter Aufbietung ihrer letzten Kräfte liefen sie auf die Feste zu. Conan fragte sich, wessen Ende bevorstünde: Lamicis oder ihres? Doch dann schob er alle dunklen Gedanken beiseite und rannte über den Sand. Er überholte Kailash und näherte sich schnell dem humpelnden, schwankenden Eunuchen. Der Cimmerier hatte keine Ahnung, daß ihn von der Turmspitze der Feste zwei pechschwarze, eiskalte Augen beobachteten.

Lamici warf einen Blick über die Schulter und wollte einen Schreckensschrei ausstoßen, als er den jungen Barbaren wenige hundert Schritte hinter sich entdeckte. Doch der Eunuch vermochte nicht mehr zu schreien. Kein Laut drang über die dick geschwollenen und aufgeplatzten Lippen. Die Haut in seinem, einem Totenschädel ähnlichen Gesicht, hing in Streifen herab. Sein einst blaues Seidengewand war in ähnlichem Zustand. Nur noch Fetzen umflatterten seinen dürren Körper.

Am schockierendsten waren seine Augen. Tagelang hatte er in die Sonne gestarrt, weil ihn die Helligkeit faszinierte. Der Himmelskörper hatte seinen Augen die Farbe und Beschaffenheit milchiger, dicker Kartoffelsuppe gegeben. Er war fast blind. Doch obgleich er fast nichts sehen konnte, kannte er den Weg genau. Eine unsichtbare Hand führte ihn. Er wußte nicht mehr, warum er in die Wüste gelaufen war. Ja, er hätte nicht einmal seinen eigenen Namen zu nennen vermocht. Seine Welt bestand aus sehr wenigen Dingen: Die Sonne, die Feste und das Amulett. Diese drei Dinge waren wichtig.

Er taumelte durch eine Öffnung in der äußeren Mauer, stürzte, kam jedoch irgendwie wieder auf die Beine und stolperte weiter. Der Cimmerier war ihm dicht auf den Fersen. Keine zwölf Schritte trennten ihn vom Eunuchen und dem Tor. Er hob das Breitschwert. Die Spitze war knapp hinter Lamicis Rücken. Der unsichtbare Beobachter mit den brennend schwarzen Augen sah alles mit an. Als Lamici durch die Mauerbresche gelangt war, sprach der Beobachter die ersten Worte – nach jahrhundertelangem Schweigen.

»Kapatmak-kutuk!«

Die Silben ertönten weithin hallend aus Skaurauls Kehle und setzten mächtige Kräfte in Bewegung.

»Crom!« schrie Conan überrascht, als er plötzlich gegen das Eisen eines Tors prallte, wo soeben noch leere Luft gewesen war. Die Klinge flog ihm aus der Hand, als er rücklings in den Sand stürzte. Von dem unerwarteten Zusammenstoß war er leicht benommen. Doch dann nahm er schnell seine Waffe und stand auf.

»Welch ein Zauber ist das?« fragte Kailash. Ihm war es gelungen, in letzter Sekunde vor dem eisernen Tor anzuhalten. »Sieh mal!« Er deutete mit dem Schwert auf die Mauern zu beiden Seiten des Tors. Diese waren keineswegs mehr verfallen, sondern erhoben sich nunmehr makellos und fest aus dem Sand.

»Wir müssen hinübersteigen«, meinte Conan verdrossen. »Wir können ihn noch erwischen.«

Der Cimmerier und der Mann aus den kezankischen Bergen waren erfahrene Kletterer. Sie wählten das Portal, da es für Hand und Fuß mehr Halt bot als die glatten Mauern. Conan schwang sich als erster aufs Tor und blickte hinüber. Lamici hatte die Hälfte der Strecke zwischen Portal und der Treppe zurückgelegt, die zur Tür der Feste hinaufführten. Der Cimmerier kletterte ein Stück hinunter und ließ sich dann in den Sand fallen. Kailash folgte ihm. Der Eunuch war einige hundert Schritte vor ihnen. Er hatte gerade die unterste Treppenstufe erreicht.

»Delmek-keskin!«

Wieder sprach Skauraul mit dröhnender Stimmer vom Turm herab.

Conan zückte sein Breitschwert und rannte dem vor Entkräftung taumelnden Eunuchen hinterher. Da hörte er Kailash hinter sich einen lauten Schrei ausstoßen, der erst überrascht klang, dann aber in Schmerzensgeheul überging. Conan blickte über die Schulter zurück und hätte beinahe vor Staunen sein Schwert fallen lassen.

Ein langer gekrümmter Dorn war plötzlich aus dem Sand hervorgeschossen. Er saß auf einem Eisenschaft, der so dick wie das Handgelenk des Cimmeriers war. Der Dorn hatte den Kezanker knapp verfehlt und ihm nur den Umhang aufgerissen. Conan spürte ein leises Kribbeln neben dem rechten Fuß und warf sich instinktiv zur Seite. Seine blitzschnellen Reflexe hatten ihn gerettet. Noch ein Eisendorn wuchs an der Stelle aus dem Sand, wo er soeben noch gestanden hatte. Die Stange überragte Conan um Kopfeslänge, ehe sie innehielt.

Der Sandstreifen zwischen den beiden Männern und der Feste war zu einer alptraumhaften Todesfalle geworden. In Panik wichen Conan und Kailash den todbringenden Eisenspitzen aus, die um sie herum, wie tödliches Unkraut, aus dem Sand schossen. Einige der Todesdorne glitten wieder in den Boden zurück und Sand füllte das Loch, das sie hinterließen, und verbarg so jede Spur dieser tödlichen Bedrohung.

Conan und Kailash sprangen wie Wahnsinnige umher, um den Dornen auszuweichen. Beide Männer bluteten aus zahlreichen Wunden, wo die Eisenspitzen ihnen die Haut geritzt hatte. Ihre Umhänge waren längst zerfetzt. Dennoch näherten sie sich langsam der Feste. Der Cimmerier atmete noch schwer von der wilden Verfolgungsjagd, doch er wußte, daß er aufgespießt würde, sobald seine Konzentration auch nur einen Moment lang erlahmte. Er vertraute auf sein Glück, schloß die Augen und lief blindlings in Richtung der Treppe vorwärts.

Als er die Augen wieder öffnete, stand er vor der ersten Stufe, außerhalb der Reichweite der tödlichen Spieße. Allerdings blutete er aus einer bösen Wunde am rechten Schenkel. Ansonsten war er verhältnismäßig unversehrt.

Kailash folgte Conans Beispiel und setzte ebenfalls alles auf eine Karte. Er hatte es beinahe geschafft, als ein Dorn hervorschoß, seine linke Fußsohle durchbohrte und weiter nach oben drang. Vor Schmerzen schreiend sank Kailash zu Boden.

Der Cimmerier packte den Dorn und zog mit aller Kraft daran. Der dicke Eisenschaft bog sich und brach schließlich. Dabei drang die Spitze tief in seine Handflächen, doch er schenkte dem Blut, das aus den Wunden floß, keine Beachtung. Kailash befreite das Bein von dem Schaft. Trotz der durch die Hitze bedingten Austrocknung liefen einige Tropfen aus den Augen über die Wangen, so stark waren die Schmerzen. Mit verzerrter Miene riß er einen Streifen von seinem Umhang und verband den verletzten Fuß. Dann humpelte er weiter. Dickes Blut tränkte langsam den Notverband.

Conan schwang die Eisenstange mit dem scharfen Dorn wie einen Speer. »Stirb, du elender Höllenhund!«

Er schleuderte die Waffe auf Lamici, der sich kraftlos bemühte, die schwere Tür der Feste zu öffnen. Für einen so erfahrenen Krieger wie Conan war der dürre Eunuch ein leichtes Ziel. Der Dorn durchbohrte Lamicis rechte Schulter. Der Wurf war so kräftig, daß die Eisenspitze die Tür aufstieß und den Eunuchen ins Innere mitriß.

Conan hob sein Schwert auf und sprang die Stufen hinauf. Kailash humpelte stöhnend, aber verbissen hinterher. Gleich darauf waren sie an der Tür und liefen in die Feste.

Ein entsetzlicher Anblick bot sich den beiden in der von Spinnweben verhangenen Halle. Mehrere beharrte, aufgedunsene Spinnen hatten sich um den auf dem Boden liegenden Eunuchen geschart und labten sich an ihm. Conans Magen empörte sich, als er das widerliche Schmatzen und Schlürfen hörte. Mit mehreren Schwerthieben machte er den fleischfressenden Arachniden den Garaus.

Kailash kämpfte gegen Artgenossen, die von der hohen Decke gefallen waren, während Conan einen kleinen Lederbeutel vom Gürtel des toten Eunuchen riß. Er fand nur einen kleinen, schweren Gegenstand, der in ein Tuch gewickelt war. Er entfernte das Tuch und hielt triumphierend Madesus' Amulett in die Höhe.

Kailash betrachtete seinen verletzten Fuß. »Du mußt fort, Conan! Nimm das Amulett und fliehe! Gib es einem Priester, der über die Macht verfügt, diese gegen die Priesterin einzusetzen. Du mußt sofort loseilen.« Er warf dem Cimmerier den Sack mit dem restlichen Proviant vor die Füße.

Doch Conan brauchte keine Entscheidung zu fällen.

»*Kapatmak-kapi!*« Skauraul hatte zum dritten Mal gesprochen und damit die menschlichen Maden in seine Feste eingeschlossen. Die eiserne Tür knallte laut ins

Schloß. Conan hatte noch den vergeblichen Versuch unternommen, mit dem Speer, den er aus Lamicis Leiche gezogen hatte, die Tür zu blockieren. Aber zu spät.

Skauraul verließ den Beobachtungsposten in luftiger Höhe und stieg langsam die lange Wendeltreppe hinunter.

20. Kapitel

UNTERGANG

Conan und Kailash blickten wie erstarrt auf die geschlossene Tür. Kailash bemühte sich, sie zu öffnen, doch diese weigerte sich verstockt. »Da sind noch drei andere Türen«, sagte der Mann aus den Bergen, nachdem sich seine Augen an das Zwielicht in der Halle gewöhnt hatten.

Conan musterte die drei Türen argwöhnisch. Widerliche Wasserspeier hockten darüber und blickten lüstern herab. Sein Instinkt warnte ihn, daß diese Türen in Fallen führten.

»Vier Türen«, sagte Conan und ging zur großen Eingangstür, die sich hinter ihnen geschlossen hatte. Er bemühte sich mehrmals vergeblich, sie zu öffnen. Aber das Eisen hätte auch widerstanden, wenn ein Dutzend Männer mit einem Rammbock mit Metallspitze dagegen gelaufen wäre. Kailash und Conan vereinten ihre Kräfte zu einem letzten übermenschlichen Stoß. Doch die schwere Tür stand stumm vor ihnen und spottete ihrer Kraftanstrengungen. Keuchend gaben sie auf und lehnten sich gegen die Wand.

»Warum hat sie sich plötzlich geschlossen?« fragte sich Kailash laut. »Bei Mitra, die Fallen an diesem verfluchten Ort arbeiten mit übermenschlicher Genauigkeit immer zum richtigen Zeitpunkt. Gehorchen diese Türen auch den Befehlen der Hexe?«

Conan brummte nur als Antwort und fügte einige kräftige Flüche hinzu. Er blickte sich suchend in der

Halle um, ob es noch einen anderen Weg hinaus gäbe. Dabei fiel ihm auf, daß es heller geworden war. Während er die Wände und die Decke musterte, stellte er verblüfft fest, daß das Amulett des Priesters leuchtete. Immer stärker wurde der bläuliche Lichtschein. Er hielt es hoch, um den Raum zu erhellen.

»Schau! Fußspuren im Staub!« rief Conan dem Gefährten zu und deutete auf die Stiefelabdrücke in der dünnen Staubschicht vor einer Tür.

Kailash starrte verblüfft auf das Amulett, doch der Cimmerier zuckte nur die Schultern. Dann studierte der Kezanker die Spuren sorgfältig und beäugte mißtrauisch die Tür, zu der sie führten. »Verschlossen oder verriegelt, wette ich.« Er drehte den Türgriff und wich erstaunt zurück, als sich die Tür mühelos öffnete.

Conan legte dem Gefährten die Hand auf die Schulter. »Warte!« sagte er. »Ich gehe voran, damit wir etwas sehen können.« Mit der Schwertspitze deutete er auf den Blut getränkten Verband um Kailashs verletzten Fuß. »Tritt vorsichtig auf! Vielleicht gibt es hinter der Tür noch mehr Fallen.«

Kailash nickte und wechselte den Griff am Schwertheft. Conan stieß die Tür mit der Sandalenspitze ganz auf. Das Amulett beleuchtete einen großen halbrunden Raum dahinter. Er war leer – abgesehen von sieben Statuen. In der Raummitte rankte sich eine eiserne Wendeltreppe um eine Säule. Die Stufen verschwanden im Dunkel der hohen Decke, ungefähr dreißig Fuß über dem Boden. Vorsichtig trat der Cimmerier ein und bedeutete Kailash, ihm zu folgen. Der Kezanker hielt inne, wickelte sich einen neuen Stoffetzen um den Fuß und hinkte Conan hinterher.

Gegenüber der Tür standen sieben Statuen in regelmäßigem Abstand an der Wand. Sie ähnelten den abstoßenden Wasserspeiern, die in der Halle über den Türen hockten. Aber diese Scheusale waren viel größer und hielten keine Kugeln, wie ihre Gegenstücke. Conan verspürte nicht den Wunsch, in ihre Reichweite zu gehen. Statt dessen schritt er auf die eiserne Wendeltreppe in der Mitte zu.

Kailash hob den Dorn auf, auf dem immer noch Lamicis Blut glänzte. Um zu verhindern, daß auch diese Tür sich plötzlich hinter ihnen schloß, stemmte er den Dorn in den Spalt zwischen Angel und Tür.

Als Conan den Fuß auf die erste Stufe der Wendeltreppe setzte, hörte er aus der Halle ein lautes Knacken. Blitzschnell wirbelte er herum und sprang zurück zur Tür. Dort landete er neben Kailash, der langsamer reagiert hatte. Dem Knacken folgte ein lauter Knall, als wäre ein Steinbrocken herabgefallen. Eine Staubwolke drang durch die Tür. Conan hielt das Amulett vor sich, um zu sehen, was in der Eingangshalle geschah.

Als sich der Staub verzogen hatte, fluchten beide Männer laut und wichen zurück. Auf der Schwelle stand einer der widerlichen Wasserspeier. Der narbige graue Stein hatte sich in eine dunkelgrüne Reptilienhaut verwandelt. Die Augen glühten rot im Schatten der Halle. Ehe einer der beiden Krieger handeln konnte, schleuderte das ekelhafte Scheusal die Kugel auf sie.

Conan parierte. Seine Klinge traf die milchweiße Kugel. Blaue Funken stoben auf. Die Kugel landete wenige Fuß neben dem Cimmerier auf dem Boden. Stinkende, ätzende Rauchwölkchen stiegen aus ihr empor. Conan hob sein Breitschwert und näherte sich beherzt dem Wasserspeier.

Doch das Schuppenscheusal bewegte sich sehr schnell. Es packte den Dorn, den Kailash in den Türspalt gesteckt hatte, und griff damit den Cimmerier an. Conan wich der tödlichen Waffe aus und versetzte dem Ungeheuer einen Schlag in die Seite. Die Klinge drang tief in seinen Körper ein und fetzte ein großes, lederartiges Stück aus ihm heraus.

Der Wasserspeier sprang zurück, packte den Türgriff und schloß die Tür. Dann steckte das verwundete Scheusal den Dorn in den Griff und sicherte damit den Ausgang. Eine graugelbe Flüssigkeit schoß aus der tiefen Wunde in der Seite. Gleich darauf erstarrte das Monster und wurde wieder zu Stein, die Hände immer noch um den Dorn gelegt.

Conan warf sich vergeblich gegen die Tür. Da stieß Kailash einen Warnruf aus. Der Cimmerier drehte sich um. Der Kezanker stand leichenblaß da und starrte auf die Statuen an der Wand. Alle sieben hatten sich in Bewegung gesetzt und näherten sich. Wie die Wasserspeier über den Türen hatte sich der Stein in eine grüne Schuppenhaut verwandelt. Sie wirkten noch sehr viel bedrohlicher als ihre kleineren Verwandten mit den Kugeln.

Conans Augen tränten wegen des beißenden Rauchs, der von der geborstenen Kugel ausging. Die Dämpfe schnitten in seine Lungen wie Dolche. Jeder Atemzug schmerzte teuflisch.

Die Statue in der Mitte schlug mit den ledernen Flügeln und erhob sich in die Luft, während die beiden, die Conan am nächsten waren, sich zum Angriff rüsteten. Kailash humpelte zur Wendeltreppe und biß die Zähne zusammen, als vier der Ungeheuer mit erhobenen scharfen Klauen auf ihn zuschritten.

Conan stellte sich mit dem Rücken gegen die Tür und erwartete den Angriff des fliegenden Wasserspeiers. Dieser stürzte sich mit flatternden Schwingen und aufgerissenem Maul, in dem die Zähne ebenso scharf waren wie die Klauen, auf den Cimmerier. Der Barbar wartete mit eisernen Nerven, bis die Klauen dicht vor seinem Gesicht waren. Dann warf er sich mit einem markerschütternden Schrei zur Seite, holte mit dem

Breitschwert aus und versetzte dem Ungeheuer einen Schlag, der einen Baum gefällt hätte. Der Wasserspeier prallte mit voller Wucht gegen die Tür. Man hörte seine Knochen zerbrechen.

Conans Klinge trennte die Flügel vom Rücken des Scheusals. Sie fielen zu Boden, flatterten jedoch noch kurze Zeit weiter. Der Wasserspeier glitt an der Tür hinab und hinterließ einen ekelhaft schmierigen Fleck. Er zuckte noch mehrmals, dann hatte er sich wieder in Stein verwandelt. Unbeeindruckt rückten die beiden anderen Wasserspeier gegen Conan vor.

In der Mitte des Raums kämpfte Kailash verzweifelt. Wegen des durchbohrten Fußes fiel es ihm allerdings schwer, das Gleichgewicht zu wahren, und so mußte er sich auf reine Verteidigung beschränken. Trotzdem war es ihm gelungen, den Wasserspeiern einige Wunden beizubringen, doch er selbst blutete an mehreren Stellen. Ein Scheusal war nahe genug herangekommen, um Kailash eine tiefe Scharte ins Kinn zu kratzen. Schritt für Schritt zwangen sie den schwitzenden Mann aus den Bergen, weiter auf der Wendeltreppe hinaufzusteigen. Als er über zwölf Fuß hoch geklettert war, vermochte er aus dieser Stellung heraus den Cimmerier nicht mehr zu sehen.

Langsam zog er sich immer weiter nach oben zurück. Wenigstens konnte ihn auf der engen Treppe nur ein Ungeheuer angreifen. Als er sich der obersten Stufe näherte, war er auf Augenhöhe mit dem Raum, zu dem die Wendeltreppe führte. Eine kleine, doch widerstandsfähige Holztür war der einzige Ausgang. Ehe Kailash sich mit dem Rücken gegen die Tür stellen konnte, waren zwei Wasserspeier an ihm vorbeigelaufen und verwehrten ihm Zugang. Auch von unten waren einige dieser ekligen Biester heraufgekrochen, so daß er nicht zu Conan hinabsteigen konnte. Sie schlugen mit den scharfen Klauen nach ihm und rissen tiefe karmesinrote Furchen in seinen Schwertarm. Blut quoll aus einem Dutzend Wunden.

Der Kezanker behielt jedoch eisern die Nerven und überraschte die damönischen Angreifer, indem er sich auf sie stürzte, doch im letzten Moment zu Boden ging und sich zwischen die beiden Wasserspeier rollte, die vor der Tür standen. Trotz der entsetzlichen Schmerzen biß er die Zähne zusammen und packte den Türgriff. Stumm flehte er Mitra an, die Tür möge sich öffnen. Mitra erhörte ihn. Die Tür war nicht verschlossen, sondern öffnete sich sofort. Kailash fiel kopfüber in den dahinter liegenden Raum. Dabei entging er nur knapp den Klauen der Wasserspeier, die ihn verfolgten.

In dem Raum herrschte Finsternis. Der helle Licht des Amuletts war schwächer geworden, je weiter sich Kailash von Conan entfernt hatte.

Der Kezanker tastete nach dem Türgriff und schloß die Tür. Sekunden später hörte er, wie sich einer der Wasserspeier dagegen warf. Kailash fand den eisernen Riegel und schob ihn eilends vor. Die Tür wirkte so solide, daß er hoffen durfte, die Biester aufzuhalten – wenigstens für eine kurze Zeit. Schwer atmend ließ er sich gegen die Tür sinken und überdachte seine Lage. Obgleich sich seine Augen an die Dunkelheit gewöhnt hatten, vermochte er keine der Geheimnisse des Raumes wahrzunehmen.

Er band die Fetzen um den verwundeten Fuß fester. Da hörte er ein seltsames Geräusch. Erstarrt lauschte er atemlos. Doch dann übertönten die Wasserspeier, die sich gegen die Tür warfen, alle anderen Laute. Seine Instinkte leiteten ihn jetzt. Er tastete mit dem Schwert die Wand ab, weil er hoffte, eine Ecke zu finden, von der aus er sich leichter verteidigen könnte. Während einer Lärmpause hörte er wieder das eigenartige Geräusch. Es war ein leises Rascheln, als riebe jemand Leder über einen glatten Stein. Das Geräusch war jetzt lauter als zuvor. Kailash war am Ende einer Wand angelangt. Er stellte sich in die Ecke und ging in Kampfstellung. Wie lange würde die Tür noch halten? Er vermutete, daß die Wasserspeier im Dunkeln sehen konnten. Wenn sie hereinbrachen, war sein Schicksal besiegelt.

Dann spürte er etwas am Fuß und dachte nicht mehr an die Tür. Etwas ... krabbelte auf seinem verwundeten Fuß. Bei dieser Berührung bekam er Gänsehaut. Dann fühlte er einen neuen Schmerz, als stieße ihm jemand Nadeln in die offene Wunde. Dann hörte er ein widerliches saugendes Geräusch.

Kailash riß entsetzt den Fuß weg und strampelte wild, um das Biest abzuschütteln, das sich darauf niedergelassen hatte. Wütend zischte das Geschöpf, als es weggeschleudert wurde. Der Kezanker hörte den leisen Aufprall auf dem Boden. Der Körper war weich und rund gewesen, mit einer lederartigen Haut. Aus welchem Höllenschlund war dieses Scheusal gekrochen? Blind schlug er mit dem Schwert in die Richtung, aus der das Zischen gekommen war. Funken stoben auf, als die Klinge den Steinboden traf. Er hatte daneben geschlagen, und die Funken waren so schnell verstoben, daß er keinen Blick auf das Biest hatte werfen können.

Gerade wollte er erneut zuschlagen, als ein schwacher, orangefarbener Schimmer den Raum erhellte. Ihm juckte die Nase. Ein seltsamer Rauch breitete sich aus. Jetzt konnte er sehen, daß der Raum sehr klein war. Auf der gegenüberliegenden Seite war ein Türbogen, dahinter führte eine schmale Treppe in den Turm hinauf. Bis auf die Tür, die er vor wenigen Minuten verriegelt hatte, gab es keinerlei Möbelstücke oder Zierrat. Aber er war nicht allein. Eine riesige Spinne kroch über den Steinboden direkt auf ihn zu. Die blassen Augen funkelten vor Wut und verrieten, daß dieses Geschöpf über weit mehr Intelligenz verfügte als seine kleineren

Artgenossen. Kailash hatte unverschämtes Glück gehabt und das Biest im Dunkeln verwundet. Mehrere Beine lagen abgetrennt auf dem Boden. Mitra hatte in der Tat seine Klinge geführt! Frisches, rotes Blut – aus seinem Fuß gesaugt! – klebte an den spitzen, ekligen Fängen der Riesenspinne. Kailash mußte gegen den Drang ankämpfen, sich zu übergeben, und blickte nach oben.

Überrascht hielt er den Atem an. Er sah, woher der Lichtschein und der Rauch kamen. Eine Frau kam die schmale Treppe herab. In einer Hand trug sie eine Schale aus schwarzem Stein. Die Schale war die Quelle des Lichts. Außerdem stiegen aus ihr Rauchwölkchen empor. Die Wolken verhüllten das Gesicht der Frau, doch Kailash war sich sicher, daß es sich bei ihr um die Mutare-Priesterin handelte. Sie trug keine Waffen – jedenfalls nicht, soweit er sehen konnte, aber Madesus hatte ihnen gesagt, daß auch ein Schwert gegen sie nichts nützen würde.

Die Frau erreichte den Fuß der Treppe, ging in den Raum und stellte die Schale auf den Boden. Der Rauch teilte sich, und Kailash sah, daß sie keinerlei Gewand trug. Das Licht tauchte ihre glatte Haut in einen höllisch roten Schimmer und ließ das schulterlange, ebenholzschwarze Haar glänzen. Verführerisch fuhr sie sich mit den Fingern durch die Locken und streichelte ihren Hals und dann ihren vollkommen geformten Körper. Ihre Hände glitten über die üppigen Brüste und auf den Bauch. Dieser war nicht flach, wie Kailash erwartet hatte, sondern leicht nach außen gewölbt, so als trüge sie ein Kind. Die Haut über dem Nabel pulsierte wie ein schlagendes Herz. Angewidert wandte Kailash die Augen ab.

Das Weib lachte. Bei diesem Lachen erstarrte ihm das warme Blut in den Adern. »Willkommen, Mann aus den Bergen!« Sie machte eine Pause, als sie sah, daß er die Augen niedergeschlagen hatte. »Kannst du es nicht ertragen, wahre Schönheit zu sehen? Bin ich zu viel für deine Augen?«

Gegen seinen Willen wurden Kailashs Blicke zu ihr hingezogen. Unsichtbare Finger packten seinen Kopf und wendeten ihn, so daß er sie anschauen mußte. Er preßte die Lider fest zusammen, weil er spürte, daß er ihr unter keinen Umständen in die Augen blicken durfte.

Wieder lachte sie. Noch grausamer als zuvor. »Es spielt keine Rolle. Ich trage ein Kind. Mein Sprößling wächst sehr schnell in mir. Ehe der Mond wieder abnimmt, wird der erste einer neuen Mutare-Rasse geboren sein. Dein armseliger Körper und dein warmes Blut werden den Hunger meines Kindes stillen. Mit einer einfachen Geste könnte ich dein Herz zum Stillstand bringen. Doch statt dessen werde ich mich an deinen Schmerzensschreien ergötzen, wenn ich dich bei lebendigen Leib verspeise. Für einen Menschen bist du sehr stark. Du wirst eine Zeitlang leben, ehe ich dir das schlagende Herz aus dem Leib reiße und seinen Saft trinke. Schau mich an! Ich bin das wunderschöne Antlitz des Todes!«

Nach Luft ringend öffnete Kailash die Augen und starrte Azora an. Ihre Augen waren große, schwarzrote Seen, die ihn unwiderstehlich in ihre Tiefe zogen. Er war machtlos. Er mußte in sie hineinschauen. Ihm fiel der blutende Unterkiefer herab. Er umkrampfte sein Schwert so fest, daß die Knöchel weiß hervortraten. Seine vor Entsetzen geweiteten Augen hingen immer noch wie gebannt auf Azoras Gesicht.

Die Priesterin öffnete die karmesinroten Lippen, so daß Kailash die dolchgleichen schwarzen Zähne sah. Mit unmenschlicher Kraft zerriß sie sein Kettenhemd, als wäre es ein dünner Schleier. Ihr bösartigen Augen bohrten sich in die seinen, während sie einen Fetzen

Fleisch aus seiner entblößten Brust riß und sich in den Mund steckte. Kailash vermochte nicht einmal die Lippen zu bewegen, um zu schreien.

Als Azora wiederum nach seiner Brust griff, hörte er ein lautes, wütendes Zischen hinter ihr. Die Priesterin warf sich herum und löste damit den Augenbann von Kailash. Die verwundete Spinne hatte ihre Fänge in ihren Knöchel geschlagen.

»Menschenblut du haben Xim gesagt«, zischte die Spinne. »Jetzt du Xim wegnehmen! Blut sein für Xim!«

Mit einem Wutschrei richtete die Priesterin die Augen auf die eklige Spinne und machte mit der rechten Hand eine schnelle Bewegung. Die Spinne war augenblicklich flachgepreßt, als hätte ein großer Hammer sie erschlagen. Azora stieß die zerquetschten Reste mit dem Fuß weg.

Kailash bemerkte, daß er seine Gliedmaßen wieder zu rühren vermochte, sobald er dem Bann von Azoras Blick entronnen war. Er stand noch unter Schock, reagierte jedoch aufgrund von Instinkten, die ihn durch zahllose tödliche Grenzkriege gebracht hatten. Er packte sein Schwert anders und rammte es ins nächste Ziel: Azoras, gewölbten, pulsierenden Bauch. Seine Wut war so namenlos, daß sie ihm ungeahnte Kräfte verliehen. Er trieb die breite Klinge durch Azora hindurch, bis die scharfe Spitze auf ihrem Rücken wieder austrat. Ihr Körper erbebte und zitterte heftig.

Kailash's Herz raste. Hatte er sie getötet? Wie konnte das möglich sein? Seine wilde Hoffnung währte nur kurz. Langsam zog Azora die drei Fuß lange Klinge aus ihrem durchbohrten Bauch. Kailash riß ihr das Schwert aus der Hand. Als die Klinge durch ihre Finger glitten, sah er enttäuscht, daß diese nicht bluteten. Ein stinkender Schleim tropfte aus ihrem Leib, doch sie schenkte ihm keinerlei Beachtung. Kailash wich in die Ecke zurück und hob sein Schwert. Dann wartete er.

Azora preßte die Hände auf den Bauch und schrie vor Wut schäumend: »Das Kind ist zerstört!« Sie blickte Kailash mit Augen an, die so glühend heiß loderten wie die Feuer der Hölle. »Abschaum! Deine lächerliche Klinge verletzt mich weniger als der Stich eines Moskitos. Du wirst leiden, wie noch kein Mensch gelitten hat! Mit jedem Blutstropfen, den ich aus dir heraussauge, werde ich dir mehr Qualen zufügen, als sie je ein Mensch ertragen mußte.«

Kailash spürte, wie sein Körper wieder erstarrte. Die Mutare machte eine Handbewegung, und die Klinge sprang ihm aus der Hand und erhob sich in die Luft. Sie streckte die Hand nach unten. Die mit Blut befleckte lange Klinge sauste nach unten und durchbohrte die Seite des Kezankers. Eine unsichtbare, unglaublich starke Hand stieß das Schwert durch ihn hindurch, bis in die Steinplatten auf dem Boden. Kailash hatte das Gefühl, sein Kopf zerspringe, so unerträglich waren die Schmerzen. Aufgrund der Muskellähmung vermochte er sich nicht von dem Schlag zu erholen. Schweißüberströmt sah er, wie sein Blut aus der Wunde schoß.

»Es sind keine lebenswichtigen Organe durchbohrt«, erklärte ihm die Priesterin höhnisch. »Es wird mehrere Tage dauern, bis der Tod eintritt – wie der Tod eines Hasen in der Falle eines Jägers.« Boshaft deutete sie auf den Schwertgriff, der hin- und herschwankte und die Wunde noch vergrößerte. Dann legte sie die Hand auf die Wunde. Flammen schossen aus ihrer Handfläche. Sie versiegelte die Wunde um die Klinge. Der eklige Gestank verbrannten Fleisches und Blutes füllte den Raum. Kailash fühlte, wie sich sein Verstand vom Körper trennte und den Raum verließ, der zu seiner furchtbaren Folterkammer geworden war.

Als die Tür aufsprang, weil sie schließlich dem Ansturm der Wasserspeier nicht mehr standhalten konnte, nahm er das kaum noch wahr. Er befand sich in einem traumähnlichen Zustand, in dem sämtliche Sinnesorgane ausgeschaltet waren. Drei Wasserspeier rannten durch die zerschmetterte Tür und umringten Azora und den auf dem Boden liegenden Kezanker. Doch stürzten sie sich nicht auf Kailash, sondern griffen die Priesterin an. Der Kezanker erlangte das Bewußtsein wieder und sah überrascht dem Kampf zu.

Eigentlich war es nicht überraschend, hätte Kailash den wahren Ursprung der Wasserspeier gekannt und gewußt, wozu sie dienten. Sie waren uralte Wesen, geboren in einer Zeit, die noch vor der der Mutare gewesen war. Das Schlangenvolk von Valusia hatte die Wasserspeier gezüchtet, um sie als Wächter einzusetzen. Skauraul hatte einem Zauberer in Stygien mit Gewalt das Geheimnis entrungen, wie man diese Scheusale beherrschen und kontrollieren konnte. Azora kannte diese Geheimnisse nicht. Sie hatte auch keine Ahnung, daß ihre Zauberkräfte auf die Wasserspeier nicht wirkten. Ihrem schlichten Verstand fehlten die menschlichen und tierischen Gefühle, auf denen viel von Azoras Zaubermacht beruhten.

Mit funkelnden Augen blickte Azora den anstürmenden Wasserspeiern entgegen und gestikulierte wild mit den Händen. Sie fluchte laut, als die Ungeheuer ungehindert weiterstürmten. Die Wasserspeier wußten nur, daß Azora ein Eindringling war. Vor vielen hundert Jahren hatte Skauraul ihnen befohlen, alle Eindringlinge zu töten. Ehe Azora reagieren konnte, führten die Wesen aus grauer Vorzeit diesen Befehl unerbittlich aus. Sie packten die Priesterin und zerrissen sie mit Klauen und Fängen in Stücke. Azora hatte kein Blut im Leib, doch konnte ihr Körper zerfetzt werden. Kailash wendete die Augen ab, er konnte den grausigen Anblick nicht länger ertragen.

Kailash war sich der Hoffnungslosigkeit seiner Situation bewußt. Azora hatte ihn wie ein Insekt auf den Boden gespießt. Doch als er umherblickte, sah er sein Schwert neben sich liegen. War alles eine Illusion gewesen? Die Wunde in der Brust war Tatsache. Immer noch quoll Blut hervor, wo sie ihm gierig einen Fetzen herausgerissen hatte. Doch seine Seite war unversehrt. Trotzdem blieb die Gefahr der Wasserspeier, die sich nun auf ihn stürzen würden.

Ihm war schwindlig. Auch war er durch den starken Blutverlust völlig entkräftet. Er spürte keine Schmerzen mehr im Fuß. Sein Bein war unterhalb des Knies taub geworden. Trotz dieser Verletzungen zwang ihn die Sturheit eines Kezankers, stehen zu bleiben und sich nicht zum Sterben auf den Boden zu legen. Er leistete einen feierlichen Eid, einige dieser schuppigen Scheusale zurück in die Hölle zu schicken, ehe dieser Raum seine Grabkammer würde. Grimmig betete er stumm zu Mitra und wappnete sich für seinen letzten Kampf.

Unten kämpfte auch Conan mit den Ungeheuern. Er war auf den Steinhaufen vor der Tür gesprungen und führte einen mächtigen Streich gegen das Ungeheuer zu seiner Rechten. Mit unerwarteter Geschicklichkeit wich der Wasserspeier dem Hieb aus und stürzte sich auf den Cimmerier. Da Conan durch den Schwung einen Augenblick lang das Gleichgewicht verloren hatte, vermochte er nicht, dem Angreifer mit der Klinge zu begegnen. Gleichzeitig griff der Wasserspeier links von ihm mit den scharfen Klauen nach dem Amulett. Doch überrascht sah der Cimmerier, wie das Ungeheuer erstarrte, als seine Klauen die leuchtende Oberfläche des Talismans berührten. Im Nu hatte sich die Schuppenhaut wieder in Stein verwandelt. Doch da preßte der andere Wasserspeier den Cimmerier gegen die Tür, daß diesem die Rippen krachten.

Die Tür brach auf. Sie war dem vereinten Gewicht

zweier Angreifer nicht gewachsen. Sie fielen in die dahinterliegende Halle. Ihre Gliedmaßen waren ineinander verschlungen. Das Amulett glitt über den Boden, als Conan stürzte. Der massige Körper des Wasserspeiers preßte seinen Schwertarm herunter. Dennoch gelang es dem Cimmerier, die Waffe in der Hand zu halten.

Fluchend wand sich Conan, um sich von dem Ungeheuer zu befreien. Aber das riesige Monster war selbst dem muskulösen Cimmerier überlegen. Seine Arme waren doppelt so dick wie die Conans. Der junge Barbar erkannte, daß er seine gesamte Geschicklichkeit einsetzen mußte, damit das Ungeheuer ihn nicht erwürgte. Sein Schwert nützte ihm in dieser Umschlingung nichts. Er ließ den Griff los. Leider vermochte er nicht den breiten Dolch im Gürtel zu ergreifen. Verzweifelt blickte er sich im Raum um. Gab es irgendwo etwas, das er als Waffe benutzen konnte?

Rote Wirbel tanzten bereits vor seinen Augen, als sein Blick auf die dornartige Speerspitze fiel, die zerbrochen war, als die Tür aufbrach. Sie steckte mit der Spitze nach oben zwischen dem Türrahmen und einem Steinbrocken. Conan gelang es, einen Arm unter dem schweren Biest so weit zu befreien, daß er nach einem festen Halt an der rauhen, schuppigen Haut greifen konnte. Der Wasserspeier hatte die Klauen einer Hand um den Hals des Cimmeriers gelegt und bohrte sich tief in die Haut zwischen die dicken Muskelstränge am Stiernacken. Mit der anderen Hand hielt es Conans linken Unterarm fest.

Mit ungeheurer Kraftanstrengung bäumte Conan sich auf. Er hatte jetzt den Wasserspeier fest im Griff. Im nächsten Augenblick hatte der Cimmerier den Nacken des Ungeheuers gegen den hervor ragenden spitzen Dorn gedrückt. Das Biest zuckte einmal krampfhaft, dann wurde es wieder zu Stein.

Conan keuchte und zitterte vor Anstrengung, als er mühsam aufstand. Er blutete stark im Genick, wo die Klauen ihn verletzt hatten. Roter Nebel verhüllte ihm den Blick und ihm war schwindlig. Trotzdem gönnte er sich keine Ruhepause. Er mußte unbedingt sein Schwert und das Amulett aufheben und Kailash helfen … falls der Kezanker noch lebte. Es war beklemmend still geworden.

Conan warf einen Blick auf sein Schwert. Die Klinge war verbogen. Damit nützte ihm die Waffe nichts mehr. Statt dessen zog er den breiten Dolch aus der Scheide am Gürtel. Plötzlich stellten sich ihm die Nackenhaare auf. Trotz der Wüstenhitze hatte er das Gefühl, ein Eishauch hätte ihn gerade gestreift.

Vor ihm stand ein Mann in schwarzem Gewand, barfuß und ohne Waffen. Ein kleines Feuer umhüllte seine rechte Hand und erhellte das alterslose Gesicht und die dunklen, funkelnden Augen. Conan kämpfte gegen seine instinktive Angst vor Zauberei und umfaßte den Dolchgriff fester. Offensichtlich stand er einem Dämonen gegenüber – oder irgendeinem Zauberer. Trotz der Hitze im Raum lief es ihm eiskalt über den Rücken.

»Ich hieße dich willkommen, wäre ich ein guter Gastgeber«, sagte der Mann und lächelte beinahe unmerklich. »Doch das bin ich nicht. Und was meine Gattin betrifft, deretwegen du so weit gereist bist … nun, sie ist … unpäßlich.«

Conan schätzte die Entfernung bis zum Zauberer ab und machte sich bereit, den Dolch zu schleudern. Er vertraute auf seine Zielsicherheit und betete, daß eine Klinge durch das Herz diesen Teufel mit den schwarzen Augen töten möge. Als er die Muskeln spannte, um zu werfen, hob ihn der Zauberer mittels seiner Magie in die Luft.

»*Yuzmek*«, flüsterte Skauraul und deutete nach oben. »*Akmak.*«

Die Eisentür, die nach draußen führte, öffnete sich mit lautem Knall, und Conan wurde durch die Luft aus der Halle geschleudert. Der Cimmerier hatte noch nach dem Türrahmen gegriffen, doch war er hilflos daran vorbeigewirbelt. Skauraul ließ ihn über die Speere mit den scharfen Dornen hinwegfliegen, die bedrohlich aus dem Sand herausragten.

»*Azalmak-delmek.*«

Als der Mutare sprach, fiel Conan direkt auf einen Speer hinab.

Entsetzt sah er, wie die glänzende Spitze schnell näher kam. Dann durchbohrte sie sein Bein, knapp neben dem Knochen. Zum Glück waren keine lebenswichtigen Organe verletzt. Conan stöhnte auf. Die Schmerzen waren grauenvoll. Trotzdem verlor der Cimmerier nicht das Bewußtsein, sondern packte den Speerschaft und hielt ihn fest. Dann blickte er zurück zum Zauberer, der höhnisch grinsend auf der Schwelle stand.

»Insekt!« schrie Skauraul. »Hundert Krieger wie du könnten mich nicht aufhalten. Teile das Schicksal der Narren, denen es an Verstand gebricht, so daß sie mich nicht fürchten! Falls die Geier dich übersehen, lebst du vielleicht noch, bis die Nacht hereinbricht.« Dann lachte Skauraul dröhnend und grausam, drehte sich um, und ging wieder zurück in seine Feste.

Als Skaurauls Schreckensherrschaft vor Tausenden von Jahren auf dem Höhepunkt war, kannte die zivilisierte Welt das Volk der Cimmerier noch nicht. Daher war der Mutare noch nie einem Barbaren aus dem eisigen Norden begegnet. Er hätte einen so gefährlichen Feind niemals leben lassen.

Mit einem tierischen Wutschrei konzentrierte der Cimmerier seine gesamte verbliebene Kraft auf den Arm, der immer noch den Dolch hielt. Dann warf er zielsicher in Skaurauls Richtung. Skauraul sah die silbrige Klinge nicht, als sie wie ein Pfeil durch die Luft sauste, der von einem Langbogen abgeschossen worden war. Die breite, einen Fuß lange Klinge traf den Mutare in die Seite und drang durch die Rippen. Der Dolch hatte keine Parierstange. Conans kraftvoller Wurf ließ ihn bis zum Heft verschwinden.

Der Angriff des Cimmeriers wäre ein letzter, verzweifelter, doch vergeblicher Versuch gewesen, da keine gewöhnliche Klinge einen Mutare verletzen konnte. Doch das Schicksal hatte Conans Hand in König Eldrans Waffenkammer geführt. Die uralte, breite Klinge des Dolches, den der Cimmerier gewählt hatte, war aus einem einzigartigen Silberdorn geschmiedet worden. Dieser Dorn war eine heilige Reliquie aus Pelishta gewesen, die König Nathouk in einen Dolch schmieden ließ und diese Waffe König Maelcinis von Brythunien zum Geschenk machte. Nathouk hatte den Silberdorn aus dem Grabmal Deranassibs genommen, dem heiligen Mann, welcher Skauraul getötet hatte. Dieser Deranassib war der weißhaarige Greis gewesen, der Conan in jenem seltsamen Traum erschienen war.

Skauraul preßte die Hände auf die Seite und krümmte sich. Dann sog er scharf den Atem ein. Vor Wut heulend drehte er sich um. Sein unmenschlicher Schrei hallte über die Wüste dahin. Noch ehe das Echo verklungen war, zerfiel der Mutare zu einem Häufchen Sand. Die Dolchklinge lag rauchend auf der Schwelle. Sie war so glühendrot, als sei sie soeben aus dem Schmiedefeuer genommen worden. Eine zufällige Bö wehte über die Schwelle und verteilte den Sand, der kurz zuvor noch der mächtige Skauraul gewesen war.

Conan biß die Zähne so kräftig zusammen, daß ihm die Kinnladen schmerzten. Er warf sein Gewicht nach vorn und brach den Speerschaft, der sein Bein aufgespießt hatte. Er zog den Schaft ganz heraus. Jeder Zoll brachte neue schreckliche Schmerzen. Schließlich hatte er den Dorn in der Hand. Angewidert schleuderte er ihn von sich, benutzte den Schwertgurt, um einen Druckverband anzulegen und den karmesinroten Blutstrom einzudämmen, der aus der Wunde schoß. Damit fertig, humpelte er mühsam die Treppe zum Turm hinauf.

In der Halle riß er weitere Fetzen von Lamicis Gewand und verband damit die scheußliche Wunde im Schenkel. Der Dolch sah zu heiß aus, als daß er ihn hätte anfassen wollen. Die Klinge leuchtete noch heller als zuvor. Jetzt war ihr Schein weißgelb. Als er sich auf die Suche nach Kailash machte, begann sie zu zischen, und Rauch stieg von ihr auf. Die Hitze füllte die Halle und buk Conan wie einen Brotlaib im Backofen. Seine dunkelbronzefarbene Haut färbte sich tiefrot. Widerstrebend gab er es auf, nach dem Gefährten zu suchen. Der Mann aus den Bergen hatte es bei den schweren Verwundungen niemals mit vier Wasserspeiern aufnehmen können. Das letzte, was er von Kailash gehört hatte, war der gräßliche Schrei eines Sterbenden in Todesqual gewesen. Wenigstens hatte er den Tod des Freundes gerächt und das Versprechen gehalten, das er dem Mann aus den Bergen gegeben hatte.

Conan griff sich den Wasserschlauch und wollte die rauchende Feste so schnell wie möglich verlassen. Als sein Fuß gegen einen kleinen Gegenstand aus Metall stieß, hob er es auf, ohne zu denken, und lief weiter. Später würde er sich wundern, wie das Amulett wieder in seinen Besitz gekommen war.

Plötzlich erschütterte eine Explosion die Feste. Die großen Quadern barsten und fielen mit ohrenbetäubendem Getöse in sich zusammen, als hätte ein Gott mit einem riesigen Hammer auf das Gebäude geschlagen. Skaurauls Herrschersitz zerfiel zu Staub – wie sein Besitzer vor wenigen Minuten.

Conan lief zur äußeren Mauer. Als er zu der Stelle gelangte, wo er und Kailash über das Portal geklettert waren, fand er nur noch einen zerbrochenen Mauerring vor. Er drehte sich um und warf einen Blick zurück. Wo sich einst stolz der Turm der Feste erhoben hatte, lag nun nur noch ein rauchender Trümmerhaufen.

Der Cimmerier seufzte. Damit war jegliche Hoffnung auf den Schatz, den er zu finden gehofft hatte, geschwunden. Doch er war glücklich, mit dem Leben davongekommen zu sein. Er neigte den Kopf, um das Gesicht vor der sengenden Sonne zu schützen, und machte sich auf den strapazenreichen Weg zurück in den Norden.

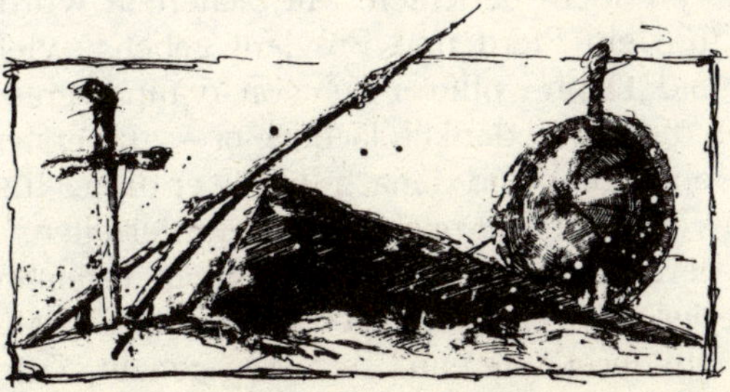

21. Kapitel

GETRENNTE WEGE

Conan erinnerte sich nur schwach an den auszehrenden Marsch durch die Wüste Shems. Wie betäubt war er durch die Sanddünen gewandert, bis dieser Landstrich endlich hinter ihm lag. Sein Wasserschlauch war bereits mehr als einen Tag lang leer. Nur die Ausdauer des jungen Barbaren hatte seine Beine in Bewegung gehalten. Einen Schritt nach dem anderen, bis er auf das südliche Ende des Pfades der Schlange stieß.

In der Nähe des Pfades fand er Wasser und eine himmlische Schlafstelle, wo er wieder einen klaren Kopf bekam. Sein Körper schmerzte immer noch von den Wunden, die er in der Feste erlitten hatte. Er hinkte ziemlich schlimm und die Beinwunde heilte sehr schlecht. Doch er scherte sich wenig darum. In der Vergangenheit hatte er schon Schlimmeres erlitten. Conan war sich ganz sicher, daß er trotz der Verwundungen nach Brythunien gelangen würde.

Sobald er wieder in Pirogia war, würde er König Eldran von allem berichten. Mit Sicherheit würde der König ihm ein Pferd und Proviant geben – vielleicht sogar Gold. Dann wollte er sich von Yvanna verabschieden. Bei diesem Gedanken lächelte er – zum ersten Mal seit vielen Tagen. Und danach würde er dieses unselige Pirogia verlassen und nach Zamora weiterreiten.

Mit derartig angenehmen Gedanken erreichte der Cimmerier nach einigen Tagen Innasfaln. Er hatte keinerlei Schwierigkeiten auf dem Weg gehabt. Zufrieden und müde beschloß er, die Nacht in Malgoreshs Herberge zu verbringen, obgleich die Erinnerungen daran alles andere als angenehm waren. Aber einige Humpen Ale würden seine Stimmung mit Sicherheit verbessern. Bei Crom! Vielleicht konnte ihm Malgoresh sogar ein neues Pferd besorgen.

Der Cimmerier stieß die neue, mit Pech verschmierte Holztür zum Schankraum auf und trat ein. Es war später Nachmittag, und die Sonne ging bereits unter. Einige Einheimische blickten von ihren Alebechern auf, senkten jedoch schnell wieder die Blicke. Hinten sah Conan das vertraute Gesicht des Wirts. Malgoresh hatte sich vorgebeugt und sprach angeregt mit zwei Gästen, die dem Cimmerier den Rücken zuwendeten.

»Ale, bei Crom!« rief Conan und schlug mit der Faust auf die Theke.

Malgoresh blickte überrascht auf. Dann fiel ihm der Unterkiefer herab. »Bei Hanumans behaartem Gemächt. Conan!« Er lächelte übers ganze Gesicht.

Einer der Männer hustete und spuckte das Ale aus, das er gerade hatte trinken wollen. Mit lautem Knall stellte er den Humpen vor sich hin. Dann wirbelte er herum und schaute den Cimmerier an. Jetzt hatte Conan das Gefühl, ihn würde der Blitz treffen.

»Kailash! Bei Crom und allen Geistern meiner Vorväter, ich dachte, du wärst tot.«

Dann streckte er dem Kazenker die Hand entgegen, die dieser kräftig schüttelte. Der Mann aus den Bergen erhob sich langsam und schlug Conan mit der freien Hand auf die Schulter. Der Cimmerier sah jetzt, daß Kailashs linkes Bein unterhalb des Knies fehlte. Er trug jedoch ein hervorragend gefertigtes Holzbein.

»Tausendmal habe ich Mitra angefleht und gehofft, dir möge die Flucht gelungen sein«, sagte Kailash hocherfreut. »Wie ist es dir in der Feste ergangen?«

»Erzähle du mir zuerst deine Geschichte, mein

Freund. Das letzte, was ich von dir hörte, war der Schrei eines Mannes auf der Folterstreckbank.« Conan setzte sich auf die Bank.

Grinsend knallte Malgoresh vor alle Humpen mit frischem Ale auf die Theke. Dann berichtete Kailash über seine grauenvolle Begegnung mit Azora und Xim.

»Die Scheusale haben sie in tausend Stücke gerissen und diese überall verstreut. O ihr Götter, welch ein Anblick! Dann haben sie sich auf mich gestürzt. Ich vermochte kaum mein Schwert zu heben, um mich zu verteidigen. Mit viel Glück gelang es mir, ein Biest zu töten. Das nächste hatte mein Bein abgebissen, als wäre es der Flügel einer Fliege.« Er deutete auf den Stumpf. »Während er das verschlang, habe ich ihm meine Klinge in den Rachen gerammt. Dann hat er sich wie die anderen in Stein verwandelt. Aber mein Schwert steckte in ihm. Und der dritte Wasserspeier machte urplötzlich kehrt, als hätte es ihm jemand befohlen, und ging wieder die Treppe nach unten.«

Er machte eine Pause und nahm einen großen Schluck Ale. »Ich habe mich zu der brennenden Schale geschleppt, die diese verfluchte Priesterin in den Raum gebracht hatte, und meinen Beinstumpf über den glühenden Kohlen versiegelt. Dann haben mich die Schmerzen übermannt, und ich verlor das Bewußtsein. Als ich wieder aufwachte, erbebte die ganze Feste. Die Mauern barsten um mich herum. Plötzlich war da eine Bresche in der Wand. Ich bin dorthin gekrochen. Beinahe hätten mich die Steine erschlagen, die von der Decke fielen, aber ich habe mich durch die Bresche geschleppt, bin außen an der Mauer der Feste hinabgerollt und im Sand gelandet. Die Mauer war merkwürdig schief. Bei Mitra, ich habe keine Ahnung, wie meine Knochen das ausgehalten haben.«

»Kezanker sind aus hartem Material gemacht«, meinte Malgoresh grinsend und nickte weise.

»Ja, aber nicht aus so hartem wie Cimmerier! Ich wäre dennoch in der Wüste verendet, hätte Kaletos mir nicht geholfen.«

Kailash deutete auf den Mann, der neben ihm saß. Conan hatte ihn in der freudigen Erregung, den Gefährten wiederzusehen, ganz vergessen. Kaletos? Der Name klang irgendwie vertraut … ja, Madesus' Mentor! Conan betrachtete ihn neugierig. Kaletos sah wie eine ältere Ausgabe von Madesus aus. Er hatte nur wenige weiße Haarsträhnen, doch strahlten seine grünen Augen seltsam jugendlich.

Dann fiel Conans Blick auf das Amulett um Kaletos' Hals. Er erinnerte sich an das Amulett, das er in der Feste geborgen hatte. Schnell holte er es aus dem Beutel am Gürtel und reichte es dem alten Priester. Dieser nahm es mit trauriger Miene entgegen.

»Wie hast du Kailash gefunden, Kaletos? Bist du uns durch die Wüste gefolgt?« fragte der Cimmerier verblüfft.

»Nein«, antwortete Kaletos mit seinem fremdländischen Akzent in Korinthisch. »Mein junger Freund Madesus hatte mich gebeten, euch zu helfen. Als die Klinge des Meuchelmörder seinem Leben ein Ende setzte, habe ich seinen Tod deutlich gespürt.« Er hob das Amulett, das Conan ihm gegeben hatte. »Diesem Talisman bin ich gefolgt.«

»Hattet ihr Pferde? Ihr müßt sehr schnell geritten sein, da ihr vor mir die Schenke erreicht habt.«

»Diese Geschichte kann dir dein Freund erzählen«, sagte der alte Priester mit verschmitztem Lächeln. Vor Conans Augen begann Kaletos' weißes Gewand zu leuchten. Das Licht wurde unerträglich hell. Conan hielt schützend die Hände vor die Augen und blinzelte durch die Finger, um zu sehen, was mit dem Priester geschah.

Doch, was auch immer der Cimmerier dann sah, behielt er für den Rest seines Lebens für sich. Im blendenden Licht veränderte sich Kaletos' Antlitz. Die Falten des Alters verschwanden, nur die durchdringenden Augen blieben dieselben. Ein langer patriarchalischer Bart bedeckte plötzlich das Gesicht. Das Haar war lang und wehte. So sah Mitra aus, der Herr des Lichtes. Ehe Conan die Augen schloß und den Kopf vor dieser übermächtigen Erscheinung senkte, sah er noch etwas anderes.

Neben dem Wesen im weißen Gewand, erschien noch eine Gestalt. Sie ergriff das Amulett und lächelte Conan einen Moment lang an. Dann flüsterte Madesus: »Wir danken dir, Conan. Trauere nicht um mich, denn ich habe jetzt Frieden gefunden. Mein weltliches Werk ist vollbracht.«

Danach waren beide Gestalten in Sekundenschnelle verschwunden.

Die Männer in der Schenke standen sprachlos da und blickten sich an. Nach einigen Minuten des Schweigens fingen sie wieder an, sich zu unterhalten. Außer ihnen dreien hatte niemand den Lichtschein gesehen oder irgend etwas anderes, das vor den Augen der drei stattgefunden hatte.

Kailash schüttelte den Kopf. »Ich erinnere mich, daß Kaletos mich in der Wüste gefunden hat. Ich habe stark gefiebert und war dem Tode nahe. Wir hatten Pferde – jedenfalls habe ich das geglaubt. Dann hat er mich in einen Tempel gebracht, wo sich Priester um mein Bein gekümmert haben. Als ich kräftig genug war, um zu reiten, haben wir uns auf den Weg hierher zu Malgoresh gemacht.«

»Ja, ihr seid heute morgen gekommen«, fügte Malgoresh hinzu.

»Zu Pferd?« fragte Conan.

»Ja …« Kailash machte eine Pause, als hätte er Schwierigkeiten, sich genau zu erinnern. »Wir haben sie draußen angebunden.«

»Als ich kam, habe ich draußen keine Pferde gesehen«, erklärte Conan ernst.

Der Kezanker wurde kreidebleich. Er dachte eine Zeitlang nach, ehe er wieder sprach. »Ein weiser Mann mischt sich nicht in die Angelegenheiten von Priestern und Magiern.« Dann hob er seinen Humpen mit Ale und lächelte.

Conan hob ebenfalls seinen Humpen und nickte zustimmend.

CONAN-SAGA

Robert E. Howard / Lin Carter / Lyon Sprague de Camp ·
Conan · 06/3202
Andrew J. Offutt · Conan und der Zauberer · 06/4006
Andrew J. Offutt · Conan der Söldner · 06/4020
Andrew J. Offutt · Conan und das Schwert von Skelos · 06/3947
Lyon Sprague de Camp · Conan und der Spinnengott · 06/4029
Robert E. Howard / Lin Carter / Lyon Sprague de Camp ·
Conan von Cimmerien · 06/3206
Poul Anderson · Conan der Rebell · 06/4037
Robert E. Howard / Lyon Sprague de Camp ·
Conan der Pirat · 06/3210
Karl Edward Wagner · Conan und die Straße der Könige · 06/3968
Robert E. Howard / Lin Carter / Lyon Sprague de Camp ·
Conan der Wanderer · 06/3236
Robert E. Howard / Lyon Sprague de Camp ·
Conan der Abenteurer · 06/3245
Lyon Sprague de Camp / Lin Carter · Conan der Freibeuter · 06/3972
(urspr. 1972 erschienen als Conan der Bukanier
unter der Nummer 06/3303)
Robert E. Howard / Lyon Sprague de Camp ·
Conan der Krieger · 06/3258
Lyon Sprague de Camp / Lin Carter / Björn Nyberg ·
Conan der Schwertkämpfer · 06/3895
Robert E. Howard / Lyon Sprague de Camp ·
Conan der Thronräuber · 06/3263
(urspr. 1971 erschienen als Conan der Usurpator unter derselben Nummer)
Lin Carter / Lyon Sprague de Camp · Conan der Befreier · 06/3909
Robert E. Howard / Lyon Sprague de Camp ·
Conan der Eroberer · 06/3275
Robert E. Howard / Björn Nyberg / Lyon Sprague de Camp ·
Conan der Rächer · 06/3283
Lyon Sprague de Camp / Lin Carter · Conan von Aquilonien · 06/4113

CONAN-SAGA

Lyon Sprague de Camp / Lin Carter · Conan von den Inseln · 06/3295
Lyon Sprague de Camp / Lin Carter · Conan der Barbar · 06/3889
Robert Jordan · Conan der Verteidiger · 06/4163
Robert Jordan · Conan der Unbesiegbare · 06/4172
Robert Jordan · Conan der Zerstörer · 06/6281
Robert Jordan · Conan der Unüberwindliche · 06/4203
Robert Jordan · Conan der Siegreiche · 06/4232
Robert Jordan · Conan der Prächtige · 06/4344
Robert Jordan · Conan der Glorreiche · 06/4315
John Maddox Roberts · Conan der Tapfere · 06/4346
Steve Perry · Conan der Furchtlose · 06/4663
Leonard Carpenter · Conan der Renegat · 06/4664
John Maddox Roberts · Conan der Champion · 06/4701
Steve Perry · Conan der Herausforderer · 06/4745
John Maddox Roberts · Conan der Marodeur · 06/4781
Robert E. Howard · Conan und der Schatz des Tranicos · 06/4915
Robert E. Howard / Lyon Sprague de Camp ·
Conan und die Flammenklinge · 06/4930
John Maddox Roberts · Conan der Draufgänger · 06/4959
Roland Green · Conan der Wagemutige · 06/4988
Leonard Carpenter · Conan der Kriegsherr · 06/5044
Leonard Carpenter · Conan der Held · 06/5081
Steve Perry · Conan der Unbezähmbare · 06/5098
Leonard Carpenter · Conan der Angreifer · 06/5143
Steve Perry · Conan der Landsknecht · 06/5197
Steve Perry · Conan der Schreckliche · 06/5198
Leonard Carpenter · Conan der Große · 06/5345
Roland J. Green · Conan der Beschützer · 06/5436
John Maddox Roberts · Conan das Schlitzohr · 06/5437
Sean A. Moore · Conan der Jäger · 06/5657
Roland Green · Conan am Dämonentor · 06/5899 (in Vorb.)
Leonard Carpenter · Conan der Gladiator · 06/5957 (in Vorb.)
DAS CONAN UNIVERSUM von *Erhard Ringer* · 06/4908